有匪

參

多情累

晉江破200億積分
大神級作家

犀利筆鋒柔軟筆觸之
最強說書人

Priest
著

創時代新武俠風格鋒芒十足

傳言「海天一色」收藏中原武林半壁江山家底，
在戰火連連、人心惶惶中，更是各家必爭，而「儒以文亂法，俠以武犯禁」，
朝堂江湖亂成一鍋粥，周翡謝允更被有心人陰謀算計陷入九死一生……

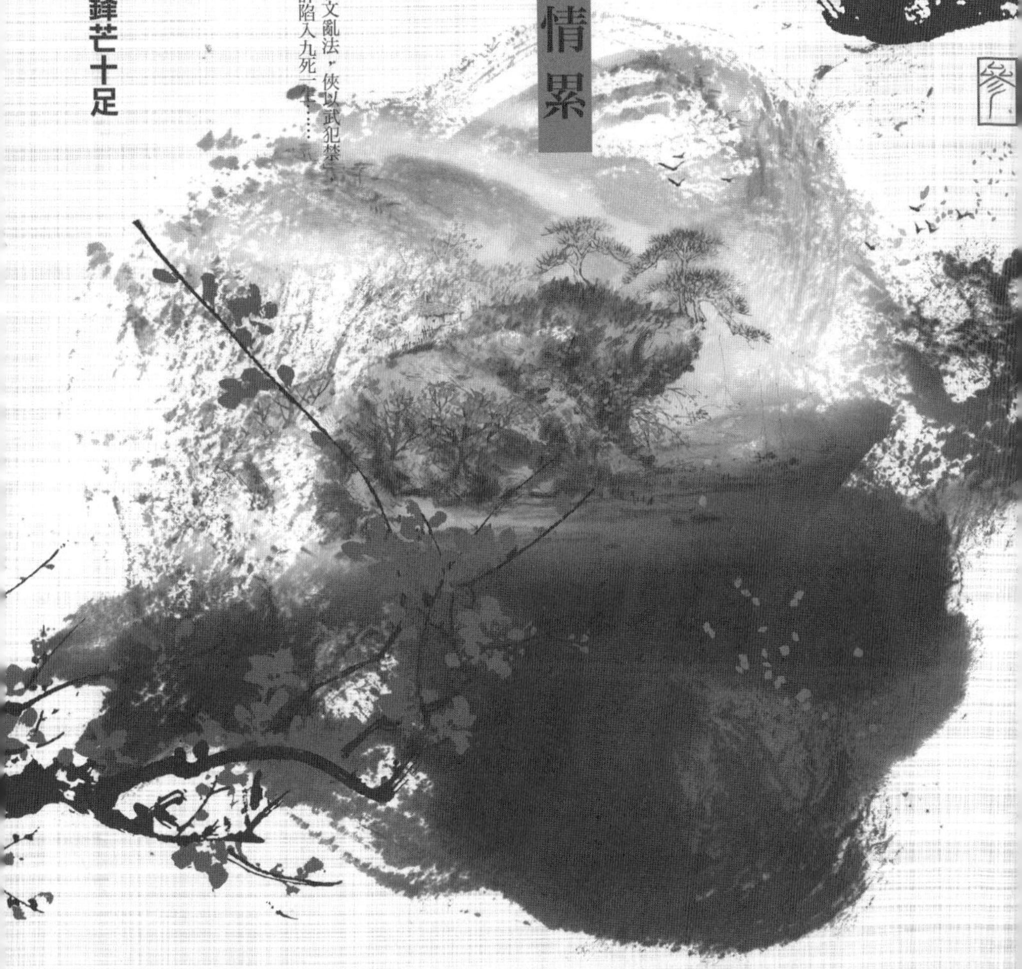

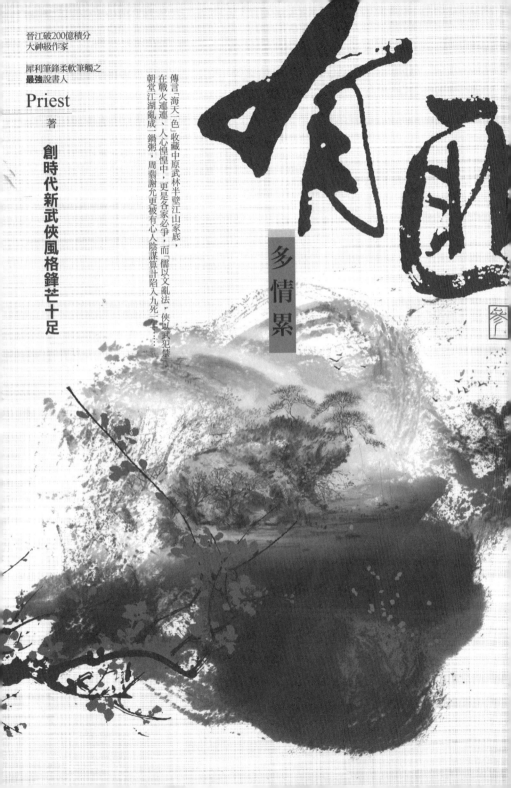

回看桃李都無色，映得芙蓉不是花。
經一場大夢，夢中見滿眼山花如翡，
如見故人，喜不自勝。

目錄

第三十五章 路有不平

「走吧走吧，咱們家不是開善堂的。」店小二愁眉苦臉地將跪在門口的流民往外轟，「我說諸位父老們哪，我也瞧著你們可憐，可是小人我也就是個臭跑堂的，我說了不算，有什麼法子呢？趕快走吧，一會掌櫃的火氣上來，我也落不了好，你們倒是也可憐可憐我呀……都上別家瞧瞧去吧！」

這一年冬天，蓄勢了三年多的南北二朝再一次翻臉，打將起來，南來北往的流民好似給大水沖了洞穴的螞蟻，「呼啦啦」一下，全都傾巢而出。

邊境的老百姓們，往日裡是被壓在世道的下頭，吃苦受累，將大人們的錦衣玉食都扛在肩上，得彎著腰、貼著地，一點一點從石土縫隙裡往外扒糧食。如今，卻又集體漂到了世道上頭，像根基柔弱的浮萍飛蓬，無處抓撓，稍有風吹草動，就得隨著狼煙黃土一起上天。

當沉時浮，當浮時沉，想那螻蟻，百世百代，過得可不都是這樣的日子嗎？

客棧名為「頭一戶」，前院是兩層的小酒樓，後有院落，不負其名，算是本地最氣派的去處，因此門口的流民也格外多些，走了一波又來一波，趕都趕不走。

店小二勸走了一幫，便提著壺來給客人加水，有幾個走鏢客模樣的黑衣漢子坐在大堂，旁邊放著一竿旗子，上面寫著鏢局的名號「興南」，幾個漢子個個都是一臉風霜，中間簇擁著一對細皮嫩肉的少年和少女。

那少年臉色不佳，面帶病容，間或還要咳嗽幾聲，不知是有傷還是病了。他往門口瞥了一眼，似乎心有不忍，便叫住小二，取出些許碎銀，道：「旁人就算不管，那些個老弱婦孺也怪可憐的，好歹給人家拿點吃的，算我帳上便是。」

少年想必是個不知疾苦的少爺，驟然開口，旁邊幾個隨從再要阻攔已經來不及了，只好一臉不贊同地看著他。

少女皺眉道：「哥！」

那店小二賠了個笑臉，卻沒伸手去接錢，只對那少年說道：「多謝少爺——不是小人不識抬舉，只是您幾位住店，想必也是路過，不能常有，今日有您發善心可憐他們，過幾日您走了，他們可找誰去呢？再要來，還是得挨餓，不如催著他們趕緊找活路是正經啊，這場仗還長著呢，剛開始，哪就到了頭呢？」

鏢局的少爺頭一回出門，一時好心，從未想過長遠，當場愣了愣。

那店小二卻點頭哈腰地衝他作了作揖，撂下一句「有事您再吩咐我」，便一溜煙地被別的客人叫去了。

「車水馬龍，摩肩接踵，數十年積累，一朝離亂，便分崩離析去，好似那瓷瓶落地也似的，江山遠近，盡是寥落——」老說書人用沙啞的聲音開了腔，聽在耳中，渾似生了鏽的鐵器反覆刮擦著碎瓷片，客棧四座一時安靜下來，只聽那老說書人重重地嘆了口氣，仰頭環顧，怒拍驚堂木，「啪」一聲脆響。

角落裡有個早早穿上厚棉衣的客人，下巴縮在領子裡，看不清長相，就著這聲驚堂木，他若有所思地看了一眼跑上跑下的店小二，放下酒錢，將領子又往上拉了拉，悄然而去。店小二好不容易才忙完一圈，見此處有空桌，忙趕來收拾，順手將客人撂下的幾枚大子兒收了起來，誰知伸手一碰，他卻是悚然一驚，這銅錢上竟結著一層寒霜。

兩天後，「頭一戶」客棧中迎來了幾個年輕客人——

走在前頭的，是兩個年輕姑娘，大約是姐妹，互相挽著胳膊，年長些的戴著面紗，另一個不過十四五歲，鵝蛋臉大眼睛，看著還有幾分孩子氣。

此地一天到晚除了流民就是跑江湖的，漂亮大姑娘並不常見，她們倆一進門，便有幾道明裡暗裡的視線射了過來，誰知，緊接著便是一個臉黑如炭的漢子跟了進來，手中提著好霸氣的一把雁翅大環刀，那漢子環顧四周，將手中的長刀重重地一甩，冷哼了一聲，刀背上的鐵環被他內力所激，一時竟是響個不休，顯然是個內外兼修的高手。

美色再好，也不如小命重要，那些個偷眼看的紛紛收回目光，正襟危坐下來，只敢用眼角瞟一眼。

黑臉漢子身後還有人，因要將隨行車馬交給店家照顧，那兩人便耽擱了片刻方才進門——那是一個青年和一位穿了男裝的姑娘。

姑娘約莫只是為了趕路方便，倒也並未刻意女扮男裝，衣裳是短打的男裝，頭上依然十分隨意地梳了條辮子，人是細細的一條，長得眉目清秀，她臉頰蒼白，很有幾分大病過的柔弱模樣。

可她走進來的時候，卻不知為什麼，沒人敢像先前一樣明目張膽的打量她。那姑娘身上有把刀，刀身略長，掛在少女腰間有些累贅，她便拎在手裡，漆黑的刀鞘與素白的手背交相輝映，又詭異得渾然一體，但凡是有經驗的老江湖，一眼便能看出來那刀是見過血的，絕非初出茅廬的小青年拿出來哄人的貨色。

來人正是周翡一行。

這一路熱鬧，李妍李晟都跟出來了，前面戴著頭紗跟李妍走在一起是吳楚楚，還有個楊瑾留著路上逗悶子。

那天周翡在四十八寨客房中偶然撞見楊瑾，立刻就想起此人跟行腳幫關係匪淺。她和謝允兩人護送吳楚楚回四十八寨，走得那麼小心翼翼，這廝居然都能堵住他們，這能耐算起來比他那聞名九州的「斷雁十三刀」還厲害。

有便宜不占王八蛋，楊瑾這麼個渾身上下寫滿了「快來利用我」的冤大頭在前，周翡頓時有了想法。她即興發揮，煞有介事地將寇丹為了「海天一色」反叛四十八寨添油加醋一番，還把青龍主與山川劍的舊恩怨等事一起相容並包地編了進來，給楊瑾畫了一張神祕的大餅——

「你肯定猜不出這『海天一色』是什麼，」周翡神神祕祕地對楊瑾說道，「端王爺——南邊的那個告訴我，『海天一色』其實是一筆遺產，收容了無數或因天災、或因人禍分崩離析的門派遺物，也包括大藥谷，我魚太師叔的『歸陽丹』就是這麼來的。除了大藥谷，其他門派武功典籍自然也是應有盡有，你想想山川劍的劍，再想想我外公的刀……是不是都有點博眾家之長、集大成者的意思？可惜端王沒說完就跑了，要想追查到底，我得先找到他。」

楊瑾聽了個目瞪口呆，自動過濾了其他字眼，只剩下「典籍……我外公的刀……集大成者」這麼幾個詞。

周翡這種鬼話，哄李妍都糊弄不住，大概只夠忽悠忽悠楊瑾了。楊瑾其人，聽聞江湖上捕風捉影地傳出一個「南刀傳人」，連人家是男是女、是老是少都不清楚，便先行熱血上頭，尋死覓活地前來較量，斷然不能以常理度量。此人聽說一個「刀」字，耳朵能當場長兩寸，被周翡一番渲染，立即對「海天一色」充滿了嚮往，暈頭轉向地便被她拐下了山。

而吳楚楚跟來，則另有緣故。

她雖知道周翡在胡說八道，但也知道她不是憑空胡謅——無論海天一色是什麼，都必然跟吳家關係匪淺，是害死她母親和弟弟的元凶。按理說，她從終南到四十八寨，一路腥風血雨，可謂是九死一生，好不容易才安穩下來，剛來又走，豈不折騰嗎？

可話說回來，即便她只是個嬌嬌弱弱的閨閣小姐，便能以自己無能、沒用為由，心安理得地躲在蜀山中閉目塞聽嗎？那縱然平安一世，苟且富貴，又豈是為人子女的道理？

吳楚楚聽了周翡對水波紋的轉述，發現刻著水波紋的東西正是她從小戴在身上的長命鎖，便當機立斷地將這東西託付給了李瑾容——帶著這玩意，她是仇天璣等人爭搶的香餑餑，交出去了，她就成了無牽無掛的一個孤女，誰也沒工夫對付她。

吳小姐回自己院裡，給李大當家留了一封言辭懇切的信，也跟著周翡跑了。

有李妍這大喇叭在，他們的動靜自然瞞不了李晟。李晟放心不下那位教了他幾個月的老道士沖雲子，也不想再蝸居在長輩羽翼下自命不凡，他受沖雲子之託，帶話回來，現在話已經帶到，眼看四十八寨有李瑾容坐鎮，又有南朝大軍駐紮，用不著他，便也乾脆跟著下山了。

至於李妍……那是以「不帶我，明天就給你們宣傳得舉世皆知，你們誰都走不了」的方式，死皮賴臉跟出來的添頭。

行腳幫有「車船店腳牙」，論其「無孔不入」，比丐幫有過之而無不及，其中僅是「店」一支，便能將大小酒樓客棧都納入眼線中，有楊瑾的面子和李妍身上那紅瑪瑙的五蝠令，行腳幫辦事很痛快。

但謝允常年跟玄白二位先生鬥法，經驗十分豐富，小尾巴也不是那麼好抓。

「頭一戶」的店小二趁著招呼他們落座點菜的工夫，在楊瑾耳邊悄聲道：「小人是藍色蝠的，那日小人多嘴，跟別的客人多說了幾句話，隔壁桌有個客人大概是聽出了點什麼，立刻便放下錢走了，小人回想起來，那人形貌似乎與您要找的『水貂』很像，而且對咱們幫裡人非常熟悉，不知準不準……哦，對，他還留下了這個。」

店小二說著，取出銅錢，迎著眾人不解的目光，他壓低聲音解釋道：「這其實就是普通的大子兒，但那位客人留下的時候，錢上是生著一層寒霜的。」

周翡眼皮一跳，一時間，謝允那格外冰涼的手，兩軍陣前曹寧那隱約的一句「你不要命了」，都匆匆從她眼前閃過，她忙追問道：「往哪邊去了？」

店小二客客氣氣地回道：「恕小人無能，那便真不知道了。不過呢，這人在外面，不可能不住店、不坐車船，對不對？衣食住行，咱們占了半壁江山，您要找的人，再小心也有疏忽的時候，您稍安勿躁，那人前兩天剛走，這會未必走遠了，不如幾位現在客棧住下等等其他消息？」

眾人也別無辦法，只好道了謝，打發走行腳幫的店小二。

「我看他這是往南去了，」李晟沾了一點水，在桌上輕輕畫了一條線，疑惑道，「南邊有什麼？」

眾人都是一頭霧水，沒人吭聲。

周翡心不在焉地端起一杯熱水往嘴裡送去，莫名想起了那天在四十八寨山下，謝允同她說過的一句話。

「一般到了冬天，我都喜歡往南方跑，那些小客棧為了省錢，都不給你生火，萬一錯過了宿頭，還得住在四面漏風的荒郊野外，滋味就更不用提了，不如去南疆曬太陽。」

他裹著棉襖往南邊去，會不會只是去曬太陽的？

不知為什麼，在這人人喧囂浮躁的亂局裡，周翡覺得這很像謝允能辦出來的事。

「那咱們也去南邊玩？」李妍躍躍欲試，很不見外地用胳膊肘戳了楊瑾一下，「哎，黑炭，你們老家是不是在南疆，聽說你們連蟲子都吃，是真的嗎？」

楊瑾差點讓她這毛手毛腳的一下把水碰灑了，轉頭怒視她。然而他還沒來得及發作，便聽門口有馬長嘶一聲，又有一幫人進了客棧。

客棧中吃飯喝酒的都是一靜——只見來人個個身著黑色勁裝，頭上都戴了斗笠，齊刷刷往門口一站，凶神惡煞氣撲面而來，不像打尖也不像住店，倒像是來尋仇的。

店小二愣了一下，忙擠出個笑臉迎了上去：「諸位客官，住店哪？住店的裡面請，還有房。」

領頭的黑衣人不言語，漠然地越過他，直奔店裡，占了三張桌子，一時間，臨街的上下兩層小樓地方好像都不夠用了。一側角落裡「興南鏢局」的人則謹慎地互相打起了眼色，幾個漢子站了起來，將那對兄妹護在中間。

李妍好奇地伸長脖子看了一眼：「這些人是幹什麼的？」

周翡目光一掃，伸手輕輕敲了敲桌子。

李妍問道：「幹嘛？」

「一直沒顧上說，」周翡掀起眼皮撩了她一眼，說道，「今天得跟妳約法三章。這回出門沒人護著妳，在我眼皮底下，妳要是敢像上次在邵陽一樣亂跑，我就打折妳的腿。李妍，我警告妳，別指望我也像……」

她話音到此，不免一頓，將「像馬叔一樣慣著妳」一句話含混地咽了下去。

周翡沒說出來，別人卻聽得出，李妍愣了愣，不知想起了什麼，有些低落地「哦」了一聲。

「沒事不要找事，」周翡又意有所指地看了楊瑾一眼，「實在是手癢了想練練，我可以奉陪。」

楊瑾冷哼了一聲，將扣在斷雁刀上的手放了回去，說道：「這些黑衣人是活人死人山的，我揍……見過一次。」

李晟皺眉問道：「哪一門下？」

「玄武。」楊瑾道，「你看那個人的手。」

「千里眼」李妍大眼睛「骨碌」一轉，便將一樓大堂盡收眼底，小聲彙報道：「我看見了，那個人手背上紋了個長著大尾巴的王八！」

「乖，」李晟面無表情道，「閉嘴。」

吳楚楚至今記得將他們逼到衡山密道中的鄭羅生，聽到「活人死人山」，先緊張地捏了捏衣角，說道：「和那個青龍主是一樣的嗎？」

周翡怕自己說得多了，吳楚楚反而不放心，便簡短地回道：「沒事，沒有鄭羅生那樣的高手。」

比起當年兩眼一抹黑，連活人死人山是何方神聖都要沈天樞告知的周翡，李妍這「包打聽」的消息顯然靈光多了，她看熱鬧不嫌事大地說道：「我知道，聽說玄武主名叫做『丁魁』，非常不是東西，姐，他還揚言要找妳給青龍主報仇呢！」

周翡：「……」

她不明白這有什麼好興高采烈的。

李晟從桌子底下給了李妍一腳：「妳唯恐別人不知道是吧？」

李妍吐了吐舌頭，不敢提這茬了，便轉向吳楚楚，對她說道：「沒事，等妳把我教妳的武功口訣練好了，咱就誰也不怕了。」

此言一出，一張桌子上的剩下三人都驚了。

周翡一口水嗆了出來：「娘啊，妳還教別人？」

楊瑾一本正經地皺眉道：「習武可不像寫字，倒插筆也沒事，出了岔子不是小事，怎能隨便誤人子弟？」

李晟最不客氣，直接問道：「李大狀，妳還記得妳姓什麼嗎？」

李妍難得好為人師一回，當場被這「三座大山」活活壓得矮了一截，臉上頗為掛不住，吳楚楚忙出來打圓場，用眼神示意興南鏢局的方向，小聲道：「噓——你們看，那些人是不是跟那個什麼……玄武派的人有過節？」

大堂下有些怕事的已經悄悄走了，也就二樓還剩下點人，吳楚楚這一瞥並不突兀，因為在座的其他人也都在竊竊私語。只見那興南鏢局中的少女憤然上前一步，從腰間抽出一對峨眉刺，指著樓下的玄武派說道：「青天白日裡追到客棧裡，公然劫鏢，你們還有沒有王法了！」

眾人聽罷，頓時微微譁然——

自古有鏢局押鏢，便自然免不了有人想劫，只是既然做的是攔路打劫的買賣，必是要在人煙稀少的地方，多半也不會透露名姓。誰知現如今，這劫道的反倒是大搖大擺、招搖過市，彷彿劫得很有理一樣，非但不屑掩藏身分，還追殺到人來人往的客棧中，反倒是苦主走投無路，求救無門，簡直怪哉。

這一來是中原武林群龍無首，秩序崩亂的緣故，二來也是南北雙方戰事正緊，連朝廷也沒空管這些江湖仇殺。

盛世的王法、亂世的刀兵——這樣亂的世道裡，從來都是越惡便越得勢。

楊瑾冷笑道：「報殺父之仇的都未必敢這麼有恃無恐，你們中原人真行。」

「我們中原人不這樣，」周翡眼皮也不抬地說道，「中原王八才這樣。」

她話音沒落，便聽樓下玄武派的領頭人笑道：「小丫頭片子，誰稀罕劫你們的鏢？咱們兄弟吃過見過，犯得上惦記你們那仨瓜倆棗？只不過看不慣你們給霍連濤那偽君子跑腿賣命，還腆大自稱南朝武林正統，特地來替天行道罷了。」

李晟一聽「霍連濤」三個字，後背不由得挺直了，擺手衝李妍做了個「噤聲」的手勢。

那玄武派的領頭人又得意洋洋地接著道：「霍家堡的當家人本來是霍老爺子，誰不知道霍連濤這家主之位是怎麼來的？這是人家家務事，倒也罷了。只是那區區一個北斗，尚未抵達岳陽，那霍連濤便自己先屁滾尿流地逃了，一把火燒死親兄，這是什麼臭不要臉的混帳東西？也好意思發什麼『征北英雄帖』？呸！我看不如叫『捧臭腳帖』！」

興南鏢局一行人聞言，自然怒罵不止。

玄武派的領頭人陰惻惻地一笑：「你們若是識相，便將東西留下，滾回去跟霍連濤那老小子說，他那個什麼『捧臭腳大會』一定要如期開，弟兄們還等著前去攪局呢。」

他說完，突然便連招呼都不打，人影一閃，竟已經躥到了二樓拐角處，伸手便向那寫著「興南」倆字的旗杆抓去，口中話音不斷，「武功稀鬆就算了，還有眼無珠，哈哈，你們要這旗何用，一併給了我吧！」

走鏢的，走得便是這一杆旗，走到哪亮到哪，這是名頭，也是臉面。要是哪個鏢局被人劫鏢，充其量賠錢、再賠上點聲譽罷了，可要是哪個鏢局被人拔了旗，那便是給人一巴掌搧在了臉上，特別是折在活人死人山這些魔頭手上，傳了出去，往後南半江山，便哪裡還有興南鏢局的立錐之地？

那鏢局眾人一看便紅了眼，四五個漢子搶上前去，兵器齊出，奔著那玄武派的領頭人身上去了。

那領頭人大笑一聲，一隻腳踩在木頭扶手上，走轉騰挪、竟然頗為遊刃有餘。

李晟漠然收回目光，對周翡等人說道：「霍連濤放火燒死親哥這事倒是真的，我親眼所見，那些魔頭不算扯淡，但怎麼……霍連濤喪家之犬似的從岳陽南奔，還真把自己當棵蔥了？當年山川劍都不敢自稱武林盟主，他算什麼東西？」

李妍伸著脖子看了半晌，見那邊打得鑼鼓喧天，便問道：「哥，咱們真不管啊？」

周翡道：「坐下吃妳的飯。」

李晟道：「狗咬狗，有什麼好管的？」

兩人幾乎異口同聲，李晟為了「自己所見與周翡略同」，頓時頗為不爽，大爺似的衝周翡翻了個白眼。

就在這時，那玄武派的人彷彿戲耍夠了，驀地從那木扶手翻了下去，猛鷹撲兔似的撲向其中一個鏢局的漢子，一把抓住那漢子手中的板斧，竟能以蠻力拉開，隨即一掌印上了那漢子胸口。

那鏢師慘叫一聲，當即往後退了好幾步，一屁股坐在了臺階上，臉上泛起可怖的青紫色，雙腿蹬了兩下，隨即形似瘋狂地伸手去扒自己的衣領，指甲摳進了肉裡竟也渾然不覺，他口中「呵呵」作響，不過片刻光景，竟已經沒了氣息，臨死時將自己佈滿血道子的前襟扒開，裡面竟有一個漆黑的掌印。

玄武派的黑衣人將雙手露了出來，只見他手上隱隱有光劃過，竟是帶了一雙極薄的手套，掌心處佈滿細得看不見的小刺，能輕易穿透布料衣襟，將淬的毒印在人皮肉上。這玩意就算跟毒掌比起來也是旁門左道——毒掌好歹還得自己煉化毒物入體、還得內力深厚才行，哪像此物省事？想那青龍主鄭羅生也是個成名已久的高手，與人對陣時也一樣是花樣百出，一身的雞零狗碎，比起雜耍賣藝的也不遑多讓，跟眼前玄武派的黑衣人這「省事」的毒掌異曲同工。

可見活人死人山實在是從上到下、一脈相承的上不得檯面。

那被眾鏢師護在中間的少年少女同時大叫道：「胡四叔！」

玄武派的領頭人一揮手，三張桌子的黑衣人全都站了起來，個個手上都有那帶刺的手套，領頭人冷冷一笑，黑衣人們一擁而上，與興南鏢局的鏢師們鬥在一處，整個樓梯當即成了擂臺，原本在樓梯口上看熱鬧的幾桌人抱頭鼠竄，掌櫃與店小二沒有一個膽敢上前勸阻。

那少女撲在方才死了的鏢師屍體上，滿臉是淚地抬起頭來，說道：「你們與霍堡主有仇，大可以找他分說，我們不過是小小的生意人，受人之託押送貨物給霍家，又得罪你們什麼了？爾等不敢找上正主，便拿我們出氣，這算什麼？王法不管，道義不管，憑你們這等魔頭竟也能一手遮天，我……啊！」

她話音沒落，又一個鏢師倒了下來，正好砸在了少女腳上，那鏢師也是一臉鐵青、中毒而亡。

想也知道，活人死人山的魔頭們膽敢找上門來，說明根本沒把興南鏢局這些看著挺厲害的鏢師放在眼裡，雙方才交手不到數個回合，高下立判、強弱分明，鏢師們沒有一會的工夫便潰不成軍，好幾個中了玄武派見血封喉的毒，都是連話都沒來得及交代一句，便斷了氣。

少女雙目通紅，抽出峨眉雙刺便撲了上去。

周翡冷眼旁觀，簡直要皺眉——這姑娘那點微末的功夫連李妍都不如，白瞎了那對峨眉刺。

只見那少女雙刺直指凶手雙目，玄武派的領頭人見狀忍俊不禁，往後一錯步，輕易便隔著手套捏住了她的兵刃，少女本能去拔，對方的目光在她窈窕的身上一掃，突然眼露邪光，一鬆手道：「還妳。」

少女驟然失去平衡，整個人往後踉蹌了半步，那玄武派的領頭人當即搶上一步，一把抓住了少女的衣襟，「嘶拉」一聲便撕了下來。

刀劍聲中傳來少女驚慌的尖叫，周翡捏著筷子的手微微一頓。旁邊臉色蒼白的少年驟然失色，大叫一聲「阿瑩」，一個鏢師上前一步，試圖攔在那少女面前，卻遭到前後兩個玄武派的黑衣人阻擊，一時左支右絀，更多的黑衣人彷彿找到了什麼樂趣，紛紛向那少女圍了上去。

周翡放下了筷子，一直分神留意戰局的李妍還以為她在催自己，忙低頭做扒飯狀，誰知就在她低頭的一瞬間，眼前突然有衣角閃過，李妍吃驚地抬起頭，發現方才呵斥她一套一套的李晟和周翡居然轉眼間都不在座位上了！

四五個玄武派別的黑衣人將掌中小刺收斂，分別抓住那少女四肢，少女前襟裂開一大片，露出雪白的裡衣和肌膚來，活魚似的掙扎不休，卻無論如何都掙不出，她罵啞了嗓子，全身的血都往頭頂衝去，恨不能當場咬舌自盡。

就在這時，她聽見一聲輕響，接著，抓著她的手倏地鬆了，她整個人驟然失去依託，從空中摔了下去，卻沒觸地——有什麼托住了她。

那托在她腰間的東西是一把又冷又硬的刀鞘，托住她的人吩咐道：「留神。」

隨即，對方一抖手腕，少女不由自主地往一側倒去，伸手一抓，正好抓住了客棧的木扶手，堪堪站定。她驚魂甫定地往地上一掃，見地上一片血跡，方才抓著她的幾條胳膊集體齊肘斷了，慘叫聲四起。

周翡磕了磕望春山血槽裡的血跡，抬頭看了一眼慢了半步的李晟。

李晟自動將其視為挑釁，氣結不已，黑著臉轉身迎上了正在對眾鏢師趕盡殺絕的玄武派黑衣人們，將一腔火氣都發了出去。

三顆米粒從李妍的筷子尖上滾了下來，她目瞪口呆地瞪著「只許州官放火，不許百姓點燈」的哥姐，說道：「不、不是說好了不惹事嗎？」

楊瑾沒吭聲，一雙眼跟點著的燈籠似的，亮出足有十里地、一眨不眨地盯著周翡的刀——不過幾個月，他覺得周翡的刀說不上進步神速，卻多出了某種莫測的感覺。

周翡一刀斷四臂實在駭人，再加上一個怒氣衝衝的李晟，兩人一插手，戰局就像一端加了秤砣的秤桿，頃刻歪了過去，玄武派那領頭人一聲尖哨，下令停手，戒備地盯著周翡和李晟道：「什麼人敢管活人死人山的閒事？」

周翡才不回答，只是簡單粗暴地問道：「死還是滾？」

玄武派那領頭人顯然也是個遇強則弱、遇弱則強的人物，臉上退意同戒備一樣明顯，可他混了這許多年，連對方的名號都不知道便夾著尾巴跑，也實在不像話，便硬梗著脖子道：「閣下是鐵了心要給霍連濤那枉顧人倫的偽君子當打手，與我玄武主為敵？」

周翡只能容忍一個半人跟她唧唧歪歪地講理，一個是周以棠，半個是謝允——即便是謝允，叨叨起來沒完沒了的時候也得做好挨揍的準備——她根本不想搭理這些多餘的人。

眼見那手上紋個大王八的貨還待要說話，周翡突然招呼都不打，直接提刀上前，那人只見刀光一閃，悚然一驚，危急之下轉身要往身後的人堆裡鑽，以同儕為盾，可周翡是獨自破過青龍主翻山蹈海陣的人，哪裡看不出這一點滑頭，她不知怎的便晃過了眼前礙事的人，腳下輕輕一轉，望春山如附骨之疽一般纏上了那玄武派領頭人的脖子，直接往前一送。

這些活人死人山的魔頭們往日裡橫行霸道慣了，何曾見過這種話都不耐煩說、便直接提刀殺人的？一時都驚呆了，這才知道眼前這人「死還是滾」四個字的純度。

頭頭都死了，沒人跟命過不去，方才還氣勢洶洶的黑衣人轉眼作鳥獸散，客棧中頃刻安寧了下來，徒留一股弱肉強食的血腥味。

一別數年，周以棠言猶在耳——「取捨」乃是強者之道。

周翡掃了一眼那眼圈通紅的鏢局少女，還刀入鞘，臉上沒什麼表情，心裡卻微微嘆了口氣——謝允一路陪她返回蜀中，此時卻突然不告而別，除了那日為了救她使出了那什麼……「推雲掌」之外，彷彿沒別的緣由了。有什麼東西能讓一個人放棄他一直暗地追查的事？

周翡雖然不願意妄下結論，卻也知道情況恐怕並不樂觀。

要不是因為這個，她真的很想留在蜀中見她爹一面，跟他好好聊一聊那些以前她想不明白、這一年間卻嘗透了滋味的道理。

許是她方才跟活人死人山的人動刀太過凶神惡煞，興南鏢局的一幫鏢師愣是沒敢上前同她說話，都轉向了李晟。李晟是個「窩裡橫」，只對自己人不假辭色，在外人面前非常之偽君子，三言兩語便和人家聊到了一處，約莫一頓飯的工夫才回來。

他往桌上丟了個黑木雕的請柬：「你們先看看這個。」

吳楚楚第一個反應過來，「啊」了一聲，說道：「這上面怎麼也有個水波紋？」

普通請柬寫在紙上，霍連濤的請柬卻十分鋪張地刻在了木頭上，上面鏤空刻了時間地點，下面勾了一截詭異的水波紋圖案，和吳楚楚長命鎖上那個非常像。

李妍感嘆道：「這個霍堡主肯定很有錢。」

楊瑾奇道：「不是都說他一把火燒了自己家，逃難到南邊了嗎？怎麼還能很有錢？」

「要緊的東西他早就送走了，岳陽的霍家堡就給沈天樞剩下一個空殼和一個傻大哥。」

李晟隨口道，「那興南鏢局的總鏢頭朱慶，本是個頗為了不起的人物，不料一次走鏢遭人暗算，後脊樑骨受傷，至今只能癱在床上，生活尚且不能自理，更不必說照看生意了。這朱慶一雙兒女都還不到十八，兄長叫做朱晨，就是剛才被他們鏢師護在中間的那個，從小身體不好，功夫也練得三天打魚兩天曬網，他那妹子朱小姐更是自小嬌生慣養，身手也就那麼回事，兄妹兩個突遭大變，也沒辦法，只能自己頂門定居，幸虧一幫老鏢師厚道，還願意給他們撐門，鏢局這才能勉力支撐——前幾年霍家堡崛起的時候不是四處招攬人嗎？聽說連活人死人山的木小喬都去了，朱家那兩兄妹便順勢依附了霍家，那霍連濤牛皮吹破天，根本就沒怎麼管過他們死活，這回活人死人山的雜碎搗亂找不著正主，反倒拿他們出氣，也是倒楣。」

楊瑾聽罷，對亂世孤苦小兒女的遭遇沒什麼感慨，只是若有所思道：「聽說霍家腿法獨步天下，那麼這個霍連濤能網羅這麼多人投他麾下，武功必然是很厲害的？」

周翡悚然道：「難道你還打算挑釁霍家堡？」

楊瑾挺直了腰杆，一本正經地糾正道：「是挑戰。」

周翡無言以對，跟一個滿腦子打遍天下無敵手的南疆漢子實在說不清楚。

「武功怎麼樣說不好，」她想了想，說道，「但你這麼一說，我確實想起了一件事——當時受到戰火波及，再加上曹仲昆有意針對，洞庭一帶各大門派先後凋落，唯獨讓沉寂多年的霍家堡做大，為什麼？老堡主不能管事，而那霍連濤既不是底蘊最深厚的，也不是武功最好的……」

李晟從小就是個人精，一點就透，聞聽此言，立刻恍然大悟道：「但他一定是最有野心的，此人背後很可能有別的勢力。當時霍家堡剛一遭到北斗威脅，立刻就放火撤退，將自己大本營都甩了，除了說明他特別怕死之外，還有可能是他早就已經找好了退路，說不定計畫將霍家堡遷往南邊很久了，所以他背後的勢力很可能是……」

周翡和吳楚楚對視一眼——謝允說過，「白先生」是他堂弟的人，謝允是建元皇帝的侄兒，那他的堂弟豈不是皇帝那老兒的皇子？

吳楚楚先是點了一下頭，示意周翡和李晟的猜測都有理，隨即又搖了搖頭，敲了敲桌上的木請柬，暗示他們有事說事，別再揣度這些大人物的心計。他們仨僅僅用眼神交流了片刻，便各自明白了其他人的意思，一時都默契地噤了聲，只剩下楊瑾李妍大眼瞪小眼，全然不明所以。

李妍怕挨罵，憋著沒敢吭聲，楊瑾卻很實在地皺緊眉頭，說道：「不是剛才還在說霍連濤的武功厲害不厲害嗎？你們在扯什麼亂七八糟的？為什麼你們中原人老想這麼多事？好不痛快！」

「……」周翡無語片刻，問道，「徐舵主是你什麼人？」

楊瑾道：「哦，是我義父。早年他到我們擎雲溝來求過醫，我爹治好了他，那以後便經常有往來。」

周翡真心實意道：「那你可一定要多跟你義父親近，有事多聽他老人家的。」不然遲早讓人稱斤賣了。

楊瑾壓根沒聽懂她這句隱晦的擠兌，莫名其妙地看了她一眼，實誠地點頭道：「那是自然。」

李晟將木請柬反過來觀察了片刻，說道：「永州，正月——方才據咱們推斷，謝公子是往南去了，永州不也是這方向嗎？你們說，他有沒有可能是去那邊了？」

周翡倏地一愣，這麼一說還真有可能！

「再說說這個水波紋，」李晟道，「現在就咱們知道的，吳將軍那裡有一個，霍家堡顯然也有一個。」

「山川劍有一個，」周翡想起寇丹在洗墨江邊的話，補充道，「我娘……不對，按時間算，應該是外公那也有一個。羽衣班不清楚，但我覺得霓裳夫人很可能知道海天一色的一些內情。魚太師叔沒有，否則寇丹一定拿到了，但他老人家似乎也知道內情。」

「要是按著那一輩人算，霍連濤當時還狗屁不算呢，他現在手裡的水波紋，該是老堡主留下來的。」李晟頓了頓，想起他目睹的那場大火，想起沖雲子和霍老堡主之間那種詭異的默契，又說道，「我總覺得齊門也應該有一個。」

周翡聽到這裡，突然沉吟道：「等等，我發現這裡面有個問題。」

李晟嘆了口氣：「不錯。」

李妍終於被他們倆這不知所云的對話逼瘋了：「勞駕，大哥，親姐，你倆能用人話交流嗎？」

「就現在咱們知道的，最初拿著這個水波紋的人大多都死了，而且都沒有和繼任者說過其中內情。」吳楚楚小聲給她解釋道，「那長命鎖我從小就戴著，但我爹從來沒跟我說過它有什麼特異之處。山川劍死於非命，這不用說了，之後他的東西落到了鄭羅生手裡，鄭羅生到死都沒明白海天一色是怎麼回事。」

「齊門和羽衣班不太瞭解，」周翡說道，「我娘也一樣，倘若她不是完全蒙在鼓裡，當時肯定不會派晨飛師兄他們去接你們。」

張晨飛太年輕了，他們那一隊人雖然常在江湖上行走，做的卻大多是跑腿的事，李瑾容不可能明知吳家人身上有要命的東西，還將弟子派去送死。

「說回到這個霍連濤身上，」李晟道，「霍連濤這個人，心機深沉，很會自吹自擂、狐假虎威，但海天一色不比其他，他不可能傻到明知自己有個懷璧其罪的東西，還拿出來滿天下展覽招禍。這水波紋很可能是霍家堡堡主平時用的一樣信物，被不明內情的霍連濤當成了取代霍老堡主的憑證。」

李妍聽了這前因後果，簡直一個頭變成八個大，滿城的鳥都飛過來圍著她腦袋轉了一圈。她絞盡腦汁地思考了片刻，沒想出什麼所以然，只將腦中原本涇渭分明的麵和水和成了一團難捨難分的漿糊，只好無力地問道：「所以呢？我還是沒聽懂。」

「所以永州這回要熱鬧了。」李晟低聲道，「霍連濤根本不知道水波紋代表什麼，自以為來客都是來給他捧臭腳的，到時候恐怕會來一大批不速之客。」

對「海天一色」垂涎三尺的活人死人山、北斗，甚至是……南面朝廷。

李晟問道：「怎麼樣，我們去永州看看嗎？興南鏢局的人能把我們帶過去。」

周翡遲疑著沒表態，畢竟謝允不見得一定會去永州，她只想尋人，沒興趣跟著霍連濤攪混水。

然而就在這天傍晚，「頭一戶」的店小二給楊瑾送來了一個消息——

「黃色蝠的兄弟們傳信，說好似見過您打聽的人，此人自己買了馬車，出手十分闊綽，就是說什麼也不肯讓人幫他趕車，非要親力親為。小人那些兄弟們沒見過少爺不當非當車夫的，覺得有點奇怪，還派人小心地跟了一段，見他走的是往永州去的官道。」

第三十六章　永州

周翡平日裡是「刀不離手」，即使出門在外，也和在四十八寨中做弟子那會一樣，早晨天不亮便起來練刀，練滿一個時辰，這一個時辰不打套路，就是來來回回地錘煉枯燥的基本功，一點花哨也沒，等她練完，別人差不多也該起了。

到了傍晚時分，則是她雷打不動的練內功時間，她就算不吃飯也不會忘了這一頓。可這一天傍晚，她卻沒在房中，李妍找了一圈，卻在前頭的酒樓裡找到了她，驚詫地發現她居然在閒坐！

「周翡」和「閒坐」兩個詞，完全就是南轅北轍，互相不可能搭界的，李妍吃了一驚，十分憂慮地走上前去，伸手去探周翡的額頭，懷疑她是傷口復發了，燒糊塗了。

周翡頭也不回地便捏住了她的小爪子：「做什麼？」

李妍忙屁顛屁顛地將店小二傳來的消息說了，周翡聽完心不在焉地點點頭，說道：「知道了，咱們準備準備就走。」

李妍還要再說什麼，卻見周翡豎起一根手指，衝她比劃了一個「閉嘴」的手勢。

李妍順著她的目光望去，見蕭條的大堂中，被玄武派打爛的桌椅尚未及清理出去，說書的沒來，來了唱小曲的，弦子受了潮，「嘎吱」作響，賣唱的老頭品相不佳，門牙缺了一顆，哼唧起來總有點漏風。

李妍奇道：「妳就為了聽這個沒練功？這唱的什麼？」

「《寒鴉聲》。」周翡低聲道。

李妍聽也沒聽過，一頭霧水地在旁邊坐下來，屁股上長了釘子似的，左搖右晃半晌，方才聽出一點意味來──這段《寒鴉聲》非常十分新鮮，因為唱得並非王侯將相，也不是才子佳人，它帶著些許妖魔鬼怪的傳說色彩，聽著神神叨叨的。

說有個男人，乃是流民之後，年幼時外族入侵，故鄉淪陷，迫不得已四處顛沛流離，因緣際會拜入一個老道門下，學得了一身刀槍不入的大本領，便懷著興復河山的心從了軍。

先頭的引子被那老人用老邁的聲音唱出來，有說不出的蒼涼，吸引了不少因戰亂而流亡至此的流民駐足，老頭唱到「他本領學成，乃是經天緯地一英才」的時候，手裡的弦子破了音，調門也沒上去，破鑼嗓子跟著露了醜，將「英才」二字唱得分外諷刺滑稽。

這位「英才」文武雙全，上陣殺敵，果然英勇無雙，很快便在軍中嶄露頭角，官拜參軍。

參軍接連打了幾場勝仗，受到了將軍的賞識，將他叫到身邊如此這般地表彰一遍，參軍倍受感動，涕淚齊下，跪在地上痛陳自己的身世與願景，將軍聽罷撫膺長嘆，給他官升一級，交給他三千前鋒，令他埋伏途中，攻打敵軍精銳。一旦成功，便能奪回數座城池，將軍答應給前鋒請出首功。

方才給賣唱老頭那一嗓子丟醜唱笑了的眾人重新安靜下來，津津有味地等著聽這苦命人如何出將入相、功成名就。

參軍為報將軍知遇之恩，自然肝腦塗地，埋伏三日，等來敵手。這一段金戈鐵馬，弦子錚鳴作響，老藝人竟沒演砸，李妍也不由得屏住呼吸——卻誰知原來他們只是誘餌，那將軍忌憚參軍軍功，唯恐其將自己取而代之，便以這三千人性命為籌碼，誘敵前來，一石二鳥，攘內安外。

參軍死到臨頭，卻忽然見天邊飛來群鴉，方才知道是師父派來救他性命，遂捨棄功名盔甲，隨群鴉而去，出家去也。

李妍聽得目瞪口呆：「什麼玩意！」

隔日，周翡他們聲稱為了「湊熱鬧長見識」，蹭著興南鏢局的名頭，同行去永州。朱氏兄妹正求之不得——能多幾個高手同行，好歹不用再擔心那些活人死人山的雜碎追上來。

周翡與楊瑾在前開路，李妍、吳楚楚和那位興南鏢局的女孩朱瑩坐的一輛馬車，跟在鏢師們和押送的紅貨（注）之後，朱晨則陪著李晟他們騎馬緩行墊後。

路上李妍仍對那段匪夷所思的《寒鴉聲》念念不忘。

注：舊稱珠寶玉器一類的貴重物品，紅貨就是炙手可熱的貨物。

「後面就更扯了，說那位參軍出家以後，整天跟烏鴉和骨頭架子為伍，一天到晚在深山老林裡修煉，好不容易有點法術，時靈時不靈，有時候還被妖魔鬼怪追得滿山跑，經過千辛萬苦，最後偶遇了一幫少年打馬郊遊，自言自語了一句『緣分到了』，就得道成仙了！」隔著一輛馬車，都能聽見李妍喋喋不休的抱怨，「這就成仙了！聽說過嗎？早知道我應該專門帶一幫人到深山老林裡郊遊，碰見誰誰成仙，一千兩銀子碰一次，那咱們不就發了？唉，我就不明白了，你們說說，前面又是行軍打仗，又是國恥家醜的，跟這結局有什麼關係嗎？」

吳楚楚輕輕柔柔地說道：「這些消遣都是以詞曲為先，故事還在其後，比這更離奇的也有呢，只要曲子好聽就行啦。」

「不好聽啊！」李妍恨不能掏出一把辛酸淚來，嗷嗷叫道，「妳不知道啊楚楚姐，那唱曲的老頭子豁牙露齒，咬字不清，不是琴跑調就是他跑調，我就為了看看這故事能扯出一個什麼樣的淡，活生生地在那聽他鋸了一個時辰的木頭！妳看妳看，昨天晚上豎起來的頭髮現在都沒下去呢！」

騎馬在側的李晟嘴角抽了幾下，對朱晨道：「舍妹年幼無知，見笑了。」

朱晨笑道：「哪裡，李姑娘天真無邪，孌難得的。」

他說著，低低地咳嗽了幾聲，聽見馬車裡李妍又不知嘰咕了一句什麼，幾個姑娘嘻嘻哈哈笑成了一團，連素日未曾開懷的朱瑩都輕鬆了不少。

朱晨聽見小妹的聲音，有些欣慰，隨即又不由得嘆了口氣——若是他也有一刀一劍橫行天下的本領，何至於要年方二八的妹子跟著出來餐風飲露、受盡欺凌？他想起自己本領低微，便覺前途渺茫，正自己滿心茫然沉鬱時，突然，前面走得好好的楊瑾毫無徵兆地抽出刀來，劈頭便往旁邊周翡頭上砍去。

朱晨吃了一驚，座下馬都跟著慌亂起來，腳步一陣錯亂，被旁邊李晟一把抓住轡頭方才拽住。

李晟見怪不怪道：「沒事，別理這倆瘋子。」

只見那好像一直在馬背上發呆的周翡連頭也沒抬，將望春山往肩上一扛，長刀倏地翹了起來，正好打偏了楊瑾的斷雁刀，同時，她整個人往後微微一仰，不等楊瑾變招，長刀便脫鞘而出，短短幾個呼吸，她與楊瑾已經險而又險地過了七八招，分明是兩把長刀，卻招招不離周翡身旁半尺之內，她簡直好似被刀光包圍了。

這搏命似的打法看得朱晨目瞪口呆，好生捏了一把大汗。連旁邊馬車裡的人都被這動靜驚動，車裡的三個姑娘都探出頭來——除了朱瑩比較震驚，吳楚楚和李妍只看了一眼就又縮回頭去，顯然也是已經習慣了。

若說楊瑾的刀是「從一而終」，周翡的刀便是「反覆無常」。

她幾乎一刻不停地在摸索，過幾天就會換一個風格，出刀的角度、力度與刀法，完全取決於楊瑾偷襲的時候，她腦子裡正在想什麼。

這一日，周翡本來正在聚精會神地回憶鳴風樓「牽機」和紀雲沉「斷水纏絲」的區別和相通之處，驟然被楊瑾打斷，她使出來的刀法便不覺帶了那二者的特點——輕靈、詭異、髮黏，好像她手中拿的並不是一把長刀，而是一根千變萬化的頭髮絲，能隨意捲曲成不同的形狀，又在無聲之處給人致命一擊。

楊瑾被這種「纏」法打得不耐煩，斷雁刀快成了一道殘影，直取周翡前心。周翡突然仰面而下，望春山橫出一招略微變形的「斬」字訣，「斬」字訣氣魄極大，將方才的黏糊一掃而空，毫無過度，兩相對比，簡直如同盤古一斧突然劈開混沌一樣，「噹」一下撥開了楊瑾的斷雁刀。

楊瑾最怕周翡說變招就變招，被她這陡然「翻臉」打了個措手不及，不由得往前一閃，就在這時，周翡倒提望春山的刀鞘，狠狠地往楊瑾的馬屁股上戳去。

那馬本來任勞任怨地跑在路上，背上那倆貨這麼鬧騰都還沒來得及提意見，便驟然遭此無妄之災，簡直要氣得尥蹶子，當即仰面嘶鳴一聲，差點把楊瑾掀下去，暴跳如雷地往前衝去。

饒是楊大俠斷雁刀快如疾風閃電，也不得不先手忙腳亂地安撫坐騎，好不容易坐穩了屁股，他憤然衝周翡嚷道：「能不能好好比武，妳怎麼又耍詐！」

大概是邵陽一戰養成了習慣，只要跟她動手的人是楊瑾，周翡就總是忍不住弄出一點小花招來。而楊瑾也從來不負所望，挖坑就跳，跳完必要怒髮衝冠，久而久之，這簡直成了一種樂趣。

周翡好整以暇地將望春山還入鞘中：「誰讓你先偷襲的？」

同行這一路，朱晨還從未見周翡說過話。

只要有人領路，周翡就心安理得地沉浸在自己的刀法裡，一天十二個時辰，她有十個半都在琢磨自己的刀——朱晨一直當她是個脾氣古怪的高手，頭一次發現她居然也會玩笑打趣。

方才打鬥時，她被楊瑾弄亂的一縷長髮落在耳邊，周翡隨意地往耳後一掖，露出少女好看的眉眼來，舒展又清秀。

朱晨不由得看了許久，直到旁邊的李晟說話，他才突然回過神來，意識到自己不該盯著人家女孩看，連忙有些狼狽地收回視線。

路程不長，除了楊瑾和周翡時而沒有預兆地互砍一通之外，旅程堪稱和平，永州的地界很快便到了。自古永州多狀元，山清水秀、人傑地靈，自秦漢始建，城中透著森森的古意，未曾被南北戰火波及，透著一股子雍容平靜。

只不過現如今因有霍連濤在此地興風作浪，來往這瀟湘古城之間的便都成了南腔北調的江湖人。大街上車水馬龍，堪稱擁擠，各大門派間有互相認識的，隔三差五還要互相打個招呼。路邊行乞的、路上趕車的，看著都像是丐幫、行腳幫的人，叫人不敢小覷，隨便一個拄著拐杖走過去的老頭都似乎身懷絕技。

周翡他們隨著興南鏢局的人走進一家客棧，隨意往座中一掃，便先注意到了三個人——有個一手提刀、一手領著隻猴的獨眼老漢，一個五大三粗、明顯是男扮女裝的中年男子，還有身後揹著個籮筐，筐裡一堆毒蛇亂拱的青年。

興南鏢局裡有個頭髮花白的老鏢師，朱慶不能理事之後，便是由他來代「總鏢頭」，朱家兄妹都十分恭敬地叫他「林伯」。林伯常年走南闖北，見識頗廣，一路悄悄地給朱晨四下指點：「領著猴的那人叫做『猿老三』，男扮女裝的是他兄弟，叫做『猴五娘』，這倆人長於殺人，曾經位躋四大刺客，可有些年頭沒露過面了，這回居然肯接霍家的『征北英雄帖』，來意著實叫人看不透。」

天下聞名的刺客，周翡只聽說過有個「鳴風樓」，沒想到還分幫派，便不由得抬頭看了林伯一眼。

朱晨非常有眼力勁兒地將她的疑惑問了出來：「林伯，四大刺客都有誰？」

林伯一邊小聲交待年輕後輩們不要到處亂瞟，省得惹麻煩，一邊引著眾人上樓。到樓上坐定，他才對朱晨說道：「要說刺客，首先是『雲想衣裳花想容，春風拂檻煙雨濃』，這說的是南北兩大刺客幫派……」

周翡聽得心頭一跳，感覺都像熟人。

果然，林伯接著說道：「……就是傳說中的『羽衣班』和『鳴風樓』。」

周翡單知道霓裳夫人跟她手下一幫女孩子來無影去無蹤，沒料到她們竟然除了唱曲之外，還有人命買賣的副業！

林伯又道：「另外兩個，一個是獨來獨往的『黑判官』封無言，還有一個，便是這『猿猴雙煞』，都已經隱退好多年了。當年因為北斗天怒人怨，十個懸賞裡有八個都跟他們有干係，別的好說，四大刺客倘若都避而不接，實在對不住自己的名頭，可又不能真接——你們想想，連鳴風樓接了北邊的活，都鬧得最後被迫退隱四十八寨，其他人能討著好嗎？怎麼都是為難，聰明人便都急流勇退，順勢金盆洗手了。」

後生們聽了一時都有些戚戚然，李妍自來熟地問道：「老伯，那個揹一筐小蛇的又是誰啊？」

林伯「噫」了一聲：「妳這女娃娃，倒是膽大，蛇也不怕嗎？」

李妍當然不怕，四十八寨常年潮濕多雨，毒蟲毒蛇不說滿山爬，隔三差五地也總能見著幾條，偶爾長個口瘡什麼的，還能撈到個蛇羹吃一吃。

「有什麼好怕？」李妍大喇喇地說道，「我還養過一條呢，後來叫姑姑發現，把我罵了一頓，給拿走了。」

楊瑾聞言，面皮一緊，不動聲色地躲她遠了點。

林伯年紀大了，看見李妍這種活寶一樣的半大孩子便喜歡得很，笑咪咪地給她解釋道：「那一位是『毒郎中』，名叫做『應何從』，他身上那一筐寶貝可不是妳養著玩的，裡頭都是見血封喉的毒物。」

李妍養的其實也是毒蛇，要不然李瑾容才不管她，只是這小丫頭雖然總是一副缺心少肺的樣子，卻是個爭寵和討人喜歡的好手，聽出林伯等人對這養蛇的「毒郎中」頗為忌憚，她便沒提這茬，只是大驚小怪地「哇」了一聲，哄得林伯樂呵呵的，這才有點羨慕地偷偷透過樓梯，往那「毒郎中」的筐裡瞟。

「毒郎中」彷彿感覺到了什麼，突然一抬頭，正好和李妍的目光撞了個正著。

這應何從面頰有些消瘦，長得眉目清秀，氣質略嫌陰鬱，但總體是個頗為耐看的青年——只可惜大多數人見了他那一筐蛇，都不敢仔細看他，也便分辨不出他美醜。

他一抬頭看見李妍，似乎也有些意外，沒料到是這麼小的一個女孩，一側的長眉輕輕挑動了一下，李妍也不知怎麼想的，衝他露出了一個大大的笑臉。她正在呲牙傻笑，突然腦後一痛，李妍「哎喲」一聲：「李缺德，你打我幹嘛？」

李晟往樓下瞥了一眼，見那毒郎中收回了視線，這才放下心來，衝李妍道：「嘴別咧那麼大，牙掉下去不好找。」

李妍：「……」

但凡她打得過，一定要在「李缺德」臉上撓出三條血口子。

周翡從小聽他倆掐，在旁邊拾了個熟悉的樂子，嘴角剛露出一點笑意，另一側便突然遞過一個白瓷的杯子。

周翡一愣，偏頭望去，只見興南鏢局的那病秧子少主朱晨用開水燙了個杯子，又細細地拿絲絹擦乾淨了，順手遞給了她一個。朱晨驟然見她目光飄過來，彷彿嚇了好大一跳，慌慌張張地移開自己的視線，「吭哧吭哧」地將剩下幾個杯子也擦了，任勞任怨地分了一圈，始終沒敢抬頭。

周翡有點莫名其妙，心道：「不就剁了四條胳膊麼，我有那麼嚇人？」

就在她想說句什麼的時候，樓下突然飄來一串琵琶聲。林伯側耳聽了片刻，臉色倏地一變，一抬手按住朱晨的肩膀，將食指豎在嘴角。

不但是他，客棧中不少人都戒備了起來，尤其是那猿老三手上的猴。這長了毛的小畜生受了刺激，躥上長板凳，張嘴大叫起來，好像企圖打斷琵琶聲。琵琶聲自顧自地響成了一串，周翡越聽越覺得熟悉，忍不住探出身去。

隨後，門口傳來銀鈴似的笑聲，幾個女孩子率先進了客棧中，個個好似風中抖落露珠的花骨朵。

吳楚楚：「呀，怎麼是……」

她話沒說完，一角裙裾飄進了客棧，有個人腳踩蓮花似的提步緩緩而入，來的居然是個熟人——霓裳夫人！

望春山都是人家送的，看見了自然不能當沒看見，周翡撂下一句「你們先坐」，便起身提步下了樓，剛站上樓梯，她便覺得樓下的氣氛有些劍拔弩張，腳步便是一頓。

霓裳夫人看見了她，抬起尖削的下巴，風情萬種地衝周翡笑了一下，隨即便將視線轉向了那奇形怪狀的猿猴雙煞，她彎起一雙桃花眼，笑道：「猿三哥，好些年沒見，怎麼這小畜生見了我還是齜牙咧嘴？」

猿老三還沒說什麼，那猴五娘便一扭八道彎地站起來，捏著嗓子道：「想是聞見狐狸精味，嗆著了。」

霓裳夫人大笑，彷彿被罵得十分受用，她手下的女孩子們旁若無人地閃身進了客棧，嬉笑著占了幾張桌子，旁邊不少人似乎對她們頗為忌憚，不由自主地退讓開了。

樓下有出來有進去的，氣氛緊繃地亂成了一團。

就在這時，一道頭戴斗笠的人影出現在門口，正是消失多日的謝允。

謝允本是跟著羽衣班前來的，因為沒打算跟霓裳夫人相見，便將斗笠壓得很低，誰知還未走進來，先一眼看見了樓梯上站著的周翡。

謝允腦子裡「嗡」一聲，空白了片刻——這水草精怎麼在這！

他當時想也不想，掉頭便走。

周翡站得高，看人其實只能看見頭頂，斗笠遮住的臉統統看不見，而且這邊霓裳夫人跟那一對「猿猴」顯然不是很對盤，似乎隨時能大打出手，周翡原本沒注意別處。倘若謝公子偷偷摸摸地進來，安安靜靜地蹲著，周翡大概會把他當朵蘑菇忽略了，壞就壞在他偏偏見了鬼一樣掉頭就走。

謝允剛一轉身，立刻就反應過來自己辦了件蠢事，心裡暗叫了聲糟。

可是這時候他打草已經驚蛇，不可能裝作什麼都沒發生過了，謝允只能一邊安慰自己是「智者千慮必有一失」，一邊祈禱著周翡眼瘸沒看見，撒丫子狂奔。

但是周翡又不瞎，怎麼可能看不見？

謝允身量頎長，在人群裡本就頗為顯眼，這一進一退，更好比禿子頭上的蝨子。周翡一眼掃過去，便覺得那身影十分熟悉，先是想也不想地便追了上去，掠至門口，她心裡方才回過味來，打眼一掃，只見就這麼一會工夫，那人已經瞧不見了。

就這種沒用的機靈勁，這種輕功——周翡這回確定，那貨十有八九就是謝允，她心裡無端一陣狂跳，腳步卻慢下來了。

周翡一腳踩在客棧的門檻上，緊緊地攥住手中的長刀，面無表情地深吸了一口氣，心裡緩緩數了十個數，然後果斷掉頭上樓，拉過李妍說道：「妳那個五蝠印借我一下。」

謝允輕功快到極致的時候，即便滿大街都是武林中人，也只能看見一道人影疾風似的閃過，連閃過去的是人是狗都看不清。他倏地越過一條小巷，這才小心翼翼地往回望去，只見身後人來人往，暗潮湧動，但周翡沒有追來。

她果然是沒看見。

謝允微微鬆了口氣的同時，心裡又不免升起些許莫名的惆悵。他回過神來，將這惆悵掰開揉碎地自省，覺得自己好似那剛剛長大成人的孩子，要從長輩那裡拿壓歲錢，心裡知道不能要，嘴上手上也百般推脫，待對方真的從善如流，卻又難免失落。

恨對方不能再堅持一點、再死纏爛打一點。

「真是凡夫俗子的可鄙之處啊。」謝允「嘖」了一聲，自嘲地笑了笑，將斗笠壓得更低了些，緩緩往前走去，心裡慢慢地琢磨起方才一瞥之下見到的熟人們——羽衣班到了，猿猴雙煞也到了，這還是明裡，暗地裡不知多少雙眼睛齊聚永州，霍連濤這攤子驟然推開，大得恐怕他自己都想不到，這會應該也十分手忙腳亂。的確，如果不是那木請柬上的水波紋，區區一個洞庭霍家堡，怎麼招得來這麼多退隱已久的頂尖高手？

至於「海天一色」的事，霍連濤不知道很正常，但難道「眼觀六路耳聽八方」的趙明琛也不知道嗎？

謝允這小堂弟年紀不大，心術頗為不正，謝允閉著眼睛都知道他在想什麼——被困華容的時候，趙明琛意識到他選的這個霍連濤太蠢，想重新洗牌武林勢力，自己趁機滲透其中。霍連濤這枚棄子，是他丟出來攪混水的。

天潢貴胄，一天到晚不琢磨國計民生，總想弄些歪門邪道。

趙淵正當盛年，遲遲不肯立太子，這些年他的兒子們漸漸長大，都開始生出別的心思來，有挖空心思迎合父親新政的，有想方設法在宮禁中四處討好的，有仗著自己尚未成年以請教為名私下結交大臣的，還有趙明琛這個劍走偏鋒的——天下人都知道，建元皇帝當年倉皇南渡，是被一群武林高手護送的，方才有今日坐擁南半江山的後昭。

趙明琛一方面在朝中小動作不斷，一邊還要裝出「閒雲野鶴」的樣子給他爹看，四處結交江湖人士，借此拙劣地模仿其父。

可他不知道，這世上有些東西是碰不得的。

不過話說回來，阿翡來做什麼呢？

謝允沒見著周翡的時候，腦子裡轉的這些事都是井井有條的，他看似率性而至，但心裡一直都有數——如果沒有周翡這個「計畫外」。

謝允一邊下意識地搓著手，企圖給自己摩擦出一點溫暖，一邊順著蜿蜒的小巷子不遠不近地繞著方才霓裳夫人進去的客棧走，極力想將自己跑偏的思緒拉回來。

此事涉及「海天一色」，霓裳夫人必然是風暴中心，他應該緊跟上去。

可偏偏周翡也在……

謝允低頭捏了捏鼻梁，發現自己無論怎麼努力，都不能請周姑娘從自己腦子裡移駕出去，便乾脆自暴自棄，圍著她打起轉來，尋思道：李大當家怎麼會同意她來湊這個熱鬧？

他倒是從來沒想過周翡是專程來找自己的。一來，謝允就不相信那位自己家門口都不辨南北的周迷路能找著他，二來，他自己來永州也是個意外，要不是看見黑檀木上的水波紋，這會說不定已經在陽光融融的南疆了。

謝允不由得有些後悔起自己臨時改的道——趙家的事，和自己還有什麼關係嗎？非要犯賤來管，以至於現在鬧得自己進退維谷，不得安寧。這時，耳邊傳來沿街小販的招呼聲：「公子爺，剛出鍋的麵湯，來一碗嗎？熱騰騰的，還冒白汽呢。」

謝允的思路「嘎嘣」一下被人打斷，叫「熱騰騰」這三個字一激，在陰冷潮濕的冬天裡圍著大街小巷轉了好幾圈的謝允感覺自己骨節中都生出了碎冰渣，迫切需要一碗熱湯澆一澆。他在大事上時常受委屈，細枝末節便不大肯逼迫自己，被那小販一招呼，便立刻提步往那小攤裡面的位置走去。

小販歡天喜地地應了一聲，掀開一口滾著沸湯的大鍋，手腳麻利地切好了麵。

謝允低著頭往裡走了三步，忽然腳步一頓——他發現這不是個挑擔沿街叫賣的小販，後面原來還有一間小館子，顯然是這兩天城裡外人來得太多，食客在麵館裡坐不下，才又在外面擺了個攤。

謝允悄然瞥向那正在往鍋裡下麵的小販，只見那煮麵的人頭也不抬，利索地拿著一根長筷子在鍋裡攪合，嘴卻不閒著，一迭聲地問他道：「公子有沒有忌口？吃不吃酸？吃不吃得辣？要鹹要淡？要硬要軟？」

謝允微微瞇了一下眼，緩緩說道：「隨意。」

那小販站在鍋前，面對謝允，卻是背向大街的。

一般招呼得熱鬧的小販手裡做什麼，斷然不會耽誤他口頭吆喝，更不會在招來一個客人後就全方位的盯著，除非他根本沒打算招呼第二個人！

謝允倏地一抬頭，目光正好和街角處一個蜷在馬車上的車夫對上。

那車夫沒料到他突然看過來，下意識地心虛避開他的視線。

行腳幫！

謝允皺了皺眉——這幫陰魂不散的東西，怎麼還在盯著他？

「公子爺，麵出鍋了！」

謝允露出一點意味深長的笑意，假裝轉身伸手去接，卻在這一步間滑出了一丈有餘。

那小販吃了一驚，高聲叫道：「你……」

這動靜立刻驚動了周圍好幾雙眼睛，謝允方才一動，便有好幾個人向著他靠近過來。可謝公子的輕功獨步天下，自從在四十八寨突然對北斗出手之後，更像是解開了兩條腳鐐，簡直插根毛就能上天摘個蟠桃，哪會這麼容易便被人堵在小巷裡？

那幾個行腳幫的人顯然低估了他，眼看不過幾步遠，卻總是差一點抓他不住。

謝允三兩步便甩脫了這些蹩腳的跟蹤者，有恃無恐地直奔著那對角的車夫去了，他將雙手背在身後，顯然沒打算大打出手，甚至衝那車夫一笑，笑得車夫汗毛倒豎。

謝允人未至，車夫已經將探手從車裡抓出了一張大網，劈頭蓋臉地便向他兜了過去。

謝允一挑眉，絲毫不以為意，那車夫眼前一花，便只見本該在網中的人居然在那大網撲面而來的一瞬間，不知使了個什麼詭異的身法，順著那空中大網「爬」了上去！

車夫不由得張大了嘴——

謝允一抬手，長袖彷彿自帶大風似的鼓起，只是輕輕擺了擺手，那機關重重的行腳幫大漁網竟然好像一朵輕飄飄的雲，被他輕柔的掌風推出半尺遠，就這一點罅隙，已經足夠他在空中二次提氣，足尖一點大網，借力脫困而出！

隨即，他在一間民房的屋頂上落腳片刻，轉眼便隱沒在其中，不見了蹤影！

行腳幫號稱無孔不入，卻被謝允當面教育了一回什麼是真正的「無孔不入」，當場給激起了一腔非要分個高下的好勝心。外人察覺不到的暗號在整個永州城裡無數跑堂的、叫賣的、挑擔的、趕車的人中間傳遞，轉眼便結成了一張由人連成的天羅地網，只要謝允這傢伙還在永州城裡，就算他掘地三尺躲進老鬼婆的棺材裡，他們也要把他挖出來！

謝允落在了一戶民居的後院裡，他目光四下一掃，先將自己頭上的斗笠摘下來扔了，隨即探手入懷中，摸出兩條花白的長毛——這毛也不知是從什麼東西身上揪下來的，看著很像頭髮，幾乎能以假亂真。

他非常有技巧地把這玩意往腦袋上一纏、固定好，乍一看好似兩鬢斑白，隨即又摸出他當「千歲憂」糊弄霓裳夫人的小鬍子和皺紋，三下五除二給自己改頭換面一番，在小院裡一尋摸，放下點零錢，不見外地將人家晾在院裡的一套粗布的破袍子和後門的柳木拐杖順走了。

謝允把那粗布衣服裹在自己厚實的棉衣外，窩在其中不得舒展的厚衣服便自動成了他縮起的脖、端起的肩和駝起的背。他瞇起眼，將膝蓋彎起，腳呈微微外八字，繼而照著烏龜的動作伸長了脖子，再往前一毛腰，將自己整個身體都壓在拐棍上——

片刻後，那來去如風的公子不見了，一個走路都顫顫巍巍的糟老頭子好似打盹剛醒，頂著一頭亂髮，睡眼惺忪地便拄著拐杖出來溜達，與正在圍追堵截要緊人物的行腳幫眾人擦肩而過，誰也沒看出他是誰。

謝允臉上的小鬍子得意地往上翹了翹，邁著四方小步，有恃無恐地轉回到方才的客棧附近，想看看霓裳夫人和猴五娘掐起來了沒有。這一路暢通無阻，畢竟，誰也不會留意一個貼著牆根的糟老頭子，謝允保持著面朝黃土的動作，不動聲色地抬起眼，偷偷往客棧裡瞄去，發現周翡已經不在樓梯上了，霓裳夫人正帶著她那一幫凶殘的娘子軍好整以暇地吃飯，方才的猿猴雙煞居然已經不在了。

「剛才出什麼事了？」謝允暗忖道，「那養猴的兄弟也有學會韜光養晦的一天？」

就在他微微有些出神的時候，突然有個人冒冒失失地經過，從側後方撞了他一下。謝允不想惹麻煩，不等人家開口，便頭也不抬地憋出一副沙啞蒼老的嗓子，喃喃說道：「不礙事，不礙……」

「事」字尚未出口，他脖子上便被架了一個冰涼的東西。

謝允：「……」

他倒是不怎麼慌張，反正不怕脫不開身，反而感興趣地想知道是誰這麼火眼金睛，居然這也能抓住他。

剛一回頭，他就傻了——望春山一端卡在牆上，橫過謝允的脖頸，另一端被周翡拎在手裡，一人一刀正好組成了一個封閉的三角，將謝允困在了其中。

「老人家，」周翡皮笑肉不笑地一伸手，用力扯下了謝允一邊的鬍子，「這麼禁撞，身板不錯嘛，你還拄拐幹什麼？」

謝允蹲過黑牢，陷過囹圄，倘或把他一生中遇到過的困境都寫出來，大約能賺好幾袋金葉子，然而他始終覺得自己像一隻樂天的蛤蟆，即便不斷地從一個坑跳往另一個坑，卻每次都能當成津津樂道的笑話，事後加工一番，拿出去天南地北地吹牛。

可世上沒有哪個地方，讓他覺得比眼前這兩尺見方的「牢籠」更加窒息了。

他似乎在暗的地方待久了，強光突然晃到眼前，將他的瞳孔「燙」了一下，又畏懼又渴望地縮成了極小的一團。

謝允覺得自己呆愣了好一會，然後他就著這身可笑的裝扮，輕輕一伸手，按住望春山，那寒鐵的刀鞘上頓時生出一層細細的寒霜，順著他蒼白的手指蔓延上去。

謝允移開壓在他肩上的長刀，緩緩直起腰：「所以那些行腳幫的人是妳找來的？」

周翡知道，自己再長兩條腿也追不上這姓謝的孫子，她一路從蜀中追到永州，該生的氣氣過了，該有的困惑也成百上千次地思量過了，事到臨頭，竟難得沒有意氣用事。她第一時間聯繫了永州城內的幾大行腳幫，此時，永州這場大戲的「戲臺子」正在搭建中，各方勢力還未上場，到處雖然擠滿了人，氣氛卻比較消停，行腳幫那一群慣常偷雞摸狗的漢子們閒得蛋疼，一見李妍的紅色「五蝠令」，都無二話，紛紛湧出來幫忙。

不過倘若謝允那麼好抓，白先生不是吃乾飯的，這麼長時間沒有堵不著他的道理，周翡知道他多半能脫身，叫行腳幫圍追堵截只是為了「打草驚蛇」——謝允此時來永州，不大會是閒得沒事來看熱鬧，他既然悄悄跟著羽衣班，肯定是有什麼正經事，周翡斷定他還得去而復返。

一旦謝允知道周圍佈滿了行腳幫鋪天蓋地的眼線，他必然不會再以本來面貌出現，肯定得喬裝打扮。既然喬裝打扮了……以謝允那人的賤法，說不定會出現得相當明目張膽。

這其實是山裡人打兔子的土辦法，沒練過輕功的人肯定沒有兔子跑得快，一般是兩撥人合作，一撥從四面喊打喊殺，嚇得兔子慌不擇路撞進事先佈置好的網裡，另一撥人埋伏在這，趁兔子在網上撞懵的時候，以大棒槌快準狠地將其打趴下。

周翡想守株待兔的賭一把，在這裡堵不著謝允也沒事，大不了她也死皮賴臉地跟著霓裳夫人，一直跟到霍連濤的「征北英雄大會」上，總有機會能抓住謝某人的尾巴。

她守在客棧門口半天了，看見可疑人物就小心翼翼地湊近，去觀察一二——直到看見熟悉的兩撇小鬍子。謝允的「易容」居然比她想像得還要敷衍，往臉上貼的「皮毛」居然不是一次用完即丟的，隨便跟別的東西組合組合，就能湊一副新面孔！

起碼依著他親王之尊的身分來看，這已經堪稱「會過」了。

一見周翡寒著臉色不吭聲，謝允便賊眉鼠眼地往四下看了看，心裡一邊盤算著退路，一邊吊兒郎當地衝周翡一眨眼，說道：「我要知道這幫倒楣的窮酸是妳招來的，肯定不會這麼疏忽大意，哪那麼容易被妳抓到？美人兒，妳這屬於勝之不武，要不然咱們再重新來

「……」

他話沒說完，便頗有先見之明地一彎腰，靈巧地躲過了周翡一刀，隨後，他順勢閃身往身後小巷中鑽去。

還敢跑！

周翡心裡陡然升起一把無名火。

她隨著那麼多南遷的難民，在這麼個到處人心惶惶的時候，像個沒頭蒼蠅一樣到處找他，從蜀中到永州，反覆回顧謝允的一言一行，企圖從那胡說八道的《寒鴉聲》裡聽出一點端倪。她有一盆的牽掛，不慣於跟人傾訴，只好全都翻覆在心裡。好不容易堵到此人，他居然給她擺一副「玩輸了再來一局」的態度，並且隨時準備開溜！

周翡搶上兩步，橫刀攔住了謝允的去路，隨即幹了一件她醞釀已久的事——挽袖子開始揍他。

謝允眼見她見了真章，忙叫喚道：「哎，怎麼數月不見，一見面就動手呢！」

他嘴裡叫著，也不耽誤手上功夫。這一句話的光景，兩人已經過了七八招。

周翡還是第一次領教謝允的武功。謝允和她見過的每一個人都不一樣，他出手很「輕」。

成名高手中，家裡有李大當家，外面有沈天樞、段九娘等人，這些前輩，周翡都因緣際會地過過招，他們都有個共同的特點，就是高手氣質。他們單單往那一站，便能讓人感覺到一股濃重的壓迫感，就算只是拎一根小木棍隨便往空中一劃，都有按捺不住的攻擊性，所以自古形容人功夫高，便有「飛花摘葉皆能傷人」的講法。

但謝允卻完全不同。

不知他是不是故意留手，周翡覺得他整個人就像一團形跡飄渺的棉絮，一刀砍上去，他能輕輕鬆鬆地四兩撥千斤，連開山分海的破雪刀都有無處著力的感覺。他出手並不快，一招一式卻有種神奇的韻律，彷彿是卡著分與毫來的，他像是比周翡這個正牌傳人對破雪刀的領悟更加透徹，往往是周翡上一招未曾使老，他已經預備好了接下一招。

周翡那把逼得寇丹手忙腳亂的望春山到了他面前，忽然好像也成了被推的「雲」，全然是聽他調配。周翡越打越憋屈，突然眉頭一皺，手中望春山陡然跑了調，從名門正派的「山中靈獸」直接變身成「脫韁野狗」，她好似忽然拋開了破雪刀的套路，一時間亂砍亂削幾乎毫無章法，倘若不是刀鞘沒拔下來，大有要將謝允大卸八塊的意思，一招一式比方才快了三倍有餘，刀刀驚風、快如奔雷——竟然是一部分瘋狗版的斷雁十三刀！

謝允刻意控制的舒緩節奏就這麼被她打斷，一時有些錯愕，心道：真這麼生氣啊？然而隨即，他很快又發現，這表面上的「斷雁十三刀」，內裡卻隱約合了「破雪刀」的「斷」字訣，看似沒有章法，卻又處處是玄機。

謝允恍然，原來這就是破雪「無常」關竅所在——外在能千變萬化，內裡卻萬變不離其宗。收天下以為己用，海納百川，而任憑滄海桑田、斗轉星移，又自有一定之規。

「了不得。」謝允心頭不由駭然，旋即正色，將長袖一甩，袖口宛如被風灌滿的口袋，飄飄悠悠地漲開，然後他雙手倏地一合。周翡當時便感覺一股渾厚得完全不像在青年人的內力湧來，好似一道看不見的牆，輕易便將她困在其中。

謝允雙手夾住了望春山，他掌心的寒霜好似瘋長的藤蔓，不受控地逆流而上，在「春山」上留下了一道清晰的「乍暖還寒」。

周翡那自成一世界的刀法畢竟功力未足，被對方扣住的長刀伸不出去也縮不回來，兩人便僵持在了原地。她氣得差一點便想乾脆將刀從鞘中抽出來，讓謝允這廝也見點血，可是目光一對上那刀鞘上的白霜，周翡便又頓住了。她握著刀柄一端，目光微垂，纖長的睫毛輕輕地蓋著眼睫，又在眼尾處捲翹起來。

謝允本可以趁機腳下抹油，可是這會看著她的臉，他卻好似忽然呆住了，無端錯失良機。

周翡道：「在洗墨江的時候，你跟我說過天下奇毒之首『透骨青』，中此毒者，會從骨頭縫開始變冷，人死時，周身好似被冰鎮過……」

謝允聽了這話才回過神來，倏地撤回了手。

周翡卻沒有追擊，緩緩將在空中僵了半晌的長刀垂下。她輕輕吐出一口氣，抬起眼盯著謝允問道：「你怎麼會知道得那麼清楚？」

謝允很想滿不在乎地笑一下，順勢扯個淡，可他的笑容到了嘴邊，不知為什麼有些發僵，連俏皮話也說得乾巴巴的，好不尷尬。他說道：「可能是因為我博古通今，天下祕聞無所不知。」

周翡又問道：「那你與谷天璇動手的時候，曹寧大喊的那句『不要命了』，又是怎麼回事？」

「哈，」謝允短促地笑了一聲，「曹寧是敵人，妹妹，敵人在戰場上說的每一句話都是為了擾亂妳家的軍心，誰知道他妖的哪門子言、惑的哪門子眾？妳還真聽他的？」

周翡沉默，兩人素來不是打鬧就是鬥嘴，湊在一起便是演不完的雞飛狗跳，就連白先生當面揭穿謝允「端王」身分時，兩人都未曾有這樣相對無言的尷尬。謝允如坐針氈片刻，沒話找話道：「四十八寨離前線那麼近，妳怎麼還有工夫到永州來湊這種熱鬧……」

周翡突然用一種難以言喻的眼神看向他，謝允心口重重地一跳，喉嚨一時竟有點緊，無聊的寒暄說了一半便難以為繼。

「我四年多沒見過我爹了。」周翡低聲道，「我偷溜下山，一路跟著行腳幫給的一點似是而非的消息，追著……追著……你問我怎麼有工夫來湊熱鬧？」

謝允倏地一愣，「她是來找我的」這句話，在他心裡難以抑制地起伏了片刻，讓他輕輕地打了個寒噤，一時竟心生恐慌。

那些壓抑而隱祕的心意好似縫隙中長的亂麻，悄無聲息地生出龐大的根，不依不饒地牽扯住他自以為超脫塵世的三魂七魄，將有生之年從未有過的不知所措一股腦地加諸於他身上，凍上了他那條三寸不爛之舌。

謝允靈魂出竅的時間太長，長得周翡耗盡了耐心，她於是眼神一冷，硬邦邦地說道：「當然是因為霍連濤請柬上那個水波紋。去年『海天一色』還是個只有幾個人提起，但也諱莫如深的東西，連我娘都未必知道『水波紋』是什麼，現在不過幾個月，卻已經有好幾方勢力都在追查，霍連濤這麼一封請柬更是有要將此事鬧得人盡皆知的趨勢，這其中沒有人暗中推波助瀾是不可能的，現在北斗都知道四十八寨裡有兩件海天一色的信物，我不主動來查，難不成擎等著被捲進來嗎？」

她這一番話的內容可謂沉著冷靜、有理有據，可心裡卻越說越窩火，一口氣吐完，非但沒有痛快，反而更難受了，不留神眼圈竟然紅了。人眼好似連著心肝，她察覺到視線有些模糊時，憋的委屈便突然決了堤，周翡猛地轉頭，一言不發，掉頭就走。

謝允下意識地伸出手去，一把抓住了她的手腕。

周翡的袖口是紮起來的，衣料十分輕薄，不隔熱也不防凍，被他一拉，便好似貼上了一塊凍透的寒冰，兩人同時哆嗦了一下。

謝允道：「阿翡，我……」

就在這時，不遠處突然一陣喧譁。

只見原本懶洋洋地蹲在牆角街角的乞丐們突然如臨大敵地爬了起來，眾多行腳幫的人也相互打起眼色，一夥旁若無人的黑衣人闖進了永州城，抬著一口巨大的棺材。

第三十七章　透骨寒霜

謝允本來要說的話被這突如其來的變故打斷，騷動中，他回過神來，輕輕掐滅了方才險些脫口而出的衝動話。

他看著周翡，認為她年少而無知——不是「無知庶子」的「無知」，是「無知苦痛」的「無知」。她像一朵剛剛綻開的花，開在足夠堅實的藤蔓上，與荊棘一起長大，每一顆沾在她身上的露水都生機勃勃，她禁得住風霜，也耐得住嚴寒，帶著一股天生地長似的野性，每天都企圖更強大一點，期待自己終有一天能刺破濃霧，堅不可摧。

她未曾受過歲月的磋磨，未曾在午夜時分，被回不去的舊年月驚醒過。

她也未曾懷疑過，她不知道很多自己相信且期冀的東西，其實都只是無法抵達的鏡花水月，凡人一生到頭，愛恨俱是匆匆，到頭來剩下的，不過「求不得、留不住」六字而已。

謝允心裡荒涼地想道：我一個現在就能躺進棺材裡的，做什麼要耽誤她呢？

有那麼片刻的光景，周遭人聲鼎沸，唯有他耳畔萬籟岑寂。謝公子的嘴唇輕輕地顫動了一下，咽下了千言萬語，忽然便笑了。

那邊的大棺材足足用了十六個壯漢方才抬起來，大得能「立地成房」，長寬與深度足夠躺得下一家子，乍一亮相，將窄巷堵了個結結實實。但凡長了眼睛的活物都不由得往那邊張望，唯有周翡絲毫不為所動，專心致志地盯著謝允，追問道：「你什麼？」

謝允深深地看了她一眼。

周翡：「說啊！」

接著，她眼睜睜地看著謝允將自己那張最找揍的臉堂而皇之地祭出來，嬉皮笑臉道：「我讓妳瞧那邊，妳聽說過青木棺材嗎？那可是玄武主丁魁最寶貝的『座駕』，非逢年過節，他老人家都不輕易拿出來用，嘖，剛一進城就這麼大陣仗，看來活人死人山這回是打定主意要將此局先攬為敬了。」

周翡：「……」

謝允用無懈可擊的目光低頭看著她，顧左右而言他道：「妳別告訴我，妳還不知道玄武主丁魁是何方神聖。」

謝允瞭解周翡，周翡雖然還算講道理，但也很有脾氣，她絕對有「你不喜歡我就趕緊滾」的魄力和氣性，謝允把敷衍明明白白地頂在頭上，她便絕不會糾纏。果然，他兩句話出口，周翡的神色漸漸淡了下去，最後收斂出一張面無表情的小臉，略有些咬牙切齒地回道：「我知道，我不但知道，還親自動手宰過他手下的瘋狗。」

謝允：「……」

這丫頭絕了，輕易不樹敵，可一旦惹事，惹的便一定是大人物。

周翡挑起眼皮，冷冷地說道：「怎麼，我連鄭羅生都殺得，區區一個玄武座下的瘋狗，宰就宰了，還用跟誰打招呼嗎？」

謝允無奈，一邊凝神留意那「抬棺王八們」的動向，一邊順口數落道：「妳……」他尚未展開長篇大論，便突然覺得拉著周翡的指尖傳來一陣刺痛。謝允的雙手太冰冷，難免有些發木，等他察覺到的時候已經晚了，他愕然地低頭望去，只見自己拽著周翡的那隻手食指上冒出了一顆透著寒意的血珠，流出的血微微有些發紫，尚未完全冒頭，就給凍上了——始作俑者是周翡指間一根小尖刺。

謝允視線開始模糊起來，他下意識地往後退了半步，見周翡好整以暇地將那根小尖刺用錦緞包好收起來，說道：「謝公子上知天文下知地理，可還記得行腳幫最擅長什麼？」

行腳幫第一絕活就是偷雞摸狗，尤以藍色蝠中開黑店為最，天下十種倘有蒙汗藥，八種都是他們獨創的。

謝允的四肢漸漸開始不受控制，他踉踉蹌蹌地左搖右晃片刻，後背一下撞在旁邊的牆上。周翡見他方才上躥下跳那麼神威，想必也沒那麼容易摔死，便沒去扶他，她將手一背，十分「講理」地說道：「你偷襲我一次，我暗算你一次，咱倆扯平了。」

謝允苦笑，舌根發僵，卻已經說不出話來，也不知行腳幫那些缺德冒煙的玩意都給了她什麼東西，他發現自己越是企圖運功去「逼毒」，那藥性發作得便越快，終於無力保持直立，眼前一黑，憋憋屈屈地被放倒了。

周翡先是謹慎地上前觀察了一下，確定他真暈過去了，才開始考慮該怎麼移動這一坨「物件」，她稍微比劃了一下，感覺扛在肩上是不可能的，她肩膀不寬，地方不夠用；有心想拎著他的腰帶拖起來，又發現謝允那自稱「五尺長」的腿好生礙事。

周翡拎著長刀在他膝蓋上比劃了一下，心道：「長得真麻煩，削一截得了。」

她在旁邊溜溜達達地琢磨了一會，拎起謝允的領子，從他懷裡摸出點碎銀來，挪動著謝允，來到路邊一個賣草帽的小販處，指著人家拉貨的木頭小推車問道：「車賣嗎？」

片刻後，周翡在小販戰戰兢兢的目光下放下銀子，將謝允囫圇扔上去，拿了一頂草帽蓋住他的臉，只露出腦袋上一縷假白頭髮，活像準備去賣身葬父一樣，推著「屍體」走了。

而此時，客棧裡的興南鏢局眾人已經因為玄武主親至開始如臨大敵了。

大棺材經過的時候，所有人鴉雀無聲，朱家兄妹臉色都很難看，倒是楊瑾比較百無禁忌，走到窗口往下瞄了一眼——從上往下看，那敞口的大棺材裡面原來另有玄機，裡面安著一張氣派的大椅子，還擺著楔在棺材底的幾張小桌，桌上端端正正地放著茶壺酒碗等物，十六個壯漢步履穩健，盛滿酒水的杯子一滴也沒灑出來。

一個五短身材的男人正四仰八叉地坐在其中，愜意地喝酒曬太陽，由於此人身形實在太過短小，在這口十分「深邃」的大棺材裡根本冒不出頭來。

就在楊瑾雙手抱在胸前，打量著這「四大魔頭」之一的時候，棺材裡的「武大郎」驟然抬了頭，目光倏地對上了楊瑾，一張佈滿皺紋的老臉面無表情地凝視了他片刻，隨即呲牙衝他一笑——他一口牙缺席了接近一半，碩果僅存的幾顆稀稀拉拉地站著，擋不住黑洞洞的嘴，說不出的詭異嚇人。

楊瑾的後脊突然躥上一層涼意，他想也不想便錯身一躲，只聽「篤篤」幾聲響，一排巴掌長的飛鏢竟從那玄武主的青木棺上射了出來，正好與楊瑾擦身而過，幾支射在窗櫺上，還有幾支進了室內，被反應極快的李晟抽短劍撥開。

李妍嚇了一跳，大叫道：「楊黑炭，你閒著嗎？沒事惹他做什麼？」

楊瑾給她冤壞了，一時間臉更黑了。

林伯擺擺手，說道：「活人死人山四大魔頭，青龍主鄭羅生陰險狡詐，朱雀主木小喬凶殘古怪，白虎主馮飛花喜怒無常，玄武主丁魁是非不分——說的是丁魁其人，動手傷人毫無緣由，說不定只是別人多看他一眼，他便要將人亡族滅門，並不是小哥主動招惹。唉，要不然怎麼說這些人是江湖毒瘡呢？」

李妍問道：「那都沒人管嗎？」

「誰管？」林伯搖搖頭，「群龍無首，沒有一個像當年山川劍那種能牽起頭的大人物，旁人就算心懷鬱憤，又怎會擅自做出頭鳥？連李家都隱居深山，關起門來圍個四十八寨不問世事。現如今，獨善其身已經不易，誰吃飽了撐著還去惹閒事？」

周翡他們為防麻煩，並未說自己師門來路，只大概說是「南邊」的人。相比大多數人都只聞其名不見其人的「南刀後人」，楊瑾的斷雁刀好認不少，林伯等人想必都認出了這位因「不務正業」出名的擎雲溝現任掌門，便將他們一起都視為了南疆人士。林伯這句話脫口而出，並不知道席間兩個「李家人」心裡是什麼滋味，李妍正忍不住要說點什麼，被李晟從桌子底下踹了一腳，只好委屈又訕訕地閉了嘴。

這時，吳楚楚忽然道：「阿翡呢？她怎麼還沒回來？」

此言一出，連粗枝大葉的李妍都不免緊張起來。

周翡方才上來要了她的五蝠令，匆匆忙忙地轉身就走了，到現在也不知道人幹什麼去了，連楊瑾在窗戶邊上多看一眼，都能吃那丁魁一把飛鏢，就周翡那狗熊脾氣，不會乾脆沿街跟玄武派的人動起手來吧？

李晟皺皺眉，起身道：「我去看看。」

朱晨下意識地跟著說道：「我也……」

林伯喝住他：「大少爺！」

朱晨一愣，訕訕地坐了回去，蒼白的手指輕輕摳著桌上的瓷杯，李晟按了按他的肩膀，正要下樓，便見那羽衣班的霓裳夫人銜門口「哎喲」了一聲，說道：「小紅玉，妳撿了個什麼東西回來？」

「紅玉」是在邵陽的時候，謝允給周翡捏造的假名，霓裳夫人知道她真名其實不叫這個，只是覺得這麼叫起來也挺好聽，便順口來了。

周翡手上一用力，那拉貨的小車便在門口輕輕一彈，越過了門檻，回道：「撿了個寫小曲的『爹』。」

此時，整個客棧的武林人士都在亂哄哄的議論方才走過去的棺材隊，以及霍連濤這個所謂「征北英雄大會」的戲還能不能唱起來，倒是沒人注意她這邊的動靜。唯有霓裳夫人一愣，走上來一掀謝允臉上蓋的草帽：「千歲憂？」

李晟飛快下樓來：「阿翡，妳怎麼……」

周翡抬頭看見他，大大地鬆了口氣：「哥，快叫人來給我支把手。」

眾人七手八腳將謝允安置好，全是一頭霧水。

周翡拿了個空杯子，一口氣灌了三碗涼水下去，旺盛的心火方才微微落下去，她將萬般心緒沉了沉，說道：「小孩沒娘說來話長了，有什麼事以後再說，知道去哪找個大夫來嗎？」

李妍小心翼翼地問道：「姐，妳把他打殘了？」

「滾蛋。」周翡沒好氣地瞪了她一眼，又將求助的視野轉向楊瑾這個「擎雲溝主人」，說道，「楊兄你……」

「小藥谷」的谷主大搖其頭：「我不是大夫，我連蘿蔔和人參都分不清。」

周翡：「……」

這時，霓裳夫人插話道：「我瞧瞧他。」

她說著，便分開人群上前，伸手在謝允手上探了探，只覺觸手之冰涼，叫真正的死人也望塵莫及——非得是凍過的死人才行。

霓裳夫人心裡暗暗吃了一驚，拉過謝允的脈門，將一縷細細的真氣度了過去，隨即她輕呼一聲，只見她那青蔥似的指尖凍得通紅，好似被什麼反噬了似的，霓裳夫人連忙撤手，喃喃道：「怎麼會？」

周翡忙問：「夫人，您看出什麼了？」

「我只是粗通醫道，」霓裳夫人說道，「但這……」

她低頭看了謝允一眼，謝允臉上的周圍，鬢角的白髮還在，嘴唇上的鬍子被周翡撕了一半，看起來十分滑稽。

「這種毒，」霓裳夫人的聲音越來越低，「我以前是見過的，可……廉貞不是已經死了嗎？」

周翡聽到這，心已經沉了下去，果然是透骨青。

她看向霓裳夫人，霓裳夫人也正好回頭看她。

此時四下並不清淨，興南鏢局留下一群幫忙的人都在，因此兩人誰都沒說話，只是對視了一眼，便各自若無其事地移開視線。所謂「心照不宣」，其實也不需要特別多的默契，只要兩個人瞭解的內情差不多，心裡又恰好在想同一件事，就很容易通過細微的表情領會對方的意思。

周翡心裡想的是：是我魚太師叔當年中過的那種毒嗎？

霓裳夫人用輕輕一眨眼代替點頭，給了她一個肯定的答案——不錯。

周翡深吸一口氣，負手將望春山背在身後，沉默地站了一會，瞥向謝允。

謝允手長腳長，方才被她粗暴地扔在拉草帽的小推車上，身上不免有好多地方蹭著地，這會粗布的外衣上沾滿了塵土，裡面包裹著窩窩囊囊的大棉衣，穿出去能直接加入丐幫。他的眉心微皺著，或許是因為黏的皺紋掩住了幾分精氣神，顯得十分疲憊，看起來真是落魄極了。

周翡低聲問道：「夫人有辦法嗎？」

霓裳夫人意味深長地回道：「我要是有辦法，方才被我擠兌走的那對『大馬猴』，恐怕就不會到永州來了。」

這話在外人聽來，似乎前言不搭後語，全然不知她所云。周翡的目光卻輕輕一閃，從霓裳夫人這句話裡聽出了幾重意思——

第一，魚老他們當年解毒，與海天一色有密不可分的關係。

第二，霓裳夫人顯然瞭解海天一色的部分內情，卻並不是擁有者，那麼很可能她在邵陽說的話是真的，她就是個「見證守祕」的人。

第三，猿猴雙煞果然是為了海天一色來的，此時在永州城裡的很多人恐怕都是被那小小的水波紋吸引來的。

依照林伯所說，羽衣班雖然如今不怎麼在江湖上走動，但二十多年前，也曾經位列四大殺手。殺手做的自然是取人性命的行當，什麼樣的祕密，會去請一個殺手來做見證和保密人呢？

然而在大庭廣眾之下，周翡實在不便開口探尋這麼敏感的真相，這些盤根錯節的想法在她腦子裡只停留了片刻，隨即便被她抹擦乾淨了。

周翡輕輕吐出口氣，衝霓裳夫人行禮道：「多謝夫人——呃，還有一件事想請夫人幫個忙。」

打發了閒雜人等，李晟幫忙將謝允安放在一間新開的客房中，問周翡道：「鎖哪？」

他手裡拿著一把樣式古怪的鎖，鎖扣處機關嚴謹，顯得十分厚重，手銬有一對，中間有鐵鍊子連著，一端鎖著謝允。

此物名叫「天門鎖」，鑰匙有九把之多，而且解鎖時必須按順序。這是羽衣班主霓裳夫人所贈，保證結實，這位前輩的原話是：「別說區區一個他，就算一邊鎖著李徵，一邊鎖著殷聞嵐，只要沒有鑰匙，他倆也掙不開。」

霓裳夫人給的東西很有保障，堪稱童叟無欺，至今連一條裂紋都沒有的「望春山」就是最好的佐證。

周翡聽李晟這麼一問，猶豫了一下——把謝允這廝鎖在床上是肯定不可行的，謝允在兩大北斗夾擊下都能不露敗相，想必不會對受潮的床板床柱一籌莫展。

還沒等她想好，李晟又一本正經地搶先道：「鎖在妳手上肯定不行，他是男的妳是女的，不方便。」

周翡：「……」

她原地將這話消化了好半晌，卡在嗓子眼裡那口氣才算順過來：「李晟，你是不是想打架？」

李晟拎著手裡的鋼鎖，神色是大哥似的嚴肅，顯然並沒有開玩笑。周翡惱羞成怒，又因為怎麼說都彆扭，實在不便和李晟當面爭論這種事，只好遷怒到謝允身上，靈光一閃想出一個損得冒煙的主意，說道：「鎖他自己腳踝上。」

李晟：「……啊？」

周翡一把推開他，自己動手，將謝允擺出一個蜷縮的姿勢，搶過李晟手裡的鎖，把天門鎖的另一端銬在了謝允的腳腕上，那鐵鍊約莫有一尺來長，這一鎖，謝允倘若再想跑，哪怕他輕功蓋世，也只有「團成一團在地上滾」和「貓著腰單腿蹦」兩種姿勢了。

李晟蹭了蹭自己的鼻子，暗自打了個寒戰，頭一次覺得自己小時候將周翡得罪得有點狠。他連謝允是怎麼被抓住的前因後果都沒來得及細問，便敷衍地告了個辭，貼著牆根跑了。

客房中終於只剩下一個憤怒的周翡和一個淒慘的謝允。

周翡在謝允清淺的呼吸聲中反覆踱步，然而章程不是用腳丫子踩出來的。她沒走多久就把自己轉暈了，才只好停下來，順手將謝允腰間的笛子取過來，擺弄了片刻，學著他的樣子吹了幾下。

笛子在她手中「噓噓」作響，就不出聲，好像一直在嘲笑她。周翡一邊百無聊賴地瞎吹，一邊琢磨著是否還要再單獨拜會一次霓裳夫人，再求她說一說什麼是「透骨青」。

忽然，周翡不知胡亂按了哪個孔，瞎貓碰了死耗子，那啞巴笛子突兀地響了一聲，短促又尖銳。周翡自己把自己嚇一跳，茫然地看了看這根小木管，好像沒弄清它怎麼還會出聲。

突然，她驀地抬起頭來，目光微凝，盯住門口，隨手將那破笛子扔在謝允的枕頭上，謹慎地拎著刀走到門口，一把拉開房門。門外果然有人，來人正抬著手準備叩門，一下落空，跟周翡大眼瞪小眼片刻，卻是他背後的蛇等得不耐煩了，催促似的發出「嘶嘶」的動靜——門口站的人居然正是那毒郎中應何從。

周翡看了一眼他背簍縫隙中時隱時現的蛇頭，雖然不至於害怕，也覺得有點頭皮發麻，猶疑地打量著面前這毒郎中，她說道：「這位……」

應何從不知是從哪個山溝裡冒出來的，見了生人，他招呼都不打，家門也不報，直眉楞眼地遞過一個草帽——這草帽是周翡扔在謝允頭上的，被霓裳夫人揭下來之後，不知隨手放在了什麼地方，後來也就沒人在意了。

應何從將草帽翻過來，說道：「我看到有人不小心灑了點茶水上去，開水立刻就不冒煙了，伸手一摸，才知道這裡面是冰涼的——我想見見那個中了透骨青的人。」

周翡：「……」

哪來的自來熟？

周翡皺了眉，沒有讓路，戒備地將長刀卡在門邊，裝傻道：「什麼透骨青？尊駕幹什麼的？」

應何從端著一張腎虛的俊臉，一本正經地回道：「我叫做應何從，是個養蛇人，有人叫我『毒郎中』——但那是他們瞎說的，我只喜歡收藏各種天下奇毒，不會給人看病。剛才你們抬進去的人身上中的毒必定是當年北斗廉貞的『透骨青』，我不會看錯。」

裡面躺著一位不知還能活幾天的傷病號，這個奇葩卻跑來說「你中的毒好稀罕，我好羨慕，能不能給我看看？什麼……解毒？哦，不會」。

周翡覺得自己的脾氣可能是方才都耗在謝允身上了，這會有些懶得發作，竟沒把這養蛇的連蛇帶人一起打出去。她想了想，說道：「不行，你又不管看病救人——憑什麼讓你看？」

應何從說道：「我可以送給妳一條蛇，妳挑。」

周翡：「……」

這人有病嗎？

大約是她臉上的嫌棄之色太過明顯，應何從臉上懊惱一閃而過，絞盡腦汁地思索了半晌，他又道：「我雖然沒有解藥，但是可以仔細給妳講講透骨青。」

周翡面無表情地與他對視了片刻，終於錯身讓開：「進來。」

應何從大喜，臉上露出狂熱神色，活似守財奴挖出了一座金山，還緊張地搓了搓手。進屋以後，他小心翼翼地將背簍放在一邊，圍著謝允轉了幾圈，試溫度似的將手指懸在謝允鼻息之下，繼而又驗證出了什麼一般，了然地點點頭。

周翡雖然沒抱什麼期望，卻還是忍不住追問道：「怎麼樣？」

應何從十分高興地說：「時日無多。」

周翡的腳跟在地面狠狠地摩擦了一下，「嘎吱」一聲響。

應何從絲毫接收不到她的憤怒，興致勃勃地說道：「透骨青三個月之內必能將人凍成一具乾屍，瞧他這樣子，約莫是兩個多月以前中的毒。對了，廉貞不是死三年了嗎，誰還能下這樣的毒？」

兩個多月……

周翡一愣——兩個多月以前，謝允還整天跟她混在一起，正是從邵陽回四十八寨的路上。當時有條件下毒的，大概也就一個馬吉利。

可是周翡又想起謝允突然出手截住谷天璇的時候，谷天璇那聲不似作偽的驚詫。如果連「巨門」都不知道謝允的身分，馬吉利更不可能那麼消息靈通，那他實在沒有理由單單挑著謝允這個看似不相干的外人下手。

就在她百思不得其解的時候，應何從已經給謝允把了好一會的脈，又一驚一乍地「咦」了一聲。

周翡激靈一下，目光又投向他。

便聽應何從喃喃道：「這個人內力這麼深厚，怎麼練的？」

周翡：「……」

她的拇指用力摳了一下望春山刀鞘上的紋路，有點想把應何從扔出去。卻見應何從不用她扔，便自己「騰」一下站了起來，拉磨驢一樣在屋裡走了好幾圈，越走越快，衣袖間幾乎帶出風聲來，然後他陡然定住腳步，大叫道：「我知道了！」

周翡已經不期望從他嘴裡聽出什麼高論了，木然地看著他。

「我知道了！」應何從搶上幾步，一把擼起謝允的袖子，只見他胳膊上有幾個明顯的瘀血痕跡，好似針剛剛扎出來的，青紫青紫的，乍一看有點像死人身上的屍斑。

「這有點像『搜魂針』。」應何從一句話便將周翡楔在了原地。

她腦子裡「嗡」一聲。

「……銀針本身不會留下什麼痕跡，即便生手不小心扎出血，一兩天也早該好了，只不過身中透骨青之毒的人體質特殊，一旦有磕碰，皮下的血就會被自己凍住，這才數月不散。」應何從飛快地說道，「我明白了，這個人的毒肯定是早就有的，只是當時有人以極深厚的內力灌注於他身上，壓制住毒發，再以祕法封住他的經脈……」

應何從唯恐周翡不明白似的，比劃道：「就是等同於建一座牢房，透骨青是賊，強橫的內力是看守，只要看守不擅離職守，就能一直壓住透骨青——只是不知道他吃錯了什麼藥，竟然自己使了一種類似『搜魂針』的法子逼出了內力……喂，妳聽懂了嗎？」

周翡其實很久之前就有類似的猜測，否則她也不會任性地追謝允追這麼久，然而真真切切地聽見應何從這麼從頭道來，她還是有種被人打了一悶棍的感覺。她直恨不能掐住謝允的脖子，將他活生生地晃悠醒，再衝他大吼一番。

哪個要你救？

哪個要你多管閒事？

四十八寨災也好、劫也好，跟你有半個銅子兒的關係嗎？

管了閒事掉頭就走，然後悄無聲息地死在某個別人不知道的犄角旮旯裡，是不是覺得自己特別偉大？特為自己感動？

應何從見周翡沒反應，莫名其妙地問道：「還不明白，那麼複雜嗎？」

周翡猛地抬頭：「如果找到當年大藥谷的歸陽丹，就能解毒對不對？」

「嗯。」應何從點頭，然而周翡還沒來得及振奮，應何從便又給她潑了一盆涼水，他說道，「若是剛剛中了透骨青的人，吃上一顆歸陽丹，只要下半輩子不離開水氣豐沛的地方，活到七老八十也沒什麼問題，不過他嗎……」

應何從看了謝允一眼，漠然地說道：「他跟透骨青一起過了不知道多少年了，那玩意要是棵苗，早已經長進他血肉裡了，別說是歸陽丹，就算是雷火彈也炸不開啦！」

應何從自以為說了句頗為機智的俏皮話，然後就「機智」的被周翡連人帶蛇一起扔出去了。

一條小「竹葉青」從背簍裡漏了出去，沒頭沒腦地一通狂奔，嚇得幾個路人「吱哇」一通亂叫，應何從急忙連滾帶爬地追了出去。

第三十八章　風雲際會

行腳幫的蒙汗藥果真經過了無數黑店的千錘百煉，名不虛傳，謝允醒歸醒，眼皮卻沉得好似夾了一層漿糊，迷迷瞪瞪地弄不清自己在哪，耳邊一陣「嘎吱嘎吱」的動靜，他心道：「怎麼還鬧耗子了？」

好半晌，他才吃力地睜開眼，四下看了看，只見太陽已經開始往下沉，斜暉夕照不再往屋裡鑽，一個細長的人坐在窗邊，正提著一把長得不成比例的刀削什麼東西。

等等……

謝允驀地回過味來，「騰」一下彈了起來，卻沒能坐住，有什麼東西「扯」了他一把，謝允本來就有些頭重腳輕，險些一頭折下去，低頭一看，這才哭笑不得地發現周翡幹的好事——她把他的右手鎖在了左腳上。

周翡聽見動靜，漠然地抬頭看了他一眼，又低頭吹去手上沾的碎屑，繼續做自己的事。

謝允定睛望去，見她手裡拿著一截已經禍害得看不出是什麼的小棍子，那「棍子」尾巴上還拴著一截十分眼熟的穗子。謝允將被拴住的左腿彎折起來，平放在床沿上，伸手往懷裡一摸，果然，他的笛子沒了。

謝允乾咳一聲，有些心慌氣短地問道：「妳在幹什麼？」

周翡沒吭聲，將手一攤，把自己的「傑作」展示給他看。只見那笛子上可熱鬧了，被望春山以極其巧妙的刀工和極其拙劣的畫技，鏤空雕滿了憨態可掬的小王八，眾小王八形態各異，將笛子表面弄得坑坑窪窪的，看來這輩子都別想吹出動靜來了。

謝允：「……」

周翡面無表情道：「改天賠你一個。」

謝允別的優點沒有，勝在識相，聞言忙道：「不不、不必客氣，女俠的神龜沒在我臉上落戶，在下已經感激涕零了。」

周翡將刀身上的碎屑抖乾淨，將望春山往鞘裡一收，這動靜謝允聽過沒有一萬次也有八千回，卻無端被她這「呲」一聲「呲」出了一個冷戰。他慫得兀自肝顫片刻，半天沒敢吭聲，好一會，才小心翼翼地輕輕晃悠了一下自己身陷囹圄的右手：「美人，請問這個全新的姿勢妳是怎麼想出來的？怎麼說我也是個玉樹臨風的美男子，這一出門不貓腰就得翹腳，妳不覺得這……」

他有心想說「撒個尿都要金雞獨立的姿勢」，在話到嘴邊的時候，勉強咽下去了，一臉扭曲地想了想，換了一個十分少女的說法：「……『踢毽子』的動作很猥瑣嗎？」

「怪我哥。」周翡毫不猶豫地說道，「我一會沒注意，他就把一邊的鎖扣給你扣在手腕上了。」

謝允總覺得她下一句未必是好話。

果然，周翡接著道：「要不然我就給你拴在脖子上了，你也不必踢毽子，啃腳就可以了。」

謝允聞言低頭研究了一下自己身上這把鎖頭，一看就知道不是凡品，不是一根鐵絲能撬開的。他便乾脆「既來之，則安之」，翹著腳往床板上一倒，也不跟周翡討論眼下的情況——他把能說的話都在心裡過了一遍，感覺除了廢話就是討打的，都多餘說。

周翡等著他質問，等半天沒等到，卻聽這不能以常理忖度的謝公子大喇喇地說道：「妳長進真大，為師老懷甚慰啊——話說有吃的嗎？讓妳追了一整天，水米未進呢。」

周翡「哦」了一聲，也沒問他要吃什麼，轉身就出去了。

她剛一關門，謝允便翻身起來，抱著一條腿蹦了兩下，將那把被周翡雕了一身「花紋」的笛子拿過來，仔細一數，發現這不過比巴掌長一點的小笛子上被周翡刻了二十八隻王八，開頭幾隻長相尤其猙獰，望春山那點血氣都浸到了刻痕中，簡直恨不能刀刀見血。

謝允看得頭皮發涼，不太想知道周翡這是把竹笛當成什麼刻的。

反倒是最後幾隻刻痕輕了不少，王八殼子也圓潤了，顯得有頭有臉的，她甚至記得給這幾位爺加上了尾巴，顯然是不知為什麼，又平靜下來了。謝允若有所思地伸手摩挲了一下上面的刻痕。

沒多長時間，周翡便回來了，拎來了一個食盒。

謝允唉聲嘆氣地蹦過去：「幸好我左手也會拿筷子……嗯？」

他掀開食盒，發現裡面的飯菜與湯居然都是涼的。

周翡若無其事道：「我問過，人說你這種情況，最好吃冷食，否則熱湯一激，反而容易加速毒發。」

謝允一看這一絲熱乎氣都沒有的飯菜，胃裡頓時好像沉了一塊鉛，沒胃口了。他嘆道：「哪個不懂裝懂的告訴妳的？」

周翡道：「毒郎中應何從。」

謝允：「……」

天下擅毒者，如果廉貞算頭一號，那這個「毒郎中」應何從便應該能算個老二，只不過不知是不是應何從不經常在中原武林走動的緣故，人人都知道他厲害，但厲害在什麼地方，反而很少有人能說清楚，顯得越發神祕莫測。

一個草帽就能讓他看出方才抬過去的人中的是「透骨青」來，怎麼會在這種細枝末節上胡說八道？周翡說完，還故意問道：「怎麼，他說得不對？」

謝允無言以對。

他何其敏銳，稍一轉念便知道了周翡刻意提起應何從是什麼意思——倘若那應何從不是徒有虛名，必能看出他身上透骨青的來龍去脈，周翡現在肯定已經知道他的毒是如何壓下去，又是因為什麼發作的。他倏地抬起頭，一看周翡的臉色，便知道自己所料不錯，一時間，堵在他胃裡的那塊鉛搖身一變，成了一塊又冷又硬的寒冰，更難受了。他足足有一刻的光景，才找回自己的聲音，問道：「他還說什麼了？」

周翡想了想，說道：「還說大藥谷的『歸陽丹』對你……」

「沒什麼用。」謝允神色自然地接上了她的話音。

周翡一怔。

「怎麼，妳以為我追查海天一色，是為了『歸陽丹』嗎？」謝允短暫地失神後，很快便又鎮定自若下來。

他為了方便，便將那隻給鎖起來的腳翹起來，搭了個沒型沒款的二郎腿，隨意地踏在旁邊的小凳上，這動作本來有點像流氓，叫他做來，卻彷彿只有不羈和落拓。不等周翡追問，他便熟練地用左手拈起筷子，又說道：「我找海天一色，只是奉先人遺命，心裡又有些疑惑未解，追查一些舊事而已——妳也不想想，大藥谷覆滅多少年了？當年魚老他們吃的也不過是剩下的幾顆流傳在外的藥，魚老服下歸陽丹的時候還沒有妳呢，現在都多少年了，妳都『無中生有』地長這麼大了，什麼藥能不長毛不發霉？又不是長生不老丹。」

周翡：「……」

好像是這麼個道理。

謝允熟練地用左手拈起筷子，將冰涼的飯菜端過來，他倒也不挑食，給什麼吃什麼，只是吃了幾口，他又放下筷子對周翡說道：「以後有熱的還是給我口熱的吃吧，這東西比華容城外那荒村裡的雜糧餅好不到哪去。」

周翡問道：「你想快死嗎？」

「不想。」既然周翡都知道了，謝允便也不再躲躲藏藏，坦然對她說道，「但是每天讓我吃這個，我恐怕就想死了。阿翡，倘若一個人為了活得長一點而加重自己的痛苦，那多活的幾天也不過是這輩子多出來的額外痛苦而已，有什麼意義嗎？」

接著，他不待周翡說話，便一抬手打斷她道：「我現如今這個結局，是心甘情願的，而且跟妳也沒什麼關係——妳不奇怪為什麼我內力那麼深厚嗎？」

周翡當然不是全然沒有疑問，謝允的年紀畢竟擺在那裡，內功之高卻是她生平僅見，上一個讓她覺得深不可測的，可還是獨步天下的枯榮手段九娘。

「因為這身內功不是我自己練的，」謝允說道，「是我師叔強行以真氣打通我周身經脈，將畢生功力分毫不剩地全給了我的緣故。」

周翡吃了一驚。

她出身世家，自然明白，一個內功深厚如斯的人耗盡畢生修為會有什麼下場——直接廢去武功，或許還能苟延殘喘，可要是用了什麼方法傳功，必然只有燈枯油盡一個下場。這相當於是一命換一命。

謝允接著道：「這條命來之不孝。而我活著一天，我小叔的江山便不那麼名正言順，他要改革也好，要征北也罷，凡是被他觸及到利益的，都會時時以我掣肘於他，我就是個內鬥的筏子——妳看衡陽慘不慘？蜀中的難民慘不慘？自毀容貌的歌女慘不慘？趙氏內鬥一天不休，南北一日難大統，仗還得打，流離失所的還得在泥水裡打滾，因此我這又是禍害天下的不忠之命。既然不忠不孝，多活一日已是多餘，對不對？」

他說了一串大義，周翡卻不留情面地嗤笑道：「扯淡。」

謝允不理會她的出言不遜，搖頭笑了起來：「再者，那日在木小喬山谷中，妳若不是剛好前來，將我們放出去，我也是打算動用自己武功的，因為妳的緣故，我才陰差陽錯地多活了一年，四十八寨的事不過還妳一個人情而已，不必太過介懷。」

周翡沒吭聲，這會她已經聽出來了，謝允扯了這半天的淡，原來單只是怕她介懷而已，她有些啼笑皆非，恨不能將謝允的腦袋按進湯碗裡，好好治治他的自作多情。

她冷冷淡淡地說道：「就算你不是為我而毒發，難不成我就能不管你了嗎？」

謝允一呆，愣愣地看著她。

周翡被他看得臉上冒起一層薄薄的煞氣，懊惱於方才那句口無遮攔，怒道：「看什麼看！你再廢話就不用吃了，餓著吧！」

說完，她起身便走，好像連一眼都不想再看這嘰嘰歪歪的病秧子。謝允一直盯著她的背影，在周翡背對他的時候，他清澈的目光中居然露出幾分小小的貪婪來。

周翡走到門口，突然又回頭，謝允嚇了一跳，匆忙收回視線，低頭認真地給手裡的碗筷相起面來。

「我相信天無絕人之路。」周翡一字一頓地說道，「沒有『歸陽丹』，說不定還有『歸陰丹』，如果我是你，大藥谷也好，海天一色也好，我都會一直追查，查到死。就算最終功敗垂成，我也能閉上眼，二十年後還能頂天立地。」

謝允狠狠地一震。

周翡用望春山點了點他：「以後再有那種話，你最好憋著，別逼我揍你。」

大概是知道自己跑不了，之後的幾天，謝允居然消停了不少。周翡懶得搭理他，他便百無聊賴跟李晟借了幾本「遊記」，預備留著催眠用，結果翻開一看，發現此遊記超凡脫俗，與等閒遊記不可同日而語，乃是當代齷齪版的《山海經》，上面記載了筆者遊歷山川時與無數妖魔鬼怪發生的桃色傳奇故事，非常之獵奇。

謝允當即大喜，如獲至寶，老老實實地閉門拜讀起來。

他老實了，周翡反而有些不習慣，總覺得他還有什麼么蛾子沒發出來。謝允聽說這種想法，為了不負她望，隔日便用小木塊刻了一隻栩栩如生的蛾子送給她，翅膀上還風騷地刻了個「么」。

然後他抱著自己被鎖上的右腳，在房頂上躲了一天沒敢下來。

三天後，霍連濤的「征北英雄大會」如期而來。

滿城風雨了這麼長時間，霍連濤再弄不清水波紋的來龍去脈，那他脖子上頂的恐怕只配叫夜壺了。可是後知後覺，畢竟為時已晚，說出去的話如潑出去的水，他的英雄帖已經發得到處都是，再要讓所有人當成沒看見，那是不可能的，霍連濤這會想必正騎虎難下。

這位霍家家主逃離岳陽的時候，就把老弱病殘和做事不靈光的都給痛快甩下了，這會跟在他身邊的都是當年霍家堡的得用之人，他在城外弄了個足能容納上萬人的大莊子，家丁們穿梭有序，來往賓客與不速之客雖人數眾多，但居然堪稱井井有條。莊子門口拓出一條大道，幾個鬚髮皆白的老人帶著一幫龍精虎猛的後生們分兩側而立，都是刀劍配齊，凜凜生威。

門口有一群不知從哪找來的大姑娘負責引路，個個都是桃紅的衫子水蛇腰，兩腮若有霞光，來人是粗魯醃臢的莽撞人也好，是流著哈喇子（注）的老色鬼也好，一概巧笑倩兮軟語相迎，乍一看，活似都是一個娘生出來的。

姑娘們進門便先問：「敢問這位英雄可有英雄帖？」

問完，不管來人答的是「有」還是「沒有」，她們下一句全是「您往裡請」，然後派個姑娘出來引路，好像只會說這麼兩句話。

李妍本以為能在門口看見幾場事端，誰知這麼和平，她一邊跟著引路女往裡走，一邊忍不住湊到周翡耳邊嘰咕道：「這不是有沒有都讓進嗎，那還瞎問什麼？」

周翡「噓」了她一聲，謹慎地往四下打量。

原來進得這莊子大門後，還得穿過一片石林，石頭高的足有一丈許，倒下來砸死個把人沒問題，矮的不足膝蓋高，擺放得錯落有致。外人一走進來，便有種陰冷難受的感覺，盯著那些石頭看得時間長了還會頭暈，逼得人只好將目光放在前面被石頭中間夾出來的羊腸小徑上。

那小路卻又不是直的，蜘蛛網一樣四通八達，一不留神便沒入石海裡，尋常人走兩步就得轉迷糊，只能靠前面的女人帶路。

謝允笑著插話道：「自然不是，這石林中的陣法相當精妙，進了這裡面，便只能依著人家的安排走，妳不妨問問這位帶路的姑娘，有帖子的人和沒帖的，安排的地方，想必不是一處吧？」

領路的姑娘捂住嘴，回頭衝他輕輕笑了一下，因覺得他模樣俊俏，便不免多看了兩眼，但看歸看，她卻沒吭聲——這些女人除了在門口的那兩句詢問之後，便好似變成了一幫啞巴，無論別人怎麼逼問，都只是笑而不語。那笑容活似長在了臉上，看得久了，周翡居然覺得她們都有點不像活人，怪瘮人的。

謝允見試探未果，便用扇子擋著臉，低頭在周翡耳邊說道：「完了，看來美人計不管用。」

周翡從來都覺得戲文裡那些個一邊勾引別人、一邊還問別人自己美不美的橋段顯得特別不要臉，人人都是倆眼一鼻子，最多分順眼和不順眼的，還能美到哪去？因此總是不由得替那些故事裡的大小精怪尷尬，此時聽聞謝允張嘴便將「美人」名號不問自取，不由得再次對他的厚顏無恥五體投地。

因為得以出來放風，謝允難得不用將一隻腳吊起來了，天門鎖的另一端短暫地扣在了周翡手上，謝允不知從哪弄了一件寬袍大袖的袍子，往下一垂，能將鎖扣結結實實地遮住，不扒開袖子仔細查看，看不出什麼異狀來。

就是謝公子這寬袍大袖的裝扮有點奇怪，別人參加英雄會，大多是方便的短打，為打架做準備，只有他一身雞零狗碎，像是要來賦詩一篇——謳歌英雄們的群架。

周翡沒搭理謝允的胡言亂語，眼見石林到了頭，她回頭看了一眼來路，皺眉道：「來

注：北方方言，口水的意思。

的人都那麼好脾氣，老老實實跟著他們走嗎？」

朱晨見他倆交頭接耳，臉頰繃了繃，隨即面無表情地移開了目光。就在他心不在焉的時候，突然，一條赤色的影子從他腳下鑽了過去，朱晨嚇了一跳，不由得「啊」的一聲。周翡反應極快，一腳踢了出去，腳尖在那東西身上一挑，便將此物橫著踹得飛了出去，那東西落地盤成了一團，顯然是受到了驚嚇，三角的小腦袋高高揚起，故作凶狠地衝她張開了長著毒牙的嘴。

朱晨往後錯了半步，差點仰倒，這才看清那只是一條拇指粗的小蛇，不由窘得面紅耳赤，幾乎不敢抬頭。

好在他不是最慫的——旁邊楊瑾一見那蛇，當即便面色大變，連退了三四步，如臨大敵地將斷雁刀也拎出來擋在身前，連周翡當年都沒有得到過這樣鄭重的對敵態度。

李妍道：「呀，這麼紅的蛇以前沒見過！」

她說著，十分稀罕地上前一步，撿起一根小木棍。旁邊的吳楚楚此時才感覺到李妍真是周翡她妹，起碼這能包天的膽子便是一脈相承，忙道：「當心，這蛇有毒……」

話音沒落，李妍已經出手如電，用那小木棍削向了蛇身，蛇也是凶悍，見木棍來襲，掉頭便咬，牠這一掉頭的瞬間，李妍便趁機一把扣住了這小孽畜的七寸，「哈哈」一聲拎了起來，得意洋洋地說道：「我抓到啦！」

興南鏢局的人都同時退了兩步，遠離了李妍這怪胎。

李晟額角的青筋都跟著蹦了起來。

這時，不遠處有人開口說道：「放開，那是我的蛇。」

李妍一愣，回過頭去，見毒郎中應何從不知什麼時候來到了近前。

應何從身邊既沒有同伴，也沒有引路的，他就一個人，揹著一筐蛇，閒庭信步似的走進這古怪的石頭陣。

方才看李妍抓蛇都面不改色的領路女子終於變了臉色，上前問道：「你是什麼人？怎麼進來的？」

「在妳身上彈了藥粉，」應何從面無表情地說道，「三里之內，妳走到哪我的蛇就能跟到哪。」

領路女子頓時覺得身上生滿了膿瘡一般，垂在身側的手不由自主地哆嗦了一下，看上去似乎想把自己整張皮都揭下來抖一抖。

應何從又道：「倘若霍堡主真那麼大方，誰都讓進，做什麼要先問有沒有帖？你們是想將我們分別派人引到不同的地方落座，萬一有什麼事便一網打盡吧？」

他說話間，四周草叢裡「窸窸窣窣」響個不停，分明只是清風吹過草地的動靜，卻因為這突然冒出來的毒郎中，每個人都不由得風聲鶴唳地懷疑草地裡有蛇。領路女子修長的脖頸上起了一層肉眼可見的雞皮疙瘩，勉強笑道：「公子說笑了。」

應何從的臉上露出一個僵硬又假虛的笑容，一伸手道：「那就請自便吧，不必管我。」

領路女子神色微微一變，狹長的眼睛瞇了瞇，桃紅長袖遮住的手上閃過烏青色的光芒，就在這時，謝允忽然上前，半側身擋住應何從，伸出扇子衝那女人做了個「請」的手勢，十分溫文爾雅地說道：「姑娘，想必後面還有很多客人，咱們便不要耽擱了吧？」

領路女當時便覺一股雖柔和卻冰冷的力量隔空湧了過來，不輕不重地撞在了她手指關節上，她手一顫，險些沒捏住那掌中之物，當即駭然變色，睜大眼睛瞪向謝允。

謝允將手上的扇子搖了搖，笑容可掬道：「在下不才，也不吃美人計。」

領路人倒是十分識時務，眼見實力懸殊，便也不再負隅頑抗，面無表情地一轉身，便像個人形傀儡似的，默不作聲地將他們帶到落座之處。

霍連濤財力超群，這莊子中不知是原本就有還是後來人工挖掘，有一個很寬的湖，中間是大片的水榭，上面不倫不類地戳了一根霍家堡的旗。那水將人群東西向一分為二，周翡眼力好，老遠一看，便瞧見了對岸的一口大棺材——看來不速之客都給安排在了對岸。

應何從自己闖進來，沒有人招呼他，他便也不坐，只是揹著籮筐跟李妍扯皮，跟她要蛇。此人名聲可怖，人卻沒那麼凶神惡煞，反而意外溫和，除了剛開始跟領路的女人略嗆了幾句，便沒怎麼顯露出攻擊性，李晟一開始頗為擔心，結果發現這毒郎中翻來覆去就只會說一句：「那是我的蛇，把蛇還給我。」

李晟聽得耳根要起繭，忍不住悄聲問謝允道：「謝公子方才為什麼給他解圍？」

謝允目光四下掃了一眼，在水榭後面高高的閣樓上停留了片刻，那小樓上掛著簾子，裡面不知坐了何方神聖，戒備十分森嚴，底下有一圈侍衛。

「別人的地盤，」謝允喃喃道，「帶上這麼個人，省得無聲無息地被毒死……那可太冤了。」

李晟吃了一驚：「這到底是英雄會還是鴻門宴？」

謝允嘴角彎了彎，眼角卻沒什麼笑模樣，微微露出一絲冷意。

就在這時，水榭中傳來一陣急促的鼓聲，打鼓的人想必有些功力，「咚咚」的聲音清晰地傳遍了整個莊子，隨即，幾個霍家堡打扮的人分兩隊衝了出來，在那獵獵作響的大旗旁邊站定，同時一聲大吼。

整個莊子在這震天動地的吼聲中安靜下來，隨即，一個中年人應聲大步而出。

「霍連濤。」謝允低聲道。

「霍連濤」的大名，周翡聽了足足有一年多了，卻還是頭一次見到真人，只見這人身高八尺有餘，器宇軒昂，雖然上了些年紀，卻不見一絲佝僂，國字臉，五官端正，鬢角有些零星的白，往那裡一站，居然頗有些淵渟嶽峙之氣，怎麼看都是一條好漢。見到他的人，恐怕想破頭也難以將此人同「倉皇逃竄」、「弒兄謀取霍家堡」等一干齷齪事聯繫在一起。

霍連濤往前一步，伸出雙手往下一壓，示意自己有話要說，待因他露面而產生的竊竊私語聲漸漸消失，他才十分沉穩地衝四面八方一抱拳，朗聲道：「諸位今日賞臉前來，乃是霍某大幸，感激不盡。」

謝允用胳膊肘杵了周翡一下，小聲道：「看到沒有？這就是『振臂一呼天下應』的底氣和風度，妳學到一零半星，往後就能靠這個招搖撞騙了。」

周翡覺得他話好多，頭也不抬地踩了他一腳。

霍連濤又有條有理地講了不少場面話，從自己兄長被「北斗奸人」所害，以小見大，層層展開，一直從小家說到了大家——講到半壁江山淪陷，又講到百姓民生多艱，悲恨相續，非常之真情實感，饒是周翡等人也不由得被他說得心緒浮動。

「……時人常有說法，如今中原武林式微，萬馬齊瘖、群龍無首，放眼四海九州，竟再無一英傑。」霍連濤內力深厚，聲音一字一頓地傳出，便如洪鐘似的飄在水面上，功夫低微的能讓他震得耳朵生疼，只聽他怒喝道，「一派胡言！」

「霍某無才無德，文不成武不就，所有不過祖宗傳下來的一點家業，如今濃雲壓城，豈敢不毀家紓難？今日將諸位英傑齊聚於此，便是想促成諸位放下門派之見，擰成一股繩，倘有真英雄出世統領如今武林，我霍家願追隨到底，並將傳家之寶奉上！」

他說著，另有人扯開一面大旗，上面碩大的水波紋倏地在水榭上展開，冷冷地俯視眾生。

眾人都沒料到他便這樣大喇喇地將水波紋亮了出來，還聲稱這是霍家的家傳之物，毫不私藏，這態度與其他或多或少知道那麼一點的人大相徑庭。

吳楚楚不由得低聲道：「他到底要幹什麼？」

周翡搖搖頭，心裡隱約還有點期待——因為直到現在，除了寇丹在圍困四十八寨的時候說了兩句，也沒人光明正大地告訴過她「海天一色」究竟是什麼，但她不大相信寇丹的說法，曹寧那小子心機太深了，幹什麼都似是而非，忽悠了兩大北斗，北斗又忽悠了寇丹，這一層一層的騙下來，離真相說不定有幾萬里遠了。

那繡著水波紋的旗子隨風抖得厲害，上面的水波便層層疊疊的跟著動，竟然頗為逼真，霍連濤往頭頂一指，接著說道：「此物乃是刻在我霍家的『慎獨印』上，這尊方印乃是霍家堡主的信物，幾年前，家兄突然中風，一病不起，沒來得及與我交代清楚，便將霍家堡與堡主方印一同託付到了我手上。說來慚愧，霍某渾渾噩噩許多年，居然是直到最近，方才從仇人口中得知這道『水波紋』的不凡之處。」

除了老堡主到底是怎麼傻的這事，尚且存疑之外，其他的部分，僅就周翡聽來，感覺都像真的，她有一點詫異，因為實在沒料到霍連濤這麼誠實。謝允瞥了她一眼就知道她在想什麼，便擠兌她道：「撒謊的最高境界是真假攙著說，像妳那樣全盤自己編，一聽就是假的，只能騙一騙大傻子。」

周翡不由得看了一眼旁邊的大傻子楊瑾，楊瑾被她看得十分茫然。

謝允一邊將石桌上的花生挨個捏開，放在周翡面前，一邊嘴賤道：「看來妳還有的學。」

周翡懶得跟他鬥嘴，便只是抖了抖自己手上的天門鎖，謝允立刻面有菜色地閉了嘴。

這時，底下有人按捺不住，問道：「霍堡主，你家的堡主信物有什麼用？」

霍連濤在水榭上說道：「這道水波紋，名為『海天一色』，近來北斗群狗動作頻頻，先是貪狼圍困我霍家堡，隨即又有巨門與破軍挑撥北朝偽帝之子、圍攻蜀中之事，究其原因，都與此物脫不開關係。」

又有人問道：「那麼請教霍堡主，此中有什麼玄機，值當北狗覬覦呢？」

霍連濤便娓娓道來：「這位兄弟的年紀大約是不知道的，當年曹氏篡位，武林中人人自危，不為別的，只因他手段下作，殘害忠良，彼時義士豪傑，但凡稍有血性，無不痛斥曹氏倒行逆施，曹仲昆早早在各大門派中埋下棋子，又命人使奸計挑撥離間，驅使手下七條惡犬四處行凶，一年之內，僅就咱們叫得出名號的，便有六十三個大小門派分崩離析，就此斷了香火。」

年輕一輩的人大抵只是聽傳說，這會聽見霍連濤居然報得出具體數字，便覺十分可信。

「儒以文亂法，俠以武犯禁」，歷朝歷代當權者對此都心知肚明，不必說曹仲昆，便是南朝的建元皇帝也得贊同。只不過曹仲昆以強權篡位，鳩占鵲巢，因名不正言不順，被雀巢扎了二十多年的屁股，特別怕人刺殺，也比其他皇帝更忌憚江湖勢力，所作所為也更加喪心病狂，乃至於周翡看見座中不少上了年紀的人都滿面戚戚，顯然與曹氏結怨不淺。

「六十三個大小門派，」霍連濤緩緩道，「少則數十年，多則上千年，累世積澱，多少英雄遺跡、宗師心血？眼看都要在那場浩劫中付之一炬。便有山川劍殷大俠、南刀李大俠、齊門前輩與家兄等人挺身而出，牽頭締結了一個盟約，叫做『海天一色』，起先是為了搶救收斂各派遺孤、保全遺物……」

他剛說到這裡，對岸便又有動靜，只見那丁魁好似個白日活鬼一般爬出了棺材，坐在黑洞洞的棺材沿上，陰陽怪氣地問道：「咿呀，這可是件大大的功德，怎麼這好些年竟然沒人提起呢？若是早知道，咱們少不得也得跟著出把子力不是？」

謝允幾不可聞地嘆道：「『是非不分』果然名不虛傳，是個保質保量的蠢貨。」

丁魁為了給霍連濤添堵，驅使著手下的狗腿子不知禍害了多少依附於霍連濤手下的小門派，他不開口還好，一開口，頓時便有水榭另一邊的人跳起來叫道：「霍堡主，今日乃是『征北英雄會』，竟有這樣的邪魔外道公然登堂入室，你也不管管嗎？」

這些人祖上或許顯赫過，然而後輩兒孫譬如黃鼠狼下耗子——一窩不如一窩，如今敗落了，只好仰人鼻息，落單在外的時候，被誰欺負了都得打掉門牙和血吞，好不容易齊聚一堂，倒是也有了與活人死人山叫板的勇氣。

有第一個人出聲，親朋好友遭過活人死人山毒手的便群情激奮起來。算起來，中原武林也和一分為二的朝廷差不多，缺一個大一統的權力和規則，又總有野心勃勃之人在其中攪混水企圖牟利，弱肉強食、生靈塗炭也在所難免。凡夫俗子恰如水滴，片刻便灰飛煙滅，不值一提，唯有匯於一起成了勢，方才會有可怕的力量。僅就這方面來說，無論使了什麼手段，霍連濤今日能將這些散沙歸攏到一處，叫他們膽敢衝著丁魁開口叫囂，便是有功的。

丁魁只是坐在棺材沿上冷笑，一副大爺還有後招的樣子，倘若霍連濤不是將自己的人隔到了湖這邊，大概這會已經有人要撲上去咬他了。

霍連濤剛開始沒制止，任憑眾人發洩了片刻，這才一擺手，朗聲道：「既然有不速之客遠道而來，我霍家堡沒有不敢放人進來的道理，倘若連門都不敢開，還談什麼其他？諸位放心，今日霍某既然敢來者不拒，自然會為諸位討回公道！」

這段時間霍連濤縮頭不作為，也讓好多依附他的人心懷不滿，然而聞聽他在大庭廣眾之下這樣慷慨陳詞，不說別人，就朱家兄妹的臉色都好看了不少，霍連濤這兩句話的光景，便搖身一變，重新成了眾人的主心骨，周翡不由得心生感佩，覺得這他收買起人心來好像比買二斤燒餅還容易。

緊接著，那霍連濤氣都不喘一口，便趁熱打鐵地接著說道：「至於這位丁先生問的問題，既然這海天一色本是義舉，為何當年那幾位前輩要祕而不宣？我不妨告訴你，那便是因為，就算沒落門派，但凡能將門戶留下來的，也必然會有壓箱底的東西，或為神兵利器之寶，或為已經絕跡江湖的單方藥方，或是祖上流傳下來的武功典籍——六十三個門派，乃是當年中原武林半壁江山的家底，其中多少讓人為之瘋狂之物？那時本就戰火連連、人心惶惶，為防有丁先生這樣的人覬覦，結盟之人才被迫隱瞞海天一色之祕！」

周翡本來在看熱鬧，吃花生吃得口渴了，正單手端著碗茶在旁邊慢慢啜飲，聽到這裡，忍不住「噗」一口噴了出來，咳了個死去活來。這霍堡主居然跟她「英雄杜撰略同」，雖然他這樣層層鋪墊的慷慨陳詞聽起來比她隨口糊弄楊瑾的那一套高明了不知多少，但核心內容卻是八九不離十的！

謝允騰出一隻自由的手，用十分彆扭的坐姿側過身來，拍著她的後背道：「這麼大個人，喝口水能把自己嗆成這樣，唉，真有妳的。」

周翡沒工夫跟謝某人一般見識，心裡飛快地開始琢磨——對了，霍連濤知道水波紋的真正意義的時候，回撤請柬已經來不及了。他固然想要功成名就，然而不想以「懷璧其罪」的方式出名，那麼在事越鬧越大的時候，他別無選擇，只能在大庭廣眾之下將「海天一色」以昭告天下的高聲大嗓捅出來。

霍連濤將來龍去脈講得如此分明，那麼「海天一色」便和今日這場「征北英雄會」捆綁在了一起，除了丁魁這樣的資深魔頭，其他人不敢說公義當頭，但也還是要臉的，既然人人都知道有這麼一筆當年前輩們以性命保下的東西，自然不可能親身上陣巧取豪奪。

何況方才霍連濤也隱晦地提到了，這個盟約除了霍家之外，還有山川劍、四十八寨與行蹤成謎的齊門等等，既然是盟約，必然是每人只持有一部分，除非能將這些勢力都一網打盡，否則僅僅拿到霍連濤手裡這部分水波紋，未見得有多大的意義。他這開誠佈公的態度顯得非常大方，再加上當眾發難犯了眾怒的活人死人山，本來因為霍家堡倉皇撤出岳陽的事受損的威望此時不降反升。

要達到這種效果，丁魁這攪屎棍子的欲抑先揚之功是功不可沒，那豁牙儼然成了今日霍家堡第一吉祥物！

周翡下意識地瞥了隨同眾人給霍連濤叫好的朱家兄妹一眼，心裡十分陰謀地琢磨道：「丁魁閒得沒事四處追殺這些小魚小蝦，到底是他吃飽了撐著，還是有人在背後誘導？」

她目光飄過去，朱晨正好無意中抬了一下眼，當時一張清秀的臉好像烤透的炭，「轟」一下就紅炸了。周翡便小聲對謝允說道：「他怎麼激動成這樣，霍連濤這三寸不爛之舌有那麼厲害嗎？怪不得當年連朱雀主都能被他收買。」

謝允哭笑不得，但他在這方面一點也不想點撥周翡，便義正言辭地說道：「是，妳說得太對了。」

周翡：「……」

她總覺得自己又遭到了嘲諷。

李晟頗有些看不下去，硬邦邦地岔開話題道：「我看丁魁來得有恃無恐，為什麼？」

水榭中，霍連濤已經將自家的慎獨方印請出來了，焚起香，正在舉行一個不知是什麼的儀式，比拜堂成親還複雜，周翡他們沒興趣看一個半大老頭子在搔首弄姿，便湊在一起你一言我一語地悄聲說話。

周翡道：「我總覺得霍連濤倉皇上臺，其實也沒能查出來海天一色到底是什麼，所以編出了這麼一套說辭。」

楊瑾奇道：「這妳是怎麼知道的？」

周翡達到了利用楊瑾抓謝允的目的，也便懶得再圓謊，於是直白地告知他道：「因為聽起來和我編的套路差不多。」

楊瑾：「……」

這黑炭原地呆了片刻，終於，在已經到達永州之後，他發現自己其實是被周翡糊弄了。楊瑾當即怒不可遏，幾乎生出一種中原人無有可信任者的孤憤，眼睛瞪成了一對銅鈴，手指攥得「咯吱咯吱」直響，青筋暴跳地指著周翡道：「妳……妳……」

李妍被他這動靜嚇了一跳，湊過來觀察了一下楊瑾，問道：「黑炭，你又怎麼了？」

楊瑾憤怒的一扭頭，差點跟李妍手裡捏的小紅蛇來個肌膚相親，一肚子怒火都嚇回去了，當場面無表情地從椅子上一個後空翻翻了出去，臉色竟活生生地白了三分。李妍這時才意識到什麼，震驚又幸災樂禍道：「我的娘，一個南疆人，竟然怕蛇？」

應何從忙小聲道：「妳別使那麼大勁捏我的蛇，妳對牠好一點！」

李晟實在是受夠了這群腦子少長了一半的人，眼不見心不煩地背過身去，黑著臉和尚且正常的周翡說話：「如果真像霍連濤說的那樣，姑姑至少應該知道內情，爺爺當年連四十八寨都交到了她手裡，不可能獨獨瞞著這件事。」

「還有楚楚她爹吳將軍，他又不是江湖人，還是個身陷敵營的內應，本就如履薄冰了，不可能再節外生枝地攙和到這些江湖門派身上來。」周翡瞥了一眼熱鬧的水榭，接著道，「太奇怪了，到現在為止，海天一色是什麼就真沒有人知道嗎？」

李晟想了想，一擺手道：「先不提海天一色，我總有種不祥的預感。」

周翡因為謝允的緣故，這會心思全在「海天一色」上，聞言一愣。

便聽吳楚楚在旁邊說道：「我有句話不知當講不當講……倘若是我想給這英雄會搗亂，應該會偷偷來，突然站出來嚇人一跳，肯定不會讓人用棺材抬著我闖進來，生怕別人不知道。除非……」

除非丁魁有恃無恐。

那麼他在等什麼？

吳楚楚一句話說得幾個人都沉默了。

活人死人山固然厲害，然而霍家堡與這一大幫賓客也都不是吃素的。丁魁身邊此時不過幾十個狗腿子，除非這二三十人都會飛天遁地，否則無論如何也衝不破這將近數萬人的圍追堵截。

李晟低聲道：「小心了，我覺得……」

他這話陡然被一聲長嘯打斷，隨即「轟」一聲，飛沙走石四濺，眾人齊齊回過頭去，只見他們來時那精巧至極的石林居然被人從外面以暴力強行破開，大石亂飛，砸傷了不少躲閃不及的人。

一個周身紅衣的人披頭散髮，懷抱一隻琵琶，一言不發地站在門口。

水面上的風輕輕掃在他身上，他衣袂與長袍都輕盈得不可思議，然而因為氣質太過陰鬱的緣故，不像是行將羽化登仙的世外高人，倒像個前來索命的厲鬼。

正是久違了的朱雀主，木小喬。

周翡雖然知道木小喬沒那麼容易死在沈天樞手上，卻還是為他這別具一格的露面方式吃了一小驚。她忙戳了謝允一下：「木小喬不是專門替霍連濤辦事揹黑鍋的嗎，怎麼今天這態度有點不對？」

謝允沒回答，輕輕攥住了她的手指。

周翡下意識地一抽，沒抽出去，謝允借著長袖的遮掩，將她的手當成了暖爐，偏偏還要擺出一副正人君子的樣子不看她，嘴角卻帶了點使壞的微笑。周翡便一抬手，肩膀微動，好似拉琴似的用手背一磕長刀柄，望春山便十分隱蔽地往旁邊一撞，正好戳在了謝允肋骨上。

謝允一口氣差點噴出來，終於被毆打出了一句正經話，他艱難地說道：「不……不知道。」

李晟沒看見底下的小動作，剛開始見謝允笑得那麼「高深莫測」，只當他有什麼真知灼見，不料專心聆聽半晌，就聽見了這麼個結論。李公子頓時覺得謝允這廝與那幫不靠譜的東西都是一丘之貉，只好眼不見心不煩地去觀察霍連濤——霍連濤好似也沒料到這齣。

北斗突襲岳陽時，木小喬便失蹤了，都說是死在沈天樞手上了，可是這會他突然冒出來不說，眼看著還是來者不善。

霍連濤心裡不由得打了個突，他一直看不透木小喬。無論是武功、性情還是那股子瘋勁，朱雀主都斷然不是那種肯依附於誰、供誰驅使的人。木小喬不是活人死人山「四聖」之首，卻絕對是武功最高的一個，別說區區一個霍連濤，就是當年腿法獨步天下的霍老堡主，約莫也就跟他是個伯仲之間的水準。

可是偏偏，就這麼個擺在那就能辟邪的大人物，竟然毫無怨言地守在了霍家堡那麼多年。

木小喬好像一尊鎮宅的邪神，霍連濤曾經對他多有倚仗，又因為無法控制此人而懼怕於他。

此時，霍連濤勉強維持著自己主持大局的風度，一怔之後，立刻強行擠出一個驚喜：「木兄！哎呀，當日一別久不見你蹤跡，霍某著實……」

「客套就不必了，我本來是想趁著大伙都在，過來湊個熱鬧，順便請教堡主幾件事，不留神早晨起來晚了，」木小喬漫不經心地打了個哈欠，懶洋洋地打斷了霍連濤的寒暄，這回，他倒是沒有刻意拿女腔，但捏慣了嗓子，聲音還是比尋常男子輕柔很多，絲絲縷縷地漫過人耳，像經過了一條悄然無聲的蛇，「門口那石林陣還怪複雜的，我來晚了又沒人領路，只好動了點粗，多有打擾，回頭賠你錢。」

霍連濤心裡打了個突。

那木小喬一邊說，一邊衝自己身後招招手——上回在山谷中，木小喬手下的人先被北斗殺了一批，又被他自己炸死一批，基本便不剩什麼了，不過「人手」這東西，舊的不去新的不來，顯然，他眼下重新招了一批。

活人死人山乃是個魔頭窩，教眾裡頭流傳各種詭異的邪教，有信仰蚯蚓的、信仰黃魚的、信仰爬山虎的……各路妖魔鬼怪大展神通，僅就戰鬥力而言，還是很唬人的。青龍教有排山倒海大陣，玄武派人士沿途打劫起來，實力也頗不俗，白虎主有自己的一方勢力，唯有這木小喬活得十分隨意，手下都是隨便徵召來的，跟鬧著玩似的。

他不收弟子、也不培養心腹，打劫個把山匪窩點，就能給自己湊出一幫班底，完全就是武力脅迫或者花錢弄來的一幫，給他裝門面跑腿用。

此時，這套全新的手下們很快幫他架上來一個狼狽的男人。

來人腳步虛浮，瘦骨嶙峋，被人架上來的時候，兩股戰戰，似乎隨時準備尿褲子，架著他的人一鬆手，他便「撲通」一聲撲倒在地，以頭搶地，根本站不起來。

丁魁呲著豁牙大笑道：「木戲子，你這相好的又是打哪綁來的，咋站都站不起來？忒不中用了。」

木小喬聞言，抬起頭看了他一眼，風馬牛不相及地問道：「丁魁，你還剩幾顆牙？」

丁魁絲毫不以為忤，居然還真回答了：「老子還剩十四顆，人送綽號十四爺爺便是我，哈哈哈！」

木小喬側著臉、斜眼瞥了他一眼，抿嘴輕笑道：「十四聽著不怎麼吉利，丁兄，你莫要急，等我同霍堡主說完話，馬上便叫你變成丁八，保證今年發大財。」

人群中傳來幾聲「噗嗤」，不過很快就沒了聲音，顯然那憋不住笑的叫親友及時制止了。

丁魁臉一僵，有心想同木小喬分辨一二，又想起自己打不過這半男不女的妖怪，只好閉嘴，小心翼翼地護住自己碩果僅存的十四顆大牙。

木小喬走上前，用腳尖勾起那伏在地上的男子的下巴，指著霍連濤的方向問道：「認得他不？」

地上的人臉上煙薰火燎，五官糊成了一團，親娘老子都不見得認得，霍連濤自然不知道木小喬找來了何方神聖，然而他心裡還是升起一股不祥的預感：「這位……」

那匍匐在木小喬腳下的叫花子看清了霍連濤，眼睛裡陡然爆出驚人的光亮，四肢並用，野狗似的往前撲去，被木小喬一腳踩在脊樑骨上，只好無助地趴在地上，雙手拼命地往前搆，口中大聲叫道：「堡主！堡主！老爺！救我！我是給您當花匠的老六啊！您親口誇過我的花種得好……救命！」

霍連濤為人八面玲瓏，見了什麼都會隨口誇一聲好，自然不會記得一個過眼雲煙似的花匠，當即一愣。

「堡主貴人多忘事，」木小喬笑道，「此人名叫錢小六，是岳陽霍家堡的花匠，花種得確實極好，堡中幾個園子與後院的花草都是他在照顧。」

「後院」兩個字一出口，別人雲裡霧裡，霍連濤的心卻狂跳了幾下——那是他兄長霍老堡主的居處。

霍家堡先前能屹立不倒，很大程度上是老堡主的人脈，霍連濤知道這一點，自然不願意落下苛待兄長的名聲，儘管老堡主已經不認識他了，他卻還是專門開闢了一個清靜又優美的小院給老堡主住，派了僕從仔細照顧老堡主日常起居，自己也是每日晨昏定省，再忙也會去探望……

直到他攀上更高的樹，老堡主才徹底淪為了沒用的累贅。

霍連濤不便親身上陣破口大罵，便回頭衝自己一幫手下遞了個眼色，霍家堡的人都機靈，立刻有人說道：「朱雀主，霍堡主敬你是客，你也好自為之，今日各位英雄都在這，你將一個不相干的叫花子扔在這，張口閉口種花種樹的，吃飽了撐著嗎？」

木小喬用力盯了說話那人一眼，臉頰嘴唇上的胭脂顏色紅得詭異，目光在那人的胃腸上下略作停留，彷彿思考此人這幅「吃飽了不撐」的肚腸該怎麼掏出來。隨後他不慍不火地說道：「這錢小六是岳陽霍家堡的舊人，怎麼算不相干呢？因北狗施壓，岳陽霍家南撤，走得倉促，仍有不少人留了下來，一些燒死了，還有一些被沈天樞所俘，也沒能多活幾天。錢小六便是被沈天樞留下的幾個活口之一……因為他道破了一個祕密。」

霍連濤手心開始冒汗。

木小喬笑盈盈地欣賞他強自隱忍的臉色，說道：「他說他親眼看見，霍家堡的大火是自己人放的，霍堡主早早開始將霍家堡的家底往南送，單留一個老堡主在岳陽當誘餌，給北斗來了個金蟬脫殼，再一把火燒死老堡主——」

霍連濤不用開口，便立刻有他的人替他叫道：「血口噴人！木小喬，霍家待你不薄，你卻和丁魁這種人渣沆瀣一氣，污蔑堡主……」

霍連濤一抬手，身後的聲音陡然被他壓了下去。這男人好似脾氣很好地問道：「那麼請問朱雀主，這個人既然在沈天樞手裡，又是怎麼到了你手裡呢？家兄在世時，霍某每日早晚都要前去請安，必然路過後院，卻對這位錢……錢兄弟一點印象都沒有。」

丁魁憋了半天，這會終於忍不住了，大笑道：「木戲子，霍堡主這問你話呢，你究竟是跟北朝鷹犬勾結，構陷於他呢？還是自己從路邊撿了個傻子就跑到這來大放厥詞呢？」

李晟嘆了口氣，小聲道：「朱雀主說的其實是真的，只可惜……」

只可惜木小喬素日太不是東西，名聲太臭，別說他只是逮了這麼一個無關緊要的人證，就是人證物證俱在，從他嘴裡說出來，也不像真的。

木小喬不答話，他目光不躲不閃地盯著霍連濤，只是突然前不著村後不著店地說了一個詞：「澆愁。」

霍連濤登時色變。

周翡茫然道：「什麼？」

這一回，連好似聽遍了天下牆角的謝允都皺著眉搖搖頭，示意自己沒聽說過。

李晟忙問道：「他說的是哪兩個字？『焦愁』？『澆愁』？還是『腳臭』什麼的……」

應何從幽幽地說道：「『澆愁』，『舉杯澆愁愁更愁』裡的那個『澆愁』，乃是一種毒。」

周翡他們幾個人雖然跟著興南鏢局的人進場，卻為了說話方便，單獨占了一張桌子，應何從話音一開口，這桌子上的一幫人都直眉楞眼地瞪向他，等著他接著往下說。應何從卻結結實實地閉上了嘴。

李晟問道：「然後呢？澆愁是什麼毒？」

應何從道：「叫令妹把『紅玉』還給我，我就告訴你們。」

周翡：「……」

都是謝允那孫子給她起的狗屁花名，爛大街到了跟一條蛇重名的地步，豈有此理！

李晟沒好氣道：「李大狀，妳快把那長蟲還給人家。」

小蛇「紅玉」大概已經嚇破了蛇膽，一回到主人懷裡，立刻頭也不回地鑽回了應何從身後的籮筐，連尾巴尖都不敢冒了，應何從這才不緊不慢地解釋道：「說是毒，其實也不盡然，要是將此物用水泡開一點，人服下，便會像喝了酒一樣進入微醺狀態，又能避免弄一身酒糟，氣味不雅，過去的達官貴人們常拿來助興，得名『澆愁』。但倘若大量放入烈酒中，人喝了，就會產生中風的症狀，就算當年大藥谷的神醫也診斷不出，長期飲用則會致人癡傻。」

應何從說話也不知道壓著聲音，這般長篇大論地廣而告之，跟私塾先生講課似的，周圍一幫人都聽見了，各種意味不明的目光同時投了過來，連木小喬都往這邊看了一眼。

應何從卻安之若素，好似渾不在意。

朱晨問道：「那是什麼意思？你的意思是，霍老堡主的病是人為嗎？」

「我說的是澆愁，誰提霍老堡主了！」應何從莫名其妙地看了他一眼，「霍老堡主既然已經燒死了，那是天譴還是人為，誰知道呢？」

他們坐的這邊人人手裡都有木請柬，都是跟霍家堡有交情的人，李晟忙打斷應何從繼續找揍，問道：「那怎麼能看出一個人是病了，還是中毒呢？」

應何從道：「這個容易，癡傻之人記不住事，真正老糊塗的，都是從最近的事開始忘，隔著三五十年的陳芝麻爛穀子反而忘得慢一些；中毒的人卻是從以前的事開始忘，好似有生以來的記憶被從頭往後抹似的，因此傻得格外迅疾，但即使連自己都忘了，你要有耐性把他當嬰兒重新教，他也還能重新學。」

李晟聽完，頭皮一陣發麻，他本意是想岔開話題，不料反而將話題引得更深——當年老堡主突然中風，不少人前往探望過，被應何從這麼一點，都不由自主地回憶起當時探病的細節，有些心智不堅定的竟然將信將疑起來。

周翡因為應何從那句口無遮攔的「時日無多」，一直挺煩他，便翻了個白眼道：「狗舔門簾露尖嘴，顯得他知道得多有錢賺嗎？」

她話音還沒落，旁邊便有個面色陰冷的中年人說道：「怎麼，連毒郎中都臣服於活人死人山的勢力之下，當眾給木小喬抬起棺材來了？」

應何從淡定地回道：「我不認識他。」

那中年人冷笑道：「認識不認識，不過你上嘴唇一碰下嘴唇，誰知道？那魔頭剛編出一條罪名，你就趕著上前解釋……我等縱橫江湖幾十年，從未聽說過什麼『澆愁』，莫不都是孤陋寡聞？」

「哪裡，術業有專攻而已，」應何從有理有據道，「閣下也未必是孤陋寡聞，只不過是把所有跟你們說的不一樣的人都打成『北斗走狗』、『給魔頭抬棺材的人』，倒是省下了不少爭辯，真的很會圖省事。」

應何從該犀利的時候不慍不火，不該犀利的時候老瞎犀利。他不說話還好，這一出聲，更像是木小喬的人了。

偏偏那木小喬還大笑道：「這話說得在理！」

那中年人驀地拍案而起，招呼都不打，便直接發難應何從，驀地抽出一把長劍刺了過來，喝道：「諸位，今天是什麼日子？難道這武林中便真的沒有王法道義，憑這些魔頭們顛倒是非嗎？」

只因謝允一瞬間多心，為防飲食中有毒，將這應何從領了進來，誰也沒想到事態會發展到這種結果——正主還沒動手，他們這邊卻成了全場第一個亮兵器的！

李晟當場後悔得腸子都青了，心道：我為什麼要多嘴問這一句？

應何從皺著眉閃身躲過對方一劍：「說了我不認識！」

然而江湖上的烏合之眾就是這樣，有一個人領路，其他人便不辨東西地跟著山呼海嘯而去，那中年人動了刀兵，身後的人呼啦啦站起一大幫，全都叫囂著要將應何從拿下。

一時間，三四把劍同時攻向應何從，應何從不知是硬功不行還是不愛動手，連連後退，並不接招，轉眼已經退到周翡身邊。

應何從口中道：「你們講不講道理，我不認識木……」

李晟道：「怎麼讓他們住手，天啊！還不夠亂嗎？應公子，你也少說兩句！」

周翡聞言，坐著沒起來，望春山從左手折了個跟頭，換到右手，隨後長刀陡然出鞘，勢不可擋地將三把逼近的劍一刀掀開。

然後她在一片驚呼中說道：「木小喬就在那呢，沒有二十步遠，斬妖除魔你們倒是去啊，隨便從人群裡拉個軟柿子捏算什麼意思？」

李妍立刻旗幟鮮明地站在她姐這邊，跳起來道：「不錯！」

李晟：「……」

又來一個火上澆油的，他簡直要瘋了！

那領頭的中年人不知是霍連濤手下哪一路走狗，運氣也是背，剛想提劍仗勢欺人，寶劍便被望春山崩掉了一個齒，不由得又驚又怒，瞪著周翡道：「妳是何人？」

周翡眼都不眨，說道：「擎雲溝的，小門小戶出身，說話沒你們那麼大的底氣，但也知道講理。」

又驚又怒的轉瞬換了一位。

楊瑾：「……」

李妍叉著腰道：「就是啊，大魔頭在那邊都站好排一排了，你怎麼還不去打？」

吳楚楚直覺這毒郎中不簡單，然而又拉不住周翡，只好改道去拉李妍，試圖控制這匹脫韁的野馬。

就在這時，人群中驟然發出如臨大敵的喧譁。

李晟一扭頭，只見木小喬突然飛身而起，他像一團飄在空中的大火，直接飛掠過水面，朝那水榭中的霍連濤撲了過去，琵琶弦「錚」一聲響，大片的漣漪在水面上曇花似的綻開，木小喬朗聲笑道：「不必有勞，我等魔頭自己過去便是！」

這裡畢竟是江湖，縱有千重機心，有時候也要刀劍說了算。

霍連濤瞳孔驟縮，可他畢竟是一方霸主，此時此刻又怎能當眾臨陣退縮？他大喝一聲，將一雙鐵臂攏在身前，強行架住木小喬一掌，短兵相接處，霍連濤只覺得腦子裡「嗡」一聲，手臂短暫地失去了感覺，氣海翻湧不休。

霍連濤驚怒交加，方知木小喬竟一照面就下了狠手。情急之下，只有將數十年修為傾於此役，霍連濤忍著喉頭腥甜，再次強提一口氣，原地拔起，錯開數步，而後借力旋身，一腳橫掃而出——這是名動天下的霍家腿法，能將合抱的立柱一腳踢折。

木小喬卻不躲不避，他一手倒提琵琶，只餘一隻手，手腕好似全然不著力，輕飄飄地落在了攔腰撞過來的一腿上，繼而整個人便如一張不著力的紅紙，「貼」上了霍連濤掃過去的腿，輕飄飄地隨著飛了起來。

霍連濤腿上壓力驟增，一抬頭，正撞上木小喬的目光，心裡無來由地躥起涼意——這木小喬的眼睛太古怪了，那雙眼睛絕不難看，也並不渾濁，甚至沒有多餘的血絲，可不知為什麼，看著就是不像活人的眼，好似裝著一對逼真的假眼珠，樣子足能以假亂真，仔細一看，卻又說不出哪不對勁。

這時，木小喬突然翹起嘴角，對他露出了一個詭異的冷笑，霍連濤爆喝一聲，死命地將黏在他腿上的木小喬往地上一貫，隨即驚險之至地側身，堪堪避開那抓向他胸口的爪子。木小喬的指甲乃是利刃，人被霍連濤甩開，卻在霍連濤胸口留下了三道爪印，從外衣撕到裡衣，當時見了血。他腳下輕點地，走蓮步，搖搖擺擺地在原地走轉騰挪幾下，水榭中登時一陣哭爹喊娘——木小喬一掌將一個擋路的推進了湖裡，探手抓向後面那一直往邊上躲的男人，倘有人在這樣的混亂下神智還清明，便會發現，木小喬抓住的這人正是方才說他「吃飽了撐著」的那位。

木小喬回頭衝霍連濤意味深長地笑了一下，然後一把探入那人懷中。一股難以言喻的熱氣在寒冷的水榭旁邊升騰起來，這朱雀主彷彿探囊取物，撕開了這人的衣衫與皮肉，在眾目睽睽下，生生將這人的腸子拖了出來。

那人不知是疼得說不出話，還是單純只是太過震驚，險些將眼珠瞪出眼眶，一臉難以置信，渾身痙攣地劇烈喘息，叫人想起山野頑童手裡那些慘遭開膛破肚的大肚子蟈蟈。木小喬衣衫是紅的，胭脂是紅的，嘴唇是紅的，染血的雙手更是烈烈如火，衝著霍連濤露出一個嫣紅嫣紅的笑容。

李妍被他這活能止住小兒夜啼的笑容嚇得踉蹌著後退一步，後背差點撞在吳楚楚臉上，她胡亂背過手去推吳楚楚：「妳別別別別看。」

周翡是親眼見過木小喬動手的，那次在山谷中，他被沈天樞和童開陽兩人圍攻，不敵，於是炸了山谷，那一次，除了最後一步「炸山谷」之外，木小喬和沈天樞等人基本還是保持了高手過招的風度，沒有特別凶殘的表現。反正跟眼前這番修羅場比起來，木小喬上次對沈天樞的態度已經堪稱「禮遇」。

大魔頭一出手，這邊的小打小鬧便進行不下去了，有那麼一時片刻，擠滿了人的莊園裡鴉雀無聲。那木小喬漠然地將手裡已經不動了的人扔進水裡，舔了一下指甲上的血跡，對霍連濤說道：「我只問你一件事，你手上的『澆愁』是哪裡來的？」

霍連濤的眼角玩命地跳，看得別人都覺得他肯定腮幫子疼，他臉色蒼白，顯然方才一交手已經受了內傷。然而霍家堡主畢竟見慣了大風大雨，哪怕他後背已經佈滿了冷汗，面上卻依然十分鎮定，說道：「欲加之罪，何患無辭？木兄，你我相識也有些年頭了，你竟不知我為人。」

木小喬神色淡淡的。

霍連濤便搖搖頭，又道：「這十多年來，你與家兄時常往來，我待他如何是你親眼所見，現在你拿著一個子虛烏有的謠言來質問我，攪我的場子殺我的人，我是不服的。你問我『澆愁』是哪裡來的？我從不知什麼澆愁，倒要問你，這謠言是何人告知於你的？」

木小喬軟硬不吃，講交情沒用，講理他不聽，唯有叫他產生懷疑，霍連濤這句話說到了點子上，木小喬的目光微微一閃。霍連濤頓時明白他有所動搖，當即一步上前，徑直來到水榭中間的小石桌上，抬手在上面連拍了三掌，那石桌「嘎吱嘎吱」一陣亂響，裡頭居然另有乾坤，隨著霍連濤的動作，中間裂開個口，一個石托盤緩緩轉了出來，上面靜悄悄地擺著一個方盒子。

霍連濤看了木小喬一眼，隨即轉過身，對整個莊子裡伸長了脖子的人舉起了那盒子：「我霍連濤比不上兄長，霍家堡在我手中沒落了，不行了！連幾代人的故居老宅都讓人一把火燒了，我與這些個喪家之犬揹著血海深仇，來到了南朝的地界，卻還是有人不肯放過我、不肯放過霍家！在背後挑撥離間，說我暗殺兄長，你們為了什麼？不就是這個嗎！」

他說著，一把將盒子裡的東西拽了出來，高高地舉在手上。那盒子裡藏的竟是霍家堡的慎獨印，周翡他們站在岸邊，一時也看不清那慎獨印上有沒有水波紋。只聽霍連濤咆哮道：「因為這個，北斗害得我兄長身亡，連隻言片語都沒留給我；因為這個，過去十多年的舊友見疑於我，不去找北斗討說法，反而來指責我污蔑我！那些已故的前輩們為何誰都不再提起海天一色，因為這分明就是個禍——根——」

那一瞬間，周翡覺得謝允捏著她的手陡然一緊。接著，不待她反應，霍連濤竟狠狠地將那方印往地面砸去。

眼看這神祕又讓人趨之若鶩的海天一色行將分崩離析，四道人影同時衝了上去。

霓裳夫人在霍連濤說起最後一句話的時候便覺得不對，她旋身而起，裙裾彷彿盛開的桃花，飄然涉水，伸手要去接那尊方印，丁魁反應慢了一點，一看完蛋，要趕不上搶，當即一伸手扒拉出了一把棺材釘，朝著霓裳夫人的背後扔出去。

漫天的棺材釘撲向霓裳夫人的後背，霓裳輕叱一聲，長袖抖出，將一大把棺材釘攏入袖中，這一耽擱，那猿猴二人卻已經飛快地越過她去，猿老三養的猴子啞著嗓子叫了一聲，一把撈過慎獨印。

霓裳夫人怒道：「畜生！」

丁魁氣得大叫，猴五娘卻笑道：「承讓！」

霓裳夫人吼道：「木小喬，你是死的嗎！」

方才不過有人說一句「吃飽了撐著」就被開膛破肚，周翡倒抽一口涼氣，不由得給霓裳夫人捏了把汗。只見那木小喬臉上戾氣一閃而過，然而他瞥了霓裳一眼，又不知怎地把火氣忍回去了，居然很聽話地縱身去追猿猴雙煞。就在這時，水裡突然躥出了三四條黑影，猝不及防地擋住猿老三的去路。

那猴兒一聲尖叫，猿老三當即提掌推出，豈料來人竟不躲不閃，與他戰在一處。兩人你來我往間過了七八招，周翡「咦」了一聲，認出了那埋伏在水裡的黑衣人：「白先生？」

她倏地扭過頭，看向謝允：「白先生為什麼在這？難道你堂弟也……」

謝允將食指豎在自己嘴邊：「噓——」

周翡怔怔地想道：原來他來永州是為了這個。原來他真的放棄了追查海天一色，無論是為了自己的小命，還是為了先人遺願。

此時，因為白先生等人插手，小小的水榭上頓時熱鬧了起來，木小喬、霓裳夫人、丁魁、猿猴雙煞與白先生的人一人站了一個角，誰跟誰都是敵非友，中間一隻驚恐的猴抱著慎獨方印，就這樣僵持住了。

場中形式變化快得簡直讓人目不暇接。

可是站在這樣混亂的人潮中，周翡卻只覺得手上的天門鎖冰涼冰涼的，她忽然忍不住問謝允道：「你叔叔待你好嗎？」

謝允一愣，片刻後，笑道：「好。」

周翡不信，又追問：「你身上的透骨青是怎麼來的？」

謝允眉眼彎彎，臉色凍得發青，可是看他的神色，又仿如沐浴在江南陽春中，帶著一種發自肺腑的愉悅，他輕描淡寫地說道：「不小心。」

周翡驀地扭過頭去，突然不想再看見謝允的笑容。

就在這時，水榭上有人開了口，霓裳夫人說道：「二十幾年了，我要是知道還有今天，當年萬萬不會答應當這個見證人。」

木小喬嘴角牽扯了一下。

「殷大哥、李大哥，還有老霍……這些人都沒了，如今只剩下一個沖雲牛鼻子，不知又躲到了哪個旮旯，」霓裳夫人道，「我這個見證人沒接到一個字遺願，木小喬，你呢？」

木小喬看了霍連濤一眼，輕柔地說道：「他但凡跟我說過一句話，有些雜碎也不至於活到今天。」

這兩句話裡頭藏的祕密太多了，霓裳夫人是「見證人」，周翡還隱約有過推測，可難道木小喬也是嗎？

水榭中，連霍連濤在內的一幫人已經驚呆了。

丁魁「啊」一聲，叫喚道：「木戲子，她說的這是幾個意思？這裡面又有你什麼事？」

木小喬負手而立，並不答話。霓裳夫人垂著目光，看向抱著慎獨印的猴，猴兒有些畏懼她，梗著脖子尖叫個不停。

「海天一色，」霓裳夫人道，「不是你們想的那樣，沒有異寶，什麼中原武林大半個家底更是無稽之談。」

霍連濤的臉色紅一陣白一陣的。

「它只是個約定，約定雙方互不信任，所以找了我、朱雀主、鳴風樓主和黑判官做了見證而已。」霓裳夫人道，「見證人報酬豐厚，我們都無法拒絕。」

白先生恭恭敬敬地問道：「敢問夫人，約定的雙方是誰？又約定了什麼？」

霓裳夫人冷笑道：「既然是見證，自然不會摻和到他們的約定裡，這些事你都不知道，我怎會知道呢——你家主子既然來了，何不出來一見？」

第三十九章 黃雀

白先生滑不溜手，根本不接霓裳的招，只客氣道：「夫人客氣了，我家主上年紀尚幼，不過是個跟著霍堡主出來長見識的晚輩，沒什麼好見的。」

他先是輕描淡寫地將話題帶走，又轉向猿老三道：「猿先生也是成名高手之一，何必與有些人一樣，對別人家的東西巧取豪奪呢？」

猿老三奸猾地笑道：「霍堡主既然將這印摔了，那便是不要了，誰撿到就該歸誰，怎會有巧取豪奪一說？」

白先生雖然面不改色，卻仍是隱晦地看了霍連濤一眼——霍連濤摔慎獨方印這事實在是自作主張。

霍連濤其人，武功未必高、心智未必頂尖，但「壯士斷腕」和「禍水東引」兩招用得實在是爐火純青，這回趙明琛為了召集整個南朝武林，將霍連濤當成誘餌拋出去，霍連濤反應過來，自然心存怨憤，可請柬上帶了水波紋，已是昭告天下、覆水難收。所以他方才來了這麼一齣摔印，一半是為了從木小喬手下脫身，另一半恐怕也是為了噁心明琛。

霓裳夫人不知看沒看出這臺前幕後的暗潮，面帶譏誚地笑了一聲，對猿老三道：「你還真是個撿破爛的。」

猿老三轉向她：「霓裳妹子，妳也不必上嘴唇一碰下嘴唇便給海天一色下定論，倘若此物真像妳說的一樣無關緊要，那妳方才急著搶什麼呢？」

霓裳夫人道：「我只說不像你們想的那麼無價，並沒有說它不重要，好比像閣下這樣人間廢物，確乎沒什麼價值，說不定在令堂眼裡也是個大寶貝呢。」

猴五娘尖聲道：「賤人，眼下慎獨方印可是在我們手裡，妳得意什麼？」

白先生低聲勸道：「請諸位稍安勿躁……」

他們這邊誰都不敢輕舉妄動，只好各展神通地鬥起嘴，丁魁卻在旁邊轉起了心思。

丁魁之所以敢大喇喇找霍連濤的麻煩，一方面是聽說了「海天一色」這麼個東西，起了貪心；再者，也是聽說霍連濤到了南邊後四處高調招攬人手，大有要當武林盟主的意思。武林盟主不可能只號召大家開會，也得辦正事才能服眾，首先就得選出一些「武林公敵」來作筏子立威。丁魁十分有自知之明，感覺「武林公敵」這一名號，他是當仁不讓，因此很想先下手為強。

可巧，當時白虎主馮飛花給他傳信，添油加醋地說自己拐彎抹角地得知霍連濤想對付活人死人山，又巧言令色地攛掇丁魁打頭陣，到時候好與自己「裡應外合」，攪了那霍家老兒的「英雄會」。可是如今丁魁依約來了，「情理之外」的木小喬也來了，「意料之中」的馮飛花卻依然不見蹤影。

這會，丁魁再一聽白先生話裡話外的意思，便咂摸出了點味來，心道：你娘的！中了霍連濤這孫子的計了，這老小子不但找好了靠山，還聯合了馮飛花那吃裡扒外的東西，要挖個坑給老子跳，拿老子揚名立萬，呸！做你娘的春秋大夢，我可不白擔罪名！

丁魁起了「非得占點便宜走」的賊心，能動手便不廢話，他趁著猿老三同白先生等人唇槍舌戰，猝不及防地驟然發難，五短身材如能縮地，閃電似的一步上前。水榭中立刻響起猴子的慘叫，只見丁魁堂堂玄武主，竟衝著一隻猴子使了十成的功力，眨眼便將那猴腦打成了一鍋粥，而後他一把撈起慎獨印，「哈哈」大笑一聲，轉身便跑：「諸位繼續分說，便宜我了！」

幾大高手齊刷刷地擠在這小小的水榭中，原本是個誰都不敢輕舉妄動的平衡，誰知尚未商討出個所以然來，先有人不講規矩，來了一場捲包會！

白先生喝道：「攔住他！」

他話音剛落，湖裡驟然掀起一張大網，劈頭網向丁魁。

丁魁成名多年，哪是這等雕蟲小技攔得住的？他順勢借力，擦著網邊掠過，直落到了周翡他們這一邊的岸上，毫不在意地衝向了人群。

方才趁著人多勢眾、氣勢洶洶要誅殺邪魔外道的一幫人乍一見他殺過來，都懵了，前面的往後退，後面還有喊著「報仇」往前衝的，兩撥人馬撞在了一起，不等丁魁出手，便自己先亂作一團，當真是烏合之眾——不過話說回來，倘或真有本領，除了木小喬這種別有隱情的，誰會留下供霍連濤驅使？

丁魁好似利刃插入豆腐裡，自人群中長驅直入，轉眼已經到了興南鏢局這邊，林伯等人根本還沒來得及近他的身，已經飛了出去，朱瑩只好輕叱一聲，甩出峨眉刺，硬著頭皮迎上。周翡作為管閒事的先鋒，提刀便站了起來，誰知這回謝允跟她心有靈犀了，倆人都要站起來往前走，那天門鎖的鎖鏈一下繞著圓桌被拉往兩個方向，「咔」一下卡在了桌腿上。

周翡：「……」

她只好自己先撤一步，想遷就謝允，繞到他那邊，不料謝允又跟她謙讓到了一處，倆人同時一退，又撞在了一起。

周翡快瘋了，怒道：「你怎麼這麼會礙事！」

李晟忍無可忍，撂下一句：「你倆就別跟著添亂了！」

他話音沒落，人已經縱身掠出，接連踩過一堆肩膀，堪堪攔在丁魁掌下，這一交手，方才察覺功夫用時方恨少，李晟只覺短劍彷彿撞在了硬邦邦的山石上，險些給震得脫手飛出去，忙撤力旋身，用肩膀將朱瑩撞到一邊，衝她吼道：「還不走！」

丁魁尖聲笑道：「哪裡走！」

李晟狠狠一咬牙，正要硬著頭皮再接玄武主一招，便聽耳邊一陣鐵環相撞聲，楊瑾一招「斷雁叫西風」，陡然自旁邊插了過來，眨眼間已經揮出三刀，一刀快似一刀。丁魁被他快刀逼得連退幾步，將慎獨方印往袖口一塞，而後倏地彈出一根指，「嗶啦」一下打在了楊瑾的刀背上，楊瑾的刀鋒不免偏了兩分。

丁魁一側身：「小子，你敢在我這逞強？」

說著，他伸手做爪，去抓楊瑾的肩膀。方才退後的李晟立刻上前，手中雙劍平平削出，正好將劍遞到了丁魁手裡。丁魁「嘖」了一聲，一把捏住他的劍，不妨身後又有勁風襲來，楊瑾長刀又至！

丁魁一往無前的腳步被他們兩個後生硬是絆了下來，李晟和楊瑾這兩人雖然頭一次同時出手，卻居然還算頗有默契——起碼比那倆互相絆腳的強。

丁魁發皺山芋似的臉上陰鷙之氣盡顯，他忽然仰面吹出一聲長哨，遠處頓時有長哨聲應和，隨後，至少有百十來個帶著毒手套的玄武教眾，從方才木小喬強行破開的石林陣後面跑進來，同時，他們身後的湖水中響起「撲通」聲，那大棺材分崩離析，成了一堆規整的木板，抬棺材的人紛紛踩著棺材板涉水而來。而與此同時，霓裳夫人與猿猴雙煞一同追了過來，水榭中，木小喬卻又不知為什麼，同白先生與霍連濤等人動起了手，他以一敵眾，竟還能絲毫不落敗相。場面一時亂得無以復加，周翡抽出望春山，卻不敢離開原位——李晟楊瑾都上前逞英雄去了，吳楚楚和李妍身邊不能沒人，這是他們一路走過來自成的默契，譬如在客棧那次，周翡和李晟動了手，楊瑾再好戰，也只是踏踏實實地留在座位上。

謝允卻十分鎮定，他想了想，伸手一按周翡的肩，說道：「不急，這只是個開頭，至少還有兩撥人沒出手，等著『黃雀在後』，妳的刀先不要忙著出鞘。」

周翡掰著手指頭已經數不清此時有幾撥人攙和其中了，聞聽此言，頓時一個頭變成了三個大。她不由得伸手摸了摸懷裡那九把鑰匙，心道：「要麼我先把鎖打開？」

反正以謝允的為人，就算他有天大的理由趁機溜走，也應該不會丟下吳楚楚和李妍不管。

就在這時，李晟突然趁著丁魁被霓裳夫人他們纏住的時候退出了戰圈，皺眉凝神思量片刻，他開口朗聲道：「不能讓玄武門下的人匯合，他們要把咱們包餃子！」

亂哄哄的烏合之眾們正缺個領頭的，聞言紛紛望向他。李晟在眾目睽睽之下深吸一口氣，沖雲子教了他數月的陣法們在他心裡盤旋而上，他伸手一指岸邊，對興南鏢局的幾個人說道：「林伯，勞駕您帶人守住那裡，楊兄，三步以外艮位做接應，其他人跟我來！」

他兩次出手救過興南鏢局的人，林伯等人自然沒有二話，立刻依言從事。其他人卻不知道此間內情，情急之中、自己又沒有主意時，見有人聽了指揮，立刻便會有跟從的，李晟這一句話落下，不多時，便約莫有三四成的人跟著他跑了。

李晟也不去管別人，一馬當先地迎上了玄武派從石林中闖進來的人。要是讓他跟丁魁單打獨鬥，那是萬萬不成的，然而對上玄武派下屬的狗腿子，李公子卻可算遊刃有餘，他毫不留手，三兩劍便能逼退一人，然後也不追擊，留下三四個人盯著陣眼，自己帶著剩下的人在玄武派的包圍圈中四處亂竄，進退都不慌亂，不過片刻，便用人結了個簡單的陣法出來。

原本有些猶疑的人見了，也紛紛加入其中，方才被丁魁一個人便衝得七零八落的岸邊居然被李晟理出了頭緒來。

同是跟齊門有一段露水似的師徒緣分，周翡學會了怎麼打群架，李晟則好像學會了怎麼指揮別人打群架。謝允見此，不由得對周翡讚嘆道：「妳哥有大將之風，妳就不行，大概只能當個女土匪。」

吳楚楚在旁邊凝神想了片刻，說道：「那位朱雀主為什麼會懷疑霍老堡主的死因和霍先生有關？這裡頭肯定有北邊的手筆，端……謝公子方才說的『黃雀在後』有他們嗎？」

謝允點頭道：「不錯。」

吳楚楚又皺皺眉：「你方才說還有兩撥人，如果北邊算一撥，那麼另一撥還能是誰？」

中原武林中正邪兩道、朝廷鷹犬、暗藏的北朝內奸……都在了，還能有誰？

謝允沒吭聲，只是在一片混亂之中，遙遙地望向那小樓的方向，彷彿在與什麼人對視一樣。

有李晟這麼橫插一杠，丁魁別提多難受，他手下的人都被纏住了，只剩自己一根光杆，面對昔日兩大刺客頭子，那個左支右絀與狼狽不堪就不用提了，情急之下，丁魁耍了個賤招，他突然吹了一聲長哨：「玄武衛——」

外面正在跟李晟等人纏鬥的一個玄武門下的男子應聲抬頭，丁魁拼著大喝一聲，強提真氣，用後背接了猴五娘一掌，一口血噴出來，同時慎獨方印拋給了那玄武衛！玄武衛都是丁魁的死忠，丁魁不擔心他們拿著東西跑——何況眼下這情況也跑不了。

在玄武主眼裡，手下人的性命便好似自己手裡的兵刃與盔甲，都是可以隨時報廢的。

這一招禍水東引，猿猴雙煞立刻顧不上再跟他糾纏，縱身撲向那接了慎獨方印的倒楣蛋。

霓裳夫人卻皺起了眉。

猿老三臉上貪婪的神色近乎猙獰，一把將李晟推開，口中道：「小子別礙事！」

隨後，他和猴五娘分自左右兩邊，一人抓住那玄武衛的一條胳膊，眼看要將人活活撕成兩半。李晟方才還在跟那玄武衛大打出手，此時又簡直恨不能上前幫著玄武衛掙脫那對大馬猴。

李晟獨自佈下一面大陣，成功把玄武派的人都攔截在了外面，然而這會瞧著霍連濤、猿猴雙煞之流，卻突然不知道自己在為什麼奔忙，方才熱起來的少年意氣瞬間冷了下去。

「這都是一群什麼東西！」他有幾分茫然地想道，「我幹嘛要跟他們攙和？」

就在這時，異變陡生。

楊瑾突然大喝道：「小心！」

李晟倏地一驚，下意識地往後一彎腰，閃過了某個迎面砸過來的東西——那竟是一條胳膊！

猿老三的胳膊！

李晟的瞳孔收成了一點——方才還彷彿跟他不分高下的玄武衛端端正正地站在原地，突然低低地笑了起來，抓住他的猿猴雙煞竟在頃刻間便一死一傷。

猴五娘顯然是在毫無防備的時候挨了一掌，胸口被砸得凹了進去，骨頭從後背穿透出來，沒來得及躺下便死透了，猿老三一條胳膊齊根斷開，血似瓢潑一般往外淌，而他太過震驚，竟一時忘了封住自己的穴道！

周圍一圈人倏地退開，那「玄武衛」撚了撚手上的血跡，摸出那枚慎獨方印，將它對著光仔細看了看，看清了浮雕在上面的水波紋，便笑了起來，說道：「多謝玄武主，得來全不費工夫。」

丁魁也驚呆了。

只見那「玄武衛」緩緩地抓住自己的頭髮，往後一扯，竟將頭皮連同臉皮一起扯了下去，露出一個陌生男子的面孔——此人約莫五十上下，頭頂沒毛，面白無鬚，臉蛋下面兩坨疙瘩肉自腮邊垂下，逼出深如刀刻的法令紋，看著居然有點像陰森森的老太婆。

李晟喃喃道：「你是誰？」

「後生仔，有些門道，就是見識少了點。」這陌生男子衝李晟笑了一下，隨即他一揮手，身後玄武派的人驟然自相殘殺起來，一部分人暴起，將刀兵捅向旁邊的同伴，不多時便將毫無防備的玄武教眾殺了個亂七八糟，隨後這些人整整齊齊地在那「玄武衛」身後站好，紛紛扯下臉上的人皮面具。

「咱家姓楚，小字天權。」那假冒玄武衛的禿頂人說著，將慎獨方印收入懷中，團團一抱拳，笑道，「南面的諸位英雄，久違了呀。」

吳楚楚「啊」了一聲。

謝允低低嘆了口氣：「竟然是北斗文曲。」

北斗文曲——一個傳奇的宦官。

一直作壁上觀的應何從這時卻突然動了，但他一步才邁出，周翡手中的望春山便好似長了眼睛，橫在毒郎中面前，攔住了他的去路。

應何從低喝一聲，雙掌交疊，硬是要推開望春山，可他手掌尚未觸及刀鞘，望春山便突然往上一挑，削上了他的手指，緊跟著，長刀脫鞘而出，凜冽的刀光撲面而來，刀鞘重重地打在了他掌心，應何從難當其銳，被迫避退，便覺後頸一涼——刀已經架在了他的脖子上。

周翡低聲道：「話還沒說清呢，你最好別動，你的蛇也是。」

謝允偏頭看了應何從一眼，背著手緩緩地說道：「楚天權兔起鶻落間連殺猿猴雙煞，你打算靠什麼與此人相鬥？」

應何從面色鐵青，雙拳緊握，整個人不由自主地哆嗦著。他身上一直有種不食人間煙火的二百五，活似養蛇養傻了，周翡還是第一次在他臉上看到這麼濃重的七情六欲，應何從一雙目光筆直地射向那白麵糰子一般的老太監，活似要用視線在他身上戳出個三刀六洞。

周翡長眉一挑，轉手將望春山收回來，又用腳尖將落在地上的刀鞘挑起，還刀入鞘：「有仇？」

應何從說不出話來，牙咬得「咯咯」作響，好似披著與世無爭的皮太久，儼然已經不會發散仇恨與怒氣了，它們統統徘徊在他胸口，怒號哀叫，隨時準備炸開。

謝允又將聲音壓得更低，說道：「應公子，你若死了，大藥谷的香火可就徹底斷了。」

他聲音平和溫潤，叫人聽在耳朵裡，哪怕周圍亂成了一鍋粥，心也不由得隨著他的話音安靜下來。

應何從：「我……我……」

周翡愣了一下，問謝允道：「大藥谷？你以前認識他？」

「不認得，只是能一眼看出透骨青，還熟知歸陽丹藥性的，如今還活著的人可是不多了。」謝允低低地嘆了口氣，又道，「應公子，刀片固然難吃，可也得往下嚥啊。」

周翡聽聞妙手回春的大藥谷居然還有活的後人，心裡先是一喜，隨後想起應何從那句斬釘截鐵的「時日無多」，便又是一驚。

要是連大藥谷的人都沒有辦法，那謝允豈不是沒的救了？

就在她為自己那點煩惱顛來倒去的時候，石林陣前的氣氛越發緊繃了起來。

楚天權的突然出現，叫場中眾人一片靜謐，李晟好不容易建起來的陣法，被這老太監以一己之力給嚇散了，他身邊一丈之內，竟沒人敢站著。一個北斗黑衣人上前一步，捧著一條絲絹給楚天權擦手。

楚天權將手上的血跡一絲不剩地抹在了那絲絹上，笑道：「既然霍堡主自願放棄慎獨方印，相贈我等，那咱家便卻之不恭了。」

眾人一聽便是譁然——這可叫「征北英雄會」，北斗大喇喇地在這拿走了舉辦者霍家的家印，那中原武林得有多大樂子？

倘讓這老太監來去自如，往後這「英雄」兩字非得跟「狗日的」變成一個意思，成為地痞罵街的經典稱謂不可。

不少人忙往水榭中望去，巴望著此間主人霍連濤能像個爺們兒，站出來說句人話。不看還好，這一眼望去，才知道徹底完了——這邊北斗露頭，都已經快要水漫金山了，那頭居然還打得難捨難分。

水榭中，木小喬這個渾人才不管來人是「南斗」還是「北斗」，心無旁騖地對霍連濤步步緊逼。白先生情急之下連叫了三聲「朱雀主，且停一停，大局為重」，木小喬卻充耳不聞。

什麼大局小局，此時南朝北朝加在一起，在他眼裡都還不如個屁，除了「取霍連濤狗命」一件，別的都是閒事，他一概不管。

白先生與霍連濤等人被他逼得實在沒辦法，只好發了狠圍攻木小喬。木小喬整個人好似化成了一團紅蓮，所到之處必有業火叢生。不過片刻，白先生手下三大高手都落入了水中，霍連濤橫飛了出去，癱在地上不知死活。

白先生大喝一聲，一劍斬向木小喬，木小喬卻不躲不避，打算同歸於盡似的，一掌抓向他胸口，白先生頭皮直發麻，倘不是他退得快，心都要讓這瘋子掏出來。饒是這樣，他胸口衣襟也已經碎成了破布條，他接連踉蹌五六步，後背撞在旁邊的木柱上，面如金紙，顯然受傷不輕。

木小喬嘴角胭脂和血跡混成了一團，暈染得整個尖削的下巴都是，他前胸掛著一條從肩頭斜掛到腰間的傷口，看也不看白先生，徑自走到重傷的霍連濤面前，一把抓住他的領口，將死狗似的霍連濤拖了起來，陰惻惻地說道：「我再問一遍，澆愁——到底是誰給你的？」

霍連濤胸骨已碎，一張嘴，口中先湧出一堆血沫，他雙目幾乎對不準焦距，散亂地看向木小喬，斷斷續續地說道：「我……大哥……倘還在世，見你……這樣……我……他、他、他……定會……」

木小喬冷笑道：「木某這輩子開的買賣裡沒有面子這一條，別說那老東西屍骨都寒了，就是他現在站在這，我要殺你，他管得著嗎？」

霍連濤喉中發出「呵呵」的氣流聲。

他雖不是什麼好東西，但勝在心志堅定狡詐，知道在木小喬這種人面前，搖尾乞憐是斷然沒用的，一旦叫他問出他想知道的事，自己立刻就得斃命。因此霍連濤才不肯服軟，他眼前發黑，卻依然勉力露出一個冷笑，醞釀著下一句戳木小喬心窩子的話。

然而或許是他那淒慘萬分的樣子不像是能守住祕密的，又或許是有人實在心虛沉不住氣，就在霍連濤尚未開口的時候，一支箭突然從水裡冒出來，電光石火間便直奔霍連濤後腦，距離太近了，殺紅了眼的木小喬竟沒能反應過來。

只聽「噗」一聲，霍連濤周身一震，那鐵箭結結實實地楔入了他的後腦，他連個表情都來不及變，當場便死透了。

木小喬呆住了，白先生呆住了，山莊中的一干人全呆住了。

不知誰大叫了一聲：「霍堡主……霍堡主死了！」

水榭兩岸原本還能端坐的人這下也不能忍了，全都站了起來，連楚天權都好似有些意外，隨即，楚天權笑了，說道：「有意思，真行，看這麼一場戲，多活十年，多謝，咱們走了！」

說著，他手一揮，便要帶著自己的黑衣人大搖大擺地走。

就在這時，有人喝道：「慢！」

謝允本已經站了起來，聽見這聲音，又坐了回去——只見水榭後面的小樓前，一個少年越眾而出，身邊跟著個一身玄衣的中年男子，面貌與白先生十分相像，想必就是那傳說中的「玄先生」，少年身後一大批訓練有素的高手追隨，直將那半大孩子襯得器宇軒昂，分外與眾不同——他正是趙明琛。

趙明琛小小年紀，卻並不怵大場面，旁若無人地走進一地屍體的水榭，端起雙手，衝著眾人團團一拜，朗聲道：「諸位，霍堡主身死，我等尚且苟延殘喘，今日叫這閹人北狗從此地走出去，往後我等有何顏面？私仇私怨難道便在此一時嗎？」

他一個半大孩子，哪怕身後跟著一大幫高手，也著實難以服眾，然而就在這時，白先生撐著自己站了起來，衝明琛見禮道：「康王殿下。」

楚天權瞳孔一縮。

下面立刻有不關心國事的小聲打聽：「康王？康王是個什麼王？」

「康王乃是貴妃所出，當今的皇長子……」

不少江湖老粗都分不清「妃」和「后」，更不知皇帝老兒下了幾個崽，一聽是皇上家的老大，頓時譁然——那不就是下一個皇帝嗎？這麼一想，那半大少年身上便彷彿罩上了一層金身。

趙明琛倏地一擺手，指著楚天權道：「還不將他拿下！」

他一聲令下，身後那些個武功不俗的侍衛立刻動了，大內高手，個個都是輕功卓絕，掠過水面，直撲北斗，這一支利劍一般令行禁止的大內高手好似一面令旗，甫一出手，立刻有人追隨，那些個因為南北戰爭而顛沛流離的、與北斗有仇的、被人煽動熱血上頭的，全都叫著「拿下北狗」，紛紛上前，轉眼便將楚天權跟他二千北斗圍在中間。

趙明琛一露面便三下五除二地控制了局面，出現時機湊巧得很，這「黃雀」當得可謂盡職盡責，謝允卻依然皺著眉。吳楚楚察言觀色，緊張地問道：「怎麼？連康王殿下的人都攔不住文曲？」

「文曲楚天權宦官出身，北斗的其他人都看不起他，二十年前，此人武功在七大北斗中不過排在末流，都說他是仗著背叛先帝和拍曹仲昆的馬屁上位的，我卻不這麼認為。」謝允娓娓說道，「北斗中的其他人在投靠曹氏之前，都已經在江湖上有了名頭，唯有楚天權，據說是個苦出身，父母雙亡，只帶著個兄弟艱難度日，實在活不下去了才淨身入了宮，因聰明伶俐，入了東宮伺候，懿德太子年少時，讀書習武常將此人帶在身邊。」

周翡聽到「懿德太子」四個字的時候，倏地一震。

謝允卻沒什麼表情，十分淡然處之地低頭整了整自己的袍袖，說道：「結果正主的文治武功十分稀鬆，反倒是伺候的偷師了不少。當年，楚天權靠年少在大內偷師與自己勤學苦練那點底子位列北斗，自他兄弟死在『枯榮手』手上之後，他便越發陰毒，發狠練功，如今二十多年過去……若不是他久居宮禁，『北斗第一人』未必還輪得到沈天樞的。」

「阿翡，」謝允正色道，「不鬧著玩，打開天門鎖，我不跑。」

周翡鎖他雖然也不是鬧著玩，但也知道謝允雖然平時看著吊兒郎當，關鍵時刻絕對靠譜，於是二話沒說，便將身上的九把鑰匙掏了出來。

只見那楚天權好似彈灰似的丟開一個大內高手的屍身，大笑起來——他少時便淨身，平常說話還是普通男聲，一旦抬高聲音，那嗓子便好似一片又薄又鏽的鐵片，尖銳得刺人耳朵，簡直令人難以忍受。

楚天權笑道：「你們霍堡主辦事不利，要吐露人家的祕密，被自己的大靠山滅口，如今殺人凶手出來主持大局，還有人聽他的，哈哈！」

木小喬倏地抬頭，冰冷的目光射在趙明琛身上。謝允的手難以自抑地顫動了一下，倘不是天門鎖還拴在手上，他大概立刻便會趕到那邊。周翡之前一直覺得天門鎖是個神物，直到急著開鎖的時候才意識到，快速給這九把長得極像的鑰匙分出個先後來是怎麼焦頭爛額，一不留神便對錯了口，忙道：「你別亂動！」

就在這時，楊瑾倏地飛掠回來，大叫道：「別磨蹭了，快走！」

他一邊說一邊沒輕沒重地撞了周翡一下，周翡手上一個沒拿穩，鑰匙竟脫手掉了！

周翡：「……」

楊瑾絲毫沒注意到自己添了亂，飛快地說道：「方才黃色蝠的兄弟們說，外面有不少黑衣人在往此處趕，那老太監有備而來。你們中原人太無恥了，這到底是比武還是比人多？」

周翡鑽到桌子底下才把鑰匙撿回來，沒心情聽他再攻擊中原人，瞥一眼，見水榭中木小喬已經和玄白二人動了手，便當機立斷對楊瑾道：「帶她倆走，城外匯合！」

說完，她一拎望春山，對謝允道：「我跟你去救你那倒楣親戚。」

水榭中，趙明琛被幾個大內侍衛護著，眼見身邊這幾個人未必是木小喬那瘋子的對手，卻也不肯功虧一簣地將前去圍剿楚天權的人叫回來，便開口辯解道：「朱雀主，霍老堡主他不理霍家堡事物多少年了你自己知道，本王那時是否出生了還是未知，你要找的仇人和我有什麼關係？我為什麼要殺自己的人？」

木小喬才不聽他辯解——方才白先生等人就是埋伏在水下的，射死霍連濤的那支箭難道不是從水中出來的？再者說，趙明琛固然年紀小，可他代表的南朝正統年紀可不小，稚子縱可無辜，王位難道也無辜嗎？木小喬一把扼住玄先生的手腕，玄先生順勢出掌，推在木小喬身上，卻被一股強橫又陰冷的真氣反噬，當場悶哼一聲，險些跪下。

而就在這節骨眼上，數不清的北斗黑衣人從莊子周邊包抄進來。

趙明琛再算無遺策，畢竟才十五歲，他太過自作聰明，總覺得自己能將天下人玩入股掌之中。白先生一看，冷汗都下來了，忙道：「殿下，將人撤回來，護著您先走！」

可是都到了這一步，趙明琛怎麼甘心功敗垂成，陰沉著臉不吭聲，玄先生再次在木小喬手下吃了虧，險些一腳踩進水裡。

這時，遠處突然傳來一聲哨聲，趙明琛倏地回頭，只見莊子後面的山上不知什麼時候站滿了人，隨著令旗一擺，蜂擁衝了下來，同時，水中也有不少不知埋伏了多久的人「嘩啦啦」地出了水，大聲道：「拿下北狗！」

楚天權臉色驟變，沒料到對方到了這時候還有後手。

一幫武林人歡欣雀躍，以為是援軍到了，紛紛附和道：「拿下北狗！」

唯有趙明琛呆立水榭中，一股涼意順著後脊躥了起來——這不是他的人。

木小喬哪裡會給趙明琛發呆的時間，他一甩開玄先生，衝著趙明琛的後心抓了過去。

白先生大驚：「殿下！」

他勉力上前一步，拼命將趙明琛往身後一拖。

與此同時，水中一根箭尖再次險惡地冒出頭來，看似是射向木小喬給趙明琛解圍，但隨著白先生這麼一拉一護，趙明琛剛好擋在了箭尖與木小喬中間。

「咻」一聲——

白先生聽見響動，再要回頭應對，已經來不及了。前面是窮凶極惡的木小喬，身後是不知姓甚名誰的暗算。

趙明琛雖然整日在江湖上混，可走到哪裡都有人護持，所學一點武功全無施展的機會，久而久之，比花拳繡腿也強不到哪去，哪裡經過這個？他知道自己應該躲開，可整個人被籠罩在尖銳的殺機之下，一時竟有些手腳麻痹，動彈不得，冷汗順著他那好似刀裁的鬢角流了下來。

那汗珠尚未掉落在趙明琛肩頭，一陣清脆的鐵鍊碰撞聲便撞進了他耳畔，他沒來得及抬頭看仔細，腰間便陡然被拉直的鐵鍊撞上了。

長刀在他咫尺之處出鞘，掀起的刀風傳來淡淡的、泡過鮮血的冷鐵特有的鹹味，利索地將背後偷襲的鐵箭在空中一分為二。

與此同時，一個長衫落拓的背影擋在他身前，單手架住了木小喬那致命的一爪。

趙明琛往旁邊踉蹌了幾步，被勒在他腰間的鐵鍊撞了個屁股蹲。尺寸光景中，他在生死邊緣打了個轉，趙明琛忘了自己的儀態，呆呆地跪坐在地，注視著眼前的人，喃喃道：「三……三哥？」

謝允不應，將扣著天門鎖的右手垂在一邊，在一臂長的距離之內給周翡自由挪動的空間，運功於掌，帶著森冷氣息的推雲掌洶湧地裹向木小喬。木小喬手上的血痕立刻凍出了一層細冰渣，他本就身上有傷，一時竟不由得往後退了好幾步。

謝允低聲道：「朱雀主，得罪了。」

這時，水榭周圍一圈的水面上露出了好幾十支箭頭，白先生他們方才也曾潛伏在水底，居然不知道這些人都是什麼時候冒出來的！謝允眼角一掃，飛快地對周翡說道：「男左女右，這回妳可別再假借著撞我占我便宜了。」

周翡道：「呸！」

她這聲「呸」字方落，水中數十支箭矢同時鋪天蓋地而來，一根鐵鍊拴住的兩人同時出手。

周翡南下數月以來，一直在模仿楊瑾，試著將自己瞬息萬變的刀法返璞歸真，反覆磨練忽視多年的基本功，日復一日之功極其枯燥，卻也讓破雪刀快得突破了她以往的極致。

她的刀身與刀風此消彼長、此起彼伏，人眼幾乎無法分辨，那長刀快到了一定程度，便真如極北關外之地的暴風雪，叫人什麼都看不清，卻無端裹來了一種浩瀚暴虐的壓迫感，水中衝上來的箭好似雨打芭蕉，與長刀碰撞出「劈里啪啦」的聲音，而後紛紛落下。

謝允左手的長袖飄起，像是傳說中「霓為衣兮風為馬」的雲中仙人，他倒是沒有什麼花哨，只是凌空推出一掌，「推雲掌」有隔山打牛之功，整個水面轟然作響，飛到空中的箭矢頃刻如秋風落葉，四散折翼，水中埋伏的刺客一部分竟被他的內力直接打暈，冒一串泡，死魚一般浮了起來。

一把天門鎖，一段鎖鏈，左邊牽著近乎禪意的極靜，右邊牽著叫人眼花繚亂的莫測。

小小的水榭中一時鴉雀無聲，落針可辨。

不知過了多久，趙明琛才難以置信地說道：「三哥，你……」

他們都知道懿德太子的遺孤端王是個怪胎，文不成武不就，一天到晚浪蕩在外，寧可過得窮困潦倒滿世界要飯，也不肯回端王府當他清貴的王爺。建元皇帝常年派人追著他跑，就為了偶爾逢年過節時能將他抓回宮中過個年。每每提及這侄兒，趙淵都得先表示自己想要撂挑子（注）還位的「夢想」，再針對這怪胎皇侄一言難盡地痛心疾首一番。

可是……這一招便逼退朱雀主的高手又是誰？

然而謝允此時卻並沒有他看起來的那麼輕鬆寫意，朱雀主畢竟是成名高手，縱然受傷也不容小覷，謝允兩次出手，幾乎使上了十成功力，只覺自己內息過處，好似有徹骨的西北風從奇經八脈裡刮過去，他雖沒有露出痛苦，臉色卻又慘白了幾分。

「別『你我他』了，」謝允強忍著蜷縮成一團尋找熱源的渴望，一把抓住趙明琛的肩膀，將他往白先生懷裡一塞，簡短地說道，「走！」

幾步之外的木小喬捂著自己的胸口，神色晦暗不明地望著謝允。

謝允衝他一拱手：「朱雀主請了。」

木小喬一照面就知道自己不是謝允的對手，更不用說旁邊還有一把未歸鞘的望春山，他雖然瘋，而且熱愛同歸於盡，卻不怎麼喜歡自取其辱，見大勢已去，便沒再動手。謝允無意為難他，客客氣氣地衝他一點頭，便一拉天門鎖，將周翡拽走了。

兩人方才走出幾步，木小喬突然在身後說道：「那個丫頭，妳用的是李徵的破雪刀嗎？」

周翡忍不住回頭看了他一眼。

她第一次見木小喬的時候，那時她和他隔了一個山谷那麼遠，見他與沈天樞和童開陽等人動手，認為這個傳說中的朱雀主已經可以位列「妖魔鬼怪」範疇，非人也。而今，她終於看清了這活人死人山的大魔頭，發現他身形不過與謝允相仿，只是個略顯清瘦的普通男子，他靠在水榭中濺了血的柱子上，面色蒼白，沾染了一身說不出的倦色。

周翡與這凶名在外的大魔頭沒什麼話好說，只一點頭，便隨著謝允快步離去。

注：京津一帶方言，原指挑夫放下扁擔，不挑東西了也不走了。後比喻因為鬧情緒而丟下應該負責的工作不管。

趙明琛被一群如臨大敵的侍衛簇擁著走在前頭，謝允卻與他相隔了幾丈遠，不肯並肩而行。他兀自出了會神，低聲對周翡解釋道：「我在我們這一輩人裡排老三，十三歲那年，被我小叔接回金陵，離開舊都之後，我便一直在師門中，與宮牆中雕欄玉砌格格不入。明琛那會正是好奇黏人的年紀，不知怎麼特別黏我，喚我『三哥』，白天到處跟著，晚上也賴著不走。我一個半大孩子，還得哄著這麼個趕不走的小東西，剛開始很煩他，可是宮中太寂寞，一來二去，居然也習慣了。現如今他大了，心思多了，有點……我見了他有難，卻還是忍不住多操心一二。」

謝允極少談起趙家的事，這一番話已經是罕見的長篇大論——因為周翡非但不傻，還聰明得很，又聽見他和吳楚楚的對話，自然已經明白趙明琛就是眼下這番亂局的始作俑者。

這小子聰明反被聰明誤，一不小心將自己也捲了進來，實在是死了也活該。周翡這會卻被他牽連過來，冒著未知的風險，出手保護這個罪魁禍首，於情於理，謝允都得要多說幾句。

周翡卻沒給他什麼反應，只是一點頭示意自己聽見了，應道：「嗯。」

謝允愣了愣，沒明白她這個「嗯」是怎麼個意思。

「他是個什麼東西不關我的事，」周翡說道，「你願意救他，我願意幫你而已——你怎麼這麼多廢話！」

謝允轉過頭去看她，喉嚨微動，很想說一句「多謝」，又覺得此二字自口中說出太浮，便只好又原封不動地任它落回了心裡，在凜冽的透骨青中凍成了一盒精雕細琢的冰花，高高地供奉了起來。

兩人飛快地追上了趙明琛等人。

趙明琛此時已經回過神來了，楚天權氣勢洶洶而來，是他明裡的敵人，倒還好打發，可那暗中坐收漁利、還要置他於死地的又是誰？

此番他費了好大的佈置、好多的心機，不但為他人做了嫁衣，還險些將自己也搭進去。他心裡窩了好大一把火，燒得他已經無暇去考慮謝允這個著名的廢物到底是被什麼「奪舍」(注)了。

趙明琛語氣很衝地問道：「到底是誰這麼大膽子？這是要連本王也要一起清理了嗎？」

侍衛們都不敢吭聲，只有白先生低低地勸解幾句「君子不立危牆之下，殿下這回也是個教訓」之類的廢話。可是十五六歲剛愎自用的男孩，哪裡聽得下勸？別人越勸，他反而越生氣，當即放狠話道：「叫本王知道了這幕後黑手，我定要將他千……」

「明琛，慎言。」謝允突然出聲打斷了這句「千刀萬剮」，隨後，謝允頓了頓，又面無表情地說道：「楚天權是曹仲昆宮中近侍，與其他北斗身分地位不同，他是曹仲昆的心腹，為何他會千里迢迢地涉險來永州，大費周章地謀奪霍連濤的慎獨方印？」

注：指將自我靈魂遷移到另一個已死亡的屍體中，以延續生命，繼續修行，為藏傳佛教那洛六法之一。在道教的說法中類似的法術稱借屍還魂。

趙明琛聽了他這句風馬牛不相及的話，不由得皺起眉：「三哥，你說這些……」

謝允不理他，又道：「還有年前，曹寧為何要突然發兵蜀中，你都沒看出什麼端倪嗎？曹仲昆怕是真要不行了，才會放任兒子們爭權奪勢，還派自己身邊最得用的人去追尋『海天一色』這種虛無縹緲的傳說，企圖給自己謀個長命百歲。這些日子周先生坐鎮前線，但雙方短兵相接基本沒有，戰局始終是風聲大雨點小，為什麼？因為蜀中嚴格來說是北朝的地盤，聞將軍這次發兵歸根到底是師出無名，現如今曹寧一邊拖著大軍按兵不動，在軍中經營自己的勢力，他不撤軍、也不出兵。他不動，周先生和聞將軍也動不了，你可知這又是為何？」

趙明琛啞口無言。

「因為北朝眼下一邊是曹寧擁兵自重，一邊是太子頻頻往我朝求和，曹仲昆倘有什麼三長兩短，北朝便得動盪，對他們太子來說，動兵大不祥，是我們的大好時機。可偏偏我朝新政推得坎坎坷坷，皇上與周先生拔了無數盤根錯節的舊勢力，他們仍然是百足之蟲、死而不僵，眼下皇上看似說一不二，其實要真想幹點什麼，可謂舉步維艱，那些人為削軍費，必會百般阻撓這一戰，處處掣肘，這麼扯皮下去，我朝恐怕會錯過北伐的時機。」謝允神色不復往日柔和，一口氣說到這裡，他目光如錐，狠狠地剜了趙明琛一眼，「除非給皇上一個不得不動兵的理由，現在你明白了嗎？」

他把話說到這裡，有些人已經反應過來了，白先生陡然變色，趙明琛臉上的血色潮水似的褪去，他睜大了眼睛，竟顯得幾分茫然的可憐相，嘴唇動了動，沒說出話來。

謝允絲毫不給他喘息的餘地，一字一頓地說道：「北斗楚天權竟敢私跨邊境，謀害皇長子於永州——這就是出兵的理由。」

黃雀在後——今天真正的黃雀就是趙明琛的親爹，當今天子。

趙明琛驚惶道：「不可能！我父皇……不、不可能！」

周翡被迫聽了一耳朵趙家這點狗屁倒灶的糟心事，只好把嘴閉得緊緊的，假裝自己不存在，同時胸口泛起一點說不出的悲涼，心道：我爹離家千里，就整天跟這幫人混在一起，他圖什麼？

這時，好似專門為了驗證謝允所言不虛，趙明琛等人剛撤到後山，那催命似的哨聲便緊隨而至，一隊人馬憑空攔在眼前，再一看，這夥人雖然個個以黑紗蒙面，一副江湖人打扮，行動間卻是整齊有素、令行禁止，分明是軍中做派。

白先生喝道：「你們好大的膽子，可知……」

來人卻根本不給他自報家門的機會，上來就動手，一句話也不說，傳令全用哨子，尖銳的哨聲到處都在響，近攻者車輪似的而湧上，遠處還埋伏了弓箭手，大有將此間所有人都一鍋端了的意思。周翡橫刀斬斷一根戳向趙明琛的箭，側頭看了那好似經歷了一番天崩地裂的少年一眼，問道：「你一點武功也不會？」

趙明琛滿心憤懣無從宣洩，遷怒地瞪著她。

這種聽不懂人話又難揍的小崽子周翡見得多了，李晟小時候便是其中翹楚，她才不在意幾個瞪視，周翡側身移動幾步，天門鎖的長鏈倏地往趙明琛身上一抻，將他往旁邊拽了幾步，她說道：「會還傻站著，你找死？」

趙明琛何曾受過這種嗇，當即七竅生煙，瞪大眼睛怒視周翡。

這時，只聽一聲驚天動地的巨響，整個地面都跟著震了幾震，小山上的石塊塵土撲簌簌地下落，不少受了傷的侍衛險些站不穩，濃煙自那山莊處升起，轉眼便火光沖天。他們居然還事先埋了火藥與火油！

周翡心裡一跳，心道：幸虧讓楊瑾他們早走了，不然豈不是要陷在這裡？

這時，明琛的侍衛們奮力撕開了一條通途，領頭的朗聲道：「殿下，這邊！」

這一行人雖然有謝允這樣的頂尖高手護衛，周翡、白玄二人與趙明琛身邊的侍衛也個個武功不俗，卻畢竟人少，面對千軍萬馬，即便是高手也只有自保的餘地，當下便不戀戰，飛快地從包圍圈外撕開的口子裡魚貫而出。

沿途跑出了足有數里，突然，謝允倏地刹住腳步，回頭一擺手，只見林中寒鴉受驚似的高叫著飛起，不遠處傳來了腳步聲，正向著他們這方前來。

謝允面無表情道：「我有不祥的預感。」

謝公子給自己取字「徽徽」，寫個小曲還叫《寒鴉聲》，可見與烏鴉一物有不解之緣，一張嘴與那倒楣的黑雀兒頗有異曲同工之妙，周翡來不及發問，便見密林中一幫黑衣人衝了出來，其後一人居然是那老太監楚天權！

這一照面，雙方都愣住了，他們居然被同一路人按著頭逼到了一起。

生動地演繹了一齣什麼叫做冤家路窄！

第四十章 誅文曲

周翡徹底服了，但凡謝允嘴裡說出來的事，好事從未應驗過，壞事就從未不準過。她扯了一下手中的天門鎖，抬頭看了看暗下來的天色，問道：「是你這掃把星厲害，還是他們北斗厲害？」

謝允只有苦笑。

楚天權先開始見大隊人馬殺出，還以為是趙明琛那小崽子的伏兵，吃了好大一個驚。誰知下一刻便被水榭中謝允和周翡聯手橫掃水中伏兵的動靜驚動。

楚天權何等機敏，立刻反應過來，趙明琛也是給人坑了，連康王都敢坑，那在南邊得是什麼背景？

楚天權心知裡頭水深，自己恐怕也是著了別人的圈套，他當機立斷，狠心甩下自己大隊人馬，壯士斷腕一般只帶了一小撮精銳，仗著武功高，硬是從那山莊中殺出了一條血路，直奔山中突圍而出。此時意外兜頭遭遇比自己還狼狽的趙明琛，這老成精的楚天權心裡明鏡似的——眼下這情況，多半是南人內部的事，有人想除掉這礙事的小康王，還要順勢將這一坨屎盆子扣在自己頭上，製造一個北斗謀害康王的假象。他看著趙明琛那張尚未長開的小臉，笑成了個白皮大瓢：「哎呀，見過康王殿下，別來無恙否？真是人生何處不相逢啊。」

趙明琛心亂如麻，卻依然直起腰，勉力撐起趙氏皇族的尊嚴，分開侍衛邁步上前，冷冷地對楚天權說道：「三年前南北劃邊境而治，便約定互不進犯，楚公公今日卻公然入永州，巧取豪奪、殺我百姓，你是想開戰嗎？」

楚天權一團和氣地笑道：「哪裡，康王殿下言重，二十多年前九州還是一家呢，小人祖籍便在永州，承蒙聖上體恤，准我南歸探親，恰好見此地熱鬧，不過路過時來看一看而已。若早知道會牽扯出諸位英雄們這許多恩怨情仇，嘿嘿，就算給座金山，我也是不肯來的。」

趙明琛最不缺的就是小聰明，頗有幾分察言觀色、聽話聽音的本事，立刻便從楚天權的油嘴滑舌裡明白，有人借北斗之刀殺人的事，這老太監心裡分明已經有數了。趙明琛的小心思一瞬間又活絡起來，他眼珠一轉，試探道：「那……」

謝允卻在旁邊截口打斷道：「既然如此，請楚公公自便吧，盡早離開這是非之地，省得引火焚身，令主上失了你這得力幹將。」

楚天權近年來常在北帝宮裡，鮮少離開舊都，一時沒看出謝允與周翡身分，雖然這會是衝著趙明琛說話，餘光卻始終在注意著謝允這未知的高手。聽謝允不客氣地打斷趙明琛說話，楚天權心裡對他的考量不由又慎重了一層。他意味深長地看了謝允一眼，說道：「江湖人們鬧起事來，著實不像話。看來康王殿下眼下的處境也不怎麼安全，小殿下金枝玉葉，叫這些渾人們磕了碰了就不好了，相逢是緣，我看不如這樣，咱們姑且結伴而行，等到了安全之處，小人再派幾個穩妥人，送您回金陵去。」

周翡用一種驚奇的目光打量著這楚天權，感覺這文曲真真是個人才，武能手撕猿猴雙煞，文能討價還價、拍花拐賣——他拿了霍家方印不算，還打算買一個順一個，再搭個康王回去！

不過數月，北朝便從來勢洶洶退化為首鼠兩端，在這麼個敏感的時候，趙明琛死了甚好，但活著給抓到北邊去，卻是大大的不妥——建元皇帝南渡時才只是個十歲出頭的沖齡幼子，家國淪陷，遠近無依，不得不在南朝舊勢力中左右逢源，將朝中幾大家族娶了個遍，艱難地在夾縫中保持平衡，這才將趙氏王朝紮根金陵。到如今，二十年過去，建元皇帝翅膀漸硬，重拾先帝之政，衝著舊時扶植過他的人露出獠牙，他不肯立任何一個兒子當太子，君臣之間也越發的暗潮洶湧。趙明琛死在北斗手上，自然能激起南朝北伐之心。可他若是被擄，皇長子母族必定要以其性命優先，就算本想打，此時也會變成主和派。

這樣一來，趙明琛這小小少年的處境便相當微妙了。

可誰知人算不如天算，誰會想到中途殺出個謝允，叫趙明琛在那種情況下也能脫困而出呢？而他跑便跑了，偏偏運氣不好，還孤零零地遇上了楚天權這煞星。

謝允隱晦地衝白先生遞了個眼色，白先生立刻會意，代替趙明琛上前與楚天權等人周旋：「這就不必勞煩楚公公了，我等雖然沒什麼本事，護送小殿下回金陵還是可以的。」

楚天權笑道：「不算勞煩，諸位身上多多少少都帶傷，倘真遇上硬茬，豈不要吃虧？」

白先生目光瞥見楚太監身後那一堆黑衣人，眼神微微發黯。

趁這兩個中老年男子明槍暗箭地周旋，周翡悄悄退後半步，借著謝允擋住了自己，從袖中摸出那九把鑰匙，不動聲色地開始對鎖孔——楚天權不是強弩之末的木小喬，雖然只是驚鴻一瞥，但周翡看得出，他武功還在谷天璇與陸瑤光等人之上，不是謝允一隻手應付得來的。周翡全神貫注地摸索著九把鑰匙齒上細微的差別，飛快地將數把鎖扣一一對上，直到七把鑰匙都對已經卡入鎖扣，楚天權不知察覺到了什麼，話才說了一半，突然飛身而起，猝不及防地向謝允發難。

周翡只覺手中天門鎖狠狠一震，整個人被扯了個踉蹌，要不是七把鑰匙已經牢牢地卡入鎖扣，險些脫了手。

而謝允和楚天權已經短兵相接。

這兩人掌風交接處威力非同小可，幾乎叫人喘不上氣來，楚天權給人的壓力居然比當日華容的沈天樞還大得多。他那手白嫩如少女，連一絲褶子都看不見，手背上血管彷彿畫上去的，指甲泛著冷冷的金屬光，圓融地劃了半圈，抓向一側的周翡。

周翡周身汗毛都豎了起來，回手便要去拉別在腰間的望春山，謝允卻倏地橫過一掌，當空卡住楚天權虎口，往下一壓，腳下錯了半步，一推一側身，便將周翡往身後拽去。兩人出招全都既不快又不花哨，乍一看，簡直像兩個書生晨練推手，搭的都是架子，而且彼此一觸即放，幾乎沒有煙火氣。可你來我往才不過四五招，卻生生將周翡看出了一身冷汗。

她見過寇丹詭譎、鄭羅生狡詐、沈天樞強悍——卻都不及眼前這白白胖胖的老太監。

楚天權和謝允過招時就好像在下一盤步步殺機的棋，所有的較量都好似無聲無息、又於幽微處無所不在，只要誰稍微鬆懈一點，連周圍劃過的細小微風都能要命，相比起來，她那日於四十八寨上自以為領悟的無常不周風，簡直粗陋得像是孩子的玩意。

當人尚未入山，望向遠方春山脈脈，只會覺得山峰綿延，溫柔如美人脊背，道雖長，卻並不阻，前路俱在腳下，輕易便能抵達。可是只有漫長的跋涉後，先經歷過「望山跑死馬」的煎熬，再抵達山腳下的人，才得以窺見高峰千仞入雲真容。

有些人會絕望，甚至會生出此生至此、再難一步的頹喪。

有那麼一瞬間，在周翡心裡，她分明已經自成體系的破雪刀九式忽然分崩離析，退化成了乾巴巴的把式。她只好逼迫自己從這場前所未見的較量中回過神來，全副精神集中在天門鎖上。只剩兩把鑰匙，可每每她剛把鑰匙對準鎖扣，楚天權便會卑鄙無恥地故意賣破綻給謝允，同時衝她的方向來個「圍魏救趙」，謝允不可能豁出周翡去，只能回護，又必然會被天門鎖掣肘，而且打斷周翡開鎖的動作，三個人就此局面，詭異的僵持住了。

黃曆上大約說了，今日不宜動鎖，動了就要打不開。

楚天權臉上露出了然的神色：「我道是何方神聖，原來是推雲掌。」

謝允這有史以來最貧嘴的王爺此時已經無暇開口，他手上稀里嘩啦亂響的天門鎖鏈聲音越來越脆，因為寒氣已經難以壓抑地外放，寒鐵都給凍得脆了一些，簡直不知他這肉體凡胎是怎麼撐下來的。

楚天權再一次打斷想要開鎖的周翡，他也並不輕鬆，氣息略顯粗重，卻依然勉強提氣對謝允說道：「都說推雲掌風華絕代，我看卻是蠢人的功夫，殿下，你的老師誤了你，教了你一身婦人之仁。你用這種柔弱的功夫和借來的內力與我鬥嗎？」

「不勞……」謝允一把隔開他拍向周翡頭頂的一掌，手心中飛快地凝聚出寒霜來，他一咬牙，將剩下兩個字擠了出來，「費心。」

楚天權笑道：「哎呀，還是個癡情種子。」

說話間，楚天權倏地運力於臂，往下一別，謝允手腕竟響了一聲。隨著透骨青發作得越來越厲害，他著實難以耐住久戰，額角露出冷汗，又飛快地凝成一層細霜。

周翡花了兩柱香的時間沒打開一把鎖，反而要叫謝允束手束腳地保護她，有生以來，幾時這樣窩囊過？她心裡窩的火越來越大，居然將方才短暫的迷茫和混亂燒成了一把灰，忽然將天門鎖扔下，喝道：「閃開！」

謝允和楚天權正都無暇他顧，謝允再要阻止已經來不及了，破雪刀劈山撼海一般地從他身後冒出來，直接遞到了楚天權面前，那刀光極烈，隱約有些李瑾容的「無匹」之意。天門鎖的鐵鍊綳直，謝允不得已側身半步，他順勢滑出一步，借著楚天權一時鬆懈時脫身而出。

那楚天權倏地伸出兩指，極其刁鑽地夾向望春山刀身。

誰知周翡的刀竟在一瞬間突然加速，憑空變招，擦過楚天權的指尖，刀尖如吐信的毒蛇逼近楚天權雙目之間——這是紀雲沉的纏絲。

楚天權倏地偏頭一避：「破雪刀？有點意思。」

周翡的刀是破雪刀的魂魄，但她見什麼學什麼，久而久之，皮肉裡摻雜了好多別人的東西，除非她偶爾正經八百地使出標準的破雪九式，否則時常叫人頗為疑惑，看不出她的路數。然而儘管她方才所用，都不是標準的破雪刀法，卻還是剛一動手便被楚天權一口道破來路，可見這老太監功夫之深堪稱大家，著實令人駭然。如果他不是臭名昭著的北斗，說不定已經摸到了宗師的門檻。

不過大概是周翡方才已經天崩地裂似的動搖過了，聽了楚天權這句話，她神色居然紋絲不動，乾脆利索地回歸破雪九式，一招「斬」字訣直逼楚天權。老太監大笑一聲，彷彿是覺得這女孩有點初生牛犢不怕虎的意思，雙掌泛起紫氣，數十年積澱的深厚內力決堤似的傾吐而出，撞上周翡刀背，繼而絞上了望春山的刀身。

望春山在兩方角力之下分崩離析，碎成了幾段，而周翡好像早料到了這局面，刀碎了也處變不驚，刀鋒竟不散，鋒利的碎片被孤獨的刀柄攪了起來，好似散入颶風中，她竟用斷刀使出一招「風」。

楚天權沒料到世上還有人摸索出了「斷刀術」，鬢角竟被削去了一點，連出三掌方才將刀片打落，而此時，只聽「喀」一聲，周翡已經趁隙將剩下兩把鑰匙送入天門鎖中，將綁著兩人的鎖鏈打開了。

楚天權眼角跳了幾下，他瞇起眼，對周翡道：「沒聽過閣下的名號。」

周翡把斷刀一扔：「無名小卒，不足掛齒。」

她說完，衝趙明琛伸出手，說道：「借幾把兵刃。」

趙明琛傻愣愣地把自己的佩劍摘下來遞了過去。

謝允在旁邊低低地咳嗽了幾聲，活動了一下好不容易解放的右手，往手心呵了一口冰冷的氣，說道：「一柄劍不夠她禍害，多給她留下幾柄，然後你們便走吧。」

趙明琛訥訥道：「三哥。」

「回去就把我方才跟你說的話都忘了吧，無謂的記恨不能改變什麼，」謝允看著楚天權，頭也不回地對明琛道，「好好讀些正經的經史策論，不必再弄這些亂七八糟的邪魔外道討你父皇歡心——你也討不來，更不必整日裡聽你母妃她們危言聳聽，你是皇子，不是他們爭權奪勢的工具，給自己剩點尊嚴。」

趙明琛的眼眶倏地紅了，說不出話來。

謝允背對著他：「走，別礙事。」

趙明琛還要再說些什麼，卻被白先生和一個侍衛左右架住，強行拉開。有先懿德太子遺孤在此，楚天權便對趙明琛失去了興趣，竟也未曾阻攔。趙明琛突然回頭嘶聲叫道：「三哥，我回什麼金陵——你們放開我！同你一樣浪跡江湖有什麼不好，我……」

那囚籠一樣華美的亭臺樓閣、六朝秦淮的金陵河畔，全都叫他不寒而慄，每一陣楊柳風與杏花雨中都帶著重重殺機與諸多野望，將每一個人都顛倒性情、困死其中。趙明琛突然覺得那是個難以忍受的地方，奮力掙扎，一身三腳貓的功夫卻又怎麼掙得出白先生等人的手。

謝允笑了一下，只當沒聽見。

楚天權饒有興致地看了看他，又看了看謝允，說道：「端王殿下好氣魄，怎麼不叫這姑娘也一起走呢？」

「她不歸我管。」謝允道，「她也不會走，楚公公，既然你執意不肯離開，那便留下吧。」

周翡本來正在挨個掂量著白先生他們給她留下的刀劍，想在其中矮子裡拔將軍，挑一把最順手的，卻猝不及防地聽了謝允這話，她呆了呆，突然無端一陣鼻酸。

少女心裡有一條細細的暗河，據說有的人，心地是柔軟的森林與草場，細流涓涓而過時，清脆悅耳，花香瀰漫，自己和別人都聽得見。而有些人，心裡卻是終年不開花的塞北之地，常伴寒風與暴雪，那些強橫又脆弱的冰川碰撞時，隨時便能地動山搖一番，因此地下即便藏著溫泉，也是全然不動聲色。

周翡忙一低頭，握緊了手中一把半舊的苗刀。

楚天權端詳著謝允的臉色，哼笑道：「好啊，那麼咱家陪殿下試試。」

他話音未落，身後的黑衣人便訓練有素地一擁而上。

楚天權武功造詣高到了這種地步，依然沒有一點想要逞英雄單打獨鬥的意思，上來便命人群毆，實在沒什麼高手的自尊心。不過這大概也就是為什麼山川劍與南北刀都不在人世，而他依然頗為滋潤地活到今天的緣故。

幸而周翡專精拎砍刀和打群架。

白先生給她留下的苗刀比望春山還長，周翡縱身越過謝允，長刀一揮便是一式「海」，刀風利索地掃出了一個巨大的扇面，她駕輕就熟地直闖黑衣人中間，好似一塊人形的磁石，輕易便將這一群黑衣人的注意力都引到自己身上。看來四十八寨一役中，將周翡的蜉蝣陣磨礪得是爐火純青了。

謝允臉上露出一點微不可察的笑容。

謝允沒有天門鎖掣肘，楚天權也不必分心到周翡那裡，兩人再次交手，不約而同地放棄了方才那種暗潮洶湧的打法，叫人目不暇接起來。倘使不論立場、不辨善惡，那麼這一戰約莫能算是近二十年來最有看頭的一場較量了。

推雲掌飄渺深邃，楚天權則堪稱曠世奇才。

懿德太子遺孤在兩朝夾縫與國仇家恨中艱難地長大，受千重罪、鍛千足金，而出身窮苦以至於賣身入宮的北斗文曲，則從一個名不見經傳的小小螻蟻，以不可思議的心性，狠毒無雙的手腕叛主投敵，一步一步在屍山血海中走到如今。

兩人一時間竟難分高下，可惜……

可惜謝允身上還多了一重透骨青。

當日永州城中客棧裡，應何從一眼便看出謝允「中毒已深，時日無多」，只是謝允慣是疼了自己忍，從沒表露過什麼。他一直認為嗷嗷叫喚得天下皆知也沒什麼用，鬧得大家一起不痛快而已，僅就緩解症狀來看，遠不如李晟慷慨借給他的遊記話本有用。

這日，他先硬接木小喬一掌，隨後又護著趙明琛一路逃亡，毒性隨著他幾次三番毫無顧忌的動用全力而越發來勢洶洶。謝允幾乎能感覺到那無處不在的涼意漸漸滲入他的心脈。他心口處好似一個漏底的杯子，裡面的熱氣如指縫砂礫，源源不斷地往外流，隨著這一點溫度也開始流失，他開始覺得周身關節開始發僵，再深厚的內功也無法阻止。他的身體漸漸有些跟不上反應，而高手過招，失之毫釐、謬以千里，謝允一下躲閃不及，手心被楚天權「落葉可割頭」的內息劃了一條狹長的血口子，而他竟一時沒感覺到疼！

謝允瞥見那血跡，心微微一沉——這不是說明他已經刀槍不入了，而是皮肉逐漸失去感覺，他知道，失去痛覺，緊隨其後的便是關節凝滯、經脈堵塞，然後……

謝允忽然飛身而起，風過無痕的輕功飛掠出兩尺，隨手拍出一掌，掃開一個北斗黑衣人，借著山間樹叢掩映，蝴蝶似的繞著古木盤旋一周，倏地繞到另一邊，自上而下拍向楚天權頭頂，楚天權低喝一聲，雙手去接，不料謝允卻只是虛晃一招，人影一閃便落到了他身後，點向楚天權後心。

楚天權往後一折，五指做爪，正好抓向謝允的手指，千鈞一髮間，謝允腳下行雲流水一般地移動幾步，楚天權則倏收回手掌，兩人險險地擦肩而過，謝允退後兩步站定，楚天權雙掌攏在胸前。

楚天權低低地笑了起來，說道：「真是要多謝廉貞兄，否則今日楚某在殿下手上討不到好呢。」

謝允蒼白的嘴角血色一閃，他輕輕一抿嘴，又將那細細的血絲抿回去了，嘴唇幾乎不動地說道：「小心。」

楚天權一愣，下一刻，他驀地聽見身後有利刃劈開風的聲音。他猛一提氣，回身劈手一掌蕩開身後偷襲的一刀。

周翡方才斷了一把望春山，這一回她好像吸取了教訓，一點也不硬抗，順著楚天權的掌風，乾脆借力飛了出去，她刀利，人卻輕，借一點「東風」便能扶搖而上，看也不看楚天權一眼，直接撲向幾個追著她的北斗黑衣人，刀比往常還快三分，將近前的幾個北斗黑衣人穿成了串。

楚天權無暇分身去追她，因為她前腳剛走，推雲掌後腳便到了眼前。他趁謝允透骨青發作，好不容易控制住了節奏，還沒來得及得意，便被周翡那混丫頭打亂，心裡好不冒火。然而他很快發現，叫他冒火的還在後頭。

楚天權帶出來的黑衣人都是他手下的「得力之人」——廢物點心們都被他遺棄在山莊裡了。他本以為這些「得力人」就算打不贏破雪刀，只要仗著人多勢眾，一擁而上，也夠那不知天高地厚的小丫頭喝一壺的，誰知一上陣全然不是那麼回事！這些「人多勢眾」的「得力人」太不爭氣，居然遛狗似的給周翡遛著跑。

等她遛兩圈心情好了，便會從各種匪夷所思的地方鑽出來偷襲自己一下，偏偏楚天權拿她沒辦法，因為周翡那邊只有一幫呼哧帶喘的「哈巴狗」，他面前卻有謝允這麼個勁敵，片刻馬虎不得。她跑得，楚天權卻跑不得。

楚天權這才知道謝允方才為什麼突然將他引入林子裡！

周翡將整個樹林當成了一個巨大的蜉蝣陣，以石、樹和楚太監為基，一邊走自己的位，一邊將楚天權的黑衣人分而殺之，她跟謝允連個眼神交流都沒有，這回居然頗有默契。

楚天權醉心正統武學，奇門遁甲之類在他眼中一概是旁門左道，誰知今日竟然在兩個小輩手裡吃了「旁門左道」的虧。他看得出周翡步法中別有玄機，卻看不出玄機在何處，幾次被兩人聯手弄得左支右絀，餘光一掃，見自己帶出來的人竟少了一多半。

楚天權心道：這些廢物要是都死乾淨了，一會這丫頭沒人牽制，豈不更麻煩？

他一轉念，又看了謝允一眼，見他方才受傷的手心竟已經連一滴血都流不出來，又尋思道：看他也活不了幾日了，我不急著回北邊，只要今日脫身，且耗上三五天，還拿不住這個丫頭嗎？到時候將她滅口，回頭只說南邊的端王落到了我手裡，看那整天將『還政』掛在嘴邊的趙淵怎麼辦。

楚天權打定了主意，突然長嘯一聲，凌空一旋身躲過周翡的一刀，隨後順勢拽過自己手下一個黑衣人，絲毫不顧念手下人性命，往謝允掌下推了過去，自己則趁機一步跨出，直奔著周翡追去。謝允眉頭一皺，再次強提真氣，忍著劇痛衝開已經開始有些不暢的經脈，追上楚天權，擋在老太監和周翡之間，一伸手截住楚天權去路。

楚天權本就是假意追擊周翡，口中吹了聲長哨，根本不與謝允糾纏，推雲掌一掌遞過來，他便順勢往後一退，幾步之內已經退至林邊，這時，林中碩果僅存的北斗黑衣人們剛好聞聲立刻聚攏而來，送死似的將謝允團團圍住，不知他們是身家性命還是什麼東西在姓楚的手裡，此時全然是不要命的打法，竟是寧可死也要拖住謝允，給那老太監斷後。

楚天權輕功極高，看也不看這些替他送死的手下，頭也不回地便飛掠而去，轉眼已在數丈之外。

永州山間道路曲折，密林繁複，一旦叫他遁入深林，那真是哮天犬也追不到他的蹤跡了。

周翡毫不猶豫地提刀追去，謝允怎能讓她一個人去追窮寇？他心裡一急，一把奪過一個北斗手中的長劍。

推雲掌不知是何人所創，那位前輩必然性情寬厚、心慈和善，因其雖精妙非常，出手時卻總留著三分餘地，因此才被楚天權斥為「婦人之仁」。此時謝允手持長劍，卻全無半分留手，那劍法分明不成套路，極其古樸、乃至於簡陋，卻非常有效，戾氣極重，好似是戰場上拼殺的路數。

謝允三下五除二便將纏在身邊的黑人盡數除去，再一看，周翡那光棍竟抄了一條林間小路，眼看追上了楚天權，她此時傍身的刀劍足有一打，因此相當大方，直接將趙明琛的那把佩劍從後腰抽出，當成暗器衝著楚天權擲了出去。

楚天權雖沒自尊，卻有脾氣，當下怒道：「好大的膽子，既然妳執意找死……」

他話音至此，突然戛然而止，周翡莫名其妙地看著他整個人一僵，就那麼直挺挺地站在了原地。

周翡方才追得悍然無畏，但這場景實在太過詭異，她後知後覺地想起了應有的謹慎，止步在楚天權三步之外，與楚天權大眼瞪小眼。只見那楚天權面上突然泛起烏青氣，兩條法令紋將嘴角壓下來，劇烈地起伏，兩頰的肥肉開始抖動——接著，他全身都開始篩糠似的顫。

周翡握緊了苗刀，正要往前一步，突然聽見一個聲音道：「別動。」她忙抬頭望去，見那林中緩步走出一個揹著竹筐的人，正是毒郎中應何從。這時，謝允從她身後趕來，伸手抓住周翡的胳膊，將她往身後一帶：「別過去。」

應何從手腕上纏著那條鮮紅的小蛇，他親昵地摸了摸蛇頭，在楚天權三尺之外站定，輕聲說道：「這叫做『凝露』，是一種蛇毒，製成藥粉，沾上水汽，便可化為無色無味的毒霧，早晚山林間霧氣昭昭，正是凝露之時，越是內力深厚的，發作就越快——看來楚公公功夫造詣之深，果真是名不虛傳。」

楚天權臉上被一層可怖的黑氣籠罩，幾乎沒了人樣，看上去分外可怖。

「呀，聽不見了。」應何從端詳了他片刻，嘆了口氣，「見血封喉的毒就這點不好，想跟仇人一訴舊怨都來不及，不痛快。」

暗算者，終因暗算而死。

周翡愣愣的，仍不敢相信楚天權居然會在轉眼間死於蛇毒……這太荒謬了！

突然，她肩頭突然一重。周翡倏地回頭，謝允按著她的肩膀：「扶……扶我一把……」

周翡嚇了一跳，正要伸手，卻聽謝允的胳膊好似凍壞的門軸，「嘎吱」一聲響，他便直挺挺地倒了下去。

第四十一章　傷別離（上）

苗刀「嗆啷」一下落了地，周翡倉皇之下，只來得及狼狽地接住謝允。

謝允是冷，冷得皮肉上全然感覺不到痛癢，方才被他強行衝開的經脈卻變本加厲地回來討債，他被困在冰冷的軀殼之中，忍著扒皮抽筋之苦，連出聲的力氣都沒有，只能下意識地抓住周翡的手，窩起來蜷成一團。

周翡打了個寒噤，好似一頭扎進了冰水裡，方才遛著北斗黑衣人到處跑的時候出的一層薄汗頃刻間褪了下去。謝允捏著她手的力道幾乎要攥碎她的骨頭，然而不過片刻，他便好像意識到了什麼，倏地鬆了手指，輕拿輕放地將周翡的手往自己手心攏了攏，低聲勸慰道：「沒事……我沒事……」

他自以為這麼說了，其實根本沒能出聲，別人只能看見他嘴唇動了幾下，而那嘴角竟然還擎著一點好似凍在上面的笑容。周翡不知所措地半跪在地上，她上一次這樣不知所措，好像還是周以棠隔著一道山門，頭也不回地離開四十八寨時。

應何從慢慢走過來，先是看了謝允一眼，然後從懷中摸出一個小藥瓶，倒了一粒藥丸遞給周翡：「哎，給妳。」

周翡好似被人遞了一根救命稻草，眼睛倏地亮了，猛地抬起頭。可那應何從下一句卻打碎了她的希望。

「這是凝露的解藥。」他無知又殘酷地說道，「你們雖然離得遠些，但也得喘氣，肯定也吸入了一點。」

那一刻，周翡高高吊起的心好像又從三十三天外摔回到地上，將她胸口砸出了個大窟窿，西北風囂張肆意地鑽進來，將她亂飄的魂魄鎮住了。周翡狠狠地在自己舌尖上咬了一下，就著那一點腥甜的血氣與疼痛冷靜下來，一手摟過謝允，一手撿起方才掉落的苗刀，皮笑肉不笑地說道：「毒郎中黃雀在後，好手段。」

應何從手腕上的小紅蛇懶洋洋地支起一個三角腦袋，「嘶嘶」地吐了兩下蛇信，隨後好像感覺到了不友好的氣息，又慫兮兮地鑽回了應何從的袖子。應何從感覺自己再往前走一步，搞不好周翡會直接給他一刀，便識相地從懷中摸出一片樹葉，將那顆藥丸放在葉片上，自己退後了一點。

人不怕丈八壯漢，卻怕鬼魅幽靈，不怕刀劍無情，卻怕毒粉無形，因為怕，故而越發要鄙夷，久而久之，江湖中逐漸出了個不成文的規矩——不論你是什麼出身，有多大的本事，只要你淬毒，那就先落了下乘。

應何從對別人帶著蔑視的忌憚十分習以為常，面不改色地說道：「這瓶凝露我做出來三年了，一直沒機會用，如果不是你們將楚天權逼到了窮途末路，以我那點微末本領，一走進林間就會被他發現。我感謝妳，所以這次不會害妳。」

周翡：「這次？」

應何從直眉楞眼地一點頭，毫不委婉地說道：「這次欠妳個人情，日後找機會還了，妳要是得罪我，我還是不會手下留情的。」

周翡聽了這番大言不慚，冷聲問道：「好大口氣，你就不怕我拿了解藥，現在就殺了你？」

應何從剛剛宰了個勁敵，心裡鬆得太過，一時倒忘了人心險惡，聽她這麼一說，才想起這樣好像也可以，他那總好像缺鹽少油的臉上空白了片刻，顯得越發腎虛了。周翡看明白了，這傢伙那點心機不是日常的，須得有刻骨的仇恨才能撐起來一會，便也懶得再試探他，拿起那顆藥丸：「怎麼就一顆？」

應何從沒好氣地一挑眉：「是啊，妳吃不飽啊？」

周翡：「……」

應何從看了看謝允，又道：「他不用，妳放心吧，透骨青乃是天下奇毒之首，他身上有這尊大佛坐鎮，百毒不侵，別說吸一口，就是將凝露盛在大碗公裡直接喝，也藥不死他。」

謝允終於緩過一口氣來，在周翡懷裡輕聲說道：「應公子，勞駕，能別老用這麼崇敬的語氣說透骨青嗎？」

周翡手裡扣著凝露的解藥，卻沒顧上吃，帶著幾分急切對應何從說道：「你剛才說這次欠我一個人情，那你能解透骨青嗎？」

應何從道：「要還，但也得是我辦得到的事，譬如叫我解透骨青的毒，那就不成了。

我先前便同妳說過，他時日無多，今天他又強行以內力疏通阻塞的經脈，毒上加傷，誰也壓不住——反正我辦不到，距此二里之處有個菩薩廟，我看妳去那求求說不定有希望。」

「你不是大藥谷的傳人嗎？」周翡一聽就炸了，她病急亂投醫地說道，「不都說你們大藥谷生死肉骨嗎？難不成是浪得虛……」

謝允吃力地一捏周翡的手，半合上眼，打斷她道：「阿翡，冤有頭債有主，人人都有苦處，透骨青和人家沒關係，妳不要因為自己不痛快就隨便戳別人的痛處。」

周翡茫然又委屈地閉了嘴。

應何從聽了她這番話，本就薄如窄縫的嘴唇褪盡了血色，漆黑的眼珠好像已經裝不下他漂泊的痛苦。因為周翡字字如鞭，不留情面地抽在他身上，他只能僵硬地挺起脊樑，盡量讓自己「挨打」的姿態好看一些，一字一頓地說道：「不錯，我是大藥谷的傳人，但我不會治病，連用毒的本領也是稀鬆，因為我幼時不學無術，總是趁師父講藥理的時候溜出去玩，大藥谷三千典籍被廉貞與文曲劫掠後付之一炬，只剩下我這麼一個不肖弟子。」

那些倍感束縛的家，總有一天再也回不去。那些藥方與藥理，好像總是聽不到頭，枯燥又乏味，偷懶的孩子日復一日地耍賴，總想著從明天開始用功，卻不知世上最理所當然的「明天」也有失約時。

「我只會報仇。」應何從說道，「不會救人，人稱我為『毒郎中』，我也……不是什麼藥谷傳人。妳還有別的事嗎？」

周翡一時說不出話來。

應何從等了片刻，又道：「要是沒有，就等妳以後想好了再說吧。」

他撂下這一句話，便急不可耐地揹著竹筐轉身逃走了，腳步居然有一點狼狽。年輕的毒郎中在婆娑樹影中孤獨地穿梭而過，身後是他仇人的屍體，而他漠不關心，也無法得意。因為突然之間，他意識到，無論這仇他報不報得，大藥谷都已經沒了，它的神與魂早已化成飛灰，被無情歲月抹去，連一點可憐的傳承都沒剩下。他是不配以「藥谷遺孤」自居的，大概只算得上一棵沒著沒落的墳頭草。

關山難越，誰悲失路之人。

萍水相逢，盡是他鄉之客。

永州的日頭沉入到山下，餘暉落寞地行將收場，山間白霧越發濃重。

謝允眼皮有些重，他便不睜開，貪戀地靠著少女溫暖又柔軟的身體，還不知道應何從已經走了，仍在幾不可聞地說道：「一國一家、一派一人，都有氣數，都有盡時，應公子，這沒什麼。」

周翡忽然聽不下去了，她一把拽起謝允，吃力地將他揹在身上。

什麼楚天權的屍身、慎獨方印、漏網的北斗黑衣人，她全然不放在心上了。

周翡茫然地想，她非得找一條路走下去不可，既然應何從那個廢物指望不上，她便繼續找，一直找到一個能救他的地方，那地方在天涯也好，在海角也好，但凡在六合之內，便總有她能抵達的一天。

謝允被她並不寬厚的背硌得胸口發悶，只好無奈地在她耳邊說道：「阿翡，妳說如果妳是我，哪怕最終功敗垂成，也能閉得上眼，二十年後還能頂天立地……我聽完可信了，如今不成就是不成了，妳那說好的頂天立地呢？真要哭鼻子，那可是食言而肥了。」

周翡揹一把百十來斤的刀不算什麼，揹著個手長腳長的人卻不大得勁，十分吃力，咬牙道：「閉嘴！」

謝允一隻手繞到她身前，在她臉上摸索片刻，果然沒有摸到一點濕意，便笑道：「好，美人，我就喜歡妳這副到死如鐵的心腸……妳先放我下來，我想跟妳說幾句話。」

周翡不理他。

謝允便自顧自地摟住她單薄的肩膀，恍惚間，覺得自己嗅到了一點非常淺的花香，同她脖頸間皂角的氣息混在一起，混成了一種特別的味道，潔淨又素淡。他有一點出神，緩緩地說道：「趙家的江山，傳到我祖父那一輩……也就是先帝那裡，便四面漏風了，很多東西積重難返，偌大一個社稷，就好似個行將就木的老東西，搖搖欲墜，我祖父是個生不逢時的皇帝，做夢都想走出一條中興之道，他夙夜以繼、勤政乃至積勞成疾……一意孤行地在朝中強行推行他異想天開的新政，殺了不少擋路的人。

「以至於他在位時，先後有兩位藩王叛亂，流民氾濫成災……宗室、權臣，沒有一個與他一條心。我爹六歲便受封太子，在東宮住了大半輩子，是個溫和懦弱的人，他只知先帝有錯，卻不知錯在何處，想要勸解，又不敢違抗君父、仗義執言，每日來回在先帝和朝臣面前和稀泥，每每回到東宮都是一臉苦悶，弄那些個風花雪月的東西聊以澆愁，文不成武不就，連個跟在他身邊陪讀的小太監都不如……趙家氣數盡了。自此輿圖換稿，王孫南渡，也是情理之中。

「阿翡……」謝允伏在她肩上，原本搭在一起的手沒了知覺，不知不覺地垂了下來，他喃喃道，「我方才說的，凡人也同江山一樣，很多事情，譬如生老病死……既然已經註定，便是人力所不能及……」

周翡大聲道：「不用說了，我才不相信！」

周以棠臨走的時候，將強者之道牢牢地釘進了周翡的心裡，每每她遇到邁不過的坎，便總覺得是因為自己無能。

這是少年人意氣風發時的想法。

而突然之間，她發現事實不是這樣的，哪怕你有飛天遁地之能，也總會有一些東西，註定求之不得、註定束手無策。

周翡心裡隱隱明白了這一點，卻不甘心承認，只好欲蓋彌彰地大聲反駁。謝允何等聰明，聞弦音知雅意，立刻便從她這「不相信」中聽出來——她其實已經信了。

任她刀風凜冽、驕狂桀驁，也終有被人世馴服的時候。

這豈非就是凡人的一生嗎？

當他四方浪跡，流落在某個不知名的客棧中，獨坐於孤燈下時，謝允曾無數次地幻想過自己會死在何時何地，又該葬在哪裡才能魂歸故里，總是想著想著，便不由悲從中來。此時，他終於感覺到了將至的大限，心裡卻突然很平靜。

他不再搜腸刮肚地回憶逐漸想不起來的舊都，也不再惦記繁花似錦的金陵，甚至沒去想自己從小長大的師門。

舊都真的是故鄉嗎？

朱顏已改的雕欄玉砌，除了不甘的懷想，還能算故鄉嗎？

「阿翡，」謝允說道，「以前同妳說，要妳做端王妃的話，是與妳鬧著玩的，不當真……」

周翡硬邦邦地說道：「別做夢了，誰說要給你做……」

「因為我也不想做什麼『端王』。」謝允兀自輕聲道，「跟那曹胖子同一個封號，縱然比他英俊瀟灑，也沒什麼光彩的。

「我想跟妳去四十八寨，去個……隨便什麼的地方，生成個山野村夫，死成個山鬼林魅，閒了就氣妳，挨打就跑，跑個十天半月，等妳氣消再回來，整日受氣也沒有怨言……」

他的聲音越來越低，到最後含混得連自己也聽不清，好似化在了自己描繪的夢境裡。

樹林在晚風中「嘩嘩」作響，夜色錯落而綿長。

謝允喚了一聲：「阿翡……」

天高地迴，南北無邊。

到頭來，原來吾心安處即是家鄉。

「阿翡。」他又在心裡叫了她一聲，總覺得她能聽見。

而後漸漸看不清來路與去路，漸漸不再困於塵世紛擾。

第四十二章　傷別離（下）

周翡聽見水聲，強一陣弱一陣的，從她耳邊潺潺而過，當中裹著一個蒼老的男人聲音，正和著槳划水聲，斷斷續續地哼唱著什麼。唱的似乎是漁歌，不知用的哪一方的土話，周翡聽不大懂，只覺頗為悠然。她以為自己尚在夢中，可是隨即，幾顆冰涼的水珠飛濺到她臉上，周翡驀地睜開眼，宏大的星河旋轉著撞進她眼裡，順著遠近山峰，穹廬一般地傾覆落下，蓋了她滿頭滿臉。

周翡艱難地把自己撐起來，手腳發麻得不聽使喚，才一抬頭，便湧上一股說不出的頭暈噁心，她眼前一黑，又仰面倒了回去，好一會，才借著星輝看清周遭。

原來她在一條小船上，小船不緊不慢地在起伏的碧水中緩緩而行，水面澄澈，一把星子倒映其中，隨水流時聚時散……

雖然煞是好看，周翡卻被晃得更暈了。她趴在船邊乾嘔了幾下，可惜肚子裡前心貼後背，什麼都沒吐出來。周翡死狗似的在船邊吊了片刻，耳畔轟鳴作響，滿腦子空白，記憶好似斷了片，莫名其妙地尋思道：「我剛才幹什麼來著？怎麼會在這？」

這時，有人出聲道：「小姑娘，妳這命是撿來的吧？怎麼一點也不知道惜著點呢。」

周翡愕然地睇起眼望過去，見船頭有個瘦高的人影，那是個老人，頭上戴著斗笠，赤著腳，後背佝僂，一雙瘦骨嶙峋的手正不緊不慢地撐著船。老人「嘿」了一聲，又衝她說道：「妳中了蛇毒，手裡就攥著解藥，偏不吃，想試試自己能活多長時間是不是啊？」

蛇毒？

周翡腦子裡「嗡」一聲炸開了，好像一道生銹的門轟然炸開，鬧劇一樣的征北英雄會、活人死人山、楚天權、應何從……諸多種種，紛至遝來地從她眼前閃過，最後落在一個長身玉立的人身上。

對了，謝允呢?!

周翡直挺挺地跳了起來，小船本就不過是一葉扁舟，被她這重重的一踩，立刻左搖右晃起來。

老人「哎喲」一聲，將手中大船槳輕輕擺了幾下，也不見他有多大動作，便將小船穩住了：「慢點啦，慢慢來……阿彌陀佛，你們這些慌裡慌張的小施主啊。」

周翡這才看清，撐船的老人居然是個和尚。

他身上穿一件打著補丁的破袍子，留了一把花白的小鬍子，脖子上掛了一串被蟲啃得坑坑窪窪的舊佛珠，一雙洗得發白的僧履放在一邊。

周翡扶住船篷，指節扣得發白，艱難地問道：「老伯，跟……跟我一起的那個人呢？」

老和尚沒回答，只是一手夾著船槳，一手提掌豎在胸前，低低地誦了一聲佛號：「阿彌陀佛。」

周翡呆立原地，整個人僵成了一塊石像，然後突然瑟瑟地發起抖來。

漫天的星光好似一下子跌落水中，黯淡成了鐵石，周遭的山鳴與水聲全都棄她而去。

來時，周翡身邊有李晟李妍，有楊瑾吳楚楚，她要看著謝允，防著他溜走，要在百忙之中勻出時間捉弄楊瑾，要保護吳楚楚，要和李晟吵架，還要看著李妍不讓她闖禍，整天被吵得一個頭變成兩個大，忙得要命。

而今，她在千山萬水中，獨自站在一葉扁舟之上，忽然覺得天地無窮大，兩岸靜得連猿聲都沒有，是這樣的淒清寂寞。

周翡手上有刀，心裡裝著練不完的功夫，連坐在馬車上閉目養神的片刻光景，都忙碌得很，她從來不會沒事做，有時候覺得整個人世都很吵、很麻煩，可是忽然之間，她心裡繁忙的樓閣傾頹了一半，砸出了一片曠野荒原似的廢墟，她茫然四顧，有生以來第一次嘗到孤獨的滋味。

老和尚卻不看她，依舊不緊不慢地划水，問道：「姑娘要往何處去？老衲送妳一程。」

要往哪裡去呢？

周翡說不出。

老和尚見她不答，便不再追問。小船順著時寬時窄的江流往前走，他操著沙啞的嗓音，悠然地哼起漁歌來。周翡暈得有點站不住，不知是凝露的後遺症還是她天生暈船，便順著落了簾子的船篷頹然坐在船板上。

她不知道自己應該往什麼地方去，也不知道自己要去做什麼。

人的一生中，好似總有那種時候，覺得自己過去的若干年都活到了狗肚子裡，一瞬間便被打回了原型。

周翡突然覺得，過去那些日子，她從北往南，遇見的無數人與無數事，都如浮光掠影的一場夢，如今夜幕之下，她大夢方醒，獨當一面的魄力和千里縱橫的勇氣都是她的臆想，她渾渾噩噩，還是那個被關在四十八寨山門裡的小女孩。

她胸口堵得難過極了，有生以來從未學過大哭大叫，而此時身在這搖搖擺擺的小舟上，更是連揮刀亂砍都做不到，那些痛苦好似暴虐的洪水，盤旋在她淺淺的胸口裡，竟是無從傾吐，所幸她自小心志堅定，即便這樣，倒沒想從船上跳下去，泡成一條浮屍。

周翡突然開口道：「老伯，你有酒嗎？」

老和尚答道：「酒乃八戒之一，老衲倒不曾預備，船篷上掛著個水壺，裡頭煮了些水，姑娘若不嫌棄，可自取飲用。」

周翡便伸長了胳膊，摘下船篷上的酒水壺，湊在鼻尖聞了聞，聞到水壺裡有一股清涼的草藥味，她懶得去想裡頭有些什麼，也不在意陌生人給的東西入不入得口，便直接灌了半瓶下去，發澀的苦味順著喉嚨下去，一直流入她胸口，藥味衝得周翡直皺眉，頭暈的症狀卻似乎緩解了不少，人也終於清醒了一點。

老和尚看了她一眼，見她眼珠終於會轉了，便同她說道：「咱們已經出了永州城了，再往前走，便徹底離開這方地界啦，妳想好自己要去何處了嗎？」

周翡交代過楊瑾，要和他們在永州城外碰頭，本該往回走，可是話到了嘴邊，她又懶得說了。

碰了頭，然後呢？

大概要繼續追查海天一色吧，但周翡已經沒有興趣了，她一條腿懶散地伸著，另一條腿蜷縮在身前，一時間，覺得自己對什麼都沒興趣，連刀都懶得琢磨了，只想隨著這條破船漫無目的地呆坐。

老和尚背對著她，說道：「想不出來也不要緊，妳記得自己為何而來便是了。」

周翡把玩著鐵壺，低著頭說道：「我為一個人而來。」

可是那個人已經沒了。

老和尚道：「不對。」

周翡不明所以地看了他一眼。

那老和尚一撐船槳，後背凸起的肩胛好像兩片快折斷的蝶翼，一縮一展地上下移動著。

周翡見他似乎吃力，便道：「我幫你吧。」

老和尚也不推辭，將一人高長的大船槳遞給她，自己把斗笠摘下來放在一邊，一絲不苟地將鞋穿好，又對著水面整了整自己那身袍子，從容不迫，十分講究，好像他穿的不是補丁又補丁的破僧袍，而是件大有神通的聖袍法衣。

周翡將船槳在手裡掂了掂，發現這東西還怪沉，比她慣常用的刀還要壓手，她學著那老和尚的動作，將船槳斜插入水中，往後划水，誰知把式學得挺像，卻不知哪裡不得法，那小船在原地轉了七八圈，然後長了尾巴似的，一寸都不肯往前走。

周翡問道：「大師，怎麼讓這玩意往前走？」

老和尚盤腿坐在一邊，不指導也不催促，答非所問道：「怎麼往前走？妳不如再好好想想，何為前？何為後？想通了，妳就知道怎麼往前走了。」

小船又歪歪扭扭地與她想法背道而馳，周翡手忙腳亂地擺弄著這根大船槳，懷疑自己碰上了一個瘋和尚。

老和尚端坐默誦佛號，一粒一粒地掐著佛珠，笑道：「妳說妳為一人而來，可妳所說的那人，也不過是途中一段起落聚散皆無常的緣分，既然是偶遇，怎能說是為他而來呢？」

周翡拎著不得要領的船槳，茫然地在船頭上佇立。

一開始，是李瑾容叫她去接晨飛師兄和吳將軍家眷，誰知晨飛師兄半路殞命，吳氏三口人也只剩一個孤女，她風餐露宿地被追殺回四十八寨，又遇上浩劫一般的兵禍……

周翡輕聲道：「大師，你又不認識我，你知道什麼？」

老和尚將佛珠繞到四根併攏的手指上，問道：「妳認得那人之前，整天都在做些什麼呢？」

大概是她心裡空空如也、無事可做，周翡發現自己的脾氣居然變好了，聽了老和尚這番故弄玄虛的車軲轆話，竟也沒有翻臉，反而饒有興致地跟著他扯起淡來。她耐心地說道：「以前就是在山裡隨便練練功。」

老和尚便道：「在山裡練功，那麼妳練功是為了什麼呢？」

周翡不假思索道：「不然幹什麼去！書我肯定是讀不下去的。」

老和尚道：「那麼妳要找的人既然已經不在了，回去繼續練功豈不理所當然，為何跟我說不知往何處去？」

周翡一時語塞。

「阿彌陀佛，」老和尚又不依不饒地追問了一遍，「姑娘，妳練功是為了什麼呢？」

練功是為了什麼呢？

最開始，只是為了孩童的好勝心，博大當家一點頭而已，後來她幻想著總有一天能超越李瑾容……這倒不太執著，因為在當時看來，這目標太過遙遠，幾乎只是個妄想。再後來，周以棠用「強者之道」給她以當頭棒喝，推著她走進步步驚心的牽機叢中。

她終於得以走出那扇山門，離開桃源似的四十八寨，被江湖中險惡的腥風血雨吹打了一圈，見識了惡人橫行、公義銷聲、小丑跳樑、英雄末路……她時常看不慣，時常悲憤交加，卻大多只能隨波逐流地獨善其身、無能為力。

漸漸的，她想要磨出一把真正的破雪刀的意願一天強似一天。

周翡從未見過她那位生活在傳說中的外祖父，李瑾容等人也很少與她提起，但自從流言蜚語將「南刀傳人」這不符實的聲名強加給她的時候，她卻無端感覺到了一種與他一脈相承的聯繫——並非出於血脈，而是繫在刀尖。

周翡愣怔良久，喃喃道：「為了……為了我先祖的刀吧。」

老和尚瞇起皺紋叢生的眼，和藹地看著她。

「雙刀一劍枯榮手的故事都過去了，」周翡說道，「我們這些不肖子孫拿著先人留下來的刀劍，連苟且尚且艱難，也太窩囊了，總覺得不該是這樣的。」

老和尚點頭道：「名門之後。」

周翡搖搖頭——至今別人問她是誰，她都態度很差地搪塞過去，不敢說她姓周名翡，出身四十八寨，是李家破雪刀的傳人，一方面是出於謹慎，不想給家裡找事，一方面也是隱約覺得自己配不上「南刀傳人」這假名號，報出來未免太羞恥了。

她長長地舒了口氣，覺得心中痛苦並未少一分，魂魄卻甦醒過來，便伸手一揉眉心，心想：是了，家裡眼下還不知怎麼樣了，霍連濤鬧得這事也不知對戰局有什麼影響，何況如今霍連濤一死，往後丁魁之流不是更加肆無忌憚？

她得回去，將來龍去脈和李瑾容說清楚，如有必要，說不定還得繼續追查這個攪得中原武林天翻地覆的海天一色。而四十八寨中人才凋敝，雖有大當家坐鎮，萬一有事，必然還是捉襟見肘，她無論如何也該接過一些責任了。

這麼一想，方才還空空如也的心裡頓時被滿滿當當的事塞了個焦頭爛額，周翡嘆了口氣，對老和尚道：「那便……勞煩大師送我回永州城外吧，我這個……這個船實在……」

老和尚看著她笑，接過她手裡不聽話的船槳，吩咐道：「妳去船篷裡看看。」

周翡以為他支使自己幫什麼忙，便小心翼翼地踩著左搖右晃的船板走過去，掀開厚厚的船篷往裡一看……

她倏地怔住了，只見船篷中有一個她以為終生難以再見的人，安靜地躺在那裡。

周翡膝蓋一軟，險些直接跪下，踉踉蹌蹌地撲了進去，她的手哆嗦了幾次，方才成功放在謝允鼻息之下。雖然依然冰冷，雖然微弱得幾乎感覺不到，但居然還有一口氣！

她呆愣良久，跪在小小的船篷裡，不知不覺，已經淚流滿面。

周翡哭的時候，老和尚也不管她，他不再搖槳，小船卻好似生出兩鰭，自己破開水面往前行去。一隻不知從哪飛來的水鳥落在了船舷上，歪著頭打量了老和尚片刻，竟不怕他，緩緩放下炸起來的羽毛，悠然地伸長了鳥喙，梳起毛來。

不知過了多久，周翡才一掀船篷上的簾子出來，那水鳥見了她，卻受了好大一驚，梗著脖子尖叫一聲，撲棱棱地飛走了。

老和尚頭也不回地嘆道：「刀鋒外露，算是有小成了。」

周翡擦乾了眼淚，眼圈卻還是紅的，怎麼看都只是個受盡了委屈的小小少女，不知老和尚和水鳥是怎麼心有靈犀地看出她「刀鋒外露」的。

她沉了沉自己的心緒，清了一下嗓子，正色道：「多謝大師。」

這話聽來是前不著村後不著店，好似十分莫名，老和尚卻是了然地一笑，衝她擺了擺手——人和動物是一樣的，有時能感覺到無形無跡的殺機與死亡，親人臨終的時候，旁人看著他的眼睛，往往會下意識地屏住呼吸，奮力想聽清他說了什麼。等到彌留的人閉了眼、徹底塵緣斷絕時，其他人便會開始大放悲聲，心裡彷彿生出千般萬般不切實際的幻想與撕心裂肺的不捨，理智上無論如何也接受不了。但其實，他們屏住呼吸的那一瞬間，就已經做好了準備。周翡早知她已經無力回天，嘴裡雖然戰戰兢兢地問了，心裡卻並沒覺得自己還能見到活著的謝允，此時見他雖然那副熊樣昏迷不醒，但好歹還有一口氣在，便知道是這素不相識的老和尚用了什麼方法，才留住了他的命。

雖然只有一點氣息，卻足夠將周翡方才一把萬念俱灰的心頭火重新燒起來了。她覺得自己有點丟人，十分克制有禮地問道：「大師，他現在這樣，可還有什麼辦法嗎？」

老和尚回道：「老衲只能以銀針輔以一些藥吊住他的小命，究竟怎麼驅除透骨青之毒，我們幾個老東西好多年前便開始琢磨了，至今也是沒什麼眉目……唉，老衲聽說推雲掌重現蜀中時便覺不好，一路找過來，不料還是晚了一步。」

周翡從這句話裡聽出了好幾層意思，有點震驚地問道：「大師……那個……敢問前輩法號？」

「可算想起來問啦！」老和尚笑道，「不如妳再想想，還忘了什麼？」

周翡將戳在船身的苗刀在手裡轉了一圈，沒好意思搭腔——她忘的事多了，什麼楚天權的屍體、消失的慎獨印，還有謝允幾乎捨命救出來的那倒楣孩子趙明琛……方才真是五內俱焚，燒出來的黑煙把她都熏迷瞪了。

老和尚道：「老衲只是個雲遊四方的野和尚，法號『同明』，想必妳也沒聽說過。」

周翡：「……」

這是誰？還真沒聽說過。

同明老和尚一指船篷，又說道：「那不成器的後生，便是我的弟子。」

周翡差點給他跪下，不知道這會補一句「久仰」還來不來得及。

同明笑起來，補充道：「不過他雖出自我門下，卻是俗家弟子，也不是什麼帶髮修行的，他小時候自作主張地剃過頭髮，只是我知道他一身塵緣，便沒替佛祖收他，沒人理他，過了幾年他自己怪沒意思，又自行還俗了。」

周翡：「……」

她總覺得老和尚跟她解釋這句話的時候帶著點揶揄。

周翡張了張嘴，不知該接什麼話，便乾脆撐著長刀坐在船篷旁邊，道：「他……謝大哥同我說過，當年是他一位師叔將畢生功力傳給了他，才壓制住了透骨青。」

「唔，」老和尚點頭道，「用極雄厚的內力將透骨青封在他經脈中，當時我親自下的針。唉，我那時便覺得此計不過權宜，不能長久。安之這孩子，天生情深，叫他一直冷眼旁觀，是肯定不能的。」

周翡：「安之？」

「他一個師叔給取的字。」同明道，「沒告訴妳嗎？」

周翡：「……」

告訴她的是「黴黴」。

周翡又追問道：「那您這些年也……」

「我一直在琢磨這透骨青。」同明道，「除了以外力壓制，也試著尋覓過歸陽丹的藥方，大藥谷殞落得徹底，除了早年間流落出一些藥丸，方子是一張也不剩了。但我查過一些旁敲側擊的記載，知道歸陽丹本是大藥谷一個劍走偏鋒的前輩入了偏門做出來的東西，因其種種壞處，一度被藥谷禁止，這也是為什麼大藥谷一朝覆滅，流落在外的歸陽丹極其稀有的緣故。」

周翡奇道：「偏門是什麼？」

「就是煉丹，」同明道，「那位前輩天資卓絕，一朝遭逢大變之後，便心灰意冷，不再追尋醫道，反而迷上了求仙問道，妄想能煉出長生不老丹來，長生不老自然是不能，他倒是弄出了不少十分荒謬的藥方，歸陽丹便是其中一種，據我考證，所謂『歸陽丹』，應該是一種烈性大補之物，服用者內火旺盛，周身血管如江海漲潮，奔騰不息，內功能在短時間內暴漲，只是內熱越來越烈，直至爆體而亡。」

周翡震驚道：「有毒啊？」

「妳要那麼說，倒也沒錯。」同明點頭道，「歸陽丹並不是透骨青的解藥，只是兩者正好相剋，兩種毒能搭起一個平衡，這個平衡能管多久，便看命了。」

周翡想起鳴風老掌門，那位前輩確實是在她還不大懂事的年紀就沒了，魚老也只能整日在洗墨江裡混日子，就算沒有寇丹暗算，他也說不準還能活多久。這些毒啊藥的，周翡統統是一頭霧水，便直白地問道：「那您是怎麼打算的？我能做什麼？」

同明道：「我不日便帶他回蓬萊去了。」

周翡聽了「蓬萊」二字，倏地睜大了眼睛。

當年「雙刀一劍枯榮手」都有名號，唯獨「蓬萊散仙」四個字語焉不詳，「蓬萊散仙」究竟是男是女、是老是少一概不知，甚至不知道這是一個人還是一群人，更有傳言說，世上其實根本沒這麼個人，「蓬萊」這一說法，完全是隨便來湊數的。

「至於姑娘，確實也有些事要勞妳相助。」

這一夜，群星閃爍，圓月微缺，周翡做夢似的經歷了一番生死，還偶遇了一位傳說都傳不真切的人，但永州城裡卻遠不像水面上那樣平靜。

早在楚天權的大隊人馬現身時，李晟便感覺不好，當時場中一片混亂，霍連濤一死，這幫「英雄豪傑」便好似成了沒頭的蒼蠅，只會暈頭轉向地跟著人跑。楚天權固然危險，但那水榭中小小年紀的趙明琛怕也不是什麼善茬，那兩撥人勾心鬥角，倒要將這些個不明就裡的江湖人捲進來當炮灰。

李晟一邊在心裡將說跑就跑的周翡罵了個狗血淋頭，一邊叫楊瑾看好吳楚楚和李妍，朗聲道：「北斗詭計多端，諸位！諸位聽我一句，謹慎行事，先保存自己要緊！」

可除了剛開始跟著他佈陣阻截丁魁的那一小撮，其他人都被「國仇家恨與江湖大義」沖昏了腦袋，義無反顧地捲進其中拼殺，誰會聽一個名不見經傳的少年人敲退堂鼓？李晟喊了好幾聲，嗓子直冒火，依然於事無補。

楊瑾帶著李妍和吳楚楚趕過來同他匯合，說道：「神醫救不了找死的，快別管了！」

李晟一咬牙：「跟我來！」

李大公子本就心思機巧，同沖雲子學了數月的齊門陣法，雖從未拿出來用過，卻好似天賦卓絕，一點就透，這會眼觀六路耳聽八方，將一幫跟著他的陌生人指揮得團團轉，硬是看準了北斗黑衣人包圍圈中的一個薄弱之處，三下五除二帶人殺了出去。他們前腳剛衝出去，身後便傳來激烈的喊殺聲，眾人回頭望去，剛好見到無數人馬從後山中衝出來的那一幕。

李妍莫名其妙道：「什麼意思，援軍？那咱們還跑什麼？」

不少人也同她一樣疑惑，紛紛駐足觀望。楊瑾慣常皺眉不滿道：「你們中原人……」

李晟遠遠望去，見那山上衝下來的人分了幾路，井然有序，遠近配合，端是厲害，可不知為什麼，他心裡卻隱隱有些不安。突然，好不容易將氣喘勻了的吳楚楚卻忽然道：「不，走，快走，那必是軍中之人，不知是誰麾下的人馬，未必是好意！」

李妍奇道：「不是那個康王帶來的嗎？」

吳楚楚臉上沒什麼血色，話卻仍說得十分清楚：「康王天潢貴胄，君子不立危牆，倘真埋伏了那麼多人等著伏擊楚天權，方才必然不會自己露面。我從終南一直被朝廷派兵追殺了一路，我熟悉他們，你們相信我！」

李晟看了她一眼，當機立斷：「走！」

跟著他們跑出來的有七八十人，興南鏢局那一幫是主力，還有一些不知是什麼門派與本就在周邊看熱鬧的行腳幫弟子。跟著李晟的這一幫人是最早逃脫的，他們倉皇奔將出不過幾里，便聽身後傳來巨響，那山莊中竟然火光沖天。

李晟心裡狂跳，來的不知是何方勢力，顯然是要將他們一鍋扣在裡頭。

這時，朱晨上氣不接下氣上前一步，抓住李晟的袖子，問道：「等等，周姑娘呢？周姑娘是不是還在裡面？」

李晟臉色一白，卻聽旁邊楊瑾嗤笑道：「她？到如今七大北斗，除了死的早的，她挨個都交過手，青龍主本人都是折在她手上的，你死了她都死不了，放心吧。」

李妍怒道：「楊黑炭，你說的是人話嗎？敢情不是你姐！」

李晟雖沒像她一樣說出聲，心裡卻道：「敢情不是你妹。」

「你們先走，」李晟想了想，衝楊瑾一抱拳道，「楊兄，勞你費心，暫且代我照看，我回去看看。」

楊瑾皺眉道：「周翡說城外碰頭，你回去沒準會錯過她，還容易陷在裡面。」

李妍忙道：「我也……」

「妳滾一邊去，別添亂。」李晟對李妍就不那麼客氣了，不耐煩地扒拉開她，又道，「就我一個人，脫身也容易，隨便擺個石頭陣就能藏一陣子，要是找不著人，我再回來，城外碰頭。」

他說完，便要往回趕，朱晨見了，不知什麼毛病，立刻也要跟上去，興南鏢局一幫人見了，全都大驚失色，齊聲道：「少主！」

「哥！」朱瑩忙抓起峨眉刺追了出去。

就在這時，異變陡生。

一個黑影突然冒出來，一把抓起朱瑩，李妍驚呼一聲，楊瑾斷雁刀一橫，刀鞘打了出去，來人武功顯然一般，眼看躲不開他這雷霆一擊，卻又有人大笑一聲，飛身上前，抄手一抓，竟「篤」一下，將那斷雁刀鞘抓在了手裡。

楊瑾瞳孔一縮，抓了他刀鞘的人是丁魁！

原來抓了朱瑩的，正是那日在客棧找興南鏢局麻煩的玄武派門下之一，被周翡削了一條胳膊，當時見機快，僥倖留了條命，跑回了丁魁身邊，這會跟著玄武主從那山莊中趁亂撤出來，一眼瞧見了興南鏢局的軟柿子，當即便起了歪心思，想起要興風作浪。

丁魁被楚天權擺了一道，拿到手裡的慎獨方印得而復失，還折損了不少人手，喪家之犬似的倉皇離去，心裡別提多晦氣，那獨臂的玄武黑衣人正好將朱瑩拎到丁魁面前，涎著臉衝他獻寶道：「主上，咱們這回不算無功而返，這丫頭可是個禍害，也害了咱們不少兄弟性命呢。」

朱瑩面貌姣好，丁魁知道手下人是什麼意思，聞聲斜著眼打量了她一眼，感覺形容尚可，便意味深長地笑了。朱晨血氣上湧，抽出佩劍，回身便向那獨臂人刺去：「你敢碰我妹妹！」

不等李晟出言阻止，興南鏢局更是群情激憤，一擁而上。

李晟：「……」

他娘的，一波未平一波又起，看來他還走不了了！

「住手！」李晟喝道。

隨後他一個眼神遞過去，幾個機靈的行腳幫弟子各自動了起來，占住了幾個微妙的點——這一招在山莊裡李晟便教他們用過，可惜有頭有臉有門派的君子們一個記住的都沒有，反倒是那些整日裡在路上討生活的行腳幫「下九流」機靈，稍微點撥幾句，立刻便能舉一反三。可見有些門派沒落了也是有原因的。

「在下見過為了名利頭破血流的，沒見過沒事找事還這麼積極的。」李晟緩緩挪動著腳步，同楊瑾站了個直線，兩人正好將丁魁夾在中間，隨時可以同時出手發難，「玄武主，多行不義必自斃，你想當這個武林公敵嗎？」

丁魁聞聲大笑道：「他奶奶的，武林公敵？我是誰的公敵，就你們這幾隻小猢猻？我說，這位小哥，你是誰家的小公子呀？怎麼，霍連濤剛死，你就想接班當武林盟主啦？」

李晟沒跟他耍嘴皮子，他目光往四下一掃，見除了興南鏢局的人真著急外，其他人雖然都在各自戒備，卻誰都不肯上前，好似都在準備跑路。

有人說「仗義每在屠狗輩，負心多是讀書人」，其實盡是放屁，屠狗輩跟讀書人孬起來可謂殊途同歸，沒什麼本質區別，充其量是讀過書的無恥的姿勢更優雅而已。這些江湖屠狗輩們風裡來雨裡去地混，「道義」二字便如同讀書人的「聖人言」，只是塊鮮亮的大牌匾，真遇見事，當不得真。

李晟暗自皺眉，興南鏢局的那幫人都是花架子，往日行走江湖還湊合，遇見高手武功不能看。他和楊瑾兩人，要是論單打獨鬥，誰都鬥不過丁魁，只能一起上。可是丁魁不是光棍一條，他還帶了不少打手，要是他們兩人都被丁魁牽制住，那吳小姐和李妍那邊出點什麼事又該怎麼辦？

考慮別人的妹妹之前，自己的妹妹總是更重要一點。

丁魁彷彿看透了他的諸多顧慮，得意洋洋地衝他露出一口裡出外進的豁牙，一擺手道：「別給老子磨蹭！」

李晟正在進退維谷，玄武派的人卻毫無徵兆地動了手，四五個玄武分別撲向兩邊興南鏢局的人，朱晨首當其衝便被人一掌打飛了出去，他先天便不足，哪裡受得了這個？趴在地上半天起不來，垂在一側的腿居然當場抽起筋來。

丁魁見狀詫異道：「哦喲，這小白臉怎麼這麼不禁打？」

說完，他一伸手，從脖子上面卡住了朱瑩的下巴，好像拖一隻小狗，掐著她的脖子拖過來，指著朱晨道：「這麼個廢物點心給妳當大哥妳也要？要是我，早找機會把他宰了，自己當老大，省得這些不能當顆蛋用的東西來分家產。」

朱瑩性子烈，受制於人連累家人本已經不堪忍受，聽見這等混帳話，更是氣得渾身發抖，一時竟不知哪裡來的膽子和力氣，竟掙脫了丁魁的手，猛地上前一步，用自己的頭肩去撞他。丁魁嗤笑一聲，懶得躲開，隨意地一指點出，正戳在那少女肋下，朱瑩只覺得半身都麻了，當即便往前栽去，被那五短身材的丁魁一把抓住腰帶，拎了起來，拎到眼前仔細端詳，笑道：「膽子不小，好……」

「好」什麼他沒來得及說，朱瑩便一口啐向了他的臉。

丁魁自然不會讓她啐到，偏頭躲開，再轉過臉來，笑容卻突然消失了。他嘴角兩條耷拉下來的法令紋低垂著，神色有點死氣沉沉的猙獰，隨後，他面無表情地開口道：「這個不好，去給我換一個能解悶的。」

旁人還沒聽懂他要換個什麼，丁魁一隻手便拎著朱瑩，猛一揮手，像摔貓崽子一樣將她往旁邊的一塊巨石上砸去。

朱晨一條腿拖在地上，整個人已經駭傻了。

李晟終於無暇再計較其他，提劍刺向丁魁後心，楊瑾與他同時動了，一刀斬向丁魁的手臂，趁著他鬆手錯身的時候上前一步，擋在朱瑩與巨石中間。朱瑩一頭撞在他胸口上，腿軟得好似麵條，直接原地跪倒，一臉涕淚地乾嘔起來。楊瑾出手救她小命，卻沒興趣伸手扶一把，這扛大刀的一心一意都在丁魁身上，撞開朱瑩之後，便叫道：「我來！」

說完，那斷雁十三刀就好似疾風驟雨似的衝著丁魁劈頭蓋臉而來。

丁魁長嘯一聲，突然從腰間抽出一根鎖鏈，毒蛇吐信似的纏住了楊瑾的斷雁刀，將他凌空捲了起來，同時回身打開李晟的劍，叫道：「留下他們！」

玄武們早在摩拳擦掌，聞聲嗷嗷叫著便衝著李晟他們帶出來的人撲了上去，除了幾個行腳幫的還算靠得住，不少人一見活人死人山便先腿軟，方才還在叫囂要「除魔衛道」的人頃刻潰不成軍！眾人都是萍水相逢，哪有眼睜睜地看著別人逃走、自己斷後的道理？有第一個領頭的，後面的人簡直要一哄而散。

除了四十八寨被大兵壓境，李妍幾乎便沒有跟人動手的機會，此時也被迫拔出刀來，一手緊緊地握著刀柄，一手拉著吳楚楚。她從小什麼都愛跟周翡學，長大以後也跟著練窄背的長刀，長刀一亮竟真的頗有名門之風，大開大合地一個劈砍逼退一個玄武，然後將吳楚楚往旁邊一拽，長刀滿月似的劃了個圓，一刀推出去，竟沒人能近身。

吳楚楚一直沒見過李妍出手，沒料到她這樣厲害，頓時覺得周翡以往編排這小妹的話都很不公平，便對李妍讚嘆道：「妳武功很厲害啊！」

李妍身量未足，看起來嬌嬌小小的，提刀而立的樣子卻十分能唬人，她保持著這頗能唬人的姿勢，嘴唇微動，悄悄對吳楚楚說道：「我就三招使得熟，剛才用了兩招了。」

吳楚楚：「……」

李妍沉痛地說道：「還有好多看不完的書，我也都能把第一頁前三行背下來……不說這個，現在怎麼辦？」

吳楚楚縱有七竅玲瓏的心，也不知道僅憑她們兩人，該怎麼從一幫張牙舞爪的魔頭手裡殺出去。此時，周遭江湖好漢們跑了大半，不少玄武被李妍那「驚豔」兩刀吸引了過來，如臨大敵似的竟把她們兩人圍在了中間。

「喊救命恐怕不行，」李妍緊張得手指關節攥得慘白，對吳楚楚小聲道，「楚楚姐，妳看以德服人靠譜嗎？」

吳楚楚將手往懷裡一摸，突然說道：「屏息！」

說完，她猛地從懷中扯出一個布包，天女散花似的抖出了一堆白色的細粉。

玄武們大驚，慌忙屏住呼吸後退，跑得慢的幾個人落了一身白粉，嚇得用力拍打，吳楚楚一拉李妍：「快跑！」

李妍沒想到這位大家閨秀竟還會玩這手，當即五體投地，問道：「姐姐，妳撒的什麼藥？」

吳楚楚道：「什麼藥，是麵粉。」

玄武們很快反應過來自己被耍了，當即分兩路包抄過來，不過片刻便又追上了她們，吳楚楚又道：「屏息。」

李妍苦中作樂地品出了一點娛樂：「哈哈哈，騙傻小子。」

吳楚楚忙道：「這回是真的！」

她說著，從懷中摸出了第二個包，李妍一眼掃過去，立刻敬畏地屏住呼吸，因為那是個灰撲撲的「荷包」，做工和針腳非常精緻，口上以皮繩紮緊，上面別提繡花，彩線也沒一根——這一看就是周翡的東西，她就喜歡這種結實又好洗的樣式。

吳楚楚倏地一轉彎，兩人頓時變成了逆風跑，她手指一撐便解開了皮繩口，往身後一拋。窮追不捨的玄武們以為她故技重施，又扔出一袋麵粉，哪會再上當？然而很快，他們便發現一股詭異的異香順著風撲面而來，正是行腳幫拍花子專用的蒙汗藥。跑得快的玄武頓時手腳酸軟，紛紛保持著向前衝的姿勢撲倒在地。

李妍服了：「這樣也行！我就說練武功沒什麼用！」

吳楚楚沒料到這番險境竟然誘導她得出這麼個結論，頓時哭笑不得。

就在她們倆剛甩脫追殺過來的玄武，尚未來得及鬆一口氣的時候，前面林子中突然有野鳥淒厲尖叫著沖天而去，李妍周身一震，止住了腳步，便聽見一陣窸窸窣窣的聲音，一幫臉上戴著鐵面具的人緩緩走出來。

為首一人約莫是個青年，一襲青衫，身量頎長，背著手，好似閒庭信步似的慢慢走，可身形卻不知怎麼的，一晃便到了近前，李妍吃了一驚，不知來人是何方神聖，提刀擋在吳楚楚面前。

那青年看也不看她手中刀，直接開口問道：「丁魁在嗎？」

李妍蛇都不怕，對上那面具後面射出來的眼神，卻不知怎麼的一陣惡寒，聞言吭都沒吭一聲，抬手往身後一指，說道：「那邊。」

戴面具的青年點點頭，也不道謝，又看了吳楚楚一眼，嘴角一勾，露出了一個冷森森的微笑，鬼魅似的與她們兩人擦肩而過。

鐵面具只能擋住眼周，鼻子、嘴與輪廓一概沒有遮擋，倘若是先前認識的人，仔細看看，不至於完全認不出來，那人走過來的時候，吳楚楚便覺得他有些熟悉，及至見了這一笑，她渾身一震，一聲「殷公子」差點脫口而出。

原來那戴面具的青年正是當日衡陽一別的殷沛！

不是說他先天不良，習武不行嗎？怎麼一夜之間成了這樣的高手？

吳楚楚雖然震驚，卻還記得殷沛討厭別人提起他的出身與姓氏，當下果斷一咬舌尖，硬生生地將「殷」字咽了回去。殷沛似乎對她的識趣頗為滿意，沒有為難她們倆，輕飄飄地往前邁了一步，身形便如鬼魅似的，已在一丈開外！

李晟餘光掃過，發現李妍和吳楚楚已經不在視線之內，頓時心急如焚，手上的劍招陡然淩厲，是不要命的打法，與丁魁幾下硬碰硬，立刻便帶了內傷。

就在這時，身後突然有人說道：「讓開。」

李晟強忍胸口劇痛，本能地往旁邊一側身，正躲過丁魁迎面一掌，隨即，他便覺得一道青影從他身邊捲過，一個不知從哪裡冒出來的人不由分說，上來便架住了丁魁雙掌，電光石火間，他已經與丁魁過了十幾招，一股陰冷無比的氣息從兩人交手處掀出來，直叫旁觀者都一陣氣血翻湧。

楊瑾抽回斷雁刀，與捂著胸口的李晟面面相覷。

丁魁好似認出了青衣人使的功夫，大叫道：「馮飛花，你這孫子，還敢來見我！」

他腳下一使勁，地面竟皸裂如蛛網，雙拳抵在胸前，猛地推向那青衣人，誰知來人只是輕飄飄地順勢後退幾步，笑道：「玄武主誤會了，白虎主馮前輩恐怕往後見不到你了。」

這聲音年輕得很，丁魁聽了一愣，再一細看，見眼前人身形與輪廓果然與白虎主馮飛花不同，有些疑惑，便道：「你又是什麼人？哪裡學來馮飛花那老兒的手段？」

青衣人正是被吳楚楚認出來的殷沛，殷沛笑道：「區區名字便不報了，我看那活人死人山四派並立，多年紛爭未曾一統，覺得十分痛心，不如乾脆由我一統，往後你只需記得喚我主上就行了。」

活人死人山欺男霸女，看上什麼搶什麼，敢怒不敢言者甚眾，才有征北英雄會上的群情激奮，還從沒聽說過有要強搶活人死人山的。丁魁懷疑自己的耳朵出了毛病，目瞪口呆道：「你說什麼？」

殷沛單薄的嘴角有些刻薄地笑了起來，下一刻，一個黑衣玄武陡然從他身後偷襲，殷沛肩膀不晃，頭也不回地一伸手夾住那偷襲者的劍，輕輕一拉，便將那人扯到身前，那偷襲的玄武只覺周身好似被蛇纏住了，冷意順著他的皮肉一寸一寸地攀了上去，然後他眼睜睜地看著自己被那面具人抓住的手開始變黑、皮肉乾癟下去，並且順著胳膊捲過他全身。

那玄武口中發出一聲不似人聲的慘叫，在眾目睽睽之下，竟成了一具人乾！

殷沛沒有被面具遮住的臉上露出一點微微的紅暈出來，他扯過一張手帕擦了擦手，在丁魁驚駭的目光下說道：「玄武主，你怎麼那麼遲鈍呢？至今還以為是白虎主將你坑到永州的嗎？嘖……」

丁魁瞳孔驟縮，看了看地上可怕的屍體，又想起眼前的面具人會使馮飛花的武功，頭皮一陣陣地發麻。旁邊的楊瑾等人也看呆了，李晟伸手用力一扯他，低聲道：「來者不善，至少非友，趁他們狗咬狗，快走！」

留下的人立刻互相攙扶，趁著那兩大魔頭對峙的時候飛快地跟著李晟跑了，殷沛餘光瞥見，也沒阻止，只是目光在朱晨身上停留了一下，朱晨好似被毒蛇盯住的青蛙，後背立刻佈滿了冷汗，連跟死裡逃生的朱瑩抱頭痛哭的時間都沒有。

什麼挖心掏肝的木小喬，大變活人的楚天權……等等諸多奇人怪事，李晟自以為已經看得不少了，可單就令人毛骨悚然這一點來看，以上諸多妖魔鬼怪，還真沒有一個比得上眼前的青衣人。

就連看見什麼都想較量一二的楊鬥雞都二話沒說，提起斷雁刀，撒開腳丫子便跟著他們跑了。一行人同先一步退出戰圈的吳楚楚和李妍匯合，裹挾著一幫老弱病殘，一路絲毫不停留地往約好的城外跑去，趕路了一天一宿，方才落腳。

永州城彷彿成了一口煮著沸騰毒水的大鍋，稍不注意，便會被飛濺的毒液濺個魂飛魄散，怎麼死的都不知道。直到眾人逃離了這是非之地，在一家小客棧裡落下腳來，朱瑩還在不住地哆嗦。

「放心住一晚上吧，」楊瑾同掌櫃的說了幾句話，轉回來將紅色五蝠令扔回到李妍懷裡，說道，「這是行腳幫的客棧。」

李晟聞言回頭看了一眼，客棧很小，掌櫃的得兼任大廚，廚房的簾子沒拉，那掌櫃正手持一把大砍刀，在後廚剁排骨，刀光冷森森的。彷彿察覺到了李晟的目光，那掌櫃抬起頭來衝他一笑，露出一口慘白的牙。

李晟忙端起他對外人時世家公子似的溫文爾雅，客氣地衝那掌櫃拱手致謝，回過頭來，卻自己長出了口氣，後脊樑的冷汗還是一層一層的往上反——從前聽人說「江湖險惡」、「江湖快意」，險惡的地方他向來只當耳旁風，只記得「快意」二字，傾慕不已。

非得他自己仗著劍、不知天高地厚地走一趟，才能知道深淺，不必提外面那些動輒磨牙吮血的大魔頭，便是這邊陲處的小小客棧，倘不是有楊瑾和李妍手上那只五蝠令，晚飯桌上的包子肉餡便說不定是誰身上剁下來的。

原來險惡才是常態，快意不過一時，而且你快意了，便必有人不快意。

李妍不會看人臉色，沒注意李晟臉色不好，目光在疲憊的眾人身上掃了一圈，她賊頭賊腦地伸出爪子扒拉了李晟一下：「哎，哥，我跟你說……」

李晟本就心裡鬱悶，見了她更是心頭火起，二話沒說，直接扣過李妍的掌心，拿起筷子便打。李妍驚呆了，好不容易忍住了沒在大庭廣眾之下一嗓子叫出來，手心幾下便被李晟抽出了一排紅印，疼得眼淚都出來了。

李晟將木筷往桌上一拍，冷冷地衝李妍道：「妳還有臉哭？『平時不用功，將來出門在外有妳後悔的時候』，這話姑姑說過妳沒有？我說過妳沒有？今天算妳運氣好，可妳難道打算這輩子都靠撞大運活著？」

李妍扁扁嘴，她小事上雖然慣常任性，正經事上卻不大敢跟大哥嗆聲，尤其這會出門在外，連個給她撐腰的都沒有。她哭也不敢使勁哭，自己坐一邊抽抽噎噎，把袖子抹得一塌糊塗。

旁邊楊瑾沒見過這種說哭就哭的動物，頗為受驚，摟著他的雁翅大環刀將屁股底下的凳子挪遠了，警惕地瞪著李妍，彷彿哭泣的女孩會咬人一樣。

李晟到現在一閉上眼，都能想起自己被丁魁困住，一偏頭發現李妍她們不見了時的心情，越發氣不打一處來，沉著臉瞪李妍，瞪得她抽噎也不敢了，憋得臉色通紅，大氣也不敢喘。

楊瑾又將凳子挪了一掌遠，心道：她要炸了。

吳楚楚實在過意不去，只好低聲道：「是我不好，是我拖累……」

李晟一擺手，他臉上好似掛了兩個切換自如的面具，對李妍從來沒好臉，但一轉向別人，態度便又讓人如沐春風了。

「不關吳姑娘的事，」李晟說道，「舍妹不成器，叫諸位看笑話了。」

李妍實在憋不住，急喘了幾口氣，哭得把自己噎住了。吳楚楚在桌子底下抓住她的手搖了搖，小心地轉移著話題，說道：「那個戴面具的青衣人，我以前見過的。」

她有心轉移話題，三言兩語便將殷沛、紀雲沉與鄭羅生的恩怨交代了一遍，末了又有些疑惑地說道：「我雖然不懂，但上一次見他的時候，他好像並沒有這麼厲害的身手，今日再見，覺得他整個人都有點古怪。」

眾人很快被她這一番曲折的故事懾去了心神，訓妹的忘了訓，委屈的也總算有機會將鼻涕擤乾淨了。

「山川劍的後人？」楊瑾先是面露嚮往，隨即想起那被吸乾的玄武門人，又皺起了眉，「怎麼會長成這樣？你們中……」

「我們中原人沒一天到晚不好好練功走邪魔外道！」李妍帶著濃厚的鼻音打斷他。

「也不能那麼說，」李晟想了想，說道，「功夫一道，有幾十年如一日練出來的，也不乏有劍走偏鋒的高手，只是無論花什麼，都得有代價，想攀絕境，必臨險峰，你們看著他是一步登天，但背後付出的代價也必然極大，相比起來，花花功夫和心思反而是最穩妥的，也不必非議……只是我沒看明白，他是怎麼把那人吸乾的？」

吳楚楚和李妍都沒有親眼看見，李晟離得稍遠，唯有楊瑾遲疑了一下，說道：「我倒是看見了一點。」

三個人六隻眼睛都落到他身上。

楊瑾平常不拘小節，袖口總是輕輕挽到手腕朝上一點，露出來一小截手臂，他說到這裡，手臂上竟起了一層雞皮疙瘩。

「我不確定看沒看錯……」楊瑾遲疑道，「但是那具乾屍死之前，身上好像有什麼東西在動，就是皮下似乎有個什麼活物，不知是什麼東西，正好爬到他臉上的時候，我看了一眼。」

他好像怕自己說不清楚，沾了一點水，在桌上畫了一坨：「大約這麼大，就是這個形狀。」

楊瑾成功地將雞皮疙瘩傳染給了其他人。

半晌，吳楚楚才開腔，她攏了攏外袍，低聲道：「我好像有點冷。」

李妍：「我也……慢著，誰把門打開了？」

李晟探手按住了腰間雙劍。

小客棧關上的木門「吱呀」一聲開大了，跟後廚正好來了個臉對臉的穿堂風，方才還在各自低聲說話的客棧大堂裡頃刻間鴉雀無聲，「叮」一聲輕響分外扎耳朵——那是門簾上的小珠子撞在鐵面具上的動靜。

李晟心裡「咯噔」一下，心道：白天不能說人，晚上不能說鬼，老話還真是誠不我欺。

噩夢似的殷沛出現在門口，慢條斯理地伸手掀門簾攏成把，輕輕拂到一邊，負手走進客棧中，他目光四下一瞥，十分浮誇地嘆了口氣：「瞧瞧，人生何處不相逢啊。」

殷沛露在鐵面具外面的臉比方才更紅了，好像抹了劣質的胭脂，臉頰和嘴唇紅得妖異，脖頸雙手卻慘白得發青，單看這副尊容，好似已經能直接推到墳頭上當紙人燒了。

不知誰不小心失手打翻了杯子，打碎杯子的動靜格外扎眼，殷沛轉臉看向吳楚楚，楊瑾緩緩將斷雁刀推開了一點。

殷沛對吳楚楚問道：「以前跟妳一起的那個野丫頭呢？」

吳楚楚的聲音有些發緊，低聲道：「她……她和我們分頭走了。」

「哦，」殷沛一點頭，笑道，「可惜。」

吳楚楚一手心汗，可惜什麼？

周翡與殷沛雖然無仇無怨，但對他可不曾客氣過，此人一看便是心性偏激之人，莫不是想將當日受的辱一起報復回來？

殷沛見她後脊樑骨僵成了一條人棍，十分得意地笑道：「怎麼，怕我？」

吳楚楚點頭也不是，搖頭也不是，唯恐一個回答不當，給自己和別人找麻煩，後背更僵了，李妍卻不管那許多，張口便要說話，被吳楚楚在桌下一把按住。殷沛顯然被眾人的戒備與畏懼取悅了，愉快地笑出了聲，隨即寬宏大量地放過了他們這一桌，轉向興南鏢局一側，伸手一指朱晨，說道：「你，跟我走。」

興南鏢局大概應該改名叫「倒楣鏢局」，眾人被這無妄之災砸了個暈頭轉向，朱晨臉色陡然白了，強撐著發軟的腿站起來，勉強鎮定道：「這位前輩……不知有何指教？」

「前輩？」殷沛尖聲笑起來，「前輩，哈哈哈！」

朱瑩哆嗦了一下，下意識地抓緊了兄長的袖子。

「你天生不足，」殷沛道，「註定是個肩不能挑手不能提的廢物，走什麼鏢！瞎湊熱鬧。本座座下缺幾條得用的狗，你過來給我當奴才，我教給你幾招保命的招式，日後你只需在我一人面前做狗，宇內四海，隨意作威作福，怎麼樣？」

他每說一句，朱晨的臉色便白一分，最後不知是生氣還是畏懼，竟瑟瑟發起抖來。

朱瑩顯然已經習慣維護柔弱的兄長，跳起來道：「我哥是興南鏢局的少當家，你胡說什麼！」

殷沛好似聽了個天大的笑話，縱聲大笑道：「興南鏢局？還……還少當家？哈哈哈哈，好大的名頭，可真嚇死區區了。」

他話音未落，人已經到了朱家兄妹面前，一把抓住朱晨胸口。朱晨再瘦弱也是個十八九歲的小夥子，接近成年男子身量，誰知在他手中卻好似一片輕飄飄的紙，被殷沛一隻手提在手裡。殷沛慘白的手腕上爬過一隻面貌猙獰的蟲子，約莫有大人的食指長，一直爬到了殷沛指尖，觸鬚抵在朱晨喉嚨下，彷彿下一刻便要從裡面鑽進去！

朱瑩與那蟲子看了個對眼，駭得「啊」一聲尖叫出聲。

吳楚楚大聲道：「公子，正所謂『己所不欲勿施於人』，你方才仗義出手，助我們打退那些活人死人山的惡人，我們都很感激，可你如今所作所為，又與那鄭羅生有什麼不同？」

殷沛聞言，偏頭看了她一眼，長眉高高挑起，躍居鐵面具之上。

「不錯，」他坦然道，「妳眼光很好，我正是跟鄭羅生學的，鄭羅生不好嗎？他錯就錯在本事不夠大而已，妳放心，我已經吸取了這個教訓。」

吳楚楚說不出話來。

殷沛眼睛一亮，笑道：「莫非妳也想入我門下？也不是不成，妳雖然百無一用，勉強還能算聰明。」

他揪著朱晨，在眾人驚呼中轉身掠至吳楚楚面前，楊瑾的斷雁刀「嘩啦啦」的響了起來，刀鋒如火一般徑直斬向殷沛身上那噁心的蟲子。

殷沛哼笑道：「螻蟻。」

他身形不動，一抬手抓向雁翅大環刀的刀背，長袖之下，又有一隻可怕的蟲子露出頭來！

就在這時，一道刀光橫空而過，好似一陣清風從殷沛與楊瑾之間掠過，「篤」一下將那蟲子釘在了地上。

殷沛暴怒：「什麼人！」

李妍卻大喜：「阿翡！」

周翡一身風塵僕僕，顯然是趕路而來，甩手將苗刀上的蟲屍抖落，她皺著眉端詳了殷沛片刻：「是你？」

殷沛倏地鬆了手，任朱晨踉蹌幾步一屁股坐在地上，咧開他那張吃過死孩子一樣的嘴唇：「不錯，是我，久違。」

李晟顧不上問她方才死到哪去了，起身低聲道：「阿翡，小心，此人功力與丁魁不相上下，身上還有種會吸人血肉的蟲子……」

「我知道，是涅槃蠱。」周翡接道。

李晟：「……」

他十分震驚，沒料到自己這兩耳不聞窗外事的妹子竟也有博聞強識的一天。

「我沿原路回去找你們，結果看見一地殭屍，」周翡道，「一個同行的前輩告訴我的——什麼鬼東西也往身上種，殷沛，你他娘的是不是瘋了？」

吳楚楚方才為了避免激怒殷沛，便是打招呼都只稱「公子」，沒敢提「殷」字，不料周翡毫無避諱，大庭廣眾之下一口道破他名姓，殷沛登時怒不可遏，爬蟲似的脖筋從頸子上根根暴露，大喝一聲，猝然出手發難。

周翡不知是無知者無畏還是怎樣，橫刀便與他槓上了。

楊瑾先是皺眉，隨即倏地面露驚異——因為他發現不過相隔兩天一宿，周翡的刀又變了！

周翡的破雪刀走「無常道」，原本是因為她擅長觸類旁通與取長補短，將不少其他門派刀法吸取納入，刀法時而凌厲時而詭譎，叫人無跡可尋。可是突然之間，她好似經歷了什麼巨大的變故一般，破舊的苗刀在她手中竟好似脫胎換骨，陡然多了某種說不清道不明的東西，只有真正浸淫此道的人方能看出端倪。

所謂「無常」者，有生老病死、樂極生悲，又有絕處逢生、人非物是。

世情恰如滄海，而凡人隨波於一葉。

九式破雪，「無常」一篇，本就該是開闊而悲愴的。

殷沛內功深厚得詭異，分明沒怎麼移動，外泄的真氣卻將一邊空出來的桌椅板凳全部震得獵獵作響，大有要搖山撼海、鬧鬼叫魂的意思。而他領口、衣袖間不時有詭異的怪蟲露出頭來，一旦近身，很可能便被那蟲子沾上，尋常人看一眼已經覺得膽寒。

周翡卻全然不在乎。

可能是她見過殷沛以前那被人一抓就走的熊樣，也可能是因為她方才經歷過自己最恐懼、最無力回天的時刻，這會哪怕是天崩地裂都能等閒視之了。

周翡沒有練過速成的邪派功法，也沒有人傳功給她，於內功一道只能慢工出細活，哪怕是枯榮真氣，也需要漫長的沉澱。她清楚自己的斤兩，因此以往遇見那些武功高過她的對手，都是憑著抖機靈和一點運氣周旋，鮮少正面對抗。

可是這一刻，當她提刀面對殷沛的一瞬間，周翡突然有種奇特的領悟——那是一種難以言喻的感覺，是無數個早起晚睡，不厭其煩的反覆琢磨、反覆困頓之後洞穿的窗戶紙，好似突如其來的頓悟。

破雪刀從未有過自己的內功心法，如果持刀人有李瑾容那樣犀利深厚的積澱，它便是睥睨無雙的樣子，如果持刀人有楊瑾那樣扎實的基本功，它便是迅疾剛正的樣子，甚至在周翡這樣始終一瓶子不滿半瓶子晃的人手裡，破雪刀也有獨特的呈現。

它只是一套刀法。

刀背不到半寸厚，刀鋒唯有一線，卻能震懾南半個武林。

破雪刀中有「無鋒」、「無匹」與「無常」，卻沒有一個篇章叫做「無畏」，因為這是貫穿始終，毋庸贅言的。

此為世間絕頂之利器——

無論她的對手是血肉之軀還是山石巨木，她都有刀鋒在手，刀尖在前。

殷沛周身裹挾的真氣好似一泊深不見底的水，將他牢牢地護在中間，凡外力深入其中，必受其反噬，周翡的刀鋒卻好似悠然划過的船槳，悄然無聲地斜沒入水裡，攪動間，水波竟彷彿能跟著她走，半舊的苗刀如有舉重若輕之力，輕而易舉地避開殷沛掌風，直取他咽喉。

殷沛吃了一驚，竟不敢當其鋒銳——他的功夫畢竟不是自己苦心孤詣練成，危機之下，常有本能之舉，殷沛的本能是退避。僅退了這麼一步，他方才那神鬼莫測的氣場便倏地碎了。

殷沛很快回過神來，怒不可遏，一伸手抽出一條長鎖鏈。

楊瑾一眼認出，這正是丁魁方才用過的那一條，那麼玄武主的下場可想而知了。還不待眾人毛骨悚然，那長鏈便飛了出來，三四隻大蟲子順著鎖鏈飛向周翡，其中一隻不知怎麼的掉落在地，正好爬到了一個不知名的倒楣蛋腳上，那人愣了片刻，好似被掐住了喉嚨，面色先青後紫，繼而憋足了勁，殺豬似的嚎叫起來，情急之下，他竟伸手去抓，怪蟲順勢一頭鑽進他手掌中，逆流而上地順著他的胳膊爬過那人全身，不過片刻，便將他吸成了一具人乾。

與此同時，那殷沛好似嗑了一口大力丸，手中鐵鍊陡然凌厲了三分，他冷冷地一笑道：「什麼東西都出來混，這點微末功力，食之無味，棄之可惜。」

周翡腳步幾乎不動，一手拿刀一手拿鞘，手中好似有一對交替的雙刀，她「嘎啦」一下以鞘隔開殷沛鐵鎖，鐵鍊妖怪舌頭似的捲在了長鞘上。兩隻怪蟲正好飛到空中，分左右兩側衝向周翡，周翡往後一躲，後腰撞上了一張木桌。

殷沛尖叫道：「看妳哪裡走！」

周翡將苗刀一換手，面上瞧不出慌亂，整個人沿著木桌往後一仰，擦著桌沿滾了過去，竟沒有碰翻那小小的桌子。她手中苗刀成了一陣飀風，刀鋒快得叫人看不分明，密密麻麻地在空中織成了一張大網，而後只聽「噗」一聲，有什麼東西落入木桌上的茶杯裡，片刻後，兩隻各自被斬成三段的蟲屍輕飄飄地浮了上來。

那碗水泡成了青紫色。

最後一隻怪蟲此時堪堪落在周翡刀尖，雙翅顫動，竟不往前走。這畜生好似也生出了靈智，突然瑟縮了一下，倏地從她刀上落地，在周圍眾人一陣驚慌失措的「吱哇」亂叫聲裡閃電似的爬過，一頭縮回了殷沛褲腳裡。

殷沛呆住了。

「聽說涅槃蠱與蠱主連心，」周翡看了他一眼，慢吞吞地回手端起一壺酒，將壺蓋打開，用黃酒沖了沖苗刀沾了蟲血的刀身，又道，「殷公子，你以一人之力，算計死活人死人山兩大魔頭，豐功偉績夠刻一個牌坊的，按道理比我厲害，怎麼居然會怕我？」

殷沛臉上不正常的紅越發濃豔，好似就要滴出血來，喝道：「妳放屁！」

他說著，便去驅動隨身的蠱蟲，可那些怪蟲們好似紛紛失了威風，不管怎麼催逼都只是踟躕著圍著殷沛褲腳繞圈，死活不肯往周翡那邊鑽。

周翡不過區區一個年輕的小姑娘，比之丁魁、馮飛花等人，硬功自然大大不如，這點殷沛心裡明白，可「畏懼」一物，自古無跡可尋，好比幼兒怕黑、孩童怕雷，根本毫無根據，非理智所能克。

或許周翡態度太篤定，或許是她手中的破雪刀又太莫測，也或許是周翡將長刀架在他脖子上、在衡山密道中單槍匹馬直面青龍主的那幾幕在殷沛心裡的烙印太深。

反正此時見滿地蠱蟲不聽調配，殷沛心裡本來不怕，這會也真的生出隱約的畏懼來。

他臉上的血色蔓延到了眼裡，眼白上佈滿了血絲。

隨後，殷沛猛地一甩手，十多隻怪蟲驟然往他身後衝了出去，只聽數聲慘叫響起，門口所有人——連同方才跟著殷沛的一堆跟班都反應不及，敵我不辨地被蠱蟲吸了個乾乾淨淨。殷沛不吝惜外人的性命便罷了，連他的跟班也毫不在意，將他們當成了隨時可拋的垃圾，看也不看留下的屍體，整個人好似一團暴起的青影，衝出門外，倏地便沒了蹤影。

客棧裡濃重的血氣沖天，熏得人一陣陣作嘔，半晌沒人吱聲。

好一會，吳楚楚才喃喃道：「他……他這是發瘋了嗎？」

周翡將苗刀收入鞘中，掛在背後，默默從懷中摸出一個泛著辛辣氣的小藥包塞給吳楚楚。

吳楚楚：「這是什麼？難道是驅蟲的……阿翡！」

周翡從桌上端起一個空茶杯蓋，偏頭吐出一口瘀血來。殷沛那身功夫太古怪了，其厚重可怖直追楚天權，周翡雖然片了他的蟲蟲，卻也被那長鐵鍊上暴虐的真氣震傷了肺腑。幸虧殷沛以歪門邪道得來的功法十分囫圇吞棗，又被周翡用一包老和尚特產的驅蟲藥嚇跑了，否則今天還不知道誰得躺下。

她送藥、拿盞、吐血這一串動作下來，居然堪稱井井有條，一滴血都沒弄到衣襟上，乃至於剛開始眾人都沒看出她背過身是幹什麼。

「天啊，姐！」李妍一把拉開她胳膊，「妳……妳……妳為了少洗一件衣服也是絕了！」

朱晨心裡一急，當即便要上前看她，誰知他剛剛往那邊走了一步，周翡已經被人圍住了。

李晟揪過一把長凳，往周翡身後一塞，暴跳如雷道：「讓妳逞強，就妳厲害，妳一天不顯擺能死是吧？活該！」

「好了好了，稍安勿躁。」吳楚楚往四周看了一眼，三步併作兩步跑到掌櫃出處，討來一杯溫水給她漱口。

楊瑾雙臂抱在胸前戳在一邊，迫不及待地說道：「妳方才那是什麼刀？我要跟妳比試一場！」

吳楚楚和李妍聽了這話，同時開口抗議。

吳楚楚道：「楊公子，勞駕！」

李妍則直白地吼道：「滾！」

他們這些人，雖然聽起來十句有九句是在七嘴八舌地吵架，卻好似是自成一國。朱晨敏感地發現，自己這個外人走過去有些格格不入的扎眼，他便茫然地停下腳步，覺得臉側有些發疼，便伸手一摸，這才意識到方才摔在地上的時候，臉上蹭破皮了。

「你天生不足，註定是個肩不能挑手不能提的廢物。」

不知怎麼的，殷沛那句話在他心裡一閃而過，朱晨落寞地低下頭，承認殷沛說得千真萬確。

「哥，」朱瑩小心翼翼地靠過來，拉了他一下，「你沒事吧？」

朱晨看了她一眼，勉強提了一下嘴角，搖搖頭，心裡悲憤地想道：「還要妹子護著我，我真是個活著多餘的廢物。」

驚魂甫定的眾人誰也不敢收屍，最後還是楊瑾這混不吝幫著掌櫃一起，用長棍將屍體都挑了出去，一把火燒了，此時還跟在李晟等人身邊的本就沒剩下幾個人，經此一役，又傷亡不少，看著不過小貓兩三隻，幾乎有些可憐起來。

一行人心神俱疲地隨意休息了一宿，第二天一早，便陸陸續續地前來辭行，來時個個躊躇滿志，此時卻大概只想盡快離開這個是非之地。

朱晨從房中出來的時候，周翡已經將她每日清晨慣例的基本功練完了，生疏客套地衝他點了一下頭，便收了刀要走開。

朱晨下意識地叫住她：「周姑娘！」

周翡停下腳步，回頭看著他。

朱晨手心倏地冒出一層細汗，勉強穩住自己的聲音，上前搭話道：「周……周姑娘傷怎麼樣了？」

周翡道：「不礙事，多謝。」

她鬢角被細汗微微沾濕，神色是一如既往的愛答不理，但朱晨卻莫名覺得她身上有了好大的變化，那少女清秀的眉眼間原本的一點急躁之色悄然散盡，變得平靜而幽深，好像天塌地陷也不能再讓她色變。她似乎已經站在了更遠的地方，讓朱晨瞬間生出某種根深蒂固的自慚形穢。

朱晨又問道：「那位……那位謝公子呢？」

周翡頓了頓，隨後面不改色地說道：「他有點事，先回師門了。」

朱晨張了張嘴，似乎還有話說，可又偏偏說不出來，出了一層戰戰兢兢的虛汗，周翡不知道他這是什麼毛病，莫名其妙地抬頭看了他一眼，將朱晨看得越發緊張。

這時，急匆匆的腳步聲從前面傳來，李晟慣常耷拉張討債的臉，不客氣地衝這邊喊道：「周翡，妳昨天不是說要早點走，怎麼還磨蹭，吃不吃飯了！」

周翡一皺眉，感覺李晟這腔調活像大當家親生的，便衝朱晨一點頭，轉身走了。

春寒料峭，晨間水露微涼，落在他頭頸間，朱晨看著周翡匆匆而去的背影，心裡默默將沒來得及出口的話在心裡說了一遍。

「我們朱家祖籍洞庭，後來隨霍堡主南渡，便搬到了湘江一代，背靠青山而居，山間有一條寬寬的水，淺處涉水方才沒過腳踝。這些年興南鏢局名聲漸衰，家道中落，雖不怎麼富裕，但庭中栽滿了杏花，這時回去，若是腳程快，剛好能趕上杏花如雪。這一路多虧你們仗義相助，要是肯賞臉到朱家莊一敘，讓我盡地主之誼……」

他盛著滿腔的詩與情，見周翡懶洋洋地走過拐角，衝那邊的人罵道：「來了，催命嗎？」

那些話便終於還是沒能說出口。

朱晨有些自嘲地笑了一下，收拾起滿心遺憾，想道：「算了，下次有機會再說。」

然而他終身沒能等到下一次機會。

鬧劇似的征北英雄會倉皇結束三天後，昏迷的謝允被同明大師帶回蓬萊，周翡對此諱莫如深，誰也不敢往深裡問，他們與興南鏢局眾人分道揚鑣，快馬加鞭奔蜀中而去。途中，楊瑾接到「小藥谷」擎雲溝家書，總算還想起自己是家主，只好與周翡約定下次再來比過，南下而去。

第四十三章　碎遮

煙花三月裡，前線正在對峙，第一批望風而逃的百姓已經在南方紮下了根，而戰火居然還在多方扯皮裡沒能燒起來。

飛卿將軍聞煜將一件加了厚的大氅搭在周以棠身上，周以棠正在看一封摺子，頭也沒抬道：「多謝。」

他說著，自然而然地伸手一攏，突然愣了愣，仔細一摸，問道：「李大當家送來的？」

聞煜奇道：「這怎麼能摸出來？」

周以棠的手指一捋，便見那加了棉花的地方線沒縫緊，居然被他捋下了幾根棉線。周以棠低頭一笑道：「見笑。」

聞煜：「……」

欺負別人老婆離得遠。

這時，一個親兵突然急匆匆地跑了進來：「將軍！周大人，外面有人求見，拿了這個。」

周以棠一抬頭，見那親兵捧著一把斷刀。

聞煜詫異道：「什麼人這麼放肆？」

周以棠卻站了起來，拿起那把斷刀仔細查看，見那是一柄沒開過刃的新刀，刀口還發澀，是有人以外力一下震斷成幾截的。他突然便笑了，罵道：「這討債的混帳東西，叫她進來。」

聞煜一愣，周以棠為人喜怒不形於色，對上不卑、對下不亢，乃是個謙謙君子的做派，哪怕門外是曹仲昆親臨，周以棠也必說「請」，而非「叫」。他正在疑惑間，親兵已經退出去了，片刻後，領來了一個十七八歲的小姑娘。

來人背光而入，長髮紮著，身穿勁裝，背後斜揹著一把古樸的苗刀，進門時自然而然地往聞煜身上瞥了一眼。聞煜也是習武之人，對別人的氣息極其敏感，來人進門時，他尚未來得及打量對方相貌，已經先行一凜，下意識地微微側身，將重心落到左腳上。然後他便見那人毫不見外地衝周以棠一伸手，說道：「爹，我的刀呢？」

聞煜吃了一驚，聽了這句話，再仔細一端詳，才認出來，來人居然是周翡。

他上一次見周翡，還是在衡山那三不管的客棧裡，距此時不過一年光景，卻居然沒能一眼認出她來。倒不是這姑娘長到十七八歲的年紀，還能接著十八變，倘若仔細看，她眉眼依然是那副眉眼，身形也並未有什麼變化，但整個人卻好似脫胎換骨過一番。

聞煜記得，衡山三春客棧裡那個少女身手在同齡人中算是出類拔萃，可身上卻還是帶著一點迷迷糊糊的孩子氣，又懵懂又青澀，因為無知，對什麼都好奇，見了什麼都躍躍欲試，至於自己下一步去哪、要做什麼，她卻好像都沒什麼準主意。

而今再見，卻覺得她真真正正地長大了，便如她身後細長的苗刀一樣，有種不動聲色的凜冽，任誰見了都不會小覷於她。

周翡衝他一拱手，道：「聞將軍別來無恙。」

「託福。」聞煜忙應了一聲，不知怎麼又覺得自己好生多餘，他摸了摸鼻子，說道，「先前在四十八寨沒見到妳，周先生惦記了好久，總算回來了……那什麼，你們聊，我出去辦點事。」

說完，聞煜趕忙騰地方走人了。周以棠站在一邊打量著周翡，他依然是內斂，而且這些年身在朝中，人越發持重了。四年多不見的女兒突然從天上掉下來，他好像一點也不吃驚、一點也不激動，甚至沒有開口問她野到哪去了。他只是臉上掛著些許笑意，然後伸出蒼白瘦削的手，手指一張，比了約莫三寸出頭的長短，衝周翡說道：「長了這麼高。」

周翡鼻子一酸，勉強笑道：「我又沒灌肥，哪長那麼多？」

「怎麼沒有？那時候妳還沒我肩膀高呢。」周以棠彎起眼，衝她招招手道，「來，看爹給妳帶了個什麼。」

睽違已久的人，乍一相見，記憶總會被神魂丟下一大截，彼此都不免生疏，須得讓那經年的記憶慢慢趕上一陣子路，方才能找回故舊的感覺。可是四年多，千餘晝夜，周翡卻覺得周以棠好似只是下山趕了趟集，隨手帶回幾個小玩意給她玩，兩鬢沉澱的霜色不過途中遇上風雪沾染，一拂還能落下。

周以棠腳步輕快得全然不像「甘棠先生」，走到他那簡易的行軍帳中，在整齊的床頭取出一個長逾三尺的盒子。他挽起袖子，有些吃力地將這十分有分量的長匣子抱出來：「快看看。」

周翡趕緊上前接過來，放在旁邊的小案上。

匣子裡是一把長刀，刀身纖長而優美，長度與望春山相仿，比那把有些礙手礙腳的苗刀稍短一些，刀鞘許是後來配的，乃是嶄新的硬木所製，兩頭有包鐵和皮革，通體漆黑，卻不失光澤，看上去雖不花哨，也絕不寒酸。

若說望春山內斂如草廬中的君子，這把刀便是華美如馬背上的王侯，它從頭到腳無懈可擊，便是將它扔在刀山裡，也能叫人一眼看見，自長柄至微微回扣的刀尖，無不帶著出類拔萃的孤高無朋，看得久了，竟叫人心生敬畏，不忍拉開。

長刀的分量卻是十分趁手的，周翡小心地拉開刀鞘，只聽一聲輕響，那刀身與鞘彼此錯開的聲音竟然十分清越，露出鋼口極講究的刀鋒，與底部的銘文——

「碎遮」。

「我叫人找過不少上古名刀，合適妳的卻少有，好些已經中看不中用，保存完好的大多資質平庸，不平庸的又往往帶著點不祥的傳說，」周以棠說道，「直到去年見了這一把——這把碎遮並非出身名家之手，因為它的鍛造者只留下了這麼一把刀。」

「這位前輩名叫呂潤，是前朝一位大大出名的人物，平生有三絕，文辭、武功、醫理，凡人一輩子學不盡的，他樣樣精通，二十出頭便於天子堂前高中榜眼，一身功夫更是驚豔江湖，還是當年大藥谷內定的掌門。」周以棠緩緩說道，「然而當時朝中昏君佞臣林立，烏煙瘴氣，南北異族頻頻覬覦中原，災荒連年，民不聊生，這位前輩便立下重誓，要救萬民於水火，他拒了翰林，只揹一個藥匣行走世間，屢次隨軍而行，深入疫區，殫精竭慮，救過無數性命，與當年股肱大將趙毅將軍是莫逆之交。」

周翡向來不學無術，但「趙毅」其人她是知道的，此人具體有何建樹她不十分清楚，只知道是一位前朝的大英雄，後來為昏君自毀長城所害，民間多有惋惜，便給那位大英雄編排了許多神話傳說，好似關二爺一樣塑泥身神像供奉——趙毅將軍死後，其子侄自立為王，最終逼迫皇帝禪讓皇位，從此改朝換代，方才有了如今的趙氏江山。

「後來昏君因罹患頭風之症，將呂潤喚入宮中治病，而就在他身在皇城時，趙將軍被奸臣誘殺於西南蠻荒之地。呂前輩知道以後悲憤不已，本想仗劍入宮，殺了一干禍國殃民的肉食者，不料接到趙毅將軍遺書，囑咐他以萬千黎民為重，不可置大局於不顧，做出大逆不道之事，令萬千無辜陷入戰亂，還將自己家眷託付於他手。呂前輩只好放下世外中人的架子，為趙家奔走，與昏君虛以委蛇，保下趙氏一門性命，而後心神俱疲，遁入大藥谷，再不問世事。誰知八年後，南蠻再入中原，前朝皇帝不得已再次啟用趙家軍，當年呂前輩費盡心機保下的趙氏兄弟拿回兵權，卻是劍指帝都——」

周翡睜大了眼睛。

這些歷史典故，從前周以棠是跟她講過的，然而周翡小時候全當故事，過耳就忘，如今聽他不厭其煩地再次提起，隱約有些印象之餘，突然便品得了其中三味，不由追問道：

「然後呢？」

「然後國姓便改成了『趙』，大昭初年，戰火不斷，四方動盪。太祖屢次前往大藥谷請呂潤出山，卻見他不知怎麼性情大變，沉迷求仙問道，整日與朱砂藥鼎為伴，煉些個無事生非的丹藥，行事多有顛倒荒謬之舉，只得悻悻離去，御賜大藥谷以匾額，又封呂潤為國師——不過他沒領過旨。」

周翡隱約覺得這故事好似在哪聽過。

「呂潤天縱奇才，精通雜學，至今東海一系的鑄劍大師都收錄過他編纂的鑄造雜記，終年五十掛零，據說死於丹藥中毒，終其一生，沒能得見四海清平。他死後，大藥谷徒子徒孫整理其遺物，見他留下的多是害人不淺的丹方毒藥，只好挨個毀去，唯此一物……」周以棠的目光落在那把靜默的長刀上，「誰也不知道他是什麼時候鑄的，當時刀鞘上已經塵埃遍生，不知棄置多久，刀光卻好似寒霜，叫人見而生寒。」

周翡低頭看著那刀上銘刻的「碎遮」二字，突然好似在這刀身上觸碰到了一絲沉痛而絕望的先賢魂靈。

人之一生，何其短、何其憾、何其無能為力、何其為造化所弄。

又何以前仆後繼，為孜孜以求者、未可推卸者而百死無悔。

「天幕如遮，唯我一刀可碎千里華蓋，縱橫四海而無阻，」周以棠笑道，「我覺得妳應該喜歡。」

周翡沉默片刻，將碎遮的刀鞘推上，把湊合了一路的苗刀換了下來，對周以棠笑道：「爹，你有話就直說，跟我不必囉嗦那許多，還繞那麼大個圈子，又是托物言志又是以史鑒今，實話說，你走了以後我就沒翻過兩頁書，不見得每次都能聽懂你在說什麼。」

周以棠：「……」

這孩子除了長相，其他地方真不像他親生的。

周翡想了想，又問道：「爹，如果你是那個呂前輩，你會躲在大藥谷裡煉些『歸陰丹』、『歸陽丹』之類的玩意嗎？」

周以棠一怔之下，微笑起來。

「我以前不明白你當年為什麼要走，現在知道了，以前怪過你，現在不怪了。」周翡頓了頓，又道，「我……路上遇到一個前輩，他知道我姓周之後，叫我代他問你一個問題。」

周以棠問道：「嗯？」

周翡道：「那人是個老和尚，他問你，『以利刃斬殺妖魔鬼怪，待到勝局伊始，妖魔俯首、神兵捲刃時，當以何祭，才能平息那些俯首之徒心裡的怨憤與禍患』？」

周以棠笑容漸收。周翡從身後的包裹中摸出一個布包，遞給他道：「老和尚說，要是你回答不出，就讓我把這個交給你。」

周以棠接過去，沒拆開，便道：「慎獨方印。」

周翡吃了一驚：「你怎麼知道？」

周以棠無奈道：「尋常江湖人鬧鬧也就算了，楚天權和康王居然也公然出現在永州，之後康王殿下那邊諱莫如深，北斗文曲又不明不白地死在那，我若連這麼大的事都沒聽說過，也不必領著虛職尸位素餐了——和尚告訴妳他法號叫『同明』了嗎？那大師給我這個幹什麼？」

慎獨方印當時在死了的楚天權身上，可當時那大魔頭屍體旁邊的人——從應何從到周翡，全都神思不屬，居然不約而同地把這麼個人人爭搶的關鍵物件給忘了。好在四處尋覓謝允蹤跡的同明老和尚路過，才算沒讓這慎獨方印落在荒郊野外，莫名其妙地被什麼野獸叼走做窩。

周以棠拆開布包，端詳了一下上面的水波紋，沉吟片刻，好像突然想到了什麼，低聲道：「難道……」

周翡偷偷伸長了耳朵。

周以棠卻將方印重新包好，不往下說了，問道：「他還說什麼了？」

周翡按捺下有些癢的心，說道：「哦，還說讓你幫忙指個路。」

周以棠微微挑眉。

「他讓我問，梁紹葬在何處。」周翡說到這，又好似怕周以棠誤會老和尚要挖墳掘墓似的，忙又解釋道，「是為了一個……朋友，他中了一種奇毒，我們一籌莫展，梁……那個大人曾經與大藥谷有些交情，據說很多藥谷遺物在他手裡，所以……」

「朋友？」周以棠看了她一眼。

周翡低頭研究自己的鞋尖，點頭道：「嗯。」

周以棠臉上笑意一閃而過，卻沒再追問，只道：「同明大師太過拘泥，既然叫妳來問，還送什麼禮！難道我還會不告訴妳？」

周翡：「……」

都說周存曾經師從梁紹，大概同明大師也沒想到，她爹聽說有人要挖他老師的墳還能這麼愉快。

「我一會把地圖畫給妳。」周以棠隨手將慎獨方印遞給周翡，又道，「把這個拿回家交給妳娘，就說這是我的『身家性命』，叫她代我保管幾年。」

周翡「哦」了一聲，接過去沒動。

周以棠疑惑道：「怎麼了？」

周翡順著慎獨印的邊緣捏了一圈，卻不正面回答，只是顧左右而言他道：「呃……那個李晟李妍他們都在前面等著，派我來請你回家……呃……爹也有些年沒回家了，多年不見……」

周以棠一聽「李妍」就明白了：「是你們幾個不敢回家吧？」

周翡：「……」

「沒膽子回家，怎麼有膽子跑呢？」周以棠瞪了她一眼，「等著，我同他們交代幾句。」

周翡見他出去，低頭笑了一下，隨即她笑容漸收，摸了摸身後的碎遮長刀。

同明老和尚託付給她三件事，第一是找到相傳落在梁紹手上的大藥谷典籍——當年呂潤所書的《百毒經》。

第二是搜羅種種珍惜的驅寒聖物。

第三是尋一個精通陰陽二氣的內家高手。

《百毒經》或許有些線索，可是究竟什麼是驅寒聖物，連老和尚也說不出幾種，至於什麼叫做「陰陽二氣」，則完全是蓬萊所收典籍的隻言片語，究竟是什麼意思，誰也說不清楚。同明大師讓她做好準備，即使踏遍人間，最後依然可能是遍尋不到，結果依然是一場虛妄。

但她總想試一試。

當年周以棠離開四十八寨的時候，她也死死地盯著那扇閉合的山門，曾經覺得他再也不會回來了，可如今，他不是也近鄉情怯，在蜀山附近逡巡良久，等著他們這些晚輩給他一個臺階，好讓他理直氣壯地回去同故人一敘嗎？

縱然天欲絕人之路，自己又豈能將自己困於一谷中畫地為牢呢？

畢竟，又是一年春暖花開時了。

第四十四章　海天一色

有道是「人無千日好，花無百日紅」，旦夕禍福之數從來由天說，凡人豈能一窺究竟？

後昭建元二十二年，曹氏流星一般繁盛而不可違逆的運道好似走到了頭。

正月裡，先是北斗文曲死在永州城，同年夏天，黃河口又決了堤。北帝病重的消息不脛而走，太子無能，娼妓之子曹寧野心勃勃，桀驁不肯奉詔，擁兵自重於兩軍陣前。

而蟄伏二十多年的南朝也在天翻地覆。

南朝的建元皇帝突然於暮春之際，在太廟祭祖，誓要奪回失地，一統南北。此後，他一改往日溫情脈脈，露出自己已經羽翼豐滿的獠牙。

四月初三，太師范政與其朝中黨羽、重臣一十三人毫無預兆地被抄家查辦，三日後，皇長子康王又因御下不嚴、縱奴行凶，「府中豢養武士數十人以充門客，刀斧盈庫，放誕不經，縱無謀反之實，豈無僭越之心」云云之罪過，被御史參了個狗血噴頭，建元帝大怒，下令褫奪康王王位，將其禁足府中，聽候發落。當夜，其母貴妃范氏自盡於宮牆之後。

轉瞬之間，南都金陵的風向就變了。

而被朝中盤根錯節的權臣們壓迫了二十多年的皇帝猶不滿足，六部九卿，半月之內竟十去七八，無數往日裡不顯山不露水的面孔平步青雲，月底，太學生請願御前，建元帝無動於衷，隔日便以「妖言惑眾」的罪名，拿下主事者八人，牽連朝中數位大臣。

一番動作，可謂是「探其懷，奪之威，若電若雷（注）」。

滿朝上下，群鴉息聲。

建元皇帝執意出兵北伐，此事已成定局。

同年九月，戰火從蜀中一路燒開，好似傾盆的沸水，一發不可收拾地淹了大半江山，曹寧與周以棠短兵相接，互有勝負，前線十多城池反覆易主。

說來倒也奇怪，當年曹寧突襲四十八寨時，蜀中百姓彷如大禍臨頭，紛紛出逃，生怕一個不留神便被捲入戰火中。待到後來當真打起來，人們驚慌過後，便也好似當年衡山腳下三不管的小鎮一般，迅雷不及掩耳似的適應了新的世道。

正是太平時有太平時的活法，戰亂時有戰亂時的活法。

市井鄉野間諸多潑皮無賴手段，恍若天生，那些人們便如那懸崖峭壁石塊下的野草一般，雖稱不上鬱鬱蔥蔥，可好歹也總還是活的。南北前線戰事陡然緊張，唯有曹寧可以牽制，戰事已起，這種時候無論如何不能動他，北朝太子只好眼睜睜地看著曹寧在軍中做大，他手中好似牽著惡犬鬥群狼，鬆手也不是，不鬆手也不是，別無他法，便挖空心思地

注：來自《韓非子》。

命人搜羅民間種種靈丹妙藥，只求曹仲昆不要在這個節骨眼上撒手人寰。

北斗陸瑤光與谷天璇隨軍，剩下沈天樞與童開陽兩人，奉北朝東宮之命，馬不停蹄地輾轉於各大江湖門派之間，恨不能刮地三尺，鬧得風風雨雨，聞者膽寒。一些小門小戶之人四處尋求庇護，有那病急亂投醫的，居然臉都不要了，連大魔頭也肯投奔。

這「大魔頭」值得細說一二——

如今的中原武林第一惡，早便不是活人死人山的那些老黃曆了。

建元二十二年那場「征北英雄會」上，丁魁神不知鬼不覺地死在了永州城外，木小喬同馮飛花從此銷聲匿跡，不知是死是活，活人死人山的時代徹底告一段落。

而一個常年戴著鐵面具的人卻聲名鵲起。

此人從不透露他真實名姓，旁人也不知他師承故舊，倒好似是憑空從石頭縫裡蹦出來的，突然便冒出來大殺四方。他自稱叫做「清暉真人」，因武功奇高、手段毒辣，時人又稱其為「鐵面魔」。

鐵面魔愛好清奇，甫一出世，便先出手料理了作惡多端的玄武主丁魁，而後攻佔了活人死人山。

這消息還沒來得及讓四方嫉惡如仇者撫掌大快，眾人便發現，鐵面魔比之前面四位可謂有過之而無不及，興風作浪的本領全然是「長江後浪推前浪」。

漸漸的，人們不再提及當年腥風血雨一時的四聖，茶餘飯後時換了個人同仇敵愾。

轉眼，又是三年。

到了建元二十五年，剛過了中秋。

濟南府這一年不知怎麼，有那麼多雨水，大雨已經沒日沒夜地下了一天一宿，地面澆透了冷雨，殘存的溽暑終於難以為繼、潰不成軍地沉入了地下，泛了黃的樹葉落了厚厚的一層。

濟南府雖屬北朝的地界，但眼下還算太平。

這些年有腦子活份的，打起了國難財的主意，不少懂一點江湖手段的膽大人便幹起了南來北往的行商買賣，什麼都賣，糧食布帛、刀槍鐵器……乃至於私鹽藥材等物，只要路上平安無事，這麼走一圈下來，一些尋常物件也往往能賣出天價，利潤高得足以叫人鋌而走險。

為避開戰火，這些行商通常走東邊沿海一線，大多經過濟南，當地漸漸應運而生了集市，在這麼個年月裡，居然憑空多出幾重詭異的繁華。

而出門在外，無外乎與「車船店腳」這些人打交道，所以但凡是混出頭臉來的大商戶，都與行腳幫有些聯繫，濟南府有一家「鴻運客棧」，本是行腳幫下的一家宰客黑店，不料這幾年前來落腳的都是拿著「蝙蝠令」的貴客，鬧得他們每日迎來送往，竟比別家正經做生意的還忙碌些，忙暈了頭，也就想不起坑人了，久而久之，居然被強行洗白，成了一家做正經生意的去處，還擴建了一層小樓。

這日傍晚時分，一匹頗為神駿的馬冒雨前來，嘶鳴一聲停在門口，一甩鬃毛，抖落了一串水珠，得意洋洋地叫了兩聲。

店小二頗有眼力勁兒，忙拎起竹傘出門招呼：「客人住店不住？還有空房！」

馬背上那人戴著斗笠，手中提一把長刀，翻身下馬，將韁繩一遞，點頭道：「勞駕。」

店小二這才發現，來人是個年輕女子，大半張臉都掩在斗笠下，只露出一個略顯尖削的下巴，竟是十分白皙，幾縷長髮被雨水淋濕了，黏在耳邊，露出一個秀美的耳垂，單就一個輪廓，便知道她長得絕不難看。

店小二一邊牽馬，一邊偷偷打量她，見她提著刀也並不畏懼，喜氣洋洋地問候道：「女俠趕路辛苦，可帶了蝙蝠令？有咱們家蝙蝠令的，吃住一律能便宜三成。」

那女客一頓，沒料到此地行腳幫如此奇葩，居然大張旗鼓地做起了生意，不由偏頭問道：「什麼？」

她這一偏頭，店小二便看清了她的臉，心道一聲「好俊」，臉上笑容又真切了三分，涎著臉陪笑道：「形勢比人強嘛，都是被逼的。」

把一幫大流氓逼得從了良。

女客笑了一下，一抬手，掌中紅影一閃，露出一塊瑪瑙雕成的五蝠印來。

「五蝠！」店小二吃了一驚，當即知道來人必定與行腳幫淵源不淺，忙將腰往下一彎，說道，「您裡面請，快請！有什麼事隨時差遣，想吃什麼也隨意點，咱們家沒有，也能叫小的們上街給您買去。」

那女客卻擺擺手，只說了一聲「不必這樣叨擾」，便徑自進門，找了個靠門的小角坐了下來，面衝大門，像是要等人。

鴻運客棧中頗為熱鬧，大堂快要坐滿了，幾個小跑堂的行將要練出飛毛腿來，在眾人之間來回穿梭，腳下都帶著功夫。女客隨便點了一碗熱湯麵，顯然是餓了，麵端上來便一直將自己沉在熱騰騰的白氣裡，一邊吃，一邊聽旁邊人吹牛侃大山做消遣。此間商人居多，銅臭氣甚足，三言兩語便能拐回到阿堵物（注）上，各自吹噓自己進項，不知真的假的，聽著好像家家有金山。

忽然，鄰桌有一個尖嘴猴腮的中年漢子說道：「我不知諸位聽說了沒有，前一陣子我有個老朋友，是個販布的，走商路的時候碰上了『那個』。」

他一邊說，一邊用兩眼往上比劃了一下。

有人小聲道：「鐵面魔？」

正在喝湯的女客頓了頓，偏頭看過去，插話道：「那個什麼……鐵面魔不是在活人死人山嗎？怎麼也跑到東邊來了？」

尖臉漢子見發問的是個漂亮姑娘，話便多了起來，有意顯擺自己見聞，說道：「姑娘妳想，那魔頭手下養了那許多打手，又不事生產，吃什麼去？活人死人山那邊早就人跡罕至，打劫都沒地方打，開戰這許多年，陸路陸路不通，水路水路也不通，能走的總共這麼幾條線，我聽說此人前些日在晉陽那邊，如今又跑到了這裡……咳，此人倒也知道羊毛不

注：即錢。「阿堵」為六朝時口語「這個」意思。

能可著一頭蕣的道理。」

旁邊有人急著發問道：「快別廢話了，然後呢？」

「那鐵面魔沿途截下他們，要從每個人的人頭上抽上七成的『過路費』。」那尖臉漢子道，此言一出，座中眾人紛紛倒抽了一口涼氣，「我那朋友膽小惜命，眼見不好，便認了倒楣，他們倒也沒有為難，點了數目便放行了，還有拒不肯認與討價還價的，一個沒剩，通通被那鐵面人的鬼蟲子吸成了人乾。」

有人義憤一拍桌子道：「欺人太甚！」

座中一時沉默下來，這些人走南闖北，滾刀肉一般，提起金山銀山，全都一副財大氣粗睥睨無雙的樣子，此時卻又好似搖身一變，成了柔弱無依的升斗小民，惶惶不可終日地憂心著自己的前途。

好一會，有人道：「我聽人說那魔頭也並非所向披靡，當年在永州，曾經敗走『南刀』手下。」

角落裡的女客本來正在喝湯，聞言立刻嗆了一口，她湯裡加了一把辣的，嗆得眼眶都紅了，忙去摸茶水，好在眾人都各自發各自的愁，沒有注意她，她四下瞄了一眼，悄悄將放在一邊的長刀收到桌下，掛在自己靠牆一側的腰上，刀柄碰到了她腰間的一個荷包，她想了想，將那荷包也解下來塞進懷裡。

就在這時，座中有人低聲嘆道：「可是這些好了不起的大俠們如今又在何處呢？你們說說這個世道，降妖的閉門不出，幾年不露一回面，倒是妖魔鬼怪橫行四處，唯恐別人不知道自己的聲名……唉，前些年老有謠言說霍連濤霍堡主欺世盜名，是害死兄長的元凶，我瞧著，現在還不如他老人家在世的那會呢，好歹大伙有個主心骨，現在可好，你們說霍堡主是偽君子、真小人，那列位不偽的，倒也給大伙出頭說句公道話呀。」

角落裡的女客聽了這番話，微微一怔，手中的湯匙懸在碗上，好一會沒動。

突然，鴻運客棧大門又開，一個高大的男子走了進來。

此人沒帶任何雨具，澆得一頭一臉濕透的雨水，臉色慘白，眼角帶著一點瘀青，長得相貌堂堂，神色卻頗為緊張。他進門時站在門口，先頗有敵意的將整個客棧大堂中的客人都掃視了一遍，這才緊繃著雙肩，提重劍走了進來，不少膽小的以為他是來尋仇的，原本低聲說話的也跟著靜了靜，誰知此人進門時竟不小心被客棧門檻絆了一下，腳步登時踉蹌一步，險些摔倒，一隻大手扶在牆上，半晌，才喘勻這口氣。

這麼一看，倒又不像是尋仇的，反倒像是被追殺的。

店小二遲疑了一下，上前招呼道：「客官……」

那男子衝他一伸手，手上有什麼東西一閃而過，離得遠的人都沒看清，店小二卻面色一變，十分恭敬地說道：「失敬，您快裡面請。」

那男子搖搖頭，遞過一把碎銀並一個酒壺，說道：「不了，我還要趕路，勞煩替我加一壺酒，包些個乾糧肉乾路上吃，我這便走。」

店小二不敢再勸，應了一聲，接過酒壺，卻沒拿銀兩，一溜煙地跑去後廚。

渾身濕透的男子深吸了口氣，勉強挺直腰，似乎想找個地方暫時歇腳，可是四下一看，眾行商無不面露遲疑，紛紛移開目光，不肯與他對視，卻又私底下一眼一眼地往他身上瞟。

男子見了頗為膩歪，好一會才在門口角落裡看見一把空凳子，正是那獨行女客一桌。他猶豫了一下，走過去低聲道：「姑娘，我坐一會，歇個腳可使得？」

那姑娘沒說什麼，做了個自便的手勢。

男子膝蓋好似陡然沒了力氣，一屁股癱坐下來，蹭得椅子「吱」一聲尖鳴，整個人往旁邊牆上一靠，就這麼會工夫，他便閉上了眼，胸口起伏微弱，也不知是睡著了還是暈過去了。

店小二手腳麻利得很，三下五除二便收拾了一包冒著熱氣的乾糧，鹵肉切片，厚厚實實地夾在當中，壺裡灌了驅寒解渴的米酒，一路小跑過來那男子身邊，小聲喚道：「客官，客官。」

男子卻只是閉著眼，恍若未聞。

「哎，」同桌的年輕姑娘終於忍不住開口道，「別推了，他流了好多血，我都聞見味了，你看看，他可能是暈過去了。」

這姑娘正是李妍，她三年前一時貪玩，死乞白賴地非要跟著周翡他們私自離家，回去縱然有周以棠保駕護航，還是挨了大當家一頓好揍。李妍從小受寵，基本沒什麼挨揍的經驗，不料攢到了十四五歲大，「胡」了一把大的，據說當時她鬼哭狼嚎之音繞樑三日，餘音經久不衰，嚇壞了四十八寨山中一幫小弟子。

從那以後，李妍終於在習武上少許用了點心，年初，她總算是以秀山堂四朵紙花的成績，險而又險地拿到了她的出門權杖。

這還是李妍頭一次光明正大地出門辦事，她跟李晟一起，要替李瑾容自西往東走一路，這是寨中例行「把脈」——幾年前四十八寨暗樁大規模淪陷後方才有的規矩，先頭在寨中發一批信件，派幾路弟子，隨著信件路線暗訪途中暗樁，「把脈」的人不必露面，只需途經每個地方的時候盤旋幾日，信走他們便走，見無異狀即可離去。

李妍他們走的便是直入東海的一線，濟南府正好是最後一站。

就算是周翡和李晟他們，頭一次出門的時候也只是個跟班的任務——雖然後來機緣巧合地變了性質——因此李妍這次出來，只是跟著李晟熟悉路線，除了給她哥沒事訓斥兩頓，什麼都不用管。

不料方才在城外，李晟不知看見了什麼，抬腿便要去追，只匆忙和她交代了一句，叫她在鴻運客棧裡等。

李晟本意是打發她自己去不到半里遠的小客棧裡吃碗麵，自己去去就回，誰知李妍從小到大，除了被楊瑾抓走的那一次，基本就沒有離開過寨中長輩與哥姐身邊，猝不及防地被一個人丟下，好似有生以來頭一次出籠的金絲雀——恨不能立刻撲騰著翅膀上天撒歡，又隱約有些惴惴不安，因而極力裝出一副飽經世事的淡定模樣，將濟南城中小小的鴻運客棧當成了探險的地方。

她當真是想什麼來什麼，不過吃碗麵的光景，居然真出了「意外」。

店小二聽了她的話，唬了一跳，小心翼翼地伸手晃了晃那男子，見他面容灰敗，唇色發青，果然十分不好。這一晃動，他搭在腰腹間的胳膊掉了下來，腰腹間有血腥味傳來，再仔細一看，血跡已經將黑衣都浸透了些許，著實是受傷不輕。

店小二頗覺棘手，不知如何是好，便回頭向掌櫃張望了一眼。

鴻運客棧的掌櫃是個小老頭，手中撥著算盤，眼神確實精光內斂，是個內家高手。掌櫃衝店小二一點頭，便另有個跑堂的上前，想上前幫忙，將這男子攙下去。

就在這時，客棧外突然傳來一陣尖銳的馬嘶聲，好似有一大群人冒雨疾行而來。

李妍突然莫名有種不祥的預感，忙一低頭，三口兩口便將剩下的湯麵灌進了肚子。她嘴還沒來得及抹乾淨，便見幾個頭戴斗笠的黑衣人堂而皇之地闖了進來，為首一人手臂伸得長長的，面無表情地舉著一塊權杖，倨傲地亮給大堂中眾人看。

李妍耳朵極靈，瞬間聽見好幾聲低低的抽氣聲，老遠的地方有個人小聲道：「我的娘，北斗怎麼來了！」

李妍睜大了眼睛。

只見北斗權杖開路，後面跟著好幾個黑衣人，魚貫而入後分兩列而立。接著，一個中年男子緩步走了進來，身後跟著的黑衣人畢恭畢敬地給他撐著傘，此人相貌堂堂，身穿絳紅官袍，腳踩皂靴，手中提一把佩刀，端莊得能直接去上朝。

現存四大北斗，李妍見過兩個，但聽聞沈天樞是個形容枯槁的獨臂人，形象與這官老爺似的中年人對不上，她便尋思道：莫非是北斗的『武曲』童開陽？

這群人一進來，客棧中頓時鴉雀無聲。

那行腳幫的掌櫃也顧不上再端著算盤在櫃檯後面裝神，忙三步併作兩步地撥開眾人走上前來，一揖到地，說道：「諸位大人，草民做的是小本買賣，並無違法亂紀之事，該捐的也早早捐了，從未拖欠，不知諸位大人有何貴幹？」

穿紅袍的中年人瞥了他一眼，笑道：「怎麼，沒事我們就不能住住店？」

掌櫃額角露出一點冷汗，陪笑道：「自然，自然，只要官爺們不嫌棄咱們小店寒酸……哎，來人……」

「不必了。」官袍男子一擺手，公事公辦地板起臉道，「北斗捉拿朝廷欽犯，閒雜人等退避，礙事的視同同夥處理！」

李妍聽了「欽犯」二字，第一時間便聯想到了眼前這怪客腰上的傷，她來不及細想，仗著自己躲在角落裡被一幫人擋著，探手拿起桌上涮碗筷的涼水，手腕一翻，將半杯涼水一滴不浪費地潑到了那男人臉上。

重傷的男子不知被追殺了多久，被潑醒的一瞬間已經清醒，目光如炬。

與此同時，紅袍男子一指那重傷男子，喝道：「拿下！」

李妍眼前一花，便見那重傷之人猛地翻身而起，重劍橫在胸前，「嗆」一聲好似潛龍出水，橫掃第一個衝上來的北斗胸口，他功夫極少花哨，確實招招不落空，從眾北斗中逆流而上，睥睨無雙，轉眼已經衝到門口。

身著紅官袍的中年人叱道：「廢物！」

而後，也不見他有多大動作，人影一閃，便不知怎麼到了門口。他手中花哨的佩刀約莫比尋常男子的手掌還要寬上幾許，毒蛇似的翻身捲向那重傷之人。受傷男子不敢硬接，當下後退，紅官袍冷笑一聲，接連三刀遞出，一招快似一招，而身上的袍袖衣襬竟然紋絲不動，三下五除二便將已經到了門口的人逼回了客棧中。

此時，客棧中的人們已經嚇得四散奔逃，到處都是狼藉的杯盤，方才好似到處都滿滿當當的大堂頃刻空出一大塊地方。

北斗們訓練有素地圍成一圈，將那重傷之人困在中間。

那重傷之人顯然已經是強弩之末，不由自主地伸手去按自己腰側的傷口，不住地喘息。

紅官袍說道：「劉有良，陛下待你不薄，你就是這麼吃裡扒外的？」

李妍心道：原來此人叫做「劉有良」。

她隱約覺得這名字聽著耳熟，想是路上聽誰提起過，卻一時想不起來。

好在李妍雖然記性不怎麼樣，耳力卻不錯，她聽見有那消息靈通的人小聲道：「哪個劉有良？不是那個御林軍大統領劉有良吧？這可真是奇了，怎麼這大官兒還成朝廷欽犯了？」

旁邊有人「噓」了一聲，「噓」完，自己又沒忍住，接著道：「怎麼不行，你忘了那姓吳的『忠武將軍』了？」

瑟瑟的秋風順著客棧敞開的門扉往裡灌，吹得人一陣陣發冷。

劉有良的冷汗順著淋濕未乾的鬢角往下淌，嘴唇不住地顫抖，卻不回話。

紅官袍目光掃過整個客棧裡無知無覺看熱鬧的人，意味深長地笑道：「我知道劉統領心軟，要緊的話必不肯在這裡說的，否則豈不是連累了這一客棧的無辜百姓？」

李妍一時沒反應過來這話裡的言外之意，座中有老江湖臉色卻悄然變了——北斗一路追殺這劉有良，除了他犯了事之外，必是因為他知道了什麼要緊的祕密。紅袍人這是在威脅他，倘若他開口吐露一個字，不管此處的人聽沒聽見，北斗都要斬盡殺絕！

劉有良喘得像個破風箱，能聽見肺裡傳出的雜音來。

紅袍人嘆了口氣，勸道：「你就別再負隅頑抗啦。」

他話音未落，那劉有良邊陡然仗劍向前，重劍流星趕月似的直取紅袍人面門，紅袍人大笑一聲，好似嘲笑對方自不量力似的，信手接招。

鴻運客棧的老掌櫃見此事難以善了，忙上前擺手作揖道：「貴客！二位貴客，求您行行好，莫要在店裡動手啊。」

紅袍人輕慢道：「我賠你那堆爛木頭削的桌椅板凳，老東西，沒你的事，滾一邊去！」

眼見那劉有良被紅袍人好似貓戲耗子似的逼得快要吐血，李妍下意識地摸向自己別在腰間的刀，心道：倘若阿翡在這，她保準不會在旁邊看著。

這念頭一閃而過，李妍悄悄將刀推開了一點。

然而隨即，她又自己萎了，那紅袍人武功太高了，憑李妍的眼力，連人家究竟有多高都看不出來，遑論上前管閒事。周圍的人全都避之唯恐不及，李妍推了半寸的刀又定住了，心裡猶猶豫豫地轉念道：倘若李缺德知道我膽敢自不量力地管這等閒事，一定得氣成個蛤蟆……而且我該怎麼管？

就在李妍踟躕間，突然，那方才還在討饒的老掌櫃驀地上前一步，從懷中摸出一截雙節棍來！

「嘩啦」一聲輕響雙節棍橫空而出，精準地掛在了那紅袍人與劉有良兵刃之間，當空打了個旋，將兩人的動作短暫地定住了。

紅袍人怒道：「老匹夫，你敢！」

他猛一拂袖，輕易便將掌櫃的雙節棍甩脫，那乾癟的老頭順勢一側身，在劉有良身側站定，低聲道：「這位客人身上帶著我門中信物，見此物者必得聽他號令，客人仁義，不肯差遣，小的們卻不能乾看著他有難袖手旁觀啊。童大人，見諒啦。」

這紅袍人果然就是「北斗武曲」童開陽，他陰惻惻地說道：「知道我是誰，還敢這樣放肆，老頭，我看你這客棧是不想開了。」

劉有良低聲道：「掌櫃，不必……」

鴻運客棧是本地最大的一家客棧，因為店裡的夥計們手腳麻利還嘴甜，頗有幾道招牌菜，這幾年在往來過客中頗有令名，儼然已經成了濟南府一景，尋常江湖客光腳不怕穿鞋的，但連累這樣大的一份產業便過了——這也是劉有良途經此處，卻只是落腳，並未尋求行腳幫庇護的緣由。

掌櫃的提著雙節棍，笑道：「小的們開店做生意，本就是給諸位朋友落腳跑腿，提供個方便，其他種種不過順帶，如今『天蝠令』重現，我們卻因產業怕事退避，豈不本末倒置？」

說完，不待劉有良阻止，掌櫃便道：「諸位朋友，對不住啦，今日小店關張歇業一日，一干酒水飯菜算小老兒宴請諸位，不必破費了，還請諸位趁天未黑，另找住處！」

眾人方才還扼腕著英雄們都不出世，此時一見這掌櫃砸鍋賣鐵與北斗武曲槓上，當即二話也沒有，紛紛識相地捲包離去，唯獨李妍猶猶豫豫，一時覺得自己既然出身名門正派，又有武藝傍身，自然與那些商人們不同，這麼走了未免太不好看，一時又想李晟叫她在鴻運客棧等，她若是走了，她大哥來了找不到人，再碰上北斗等人，想必更得著急。

李妍提刀順著人流走出鴻運客棧，卻不像其他人一樣走遠，眼珠一轉，她縱身攀上了一棵大樹，將自己藏在重重樹影之後。

童開陽道：「好，行腳幫是吧？人路你們不走，這是非要走鬼門關了！」

說話間，門口馬蹄聲、腳步聲紛紛而至，還能聽見跑得慢的客人們的驚呼聲，李妍側頭一看，吃了一驚，見足有百八十個北斗黑衣人紛紛趕到。

大雨不知什麼時候停了，天依舊陰沉沉的，滿地泥濘，整個濟南城都狼狽不堪。鴻運客棧的夥計們不由分說地與北斗黑衣人戰做了一團。

夥計們都身懷武藝，資質卻良莠不齊，行腳幫這種苦出身的江湖門派畢竟與訓練有素的北斗黑衣人不可同日而語，何況北斗人多勢眾，不多時，場中行腳幫中人只有少數幾個高手尚能勉強撐住，其他人基本是潰不成軍。

掌櫃一聲呼哨，帶著幾個人將童開陽團團圍住，頭也不回地衝那劉有良道：「劉大人快走！」

劉有良哪裡肯從，正待分辯，那掌櫃便又道：「大人不惜露出天蝠令，必有能豁出命去的要事，還耽擱什麼！」

劉有良聽了，狠狠一咬牙，驀地一抱拳：「兄台，你我萍水相逢，大恩不言謝。」

掌櫃的乾癟的臉上露出一個轉瞬即逝的笑容，接著，劉有良長嘯一聲，退出戰圈，重劍橫掃，一口氣連斬七八個黑衣人，殺出了一條血路，突出重圍，深深地回頭看了一眼血濺三尺的客棧，決然而去。

這一番動作想必消耗不輕，他離開客棧時腳步都已經踉蹌，一聲呼哨喚來自己的馬，忍痛大喝一聲「駕」。與此同時，四五個北斗撲上來，劉有良重劍掃了兩個，腰間劇痛，一時竟翻不過手來，就在這時，他聽見兩聲悶哼，那剩下的北斗竟然紛紛自己捂著臉退開了。

劉有良已經來不及細想是誰在幫他，只大叫一聲「多謝」，便縱馬狂奔而去。

他方才逃到城外，眼前已經模糊，伏在馬背上不過勉力支撐，劉有良狠狠一咬舌尖，正想恢復幾分神智，突然，狂奔的馬慘叫一聲，前腿倏地跪下，將背上的人摔了出去——地上竟有一道絆馬索。

劉有良這一摔非同小可，眼前一陣陣發黑，在地上掙扎幾次沒能爬起來，而埋伏在此的北斗黑衣人已經包抄過來，眼看要走投無路，突然，一棵沾滿了雨水的大樹杈橫空而落，稀里嘩啦地橫掃一圈，那幾個黑衣人視線陡然被擾亂，吃了一驚，還不待他們反應，一把長刀便從樹杈之後冒了出來，來人出其不意地連著放倒了三四個黑衣人。

劉有良終於大喝一聲，拼命爬了起來。

這從天而降的救兵正是李妍，她在鴻運客棧外面靜觀其變時，見劉有良脫逃，便一路跟了過來。

李妍一手提刀，一手拎著一根比她人還大的樹杈子亂揮，營造出了一種自己十分人高馬大的錯覺，趁隙衝劉有良道：「大叔快跑！」

劉有良沒料到出手的竟是這麼個小姑娘，略有些吃驚，然而還不待他反應，便見那領頭的北斗高高低低地長嘯幾聲，無數黑影從兩側道旁衝了出來。

李妍：「……」

這麼多人，完蛋了。

此時，她已經別無選擇，一咬牙，將那大樹杈子扔在一邊，深吸一口氣，雙手握住長刀，心道：阿翡要是能附我的身就好了。

不知身在何方的周翡並沒有練就這種狐狸精的本領，北斗們卻已經衝了上來。

李妍心道：拼了！

然而就在她以為自己即將殺身成仁的時候，眼前北斗的陣型突然亂了，只聽一聲淒厲的馬嘶聲由遠及近，接著，一匹馬闖了過來，馬上人手持雙劍，出手極準，三下五除二挑了一路黑衣人，直殺到李妍身邊，衝她吼道：「李大狀！」

李妍差點哭了：「哥！」

李晟沒料到自己前腳走，她後腳就能闖出這麼大的禍，後怕得火冒三丈，出手越發不留餘地，北斗們躺下了一片，李妍機靈得很，倒也沒閒著，一聲口哨喚來自己的馬，伸手去扶劉有良：「大叔，馬給你了，我有我哥！」

李晟：「……」

這敗家丫頭好會慷他人之慨。

他不願久戰，殺退了一批黑衣人，便一把拎起李妍肩膀，將她拽上自己的馬，吹了一聲哨子，李妍的馬馱著劉有良連忙跟了上來。她一口氣尚未鬆下去，不遠處便傳來一聲長嘯，震得人胸口發悶，李妍晃了晃，險些摔下馬去。

接著，只見一個紅衣人影幾個起落便到了他們眼前：「又是何方神聖多管閒事？」

李妍老遠一看，認出來人，頓時失色道：「大事不好！」

她慌慌張張地一夾馬腹，催馬快跑，李晟卻不明所以，聽聞有人出聲，第一反應便是拉住韁繩，結果兩人一個要馬跑，一個要馬停，鬧得那被迫馱了兩人的神駿好不鬱悶，兩條大前腿暴躁地刨著地面，快尥蹶子了。

李妍怒道：「李缺德你找死嗎？那是北斗的『武曲』！」

李晟：「……」

他發現自己小看了李妍，單知道她能闖禍，不知道她能闖這麼大的禍！

但此時再鬆開韁繩放馬狂奔也來不及了，童開陽已經落在了他們一丈之外，那武曲星原本乾淨的皂靴上沾了一點血跡，整個人卻連頭髮絲都沒亂上一根，他微微仰頭看著馬背上的李氏兄妹，沒太將他們這些年輕人放在眼裡，只是負手而立，看了劉有良一眼，嗤笑道：「方才是行腳幫，這回又是誰？劉大統領啊，不是我說，你原來好歹也是近衛第一人，怎麼肯幫你的除了下九流的花子，就是毛還沒齊的小崽子？」

童開陽出現在這，那麼鴻運客棧中人的下場可想而知，或許那老掌櫃在客棧中說出那番話時便是已經料到了自己的結果，可劉有良萬萬沒想到這麼快。適才李妍一動手，他便看出了那小姑娘的深淺，跟她同齡的後生比，算很不錯，然而放在童開陽面前，便是不堪一擊了，看她那兄長也未見得大上幾歲，想來強也強得有限。劉有良突然一陣心灰意冷，感覺天意要亡他在此，便暗嘆口氣，忖道：罷了，謀事在人成事在天，有些事勉力便是，真不成，那也是命，我何必再連累無辜？

他按住胸口，勉強咳嗽了幾聲，打馬上前，衝李妍一抱拳道：「姑娘與我素不相識，卻肯出手相助，劉某感激不盡，來世必結草銜環以報，事已至此，我與這位童大人非得有個了結不可，你們……速速離去吧。」

童開陽微微提起嘴角，頗感有趣地看著馬背上重傷的男子。

劉有良身材高大，慣常不苟言笑，因為目光十分銳利，時常好似含著殺氣，乍一看，像是生著爪牙茹毛飲血的野狼，卻沒想到只是一頭披著狼皮的羊。到了這步田地，別管他這番逃命是為了什麼未竟的事業，還是單純為了活命，難道不該利用一切可以利用的，想盡一切辦法逃脫嗎？

他居然還有心情將那兩個不知所謂的年輕人往外推……好像童開陽會信似的。

李晟皺了皺眉，低頭遞了李妍一個疑問的眼神——妳救的這人是誰？

李妍其實不太清楚，只好悄悄將從別人那聽來的隻言片語學給他。李晟一手提著韁繩，一手搭在自己腰側的劍上，皺著眉不知想起了什麼，忽然轉頭對劉有良道：「這位劉……統領，可還記得忠武將軍？」

劉有良沉聲道：「吳將軍忠義千秋。」

李晟聞言，若有所思地看了他一眼，又看了童開陽一眼，片刻後，他往李妍手裡塞了件東西，對她簡短地交代道：「妳先走。」

說完，還不待李妍反應，李晟便陡然從馬上翻了下來，長腿橫掃了幾個圍在周遭的北斗，同時回手拍了那馬一掌，那馬總算得了個準信，當即撒蹄子狂奔起來。李晟嘬唇作哨，原本李妍騎的那匹馬居然也聽他的，根本不顧背上劉有良的號令，跟著前面的李妍便跑了出去。

李妍一番手忙腳亂，聽見「咻咻」一聲，低頭一看，李晟塞在她手裡的居然是個點燃了引線的煙花筒，李妍忙脫手扔了出去，一顆小火球呼嘯著衝向了半空，炸了個群星璀璨。見此令者，四十八寨在此地的暗樁眾人都會第一時間趕到。

李妍回頭衝仍然留在原地的李晟大叫道：「哥！」

李晟沒理她，雙手一分便抽出雙劍，一邊心裡估算著自己能擋住童開陽多久，一邊先下手為強地衝了上去。

李妍拽馬轠繩：「籲——停、停下！」

李晟那匹馬脾氣暴躁得很，跑起來彷彿要騰雲駕霧一般，不怎麼聽她的，身後刀劍聲已起，李妍快要被這悶頭往前跑的傻馬急哭了，當即狠狠地將轠繩往後一拉，那烈馬前蹄高高揚起，憤怒地甩著頭。

李妍拼命想撥轉馬頭，那馬好似通人性，知道李晟的意思，大腦袋左搖右晃，就是不肯如她願，李妍憤怒地在牠腦門上拍了一巴掌：「混帳！」

她當即不管不顧了，直接從飛馳的馬背上一躍而下，先在地上打了個滾，隨後爬起來便要往回跑。

劉有良大叫道：「姑娘！」

李晟已經與童開陽動起了手，他一出手，童開陽便是一皺眉，因為發現自己竟小看了這年輕人，偏偏那李晟還衝他笑道：「童大人，你成名已久，我早想拜會，今日得了這不打不相識的機會，您可得不吝賜教。」

李晟這麼一開腔，童開陽一句卡在喉嚨裡的「將他拿下」頓時卡在了喉嚨裡，喊也不是，不喊也不是——因為李晟罔顧自己「有礙公務」的事實，將此番攔截直接變成了向童開陽本人挑戰，童開陽成名多年，在自己手下面前也是要面子的，今日不親手將這小子收拾了，怎麼立威？

童開陽自視甚高，手中一把佩刀不過是尋常武官們標配，裝飾大於實用，可見根本未曾將追殺劉有良之事放在眼裡，更加不耐煩與李晟這種後生糾纏，他驀地將佩刀一擺，當頭向李晟劈了下來，李晟沒敢接，連連退後好幾步，見童開陽不過凌空揮刀，地面上竟出了一道兩尺多長的狹長痕跡。

地面尚且如此，可想砍在人身上是什麼結果。

李晟心裡一驚，這武曲的功夫已經到了凝風成刃的地步！怪不得不在意拿什麼兵刃。他不敢再硬碰，腳下步伐陡然繁複起來，整個人彷彿成了個行走的迷陣，叫人捉不到形跡——這是周翡後來教他的蜉蝣陣，李晟在這些花裡胡哨的東西上確實天賦異稟，弄通了原理之後觸類旁通，馬上便青出於藍。

北斗黑衣人們唯恐城門失火殃及池魚，紛紛退開了一個大圈子，李晟行蹤縹緲，走轉騰挪，而他所經之處，地面上立刻便會多幾道口子，縱橫交錯、宛如棋盤，路旁泛黃的樹葉被童開陽戾氣所逼，紛紛揚揚地往下落，乍一看跟下了一場蝴蝶雨似的，非得上前才能知道，每一片葉子都並非從葉柄處脫落，全是半片的，上面一道整整齊齊的刀口！

李晟心思沉穩，身處險境，依然不動聲色，腳下有條不紊，間或一劍抽冷刺過去。童開陽的佩刀「嗆啷」一聲壓住了他的雙劍，李晟手腕發麻，卻是不慌不忙地順勢卸力，行雲流水一般滑了出去，童開陽突然大笑道：「好個小賊，原來是蜀山門下！」

李晟一皺眉，他方才那招脫胎於年幼時在瀟湘劍派門下學來的劍招，雖然已經不同，但依稀能看出一點影子來，幾年前，王老夫人他們下山尋找張晨飛等人之後便再沒回來過，李瑾容放心不下，幾次派人四處暗訪，至今毫無音訊。此時，不知為什麼，李晟聽見童開陽這一笑，心裡突然升起不祥的預感。

李晟倏地回身將雙劍端平，便見童開陽扯開嘴角，冷笑道：「那老太婆倒是有點意思，可惜太過自不量力，報什麼仇！一大把年紀不好好在家等死，還學人家行刺，哈哈！」

李晟手背上青筋倏地跳了起來。

童開陽輕輕一舔自己的刀鋒，說道：「你知道老骨頭掰開的聲音，跟年輕些的響動不同嗎？」

四十八寨的孩子，哪個小時候沒跟在王老夫人身邊討過零嘴？李晟雖然早想過王老夫人他們或許已經遭到不測，可是聞聽此言，還是怒火攻心，他一聲沒吭，雙劍震出了一聲輕吟，詭譎輕靈的瀟湘劍法直取童開陽咽喉胸口，童開陽爆出一陣大笑，笑聲中竟含勁力，常人離開老遠尚且覺得頭暈眼花，別提就在跟前的李晟。

李晟臉色一白，耳朵裡當場見了紅，手中雙劍卻去勢不改，童開陽一甩長袖要將他雙劍籠在其中，同時，佩刀發出一聲怪嘯，睥睨無雙地捅向李晟左胸，兩人尚未短兵相接，突然，童開陽突然覺得身後有勁風襲來，力道竟不容小覷，他眉頭一皺，臉上戾氣上湧，倉促地回身蕩開李晟的劍，偏頭退避，只聽「篤」一下，那砸過來的東西竟是個刀鞘，落地時正好砸在地面上兩條交錯的劃痕中間，好似在棋盤上落了顆子。

童開陽怒喝道：「誰！」

身後林間，一陣「沙沙」聲響起，隨後，一個頭戴斗笠的人牽著馬從林中緩緩走出來，手裡拎著一把沒了鞘的長刀。這人身量纖細，略顯單薄，在女子……南方女子中，大約還能勉強誇一句「高挑」，烏雲似的長髮隨意地紮起來垂在身後，身上沾著一層氤氳的水氣。

只見她把馬韁隨意搭在一棵樹上，伸手將擋住了大半張臉的斗笠往上一推，瞥了李晟一眼，慢悠悠地開了口，說道：「我還當是誰放的求救煙花。若不是我正好在濟南城外，你難道打算讓暗樁裡那幾隻三腳貓趕來救你？嘖，李婆婆，你是怎麼想的？」

李晟見了來人，臉色先是一鬆，此時聽她出言不遜，表情又黑了下來：「周翡，妳『號』的不是這條『脈』，跑這裡來幹什麼？」

「腳程快，活幹完了順便四處逛逛，不行啊？」周翡一邊說，一邊不慌不忙地走了過來，不知為什麼，圍在外圈的北斗黑衣人竟好似分海似的退開了，她看也不看這些黑衣人一眼，全然拿他們當列隊歡迎自己，徑直提刀來到童開陽面前，再次將掉下來的斗笠往上推了一下，微微抬起一張清秀的臉，說道，「哦，原來是北斗的武曲大人。」

童開陽眼角跳了幾下，從牙縫裡擠出兩個字：「是妳。」

這幾年，除非李瑾容召她回去幹活，否則周翡一年到頭，倒有大半年都在外面，也不知往哪野，倒是也沒聽說她在外面幹了什麼驚天動地的大事——或許幹了，她沒留名——逢年過節，周翡必定按時按點回家，李瑾容便也不大管她。

周翡認得童開陽正常，可童開陽居然也好像和她挺熟——李晟額角青筋跳了兩下，他就知道這第一次下山就驚天動地的活土匪不可能像她表現出來的那麼消停！

周翡手指摩挲了一下碎遮的刀尖，笑道：「有段日子沒見您了，看來身子骨還硬朗。」

李晟警告道：「周翡。」

周翡在他們兩人中間站定，對李晟道：「我跟這位童大人非但認識，還緣分匪淺，頭一次見童大人，是您跟著沈大人追殺木小喬，當時我看見您了，您沒看見我，第二次呢，您因為一株『火蓮』，一掌將我打下山谷，險些要了在下的小命，我花了四個多月才重新爬上來，嘖，當真是九死一生，大恩大德無以為報，只好潛入舊都，放火燒了貴宅。」

李晟：「……」

「第三次……唉，說來慚愧，咱倆老為了那點開藥舖的東西過意不去，忒不上檯面了。第三次是為了一顆『滾地蛟』的蛇膽，我跟大蟒蛇和比大蟒蛇還要厲害幾分的童大人鬥了兩天一宿，不才，通過偷奸耍滑略勝一籌，還叫童大人一把好劍葬身蛇腹，一直十分過意不去，今天特意帶了十兩銀子前來賠償。」周翡對李晟一伸手，「哥，給我錢。」

李晟再也不想從周翡和李妍嘴裡聽見「哥」這個字了。

童開陽看了李晟一眼，皮笑肉不笑道：「原來是令兄長。」

「不錯，」周翡伸手拔出釘在地面上的刀鞘，在手裡轉了一圈，「童大人，看在舊識的份上，家兄要是有什麼得罪之處，你就睜一隻眼閉一隻眼吧。」

童開陽叫她這無理要求氣得要炸，可是知道這妖怪丫頭棘手得很，旁邊再加上一個身手不弱的李晟，倘若真動起手來，自己未見得討得到好處，倘若真馬失前蹄，折在這些小輩手裡，弄不好以後得成為北斗的笑話。

他心頭轉念，強壓怒容，當即擠出一個猙獰的笑容道：「既然周姑娘這麼說了，我也不便得理不饒人，請吧！」

周翡笑了一下：「多謝。」

「慢，」童開陽又道，「令兄自然是能走，可那欽犯劉有良罪大惡極，我要拿他歸案，想必周姑娘不會無故妨礙公務吧？」

周翡的臉被斗笠遮著，旁邊人看不見她的表情，只見她沉默了一會。李晟跟她從小一起長大，一眼便看出周翡其實不想惹麻煩，否則早動手了，絕不會跟童開陽廢那麼多話。李晟猜她肯定不是像自己說的那樣只是「隨便逛」，很可能是正要去辦什麼要緊事，剛好途經濟南城外，老遠看見李妍懷裡炸開的煙花，打算過來管一下，管完立刻就走——童開陽顯然不是能「管一下」就解決的麻煩，所以還是大事化小、小事化了最好。

周翡飛快地笑了一下，正要開口說什麼，李晟卻搶先開口道：「公務之前，我想先請教童大人，你方才跟我說的，『瀟湘』王夫人的事當真嗎？」

童開陽方才是認出了他的劍招，為了擾亂他心神才隨口說的，誰知道他後面還有幫手？此時聽了這一問，一時竟沒想好說辭。

周翡愣了一下，低聲問道：「什麼？」

李晟沒吭聲，依舊是提著雙劍，劍指童開陽。周翡很快回過神來，一下就明白了李晟的意思。

是了，當初在華容城中，沈天樞和仇天璣為了逼她和吳楚楚露面，鬧了那麼大的動靜，消息必定已經傳開了，王老夫人不可能不知道。那老夫人素日溫和慈祥，性子卻極烈，倘知道親子被人害死，必定不肯善罷甘休……

李晟一字一頓道：「童大人，你們追查朝廷欽犯，難道不知『殺人償命』四字是如何寫就嗎？」

周翡突然抬起一隻手，壓在李晟的劍上。

李晟沉聲道：「阿翡，妳怎麼說？」

「你打不過他。」周翡捏著他的劍尖往旁邊一扒拉，隨後認命似的嘆道，「你去料理其他那些，把後面那兩個礙事的送走，閃開。」

李晟這才注意到李妍他們居然還沒走遠：「妳……」

周翡淡淡地說道：「區區一個北斗而已，去吧，沒事。」

童開陽怒極反笑：「哈，好猖狂！好大口氣！上次有那畜生擋路，讓妳在我手中僥倖逃脫，既然今日妳執意要送死，我便送妳一程！」

他說完，方才那能懸空裂地的刀鋒已經向周翡當頭斬了下來。

周翡一把推開李晟，整個人以單腳為軸，轉了大半圈，翻手將碎遮刀尖架了上去，碎遮的刀尖好似被極大的勁力撞得彎了一個弧度，周翡手腕一翻，那長刀發出一聲好似要經久不息的輕響，驀地將童開陽彈了回去，隨即那長刀好似行雲流水一般纏上了童開陽。

童開陽在蠶繭似的刀光中同她拆了十來招，竟連退了六步，而後他大喝一聲，雙手握住刀柄，手背上青筋暴跳，倏地發力，刀有盡時，刀風卻不竭，像一條看不見的巨龍咆哮著衝向周翡，周翡輕輕瞇了一下眼，竟不退不避，直接以一招「斬」字訣迎上——

周翡頭上的斗笠為刀風所破，倏地裂成兩半，自她肩頭兩側落了地，而兩人兵刃相抵之處，童開陽的佩刀被寶刀碎遮撞出了一個缺口！

倘若這缺口再晚一分，童開陽那強橫猶如實質的刀風再晚卸一分，裂成兩半的必不止那草編的斗笠。而她方才分明能躲，卻非得迎著刀風而上，幾近孤注一擲地強行接招，鋪開了一場將自己的性命懸在刀尖上的豪賭……還賭贏了！

簡直瘋了！

童開陽的眼角再次不受控制地跳了起來。

周翡雙手扣住碎遮刀柄，將碎遮一別，只聽「嘎啦」一聲，童大人的佩刀上好似結出了一大片蜘蛛網，黯淡的碎渣紛紛落下。

「喲，對不住。」周翡抬起頭微笑起來，年輕姑娘的笑容自然都是明淨動人的，可她這一笑，卻叫童開陽後脊上躥起一層涼意，便聽她輕聲說道，「您這把刀看著富貴，恐怕不是十兩銀子買得下來了，哥……」

周翡裝模作樣地叫了兩聲，一臉無辜地轉向童開陽道：「看來他們先走了，要麼我先給您打張欠條？」

童開陽當然不會承認自己武功不如這黃毛丫頭，可彷彿是在三年前，他那一掌沒能斬草除根之後，周翡身上就多了股叫人毛骨悚然的瘋勁，好像摔上了癮，誰也不知道她什麼時候就會劍走偏鋒，將自己和別人一起掛在懸崖上。

周翡不惜命，童開陽卻惜，此時眼見那劉有良影子都不見了，童開陽自然也不願意跟她糾纏。他冷哼一聲，丟開碎了的佩刀，呼哨一聲：「追！」

身邊的北斗連忙跟上，轉眼不見了蹤影。

童開陽畢竟厲害，周翡沒去追，她手腕有些發麻，待人都走光了，她便還刀入鞘，低頭用牙尖一扯護腕的布條，布條落地，露出了有些發紅的手腕，周翡吹了聲哨，安靜地等在一邊的馬便訓練有素地小跑過來，周翡摸出一把豆子餵牠，心道：童開陽，便宜你再多活幾天。

一人一馬原地休息了片刻，周翡往自己來路看了一眼，皺了皺眉，終於還是駕馬追著李晟等人而去。

劉有良在鴻運客棧裡就是被李妍一碗涼水活活潑醒的，撐到現在，已經堪稱奇蹟，實在撐不住了，迷迷糊糊間，他不由自主拽馬轡繩保持平衡，拽得那馬越跑越慢，到最後瞪著一雙茫然的大眼睛，幾乎就停在了原地。

李妍扒著李晟肩回頭看了一眼，問道：「大叔，你怎麼了？」

劉有良沒回答，在馬背上晃了兩下，然後一頭栽了下去。

李晟他們沒辦法，只好沿途留下標記，沿百脈水順流而走，往章丘而去，好歹要先找地方歇腳。李妍一邊幫著牽馬，一邊回頭看：「他好像發燒了，是不是得給他找個大夫——哥，阿翡沒問題嗎？」

李晟方才聽了一耳朵周翡同北斗的新仇舊怨，皺著眉沒吭聲。雖然周翡不提，但李晟長了腦子會想，大概能猜到周翡為什麼老為了「開藥鋪那點事」跟北斗過不去，尋思道：對了，好像聽她隨口說過一句，謝公子師門在蓬萊一帶，該是離此地不遠，莫非……

當年，謝公子借了他幾本難登大雅之堂的「遊記」，至今都沒來得及還便再不見了蹤影，李晟突然覺得，好像就是他們從永州回來的那一刻開始，日子後面彷彿有人揮鞭子狂趕，每天早晨一睜眼就有無數事要安排，無數從未考慮過的東西要想。他們原本按部就班地一年一年長大，不料節奏驟然被打亂，一夜之間便從凡事要請示的後輩，變成了四十八寨這一代能挑起大樑的「大人」。

「有問題妳也幫不上什麼，」李晟不動聲色地催道，「不過童開陽見咱們走了，不會與她多糾纏，用不了多久就會追上來，快走吧，畢竟此處是北朝轄區。」

為保險起見，李晟沒有貿然進章丘城，他將劉有良安置在了城外一處聖人廟裡，跳牆悄悄潛入後院，前頭有個老先生正帶著一幫學童入門拜見聖人，又燒香又訓誡的，儀式還挺長，李晟悄悄看了一眼，對李妍道：「妳在這看著他，不准再闖禍了，我去前面看看，可能的話弄一輛馬車來。」

李妍信誓旦旦道：「哥你放心，我最靠譜了！」

李晟伸手摸了一把她很不要臉的狗頭，不留情面道：「放屁……唉，我還是盡快回來吧。」

李晟一走，李妍便警醒起來，她窩在聖人廟的後院裡，豎著耳朵聽前面的動靜，前面有個說話好似喉嚨裡卡了雞毛的老先生，拖著沙啞的長音，在那「之乎者也」地說著「聖人有言」，他唸一句，便叫群童跟著唸一句，小孩們可能是剛開蒙沒多久，沒讀過什麼書，老先生說話又帶著口音，弄得一幫學童基本不解其意，只會跟著鸚鵡學舌，學得驢脣不對馬嘴，十分可樂。

劉有良昏迷了一路，在這聲音中短暫地清醒過來，他沒有聲張，只是安靜地靠坐在遠處，聽著讀書聲，有些渾濁的眼睛半睜著，盯著晦暗的天光，不知在想些什麼。

李妍悄聲問他道：「大叔，北斗為什麼追殺你？你也和吳將軍一樣，其實是南朝的人，被他們發現了嗎？」

劉有良偏頭看了她一眼，笑了笑，說道：「倒也不是，若不是我有要緊的東西要送到南邊去，他們也未必發現得了……你們為救我擔這樣大的干係，實在……」

「那個不要緊，」李妍盤腿坐在地上，說道，「我姑姑說了，我們沒事不惹事，但也不怕事，保全自己固然要緊，可若是保來保去，保成一幫苟且偷生的縮頭烏龜，未免有違初衷。」

劉有良愣了愣，問道：「尚未請教姑娘師承？」

李妍笑嘻嘻地說道：「我是蜀中四十八寨的，忠武將軍的女兒還在我家呢！」

劉有良先是一驚，隨後大喜，還沒來得及開口說什麼，便聽外面傳來一陣匆忙的腳步聲，唸書的學童們陡然被打斷，好像有一群什麼人衝到了廟裡。

劉有良和李妍臉色都是一變，同時屏住呼吸，李妍緩緩抓住自己的長刀。

只聽前面有人囂張地叫道：「北斗緝拿朝廷欽犯！老頭，看見有一男一女帶著個受傷的人過去了嗎？」

「這聲音好像不是童開陽，」李妍心裡暗自盤算著，「我未必不能一戰……就怕他們人多。」

前面那公鴨嗓的老夫子顫顫巍巍道：「各位官爺，不曾瞧見。」

那問話的北斗冷哼一聲：「章丘城已經戒嚴，他們不可能進城，沒什麼好去處——沒用的老東西，閃開！給我前前後後地搜一遍！」

老夫子忙道：「不可無禮！你……你們怎敢在聖人面前放肆！」

接著一片混亂，眾學童受驚尖叫的聲音響起，那腳步聲越來越近，李妍猛地站了起來，周身都繃緊了，手心一片冷汗，她心裡狂跳片刻，努力閉了閉眼定神，心道：拼了，我不如先下手為強！

她正要提刀上前，腳下剛滑出一步，突然，一道人影閃電似的落在她面前，李妍嚇了好大一跳，差點驚叫出聲，來人一抬手捂住她的嘴，衝她比了個噤聲的手勢。

李妍睜大了眼睛，差點熱淚盈眶，來人居然是周翡！

周翡放開她，不慌不忙地衝劉有良點了個頭，便提著碎遮往旁邊牆上一靠，她站姿十分放鬆，好像絲毫沒把逼近的腳步和前面的混亂放在眼裡。弄得李妍也不明原因地跟著放鬆了下來，好像此地有個周翡，外面是天塌還是地陷，她都不在意了。

就在這時，突然聽見那老夫子爆喝一聲：「住手！你們這些……這些……南國子監便在十餘里外，你們怎敢這樣有辱斯文！」

周翡靠在牆角，聽了這話，不甚明顯地笑了一下。

李妍還以為她是笑話這老夫子迂腐，雖然也覺得罵北斗「有辱斯文」有點逗樂，還是不免有些擔心，心道：那老書呆無端這樣得罪北斗，叫他們害了怎麼辦？

她便有些焦急地伸手去拉周翡的袖子，正要開口，卻見周翡衝她搖搖頭。

那老夫子吼出「南國子監」的時候，囂張的北斗們停滯了一下，片刻後，又有個人開了口，這回聽起來客氣了不少，那人道：「敢問先生是……」

那老夫子繼續扯著刮得人耳朵疼的嗓子說道：「老夫乃是南國子監真講林進，聖人門下，雖人微位卑，豈能坐視爾等放肆？倒要請教今日是哪位將軍途經，好大的動靜，好大的官威！」

先前出聲的北斗道：「不過小小一個真講，那若是放跑了朝廷欽犯，這干係你來擔嗎？」

老夫子當即振振有詞地反唇相譏道：「既是捉拿欽犯，便自去捉來，跑到此處尋一干學童的晦氣是什麼道理，我看閣下才是要放跑欽犯！」

李妍一口氣卡在嗓子眼裡，總覺得下一刻就能聽見慘叫，不料那邊尷尬地沉默了片刻後，後出聲的北斗喝住了憤憤的同伴，那人大約是童開陽手下的一個小頭目，聽聲音都能聽出肯定是一臉忍辱負重，說道：「原來是林先生，久仰大名，既然是先生，自然不會藏什麼，有擾，咱們走！」

李妍沒料到這反轉，震驚地瞪大了眼睛。

不過片刻，腳步聲漸漸遠去，來勢洶洶的北斗竟然撤走了。

李妍：「就……就這麼……」

外面安靜了好一會，隨即，老夫子絮絮叨叨地維護了一會學童的秩序，又開始帶著他們唸經。

直到這時，劉有良才鬆了口氣，將一直梗著的脖子重重靠在一邊，他氣如游絲說道：「曹仲昆早年皇位來得名不正言不順，初掌政權時，手上沾了不少人命，可是江湖人的命沾便沾了，讀書人的命卻金貴多了，後來他年紀漸長，畢竟沒有『焚書坑儒』的膽子，也怕遺臭萬年，這些年便開恩科，擴國子監。」

「擴著擴著裝不下了，」周翡站在一邊接話道，「於是弄出了南北兩個國子監，為了顯示自己能兼聽，南北國子監師生定期能上書奏表給舊都，這些書呆子有時咬起人來比御史臺還厲害。據說趙家人之所以倉皇南渡，便是老皇帝一意孤行動搖了朝中權貴與文臣的根基，有這前車之鑒，曹氏一直很小心，北斗名義是天子近衛，其實不過是辦事的狗，未必敢在南國子監放肆……對不對，劉大人？」

劉有良一手按著腰間的傷口，艱難地笑了一下，低聲道：「不錯，這老林先生雖不過一個小小真講，名聲卻很大，他本是個老學究，辦事說話糊裡糊塗，有時甚至顛三倒四，實在不堪為官，偏偏運氣極好，早年開私塾收學童，說來不過教些千字文之類識字開蒙的功課，不料經他開過蒙的，連續出了四五個一甲登科，連如今的祭酒大人都曾在他門下唸過書，不少讀書人家的孩子覺得由他老人家領著進門，將來必定大有文采，都快成本地一典故了。」

李妍聽得愣愣的。

周翡掀起眼皮看了她一眼：「稀奇什麼！妳以為妳哥隨便找個什麼地方，都敢把妳自己丟在這？」

李妍忽然說不出話來。這幾年，她見周翡的次數一隻手能數過來，對周翡的印象仍然停留在那漫長的少女時光——李妍記得，周翡走路的時候頭也不抬，經常旁若無人地沉浸在自己的世界裡，因此既不認路也不認人，每次逢年過節，她都一臉愛答不理地跟著李晟，倘或見了人，李晟叫人家什麼，她就跟著叫什麼……甚至有一次不留神跟著李晟叫了大當家一聲「姑姑」。告訴周翡的祕密，永遠不用擔心她說出去，因為她根本不關心，聽的時候就沒聽進去，頭天跟她說的少女心事，扭頭她就給忘得一乾二淨。

這樣一個兩耳不聞窗外事的人，是怎麼變成如今這樣天下南北事如數家珍的？

李妍不會藏話，心裡想什麼，臉上能一目了然，周翡將碎遮往腰間一掛，雙手抱在胸前，笑道：「這有什麼，我剛下山的時候也什麼都不想，沒人帶路就找不著北。李婆婆比我還離譜，他辨的那些破事我就不提了。」

李妍悶悶地說道：「那後來妳怎麼找著北了呢？」

周翡頓了一下，目光在李妍臉上定定地落了片刻，隨後說道：「因為給我帶過路的人都不在身邊了。」

王老夫人、晨飛師兄、馬吉利……還有謝允。

周翡說完，飛快地收回目光，話音一轉，接著對劉有良說道：「我知道童開陽或許會忌憚南國子監，只是我沒料到他這麼好打發，三言兩語就走了。倘若不是有什麼陰謀，那便必定是有緣故了。」

李妍立刻想起劉有良之前那句差點說出來的話，忙介紹道：「這是我姐，是我們大當家的……」

「南刀。」劉有良不等李妍說完，便接道，「我知道，妳在北斗中比在南邊武林中出名，畢竟不是誰都敢在童開陽府上放火……周姑娘確實縝密——童開陽不敢，是因為如今南國子監祭酒是太子的親舅，再正也沒有的太子黨……至於童開陽為何不想在這個節骨眼上得罪太子，咳……」

他半合著眼，氣喘吁吁地咳嗽了幾聲，說道：「因為曹仲昆死了。」

周翡：「……」

李妍：「……」

隔著一堵牆的地方，老夫子齁著嗓子唸到了「為萬世開太平」，「平」字拖著三十里的長音，可謂一唱三嘆，叫老旦聽了也要甘拜下風。而年久失修的聖人廟後院裡，只剩了半條命的中年男子躺在地上，輕飄飄地放出了這個石破天驚的大消息。

別說李妍，連周翡都愣了。

「京城現如今正祕不發喪，這消息只有皇后、太子與我們幾個正好在場的近衛知道。太子想要趁此機會一舉拔出端王在京的黨羽，搶先繼位登基，嚴令禁止將這消息傳出，我們當時都被扣在宮裡，有膽敢離開半步者，便以某犯罪論處。」劉有良一攤手，「於是劉某『謀反』了。」

李妍愣了半天，有些意外地說道：「難道妳要將這消息告訴曹……那個大胖子？」

周翡低聲道：「李妍。」

李妍吐了吐舌頭，不敢再說傻話了。

周翡走過來，拄著碎遮，半跪在劉有良面前，盯著他說道：「若只是一個消息，劉大人大可以神不知鬼不覺地將話傳出來，實在不必這樣大費周章。」

「不錯，我早在舊都的時候就已經設法將消息傳給行腳幫了，這會，令尊想必早已經收到了。只是當時有些忘形，被小人陷害，否則不會那麼容易被童開陽撞破。」劉有良吃力地將手伸進懷裡，摸了半晌，摸出一個巴掌大的小盒，上面畫著褪色的花草，像是個舊胭脂盒，「不過也無所謂，我本來也……」

劉有良吃力地動了一下，喘得像個爛風箱，將那胭脂盒塞進了周翡手裡：「此地凶險，姑娘雖然有南刀令名，帶著我也是多有不便，就不要……不要管我了，妳將此物帶回去與令尊，我心願便了，死也……」

周翡問道：「這是什麼？」

「是海天一色盟約。」劉有良道。

周翡臉色驀地一變。

便見劉有良急喘了幾口氣，又補充道：「不是……咳，你們說的那個海天一色，你們爭來搶去的那什麼水波紋，我不知道是個什麼東西，也不知道它為何要沿用『海天一色』的名頭……當年舊都事變，一部分人走了，護送幼主南下，捨生取義，一部分人留下了，忍辱負重，都知道這一去一留間，或許終身都難以再見，我們便在臨行時定下盟約，名為『海天一色』……」

捨生的與苟活的，忍痛的與忍辱的，恰如秋水共長天一色。

「最後一個活著的人，要將這份盟約與名單送到南邊，這樣哪怕我們死得悄無聲息，將來三尺汗青之上，也總有個公論。可笑那風聲鶴唳的童開陽，還以為這是什麼要緊的機密，想從我手中拿到這份名單，好按圖索驥，挨個清算呢。」

周翡打開掃了一眼，即使她現如今頗有眼觀六路耳聽八方的意思，名單上的很多人名對她來說仍然十分陌生，因為有些人大概終身沒什麼建樹，未能像吳將軍這樣爬到高位，做出什麼有用的事，只是無能為力地官居下品，在年復一年的疑惑與焦慮中悄無聲息地老死，有些人則乾脆捲入了別的事端中，在雲譎波詭的北朝裡，與無數淹沒在蠅營狗苟、爭權奪勢的人一樣，懷揣著一份壓得很深的忠誠，死於不相干。

劉有良道：「我一路尋覓可託付之人，總算老天垂憐。周姑娘，便仰仗妳了。」

李妍不知所措地看了看周翡，又看了看劉有良——章丘城已經戒嚴，這附近一帶想必都已經被北斗的探子包圍，帶著這麼個重傷的人，外有童開陽這種強敵，哪怕是周翡，恐怕也無能為力。

李妍很想拍著胸脯說一句「大叔你放心，我必能護你周全」，可她不能——她就算自己願意豁出去，也不能替大哥和姐姐豁出去，只好眼巴巴地看著周翡。

周翡沒吭聲，想了想，將那舊胭脂盒收進懷裡，站起來衝外面喊了一聲：「林老頭兒，你唸完經了嗎？」

李妍：「……」

只見門上一道緊閉的小門從裡面推開，一個山羊鬍子五短身材的老頭一手扒拉開門上的蜘蛛網，扶著牆走出來，扯著公鴨嗓，指著周翡道：「放肆，不尊先長，沒大沒小！」

方才廟裡鬧哄哄的學童們已經走光了，老夫子拄著根拐棍一步一挪地走過來，他滿頭白髮，看著足有古稀之年了，光是走這兩步路便看得李妍提心吊膽，唯恐他一個大馬趴把自己摔散架。

周翡不耐煩道：「我沒吃你家米，又沒讀你家書，少在我這充大輩了，快來幫忙！」

林進用拐杖戳了她一下，山羊鬍俏皮地翹了起來：「我是妳師伯！」

周翡面無表情道：「你是誰師伯？我可沒有一個和尚師父。」

林進聽了，臉上露出了一個十分猥瑣的笑容，披著老學究的皮，身體力行地表演了一番何為「道貌岸然」，說道：「早晚妳得承認，嘿嘿。」

李妍覺得自己看見了周翡額角的青筋，然後便見那走路都顫顫巍巍的老東西上前一步，好似撿起一片紙似的，避開劉有良的傷口，輕輕鬆鬆地抓起他的腰帶，一把將那五大三粗的漢子扛在了肩頭。

李妍目瞪口呆地看著他，那老夫子擠眉弄眼地衝她一笑道：「噫，這位小姑娘也十分俊俏，讀過四書了不曾？五經喜歡唸哪一篇？」

「她喜歡《三字經》，」周翡冷冷地說道，「別廢話，走！」

林進衝她瞪眼道：「人心不古，人心不古！周丫頭，妳再學不會知書達禮，可別想進我家門了。」

由此可見，謝允那一身「賤意」絕非天生，也是有來歷的。

周翡一橫碎遮，怒道：「你做夢去吧！」

林進老猴子似的蹦蹦噠噠地躲開，哈哈一笑，扛著個震驚得找不著北的劉大統領，一個起落，倏地便不見了蹤影。

李妍指著老夫子消失的方向：「他……他……」

「一個前輩，人雖然猥瑣了點，但還算靠得住，交給他可以放心。」周翡頓了頓，看了李妍一眼，又道，「我就不等李婆婆了，妳跟他說一聲便是，我還有點事，過幾日重陽回家。路上小心點，回見。」

李妍忙道：「哎，等……」

可是周翡不等她開口，人影一閃，已經不見了。

第四十五章　蓬萊

傍晚時分，一條小舟悠然橫在水波之上，周翡悠然地坐在船舷上，她早就不是被一根長槳弄得團團轉的旱鴨子了，偶爾信手撥弄一下，小船便直直地往前走去，逆水而行了一整天，便來到了一大片島礁之地。

她不知已經來過多少遍，既不需要地圖，也不必有司南（注），閉著眼便能令小船左拐右轉，穿過一個令人眼花繚亂的石頭陣，隨即又鑽入了一個只堪堪能過的石洞裡，她放下船槳，任憑水流推著小船行進，其中拐了幾道彎，水路越來越窄、越來越淺，直到船已經沒法再走，她便將小船停在淺水裡，輕輕一躍跳上了黑洞洞的岸上，摸索著在石牆上推了幾下，「咔噠」一聲輕響後，山石上竟憑空開了一道門，步入其中走上約莫一炷香的工夫，前方竟豁然開朗，露出一片島上房舍來。

有個老漁夫正在曬網，見她來，絲毫也不吃驚，輕描淡寫地衝她點了個頭，說道：「周丫頭，來得不巧，那小子前幾日醒過一陣子，本想等妳幾天，實在不成了，昨天才剛回去閉關。」

注：利用磁石指極性製成的指南儀器，可辨別方向，為現在指南針之始祖。

周翡不甚明顯地嘆了口氣，說道：「路上遇上點麻煩。」

那老漁夫伸手指了指一處天然礁石山洞：「快去吧，留了信給妳。」

周翡卻沒有動。

她像是個走了很遠的路方才歸來的旅人，心裡未必不歡喜，只是十分疲倦，累得見了日日牽掛的親人也不想言語，聞到久久思念的家常菜味也不想吃，看起來倒像是無動於衷似的。

她在水邊站了一會，見細碎的浪花來而往復地拍著岸上的礁石，一部分漁網落在了水裡，隨著水面起起伏伏，時而沉浸到蒼白的泡沫中去，泛著異樣的光澤。好半晌，她用碎遮輕輕戳了戳地面，摸出一個小瓷瓶，說道：「我找到了傳說中的『朱明火尾草』，託毒郎中磨成了粉才帶回來，不知道有沒有用。」

周翡當年從周以棠那拿到了地圖，便跑去把梁紹的墓穴挖了個底朝天。梁相爺也是慘，生前鞠躬盡瘁，死後不得安寧，那墳被人刨過不止一次，周翡去的時候，連他的屍骨都沒找著，棺材蓋也給掀在了一邊，亮著個空蕩蕩的「三長兩短」，十分淒涼。好在先來的訪客找東西很有目的性，大部分陪葬品並沒有動。周翡將和大藥谷有關的東西都拿了出來，有用的送到了蓬萊，其他的便乾脆賣了個人情，送去給了應何從。

這些年，她對照著昔日走偏的奇才呂潤那本《百毒經》按圖索驥，走過無數人間奇譎之地，還跟童開陽結下了深仇大怨，自己也混成了半個奇珍草藥的行家，結果卻好似總是不盡如人意，治標難治本。

有時候周翡也會想，如果她是謝允，她願意像這樣吊著一口氣，大半時間都在昏迷中度過地活嗎？

只是想一想，她都覺得自己要瘋。

思緒這麼一拐，周翡便常常覺得灰心得很，可是她心性裡偏偏又有點小偏執，雖灰心，卻始終未死心，灰一晚上，第二天總還是能鬼使神差地「死灰復燃」。

謝允清醒的時間很短暫，剛開始，不過是被他島上三位長輩以內力療傷時逼醒的，幾乎沒有意識，這一年來用了《百毒經》中所載、以奇蟒「蛟膽」做的「蛟香」，方才有些轉機，已經能起來活動一陣子了，可惜……周翡緊趕慢趕，還是沒趕上。

周翡輕聲道：「我還沒找到同明大師說的那種內力。」

老漁夫不怎麼意外，專心致志地拉扯著手中的漁網，頭也不抬地說道：「我聽妳進來的時候腳步略沉，似乎有些遲疑不決，便知道沒什麼結果。」

傳說中的「蓬萊仙」其實有四個人，當年有一位前輩為了救謝允，瞞著其他三人傳了功給他，已經過世了，到如今，剩下一個高僧同明大和尚，一個混跡國子監、熱愛誤人子弟的林夫子，還有一個，便是這老漁夫。

這做漁夫打扮的老人名叫陳俊夫，名字與樣貌均是平平無奇，說出去也未見得有多少人知道，可他做的東西卻是大大有名——譬如早年山川劍為自己夫人訂做、後來落入了青龍主鄭羅生手裡那件刀槍不入的「暮雲紗」。

相傳此人有一雙能點石成金的手，機關、兵器、寶衣……無所不精。

比起說話總是打禪機的同明大師、不著四六（注）的林老夫子，周翡比較願意和這位陳老聊天。

三年多，即使周翡天生是個愛跳腳的性子，也在屢次失望中淡定了，她與老漁夫一站一坐，嘴裡說著喪氣的話，臉上卻沒什麼波瀾，好像只是和他閒聊家常一樣。

周翡問道：「陳老，我要是到最後也找不到怎麼辦？」

老漁夫摸出一根樣式古怪的梭子，以叫人看不清的手速在一層網上織另一層網，他用的魚線極細，好似比傳說中「五層紗衣可見胸口痣」的綢緞還要輕薄。陳俊夫手雖快，話卻說得很慢，他靜靜地說道：「林老頭第一次見妳，便要出手捉弄，當時妳拿他一點辦法都沒有，現在不過兩三年的光景，他已經不敢隨便惹妳了，妳可知為什麼？」

周翡雖然是個武癡，卻也總有不想討論武功的時候，聞言懨懨地說道：「不知道，拳怕少壯？也沒準是他老人家『之乎者也』唸多了，越活越回去。」

陳俊夫伸手輕輕一拉魚線，魚線便乾淨俐落地被他截斷了，平攤在地上的大「漁網」動了動，灼眼的光芒「嘩」地一下，潑灑似的流了過去。他抬起黝黑的臉，瞇著眼對周翡笑了笑，說道：「因為別的人，或是走上坡路，或是走下坡路，或是原地不動，腳下起起伏伏，都有著落。妳卻不同，妳走的不是斜坡，是峭壁，石階之間沒有路，只能拼命縱身躍起，每次堪堪抓到上面的石頭，再掙扎著爬上去，萬一爬不上去，便只好摔成粉身碎骨，這是置之死地而後生的路——我問妳，妳怕過嗎？」

周翡愣了愣，隨後點頭道：「嗯。」

怕乃是人之常情，可是偏偏她被謝允傳染了一身霉運，每次身臨險境，都好似被卡在石頭縫裡，想要不被困死原地，只能一往無前，怕也沒用。

陳俊夫問道：「那怕的時候，妳怎麼辦呢？」

「就假裝我其實已經在高一層……或者更高的石階上，假裝到自己深信不疑時，便覺得眼前這一步不在話下了。」周翡抿抿嘴唇，衝陳俊夫一點頭，勉強笑道，「知道了，多謝陳老指點。」

「指點什麼，不過是教妳自欺欺人地好受一點，快去吧。」陳俊夫衝她擺擺手，重新忙碌起來。

周翡轉身走進謝允閉關的洞府中，剛到門口，便已經覺得熱浪撲面，一股奇特的香味從中透出來，正是蛟香，據說普通人在裡面打坐片刻，蹭幾口蛟香，內功修為能事半功倍——只是不能久待，否則會對經脈有損。

洞府中被蓬萊這幾位財大氣粗的老東西弄得燈火通明，牆上半個火把都沒有，全是拳頭大的夜明珠，周翡一進去先愣住了——只見上次她來時還光禿禿的石壁上，被人以重彩畫了一片杜鵑花，畫工了得，那獵獵的紅幾乎能以假亂真，怒放了一面牆，絢爛至極地往人眼裡撞，生機勃勃，好像一陣風吹過去，便能翻起火焰似的紅浪來，叫人看一眼，胸中不散的鬱鬱便好似輕了幾分。

注：又叫四六不懂。意思是上不知天，下不知地，為人不知父母。通常形容一個人說話不著調、沒邊兒沒沿兒、不著邊際。

蛟香繚繞中，一個清瘦了不少的人安靜地躺在上面，蒼白的臉色被牆上的畫映得多了幾分血色，手裡握著一塊緋紅的暖玉。

周翡緩緩走到他身邊坐下，感覺整個石洞熱得像個火爐子，就大冰塊謝允身邊還能涼快點。

她抬頭瞄著牆上的畫，對謝允道：「你畫的？嘖，你還挺有閒情逸致。」

躺著的人自然不能答話，但周翡的目光掃過整一面牆的紅杜鵑，在角落裡發現了幾行題字並落款，先頭題了一句白樂天的「回看桃李都無色，映得芙蓉不是花」，後面又道「經一場大夢，夢中見滿眼山花如翡，如見故人，喜不自勝」，落款是「想得開居士」。

周翡看見「想得開」三個字，不由自主地笑了起來。

接著，她看見旁邊小桌案上放了筆墨紙硯，便從石床邊跳了下來，步履輕盈地轉到小桌前，翻看謝允留給她的信。只見桌面上攤了幾張畫，頭一張畫的是個十三四歲的小姑娘，十分稚氣，纖纖秀秀的，單腿站在一塊大石頭上，偏頭正往畫外看，眉目飛揚，顯得十分神氣。

周翡訝異地一挑眉，隱約想起這是自己年幼時在洗墨江中初見謝允的模樣，她自己都已經有點記不清了，沒想到謝允筆下居然還這麼分毫畢現，周翡心頭先是微微一跳……不料隨後看見題字，頓時從感動不已變成了氣不打一處來——姓謝的那倒楣玩意給這幅畫起名叫「水草精小時候」。

周翡自言自語道：「你才水草精，你是鯊精！」

第二幅畫上是個少女，長大了些，面容俊秀，她手裡拿著一顆骷髏頭，正將它往一堆骨架上擺，旁邊一堆幢幢的黑影，只有一束月光照下來，落在那少女背影上。

周翡這回壓住了心裡的波瀾，先去看題，見這張畫上寫的是「威風水草精隻身下地洞，備戰黑北斗八百小王八」。

周翡：「……」

她原地磨了磨牙，回頭掃了謝允一眼，不知是不是她的錯覺，總覺得謝允嘴角好像還帶著一點壞笑。周翡突然覺得自己那拖得腳步都發沉的心情實在毫無必要，這位想得開居士這麼會玩，看來離死還遠著呢。

她暗罵一聲「混帳」，憤憤地掀開第三幅畫。

第三幅畫上畫著一個年輕姑娘，比前面的少女又年長了些，五官同前兩張如出一轍，人卻是微笑的，她身穿一襲紅裙，裙角飛揚，鬢似鴉羽，眉目宛然，站在一大片杜鵑花叢中，背著手拎一把長刀。

周翡愣了愣，突然莫名覺得自己確實應該做一身這樣的紅裙。

隨即，她又搖搖頭，去看謝允那毀畫的題字，題字道：「畫中仙乃是……」

「乃是」個什麼，後面沒了，周翡莫名其妙地找了一會，在角落裡又發現了倆字：「妳猜」。

周翡忍不住問出聲道：「你這畫名叫『妳猜』？」

謝允不出聲，畫卷上卻隨著她的動作，落下了一個小信封，上面附了一張字條，寫道：「猜錯了，不是妳，是我媳婦。」

周翡哭笑不得地拆開信封，見裡面是寫過《離恨樓》與《寒鴉聲》的熟悉字跡，整整齊齊地一整篇。

「阿翡，」謝允寫道，「聽聞妳不日將至，很是歡喜，東海之濱蝦兵蟹將甚眾，皆與妳等水草精為同族，蘸油鹽醬醋並碎薑末一點十分味美，妳可與之多多親近……」

謝允的信裡隻字未提透骨青，也沒有淒淒慘慘地感激她奔波，一邊開玩笑消遣她，一邊將蓬萊一帶好吃與好玩的東西羅列了一個遍，又叫她去翻看枕邊的小盒子，神神祕祕地說裡頭有「異寶」，結果周翡依言打開，發現裡面是一堆叫她啼笑皆非的貝殼。結尾，謝允又可憐巴巴地央求道：「筆墨均已列次石桌上，承蒙垂憐，長篇大論大好，隻言片語亦可，盼妳回覆一二，稍解吾之思念於筆端。」

然後又畫蛇添足地叮囑道：「另：筆墨僅供書寫於紙面，勿做他用。」

周翡本來沒想拿一堆筆墨幹什麼，看了這句話，頓時大受啟發，她獰笑一聲，挽起袖子，飽蘸濃墨，來到無知無覺的謝允面前，心道：這可是你自找的。

她伸手在謝允臉上比了比，果斷大筆一揮，對著端王那張鼻子是鼻子眼是眼的臉上開始辣手摧花，先在他臉上勾了個圓邊，繼而將他眉毛畫成了兩道黑槓，兩邊臉上各勾了三根鬍子，最後額間加了個端端正正的「王」。

畫完，周翡歪頭打量了他片刻，還是覺得少了點什麼，於是將謝允那隻空著的手拉了過來，在他掌心上寫道：「欠揍一頓。」

周翡在火爐似的山洞中盤旋了一會，再出來時，來時的猶豫與疲憊不覺一掃而空。

陳俊夫頭也不抬道：「走了啊？」

「走了。」周翡衝他一點頭，「重陽還得回家去，曹仲昆一死，我爹大概又要開始忙了。回頭我再四處找找，想辦法再弄一枚蛟膽來。」

「不必急，有那一點夠燒幾年了。」陳俊夫說著，抬手將一個亮燦燦的東西丟給她，「拿去。」

周翡一抄手接住，見那是一件貼身的軟甲，尺寸纖瘦，觸手輕如無物：「暮雲紗？」

「暮雲紗是什麼破玩意！」陳俊夫笑道，「不過這也不是什麼要緊物件，我織漁網剩一點巴掌大的邊角料，做個什麼別人也穿不進去，也就夠妳用。老夫給它起了個名，叫做『彩霞』，怎麼樣？」

周翡聽了「彩霞」這「出塵脫俗」的名，一時無言以對，只好乾笑一聲。

周翡從謝允給她留的那一盒吃剩的貝殼裡挑了幾個頗有姿色的，自己穿了孔，綴在了陳老那漁網邊角料織就的小衫裡，便穿著這一身破爛走了，倘若再去弄兩個帶補丁的麻袋，光這一身行套，她便能在丐幫裡混個小頭目當當。她打算先回家一趟，跟李瑾容覆命，再去周以棠那裡看看他有沒有什麼要差遣的，倘若這邊事了，她便想著還得再往南邊走一趟，找找還有沒有其他蛟膽可以挖。

中原但凡成氣候的武學都有自己的體系，有名有姓有淵源，同明大師說的那種內力倘若有，萬萬不該籍籍無名，既然在中原武林中遍尋不到，周翡便想著，或許可以去塞外和南疆碰碰運氣。為這，她還應了入冬以後去南疆跟楊瑾比一場刀，以便支使他幫忙留意南疆的奇人異事。

大小事多得足能排到來年開春，周翡不敢耽擱，綴著一身稀里嘩啦的貝殼，一路走官道快馬加鞭。

誰知行至半路，尚未出魯地，她便又看見了四十八寨的煙花——這重播得更巧妙一些，混在了一大堆尋常煙花裡，不像是有什麼急事，倒像是隱晦的通信。周翡半路拉住韁繩，望著煙花消散的方向皺了皺眉，不知是不是四十八寨的闖禍精們都被李瑾容派出來了，不然怎麼隔三差五便要作個妖？

然而既然已經看見了，她肯定不能放著不管，只好一撥馬頭奔著那邊去了。

馬撒開了蹄子約莫跑了有一刻的光景，夜空之中就跟過節似的，接二連三地炸著大小煙花，遠遠地還能聽見放煙花處喧鬧的人聲，路上遇見的人漸漸多了起來，好似都在往那邊跑。

周翡一個相貌姣好的年輕姑娘孤身而行，總是叫人忍不住多看幾眼，時而有膽大臉皮厚的想上前同她搭話。

周翡小時候便有些「生人勿近」的意思，這幾年常常險境行走，武功精進，身上越發多了些許說不清道不明的氣質。搭話的見她不怎麼吭聲，大多也不敢糾纏，只有一個嘴上生著兩撇小鬍子的青年「男子」，在周翡身邊來來回回繞了好幾圈，還大著膽子上前問道：「這位姑娘，妳也是去柳家莊嗎？」

周翡偏頭瞥了此人一眼，見「他」骨架很是纖細，領口欲蓋彌彰地高高支起，遮著喉嚨，後背挺得很直，手肘自然垂下的時候微微落在身後，說話時下巴微收，雖然嘴角有兩撇小鬍子，但小臉白得在夜色裡直反光，一看就是個貼了鬍子的大姑娘。

周翡「嗯」了一聲，便沒什麼興趣地轉開了視線。

誰知那姑娘依然不依不饒地湊過來，衝她說道：「這柳家莊真是了不得，家裡老太太過壽，還不是整壽，便弄出了這麼大陣仗，怪不得人家說他們富可敵國。」

周翡對什麼「楊家莊」還是「柳家莊」不感興趣，剛想假裝沒聽見催馬先行一步，突然覺得不對勁，她輕輕一拉轡繩，猛地回過頭去盯著那小鬍子看。

小鬍子住了嘴，端莊地坐在馬上，衝周翡微笑。

「怎麼是妳？」周翡總算認出「她」來，訝異地問道，「妳怎麼到這來了，還弄成這樣？」

原來那「小鬍子」竟然是本該在蜀中的吳楚楚。

吳楚楚不會像李妍一樣咧開大嘴笑，嘴角的動作永遠不如眼角的動作大，她彎了彎笑眼，問道：「怎麼，不像嗎？」

周翡哭笑不得地搖搖頭。

「阿妍給我的。」吳楚楚低頭將嘴上的小鬍子撕了下來，露出花瓣一樣的嘴唇，「我本來覺得不大雅觀，但是看她一天到晚打扮得奇奇怪怪在山上跑，好像也別有些趣味，便忍不住東施效顰了，果然我還是學不像。」

周翡走了以後，在四十八寨陪著吳楚楚最多的也就是李妍了，李妍姑娘自帶一股天生的歪風邪氣，污染力極強——永遠無法跟別人「近朱者赤」，永遠能把別人帶得跟她「近墨者黑」。

周翡又問道：「誰送妳過來的？」

「我自己出來的，同大當家說過了。」吳楚楚道，偏頭見周翡直皺眉，她便又笑道，「妳這是什麼表情？大當家教了我一些粗淺的入門功夫，我有自知之明，又不會像你們一樣沒事路見不平拔刀相助，出門自保總是夠用的。」

「大當家？我娘親自教妳嗎？」周翡吃了一驚，隨即又道，「怪不得妳最近都不寫信問我了。」

當年他們一幫人從永州回蜀中，便有點各奔東西的意思——李晟和周翡常年不在寨中，剩下一個李妍，雖然能與吳楚楚聊做陪伴，但作為弟子的功課很重，再怎麼受寵，李妍每日早晚雷打不動的練功與李瑾容定期的抽查總是躲不過去的，也沒有那麼長時間陪她。

吳楚楚一度不知道自己應該做什麼，舊都裡的官家千金們在她這個年紀，應該已經學著女紅和管家，等著「父母之命，媒妁之約」嫁人了，一生到此，便算是塵埃落定，有了定數，往後生平起落，都在小小一方宅院之中，榮華落魄，也都悉數牽在夫家榮辱興衰上。

可是她如今孑然一人，既不是官家小姐，也沒有家讓她管，她混跡在一群江湖草莽之中，彼此間好似有一條比海還深的鴻溝。寨中人待她雖好，也是「以禮相待」的好，不會越俎代庖地給她安排什麼。而她十多年來積攢的勇氣，在逃亡路上用了個一乾二淨，所剩不過一身的「溫良」與「貞靜」，並不足以給她指一條康莊大道。

至於父母深仇，那已經上升到了國仇家恨的地步，是舊都與金陵之間的鬥爭，她無能為力，絲毫插不上嘴。這種困惑是無從傾訴的，亂世中誰不是把腦袋別在腰間，活著尚且不易，誰有工夫聽一個小小孤女幽微又矯情的那點茫然？

周翡有一次回家，見吳楚楚實在無所適從，便隨口給她找了點事做——與曹寧一戰裡，四十八寨數十年積累險些毀於一旦，寨中不少門派本就已經人才凋敝，這樣一來更是要沒落下去，前輩們留下的武功典籍多年沒有人修整編纂，不是缺頁短字，便是留著落灰，很多典籍本身已經佶屈聱牙，間或還混進一些前輩們亂七八糟的感悟，諸子百家的引用都有，極難看懂，被一代又一代大字不識半筐的粗人們口口相傳，謬誤多得好似篩孔。正巧吳楚楚從小飽讀詩書，周翡便讓她幫著慢慢整理四十八寨的武庫。

周翡本是隨口一說，本意是讓吳楚楚沒事抄書解個悶。本來麼，一個從未練過一天功夫的弱質小姐，靠一支筆去編纂一個土匪寨裡的武學典籍，怎麼聽怎麼扯淡。可吳楚楚卻好似抓住了一根救命稻草，真就一門心思地扎了進去。

她先是學了些奇經八脈、認穴之類的基礎，大致有個概念之後，便又開始抄錄原文。吳楚楚先從保存完好的開始，找那些可以讓她大致通讀的，每每遇到個別缺字，她便絲毫也不敢馬虎，補一個字往往要考證月餘。她閨秀出身，生性內向，剛到四十八寨的時候，沒事都不好意思和人家主動搭話，更不必提討教了，每每有疑問，只能不遠萬里地寫信問周翡，每次來信必是厚厚的一打，有時周翡跑到深山老林裡接不到，攢幾個月，回頭一看，能從暗樁裡收到半尺多高的信，信中各種稀奇古怪的問題，常常把自以為基本功紮實的周翡也問得一頭霧水，有些實在答不上來，還要去請教別的前輩。

周翡這幾年進境一日千里，跟胸懷十萬個「不懂」的吳小姐也有很大關係。

三年過去了，經吳楚楚修訂過的典籍已有二十多本，雖從數量上看不過滄海一粟，她卻已經漸漸摸到些門道，開始試著修復難度大一些的典籍，並能寫一些注解了。

吳楚楚抬手將一縷掉下來的頭髮別到耳後，笑道：「有一回修好的書被阿妍拿去看，叫大當家瞧見了，她便來問我要不要習武，我本想自己都這麼大年紀了，再開始習武未必還來得及，大當家卻同我說道『古來大器晚成者不勝枚舉，有那中年之後方才入門的，機緣巧合也成了一代大家，何況妳不過十來歲，一輩子長著呢，妳又不急著跟誰比武，入門慢一點有什麼打緊！只要肯，練個十幾二十年，縱然天資與機緣都一般，只要不去和人鬥勇逞凶，功夫也夠妳用了，沒什麼來不及的。』」

周翡愣了愣，此言與當年李瑾容傳她破雪刀時說的那番話異曲同工。

李瑾容不愧是年紀輕輕就敢北上殺皇帝的人，再怎麼被歲月磋磨，天性中也依然帶著「無匹」的我行我素，這些年來，倘不是四十八寨沉甸甸地壓在她肩頭，她大概有能幹翻活人死人山、成為一方魔頭的潛質。

吳楚楚又道：「妳別說，紙上得來終覺淺，自己開始學著練一點，跟以前紙上談兵確實又有不一樣——我這回到這裡來，是為了拜會這位柳老爺。」

周翡問道：「此地主人嗎？做什麼的？」

吳楚楚道：「這位柳老爺從前乃是泰山門下，年輕時還頗有些名頭，後來金盆洗手，退出江湖，便接管了家裡的生意，賺下了好大一份家業。我不是最近正在修訂千鐘派的功夫嗎，李公子說千鐘一派最早發源自泰山，武功與泰山體系一脈相承，我便寫了信給柳老爺，想向他請教。」

周翡再次目瞪口呆——過去連跟李晟多說幾句話都覺得不好意思的吳楚楚，居然相隔千里，寫信給陌生人！

「妳叫那貨『李公子』我真有點聽不習慣。」周翡想了想，又問道，「好多人慣於敝帚自珍，除非拜入自己門下，否則不大肯指點別人……這個柳老爺還真答應妳啊？」

「答應了。」吳楚楚開心地說道，「柳老爺家大業大，自己雖已不在江湖中，卻仍喜歡結交各路朋友，這些年生意上也是因為有各路朋友幫忙才能這麼順利。他與我回信說，自恒山沒落，五嶽這些年也相繼有銷聲匿跡的意思，不少弟子尚未出師便下山各自去討生活了，心裡也覺得十分可惜。再說我來考證千鐘與泰山的淵源，相互印證，來日若真有發揚光大的一天，也是好事。」

周翡也沒想到自己不過隨口一說，吳楚楚居然能做到這種地步，而且還叫她找到了一個志同道合的怪胎願意配合，她不由得感嘆世間萬事皆在人為，吳楚楚花了三年，已經走到現在這地步，倘若她當真能三十年矢志不渝，這些年中原武林斷絕的傳承，也許真就能在她手裡留下一息沿襲。

「對了，」周翡問道，「方才那煙花是妳放的？」

吳楚楚搖搖頭：「柳老爺家高堂過壽，今日途徑的三教九流都能到他府上沾個喜氣，我本想著他們家今日客多，必定亂得很，便不去添亂，過兩天再前去拜會，結果方才看見煙花傳訊，這才順路過來。」

兩人說話間，便混進了前往柳家莊蹭飯的大部隊裡，柳老爺果然頗有大方好客之名，往來柳家莊的有風度翩翩的，也有衣衫襤褸的，家僕訓練有素，一概笑臉相迎，張燈結綵的莊子裡已經坐不下了，流水的筵席一直擺到了門口，與主人家說幾句吉祥話，隨便坐下即可。

吳楚楚既然已經來了，便同家僕報上了名號並附上與柳老爺的往來信件，家僕一路小跑地跑到莊子裡報訊，周翡等待時無所事事，百無聊賴地四下瞟。

突然，她在人群裡看見了一個頗為熟悉的人影。

這日月朗星稀，燈火亂撞，亂七八糟的光影交疊在一起，又不時有人走來走去，亂哄哄的轉得人眼前暈，周翡卻在目光掃過人群的時候看見了吳楚楚口中某「李公子」。

李妍不知道哪去了，沒跟他在一起，李晟混跡在一幫跟他一樣時刻準備去選秀男的翩翩公子中，好似十分如魚得水。

周翡心中十分詫異，心道：我都在東海裡游一圈回來了，怎麼還能碰見這個倒楣蛋？

真是孽緣。

李晟沒看見周翡，他正虛頭巴腦地端著個酒杯跟周圍的人「推杯換盞」，小酒杯不過一口的容量，周翡眼睜睜地看著他足足跟二十個人碰過杯，裝模作樣地喝了許久，半天愣是沒見他倒過一次酒，不知道那些大傻帽怎麼讓他糊弄過去的。隨即，周翡還發現，李晟一直盯著一個方向。她順著李晟的目光來回掃了兩遍，沒注意到有什麼異常，正在納悶，突然，有個醉漢東倒西歪地從人群中穿過。

醉漢哼哼唧唧地唱著一首特別下流的市井小曲，不少粗野的草莽漢子圍著他哄笑，他卻也不以為恥，走到哪便去人家桌子上摸酒壺，沿途禍害了一路，最後晃晃悠悠地來到了最角落的一張桌上。醉漢一屁股坐下，伸手便去摸桌上一排沒動過的酒壺。周翡吃了一驚，因為她直到這時才發現，那角落裡居然坐著個黑衣人。

那是個身形瘦削的黑衣男子，面容清臒，兩鬢斑白，整個人便好似融化在了夜色裡一樣，很容易就被忽略過去。李晟盯的就是這個人。

這時，那黑衣男子抬頭看了對面的醉漢一眼，方才晃晃悠悠的醉漢好像一瞬間酒就醒了，嘴裡的小曲竟戛然而止。片刻後，他不自然地站了起來，有些踉蹌地穿過人群，居然倉皇而去，而且走出老遠還頗為心有餘悸地回頭張望。

周翡有些納悶，見那黑衣男子坐姿端正，臉上蓄了鬍鬚，目光平和，並不怎麼凶神惡煞，她盯著他看了幾眼，隨後居然看出點眼熟來，搜腸刮肚地回憶了片刻，吃了一驚——因為認出此人就是當年在岳陽城外傳她《道德經》與蜉蝣陣的沖霄子道長！

周翡心道：他這是還俗了嗎？

沖霄子雖與她萍水相逢，卻間接救了她一命，讓周翡好歹沒被段九娘玩死，此時機緣巧合見了，於情於理，她都該前去拜會一下，她當即打算穿過喧鬧的人群，往沖霄子那邊去。

不料她方才一動，那黑衣的沖霄子竟好似若有所覺，他猛地往這邊看過來，目光如電似的射向周翡，還不等她遠遠地致意，沖霄子便突兀地扭開了視線，好似躲債似的站起來，側身閃入人群中。

周翡莫名其妙，十分不解，便要追過去。

可是好似整個齊魯之地的叫花子與小混混們全都來柳家莊蹭飯了，不斷有礙事的人橫出擋路，那老道沖霄子好似一尾滑不溜手的黑魚，轉眼便要沒入人潮。

周翡忍不住開口道：「前輩！」

她話音沒落，不遠處忽然一陣喧鬧。

只見一隊家僕抱著熱氣騰騰的壽桃從院裡面送出來，剛好擋在了周翡和沖霄子中間，等他們過去，沖霄子已經不見了蹤影。院裡笙簫鼓樂乍起，主人家還請了樂班來，女孩子清亮的聲音從裡院透了過來。

周翡拄著碎遮，一轉頭，發現李晟也不見了，她不由在原地皺起眉來，心想：他認出我了嗎？可他躲我做什麼？

這時，吳楚楚吃力地擠到她身邊，一拍周翡肩膀，衝著她耳朵大聲道：「妳怎麼跑到這來了？」

她懷裡抱著一摞舊書，在擠來擠去的人群中小心翼翼地伸手護著。

周翡忙伸手替她接過一半，問道：「這是什麼？」

「柳老爺叫人送給我的，」吳楚楚道，「說是今日府上太亂，不能同我好好聊一回，萬分過意不去，便將多年心得寫來給了我。」

師父教徒弟都未必有這麼用心。

吳楚楚又道：「咱們這麼走了是不是不太好，怎麼也得進去親自道聲謝吧？」

周翡也很想見識一下這位柳老爺是何方怪胎，聞言沒有異議，兩人便小心翼翼地擦著邊來到了內院。

院中桌椅板凳擺得滿滿的，連牆頭上都坐了人，中間搭了高高的檯子，臺上幾個水靈靈的姑娘各自吹拉彈唱，好不熱鬧。

兩人方才找了個角落站定，臺上的女孩子們便集體一甩水袖，行雲似的齊齊退了場。院裡「咣當」一下敲響了鑼，喧鬧的人群登時一靜。

只見座中一個喜氣洋洋的中年人站了起來，想必正是此間主人柳老爺，此人身高不到五尺，生得圓滾滾的，給他一腳就能滾出二里地去，一笑起來見牙不見眼。

柳老爺站起來，沒急著發話，先是假模假樣地四下尋摸一番，找了一排臺階，顛著小短腿往上爬了好幾層，而後手搭涼棚往四下一掃，見自己比其他站著的人都顯得高了，這才甚是滿意地點點頭，在眾人的哄笑中拱手道：「見笑，見笑。」

他拿自己的個頭開完玩笑，便怡然自得地整了整衣襟，朗聲道：「今日是我老娘八十四壽辰，俗話說了，『七十三、八十四，那誰不叫自己去』……」

眾人又笑，戲臺旁邊站起來個乾癟瘦小的老太太，精神矍鑠地拿著手中的扇子去砸他：「王八羔子，你咒誰呢？」

柳老爺抱著腦袋躲開老娘一扇子，他腦袋大胳膊短，十分滑稽，嬉皮笑臉道：「娘啊，妳讓我說完——我偏不願意信這個邪，這才將大伙都請來，熱熱鬧鬧地辦個大日子，什麼坑啦坎的，都給它踏平了！諸位今日肯來，肯賞我柳某人的臉，我都領情，一定得吃好喝好，多吃一口肉，便當是多給老太太壯一口陽……」

旁邊有人把酒都喝噴了，滿座哄堂大笑，八十四的老太太聞聽這通滿嘴跑馬，氣得一把抓起拐杖，指揮著兩個大丫頭攙扶，顫顫巍巍地要親自上前，將那柳老爺一拐子打下臺來。柳老爺一邊抱頭鼠竄，一邊叫道：「娘！娘！兒子賀禮還沒拿出來給大伙看看呢，哎呀！您也給我留點面子。」

戲臺後面的琴師們也是促狹，見此情景，鑼鼓又起，給狂奔的肉球柳老爺施了一段妙趣橫生的伴奏，唱曲姑娘的輕笑聲夾雜其中，裙裾在幕後若隱若現，準備要上臺再唱一段，牆頭上的漢子們紛紛伸長了脖子，準備第一時間叫好，突然，喧鬧的人群好似突然出了什麼問題，從周邊開始，疫病似的靜默飛快地往裡院蔓延過來。

人群莫名其妙，一傳十十傳百地安靜下來，琴師「錚」地一撥琴弦，隨即後知後覺地察覺到不對，一抬掌壓住了琴弦，顫動不已的弦與琴兩廂碰在一起，傳出刺耳的「咯」一聲，在一片寂靜中分外明顯。裡頭的人嗅到緊張的氣息，不明所以地往外望去，便見一個柳家莊的家僕面無人色地擠開門口的人跑了進來：「老、老老爺，外、外面來……」

他話沒說完，身後便突然有人受到了莫大的驚嚇一般亂了起來。

接著，幾個戴著鐵面具的人大步走進來，好似一群行走的妖魔鬼怪，所有人第一反應都是躲他們遠點，一時間，他們所到之處便如那神龍分海一般，摩肩接踵的人群自中間起一分為二，讓出好大一處空地給這群不速之客，恐慌的人們擠在一起，眼睜睜地看著這幾個人大搖大擺地闖進來。

周翡聽見周圍好幾個人小聲將「鐵面魔」三個字叫出了聲。

吳楚楚與她咬耳朵道：「好像是那位殷公子的人。」

周翡的拇指輕輕摩挲著碎遮刀柄，低哼了一聲：「陰魂不散。」

殷沛這些年的豐功偉績，但凡是長了耳朵的就有耳聞，堪稱惡貫滿盈，僅就作惡這一點，他以一敵四，青出於藍地壓過了昔日活人死人山的魔頭們。

吳楚楚皺起眉，憂心道：「我半路上就聽人說他最近突然開始在這邊活動，沒想到竟然是真的……他不會對柳老爺不利吧？唉，那個殷公子怎麼會變成這樣？」

周翡沒吭聲，目光從安靜又慌張的人群中掃過——四十八寨的煙花、李晟、沖霄子……她總覺得今日這場壽宴有什麼不對勁。

戲臺後面的琴師好像也有些緊張，將琴弦壓出了幾聲發澀的摩擦聲。過壽的老太太不知是嚇著了還是怎的，方才還生龍活虎地追打兒子，此時卻面色鐵青、渾身發抖，好似馬上就要厥過去，須得兩個丫鬟一邊一個扶著才能站穩。

柳老爺衝丫頭們打了個手勢，叫她們將老太太扶到一邊去，自己收斂笑容走上前去，衝著為首的面具人道：「來者是客，諸位既然到了，便請上座好不好？」

「上座」的人顯然不大欣賞這幫芳鄰，聞聽此言，立刻如臨大敵地站起來一片。幾個面具人卻沒吭聲，訓練有素地走上前來，站成一排，轉身背對著柳老爺，衝著門口齊刷刷地跪下了，而後幾個人抬著一把硬木肩輿走了進來，上面坐著個戴鐵面具的人，慘白的手搭在一邊，一隻怪蟲安靜地伏在他手背上，觸鬚一起一伏地動著。他已經瘦得脫了形，面具下的兩腮嘬了進去，下巴越發尖削，尚不到而立之年，嘴角兩道法令紋已經開裂盤在他臉上，將泛著些許烏青色的嘴角壓了下去，簡直沒個人樣。

周翡橫看豎看，除了來人腰間掛著的山川劍鞘，愣是沒看出一點熟悉來，她忍不住問吳楚楚道：「這人真是殷沛？」

吳楚楚小小地打了個寒噤，手背上冒出一層雞皮疙瘩。

肩輿落地，殷沛卻不下來，抬著他的一個面具人恭恭敬敬地上前幾步，頭衝殷沛趴在了地上，那殷沛這才緩緩站起來，踩著抬轎人的後背下了肩輿。周翡眼尖，見那趴在地上當地毯的抬轎人袖子微微擼起，露出手腕上一隻曾被李妍調侃成「王八」的玄武刺青——竟是當年丁魁手下的舊部！

「熱鬧啊。」殷沛踩著活人地毯，陰慘慘地開了口。

也不知是不是他形容太過可怖，戲臺後面的琴又不知被誰不小心碰了，「嗆啷」一聲長音，在落針可辨的院子裡顯得分外高亢，能嚇人一跳。

周翡耳根輕輕一動，目光倏地望向戲臺，覺得這琴聲有些耳熟。

柳老爺面色緊繃，開口道：「敢問閣下可是『清暉真人』？」

那戴面具的嘴角一提，修長泛青的手指輕輕掠過怪蟲的蟲身，那怪蟲的觸鬚飛快地震顫起來，發出詭異的輕鳴。

「柳大俠不都接到信了嗎？」戴著鐵面具的殷沛道，「怎麼，東西沒準備好？」

柳老爺臉上的肥肉顫了顫：「今日是家母壽辰，又有這許多朋友在，真人可否容某一天，隔日定將您要的銀錢供奉送上。」

殷沛笑了一下，說道：「壽宴？那我們可謂是來得早不如來得巧了，怎麼也要來討杯酒水喝了……喲，那是什麼？」

他目光投向那戲臺旁邊兩個柳家莊的家僕，兩個家僕手裡抬著一口小箱子，殷沛目光一轉過去，那兩個家僕就好似被毒蛇盯上的青蛙，嚇得兩股戰戰，幾乎不能站立。

柳老爺冷汗涔涔，聲音壓抑地說道：「是柳某給家母賀壽的壽禮。」

殷沛「哦」了一聲，問道：「賀禮為何物啊？」

旁邊一個管家模樣的老者幾乎將腰彎到頭點地的地步，小心翼翼地說道：「乃是……一件古、古物，相傳是龍王口中所銜的寶珠，含在口中可避百毒……」

「哦，」殷沛一點頭，好似不怎麼在意地摸了摸手中怪蟲，「避毒珠也算個稀奇物件吧，說起來，我年幼時也曾見家中長輩收過一顆，後來家道中落，便不知落在何方了？如今想來，東西未必珍貴，只是個念想罷了——拿過來給我見識見識。」

周翡聽出來了，這顆避毒珠說不定就是殷家之物，後來不知怎麼機緣巧合落到了柳老爺手上，殷沛就是為了它來的。她一時有些感慨——殷沛到如今依然惦記著四處收集殷家舊物，卻將自己這殷家唯一的血脈變成了這副德行。

柳家莊一幫人誰都沒敢動，殷沛嘴角的笑容便塌了下去，繃緊成一條線，陰惻惻地問道：「怎麼，我看不得？」

他說這話的時候，聲調略微提高了一點，手上的怪蟲跟著轉過頭，一對可怕的觸鬚指向抬著箱子的家僕。一個家僕「撲通」一下跪了下去，整個內院中氣氛頓時緊張得像一根拉緊的弦，方才柳老爺嬉笑間帶起來的熱烈氣氛蕩然無存。

周翡眼角一跳，將吳楚楚往後拉了一點，自言自語道：「這真是殷沛嗎？」

「妳覺得有問題？」吳楚楚本來心裡很確定，聽周翡這麼一問，忽然也動搖了，遲疑道，「可是除了殷沛，那怪蟲不是碰到誰，誰就會化成一灘血水嗎？李公子同我說過，一般蠱蟲只認一個主……」

「噓，」周翡豎起一根食指在自己唇邊，道，「『李公子』瓶子不滿半瓶子晃，別聽他扯淡。」

她最後幾個字幾不可聞，神經已經不知不覺地緊繃起來。

這時，戲臺後面「咣」一聲，好像是誰將瑤琴碰翻了，先是什麼東西落地的聲音，隨後琴弦又彷彿在地面上擦了一下，突兀地「錚」一聲響，那聲音筆直地鑽進了周翡的耳朵，一瞬間好似放大了千百倍，一種說不清道不明的玄妙感覺自她耳而下，叫周翡於電光石火間捕捉到了什麼。

周翡心裡一動，低聲道：「……是她！」

吳楚楚：「誰？」

整個柳家莊的人都在看殷沛一行，只有周翡將目光轉向了那戲臺，她輕聲說道：「羽衣班……後臺的琴師是霓裳夫人。」

吳楚楚震驚：「什麼？妳怎麼知道？確定嗎？」

她知道周翡是不耐煩弄那些風花雪月的，在音律上向來沒什麼建樹——而且就算她精通音律，能到「聞弦音知雅意」的地步，也得因「曲」尋「情」，通過幾個雜音就能聽出彈琴者是誰的事也太匪夷所思。

周翡說不清自己是怎麼知道的，方才她整個人的精力好似全在耳朵上，有一剎那，外界所有流動的氣息都分毫畢現，與她身上奇經八脈產生出某種共鳴，那些氣息來而往復，彼此相近，卻又略有區別，這當中的異同無從描述，只化成了某種非常朦朧隱約的感覺，好似隔著一層薄薄窗戶紙，抽離出一陣影影綽綽的直覺，告訴她那戲臺後面的撥琴人就是霓裳夫人。這不是第一次了，小半年來，每次周翡精力集中到了某種程度，她便都能看見那層遙遠的「窗戶紙」，幾次觸碰到，卻都不得門而入。

而且一旦分神，那種玄妙的感覺很快便消失了，吳楚楚那句「妳怎麼知道」，周翡張了張嘴，完全不知道怎麼回答。

這時，柳家莊的老管家突然上前一步，伸手接過了那小箱子，說道：「人活七十古來稀，老朽這把年紀夠意思了，你們都不敢，我送過去就是——清暉真人，你要看，便來看個清楚！」

他說罷，便捧著那小箱子，一臉視死如歸地向殷沛走去。原本跪在地上的兩個面具人攔住了他，老管家便梗著脖子大聲罵道：「怎麼，閣下又不敢看了嗎？」

殷沛微微一抬下巴，那兩個面具人便上前一把掀開了箱蓋。

箱蓋掀開的瞬間，殷沛手背的怪蟲便一下立了起來，發出叫人膽寒的尖鳴，腹部兩排噁心的蟲腿上下亂劃。不說別人，就連殷沛腳下踩的「活人地毯」都哆嗦得好似篩糠，冷汗流了一地，活像一張沒擰乾水的破抹布。

那箱子挺大，要兩個人抬，其實裡面的避毒珠不過鴿子蛋大小。柳老爺大約是為了好看，還給那珠子打造了一身隆重的行套——箱子裡是一個兩尺見方的水晶缸，缸裡放了幾株火紅的珊瑚，上面以金絲鑲出支架，中間最大最紅的一棵珊瑚上頂著個金玉打成的貝殼，裡面放著那顆價值連城的避毒珠，珠色碧綠，悠悠地倒映著一層一層的水光，夜色裡，竟然比那蓬萊的夜明珠還奪目。

這樣的異寶，要是放在平常，絕對夠得上叫人大驚小怪一番的資格，不過殷沛其人顯然遠比這些死物更「驚怪」，這會愣是沒被避毒珠奪去風頭，依然受著萬千人矚目。

聽說「避毒珠」含在口中能避百毒，連南疆的毒瘴都不在話下，人在野外時，要是帶這麼個東西在身上，蛇蟻蟲蠍之流都不近身，可殷沛手上的怪蟲卻不知為什麼，反而興奮了起來，竟從殷沛指尖電光似的射了出去，垂涎三尺地直衝那口箱子撲了過去。連殷沛本人都沒想到這個變故，他微微愣了一下，接著，那老管家大喝一聲，在毒蟲當空撲過來時猛地將箱子裡的東西潑了出去！

價值連城的珊瑚與明珠滾了一地，水晶缸中的水化作一道水箭，將怪蟲捲在其中，直奔殷沛而去！

張牙舞爪的怪蟲當空被缸裡的「水」潑了下來，正掉落到那趴在地上給人當腳墊的人臉上，那人發出一聲殺似的慘叫，兩眼一翻，竟當場嚇得暈過去了。怪蟲卻沒往他的血肉裡鑽，牠醉蝦似的抖了抖腿，蜷成一團不動了。

與此同時，殷沛猛一甩長袖，整個人拔地而起，平平往後飄去，落在了肩輿上。戲臺後面驟然響起急促的琴聲，便好似戲文裡的「摔杯為號」一樣。

原本雜亂的人群中倏地衝出幾路人馬，不知埋伏了多久，頃刻將不明所以混進來吃飯的局外人都衝到了邊緣，從四面八方殺向殷沛，矮牆上幾個人舉旗打暗語，指揮這幾支人馬，周翡打眼一掃便認出了好幾個熟面孔——舉旗的人裡有好幾個是四十八寨的！

再一看，幾路圍攻殷沛的人馬進退得當，輕而易舉地便將他手下面具人分成了幾塊，逐個擊破，陣型竟還能隨著牆上的小旗變換，不用問都是某李公子的手筆！

而後，偌大的戲臺好似被人以利器劈開，自中間一分為二，霓裳夫人舞衣翩躚，火燒雲似的從眾人頭頂掠過，雙手一拉，掌中頓時多出三道與牽機絲相比也不遑多讓的琴弦，尖鳴一聲，劈頭蓋臉地掃向殷沛。

殷沛腳下不動，一甩袖便撞開了琴弦，尚未來得及還手，身後又有箭矢聲破空而來——殷沛驀地一扭頭，見偷襲者竟是柳老爺那「八十四歲高齡的親娘」！

那方才還站不穩的老太太肩背板直，手中攥著一把龍頭連環弩，可連發利箭十餘支，單看這身形便知道她絕不是個老太婆。殷沛整個人好似一片樹葉，在無人扶持的籐椅監獄扶手、靠背上足尖輕點，走轉騰挪全都優美寫意，那風一吹就輕輕晃動的藤編肩輿在他腳下竟紋絲不動。

霓裳夫人一擊不成落在一丈之外，十餘支箭矢悉數被他躲過，連衣角都沒掃著，殷沛被兩大高手偷襲，竟從頭到尾腳未沾地。

這魔頭武功高得實在叫人駭然。

只見他飄飄悠悠地踩著藤肩輿一邊的扶手，伸手將一捋落到前面的長髮撥回去：「原來避毒珠是給本座吃的餌啊？那還真是多謝諸位費心了。」

拿九龍弩的「老太婆」身上「嘎嘎」響了幾聲，整個人轉眼原地長高了三寸有餘，肩膀陡然寬了半個巴掌，原來她竟是個縮骨功的高手。而後，「老太婆」伸手在臉上一抹，將一臉的褶子撕了下去，這哪裡是什麼乾癟瘦小的老太婆？分明是個身形稍矮的健壯男子！

那男子一臉義憤，指著殷沛道：「鐵面魔頭，你無因無由便殺我鄒家上下二十餘口，可曾想過有今日？」

「鄒？」殷沛聞言，歪頭想了想，雙手背在身後，他已經極削瘦，衣衫又寬大，站在藤肩輿上，便好似個即將乘風而去的厲鬼一樣，「幹什麼的？什麼時候的事？我不記得了。」

姓鄒的漢子先是一怔，隨即怒氣上湧：「你這……」

殷沛低低地笑了起來：「弱肉強食，乃是天道，譬如猛鷹捕兔，群狼獵羊——你難道能記得自己盤子裡那隻豬生前姓甚名誰？誰讓你是魚肉不是刀俎呢？」

那鄒姓漢子聽了，怒吼一聲，搏命似的衝他撲了過去，與此同時，院中埋伏的人手也和殷沛手下的面具人動起手來。周翡的碎遮原本已經攥在手心，不知想到了什麼，忽然又垂下，靠在牆角冷眼旁觀場中情景。

吳楚楚說道：「奇怪，如果柳老爺在水晶缸裡放的東西能讓那怪蟲飛蛾撲火，為什麼這半天只出來一隻，我記得當時……」

她話沒說完，便見霓裳夫人、鄒姓的漢子與其他幾個不知名的高手將藤條肩輿團團圍住，合力圍攻殷沛。

殷沛那一身邪功果然不同凡響，哪怕這樣也絲毫不露敗相。

他手下的面具人卻沒那麼好的運氣了，轉眼便被不露面的李晟暗中指揮著人分頭拿下。而後只聽一聲尖哨響起，霓裳夫人低喝一聲，甩出一截白練，眾人有樣學樣，長鞭、鐵鎖等物劈頭蓋臉地捲上了殷沛，配合得當地分別捆住了他的四肢。

殷沛冷笑一聲，長袍鼓起，便要將那些礙手礙腳的破爛震開。

霓裳夫人卻喝道：「退！」

幾個圍攻殷沛的人都不耽擱，倏地往四方散開，他們前腳剛散開，便只聽一片鐵鍊與裂帛之聲混在一起，殷沛竟用他奇高的內力將這些雞零狗碎「碎屍萬段」了！

霓裳夫人白練的碎片好似蝴蝶一樣上下翻飛，煞是好看，一時遮蔽了殷沛的視線，而就在這時，整個柳家莊內院的地面竟然陷了下去，「隆隆」幾聲巨響過後，二十八根巨大的鐵鍊從地下冒出來，驟然捲向殷沛。

鐵鍊自動落鎖的聲音清脆逼人，轉眼已經在原地織就了一個鐵牢籠，將這叫人聞風喪膽的「清暉真人」牢牢地禁錮在了其中。殷沛暴怒著掙動起來，柳家莊的院子都被他撼動，地面的石板「嗆啷」作響，旁邊幾個人面露畏懼，不由自主地退開幾步。

柳老爺道：「清暉真人不必費心掙扎了，此物名叫『地門鎖』，與『天門鎖』皆是出自古機關名家之手，縱使你能上天入地，也是掙脫不開的。另外鎖鏈上抹了一種名叫『流火』的藥酒，是託一位用毒大家專門配的，並非毒物，但是蟲蠱毒蛇之類沾上便醉，想必你那涅槃蠱一時三刻內也絕不能再害人了。」

他話音沒落，便見有個人隔著一副手套，將方才掉落在地的怪蟲撿起來扔在了火堆裡，怪蟲的身影閃了幾下，頃刻便被火舌吞沒了，發出一股說不出的惡臭。

鄒姓漢子提著九龍弩，走上前道：「鐵面魔，我定要活剝了你！」

霓裳夫人卻一皺眉道：「鄒兄弟，咱們事先不是說……」

鄒姓漢子眼眶通紅：「說什麼？殺人償命，欠債還錢！此人與我有不共戴天之仇，不活剮了他，天理何在？」

霓裳正要說話，被鎖在中間的殷沛卻縱聲大笑起來：「天理？哈哈哈！」

他笑聲十分尖銳，乍一聽，竟好似帶著些許撕心裂肺的意思，鬼哭似的笑聲在柳家莊裡迴響。隨即，令人毛骨悚然的事發生了，那笑聲越來越大，竟好似回蕩不休似的，從四面八方傳來，匯合成一體。

「天理——」

「哈哈！天理何在……」

「哈哈哈哈……」

周翡猛地一拉吳楚楚肩膀，將她推到一座假山後面的石洞裡。

吳楚楚驚叫道：「阿翡！」

「噓，別動，別出來。」周翡想了想，又回過頭來，半帶玩笑地飛快說道，「延續中原武林各大門派傳承的重任還在妳身上呢！」

吳楚楚被這「咣當」一下砸在腦門上的重任嚇懵了。

周翡剛把吳楚楚藏好，便見十七個人抬的肩輿從各個方向闖進來，每個肩輿上都坐著個與地門鎖中捆著的人如出一轍的「殷沛」！

只聽這十七人同時開口道：「是誰要除掉本座啊？」

第四十六章　惡人

仔細一看，這十七個——算上被地門鎖鎖住的，總共十八人，他們長得並不完全一樣，只是一水的瘦如活鬼，一樣的裝束和鐵面具，鐵面具又遮擋住眉眼，只露出那一點脫了形的嘴唇和下巴。別說那些從未見過殷沛的，就連周翡也分不出誰是誰。而方才的十八分之一都逼得霓裳夫人與一眾高手同時出招，這會竟來了一窩！

別的不說，反正柳老爺是絕對拿不出來一窩地門鎖了。

三年前，周翡仗著同明大師一包藥粉嚇退了殷沛，那時周翡已經初步碰到了無常破雪刀的「道」，刀法直逼一流高手水準，而相對的，殷沛對敵經驗少得可憐，一身詭異的深厚內力都是搶來的，短時間內很難徹底收歸己用——但即使是這樣，倘若殷沛當時心性堅定一些，單是用那一身霸道的內力，他便能輕易擺平周翡。

今非昔比，如今殷沛那「清暉真人」的名頭在中原武林可謂是風光無兩，恐怕再不會像當年初出茅廬時輕易被嚇跑了。方才霓裳夫人等人圍攻那鐵面人，周翡冷眼旁觀，還覺得沒什麼壓力，自己仗著刀好，大概可以與之一戰……可突然來了十八個，這個她真戰不了。

何況周翡一眼掃過這些鐵面人，心裡忽然有一個可怕的念頭，這念頭就跟她辨認霓裳夫人的琴音一樣堅定得毫無道理——她想：萬一他們都不是真正的殷沛怎麼辦？一個人，豢養這許多危險的傀儡，稍不注意就會引火焚身，那麼他必須得有辦法壓制住他們，要麼憑武力，要麼靠手段，這道理再簡單不過。所以如果這十八個人都不是殷沛本人，他現在已經走到什麼地步了？

周翡大略掐算一下，感覺殷沛怕是離飛升不遠了。

她一邊小心翼翼地順著柳家莊院牆的牆根調整著自己的位置，一邊悲涼地覺得「邪不勝正」這四個字純屬扯淡。倘若不摸著良心，也不考慮道義，那麼就事論事而言，邪派武功就是毫無爭議的比所謂「正派」的厲害。普通功法講究經脈、積累、資質、方法、境界，此外還得冬練三九、夏練三伏（注），就這樣，練上個幾十年，鬚髮皆白時，效果好不好還得看個人造化。

邪派武功卻能讓人一步登天，方才還是個狗見嫌的「魚肉」，搖身一變，立刻就能橫行天下，叫群雄俯首！

倘若將功夫比做人，他們這些名門正派的功夫大概都是「姿色一般，性情惡劣，出身既窮，前途無亮」，還愛答不理，得叫他們這些賤人幾十年如一日地追在身後苦苦求索。人家邪魔歪道的功夫則好比仙子公主，溫柔小意，從不挑剔你什麼，什麼都願意給你。

注：冬季的三九日是最冷的一天，人的氣血最衰弱、筋脈最緊繃，以人為練武把筋脈練開、氣血通暢；夏季的三伏天是最熱的三天，人的氣血最旺盛，練武以節氣幫助筋脈打通。

真是人比人得死，貨比貨得扔。

李妍那廢物點心小時候聽寨中長輩講故事，講到那些個為了武功祕笈而互相爭鬥的事，她總是瞪著一雙無知的大眼睛不理解，那傻孩子以為武功祕笈都是她平日裡避之唯恐不及的「功課」，為故事裡那些壞胚們竟肯為了「用功」而幹壞事震驚了好多年。

如今看來，還真是孩子才會發出的感慨。

周翡的手指緩緩摩挲著手中碎遮，感覺柳老爺等人今日自以為是「請君入甕」，鬧不好是要「畫地為牢」。

早在十七個殷沛同時出現的時候，四方牆角上揮舞著小旗的幾個四十八寨人便不見了，想必李晟也只是礙於什麼人情順路過來幫忙的，那小子倒是精明得很，忙是幫了，卻從頭到尾都沒露面，轉眼便把自己摘得乾乾淨淨。

李晟不露面，柳老爺等人卻是要將這齣戲唱完的。

鐵面魔何許人也？他殘暴嗜殺、喜怒無常，一點忤逆都能讓他痛下殺手。這回柳家莊的人竟敢這樣算計他，此事肯定不能善了，眼下求饒也來不及了。柳老爺縱橫生意場這許多年，深諳人心，知道如今聚在柳家莊的人雖多，卻好似一群恐慌的牛羊，一旦自己露出一點示弱的意思，牛羊沒了「頭領」，必然四散奔逃，那就純粹是給這鐵面魔送菜了。

柳老爺掃了眼前一圈的鐵面魔，心裡打定主意，依然鎮定自若地說道：「不知哪一位是清暉真人？」

這十八人異口同聲地說道：「柳慧申，你自詡不問江湖事二十年，如今伸手攪混水，這樣大費周章，卻連本座是哪一個都不知道，說出去不笑掉別人大牙嗎？」

這場景詭異至極，換個沒見過世面的站在其中，大約連氣都得忘了怎麼喘，柳老爺卻面不改色，又道：「我只知道清暉真人本領極大，手段極高，本來堪為人傑，卻四處為非作歹。柳某確實不問江湖事，可也見不得多年相交的老朋友日日在仇恨中輾轉，不免不自量力一回，牽了這個頭，同真人討個說法。」

那位姓鄒的聽了這話，低頭抹了一把眼睛，沉默地衝柳老爺拱拱手。

十八個殷沛放聲大笑，每個「哈」字都吐得格外整齊，簡直好像是一個人生出了十八張嘴：「就憑你？你是什麼東西？」

柳老爺挺胸抬頭，站成了一團器宇軒昂的球，朗聲道：「不才，乃天地間一匹夫。」

十八個鐵面人倏地一靜。

柳老爺無視一圈死氣沉沉的目光，說道：「諸位，當年禍亂頻起，北斗橫行肆虐，手中握了多少怨魂？在下的師門，諸位的師門，多少千百年傳承毀於一旦，可是我等別無辦法，要麼倉皇南下，要麼隱姓埋名，何等憋屈！如今北斗七人，去之者三，眼看北斗勢微，黑雲將破，我中原武林之上，卻又要因這等邪魔而人人自危！昨日是活人死人山，今日是柳家莊，明日又有誰？四大道觀？少林丐幫？還是妳蜀中四十八寨？」

周翡聽出來了，柳老爺人路頗廣，今天約到這裡來圍剿殷沛的顯然不止明面上這一點人馬，只是大家都不傻，來歸來，未必肯為了那點人情衝鋒陷陣。武林中人就是這樣，自己孤身在外的時候，路見不平，未必不會拔刀相助，情義之下，未必不肯捨身赴義……

但各大門派一湊在一起，「我」變成了「我門派」時，一群豪傑就都成了斤斤計較的買賣人，你家看著我家，我家看著你家，誰都不當這個出頭鳥。

柳老爺深吸一口氣，目光掃過在場眾人，一番話說得自己有些鬱鬱難平，他覺得自己像個海邊堆沙子的人，拼命想把散沙彙聚成堡壘，抵擋一波一波的海浪，可盡是徒勞。

「可能刀劍沒有臨到誰頭上，誰也想不到『道義』二字。」柳老爺苦笑了一下，伸手拎起家僕送上的一把紅纓長槍，說道，「也罷，當年柳某在南邊遇上惡匪，得鄒氏鏢局幾位老英雄拔刀相助，方才有今日，我責無旁貸，諸位自便。」

姓鄒的漢子與他帶來的幾個人二話不說，同柳老爺站到了一邊。

霓裳夫人伸手摸了摸鬢角，將鬢上插的一朵鮮花摘下來，小心地放在一邊，繼而一揮手，羽衣班的女孩子們紛紛越眾而出，聚在她身邊。

霓裳夫人道：「我們不過是些靠唱小曲為生的歌女伶人，不懂柳兄弟這些大道理，只是見不得故人之子這樣敗壞先人名聲，小子，我希望你日後不要自稱『清暉』，你不要臉，你九泉之下的爹還要。我就不信你能日日好眠，不信你家列祖列宗沒在午夜時分找過你！」

周翡心裡一陣無可名狀的悲涼，霓裳夫人把話說得這樣狠，卻仍是顧忌逝者聲名，不肯當眾點出殷沛真名。

當年一刀一劍、望山飲雪，該是叫人心折的。

到如今，劍剩劍鞘，刀鋒未出，李晟在暗處不肯露面，她遲疑著身在局外，殷沛在泥沼裡自鳴得意。周翡不知道聽了這番話，那姓殷的和姓李的作何感想，反正她是有點難過。

十八個鐵面人好似被霓裳夫人的話激怒了，同時開口道：「妳放屁！」

霓裳夫人嘆了口氣，微微抬起頭，看了一眼沉沉的夜空，好似在和誰遙遙對視似的，隨後她冷冷說道：「你那養父雖不算什麼惡人，這一輩子卻還真是沒幹過半件好事，看他養大了個什麼東西！」

地門鎖一聲巨響，十七個鐵面人同時朝她發難，那被鎖住的人竟也做出同樣的動作，被破不開的地門鎖所限，他離不開原地，那人卻好似魔障了似的，不知痛癢地跟其他人一起往前衝，只聽「嘎吱」一聲，他強行拖拽鐵鎖，一條腿竟被鐵鎖勒斷了，扭曲成駭人的形狀，這人卻渾然不覺，拖著斷腿，踉蹌著半跪在地，依然不依不饒地玩命掙扎，脖頸上青筋鼓起老高，已經不像人了。

霓裳夫人手上琴弦倏地亮出，羽衣班的女伶們身著豔色衣裙，渾似一朵一朵開在夜色裡的花，與可怖的鐵面人們糾纏在一起，構成了一幕離奇的仙魔故事。

柳家莊一干人等隨即殺入戰圈，家僕下人們抬著銅盆四處潑灑事先準備的「流火」，一股淡淡的酒味四下蔓延開，怪蟲們紛紛滾入其中，很快被在旁掠陣的人以扒火棍夾起來扔進火裡。

可就算沒有怪蟲，實力差距卻依然好似天塹鴻溝。

十八個鐵面人說道：「我倒要看看天下英雄何在！」

這一交手，羽衣班的花好似被秋風掃過，乍開便落，除了霓裳夫人尚能左支右絀地勉力支撐一會，其他人簡直不堪一擊。柳老爺金盆洗手多年，功夫已經落下了不少，手中長槍像是紙糊的，經典的泰山「三星連珠」剛刺出兩下，便被一個鐵面人徒手抓住，鐵面人一掌壓住槍尖，柳老爺便覺一陣難以抵擋的大力湧過來，厚實的雙手上一對虎口竟一同撕開，鮮血淋漓的手再也握不住長槍，踉蹌著往後退去，另一個鐵面人好似鬼魅似的出現在他身後，獰笑一聲，便要將他斃在掌下。

突然，一把極亮的劍當空插入，抹向那鐵面人手掌，鐵面人一掌拍出，另一把劍靈蛇似的追了上來，電光石火間連刺三劍，趁著鐵面人閃避時虛晃一招，將柳老爺往身後一帶，正是李晟！

他一露面，周翡才注意到，方才那幾個四十八寨的打旗人已經神不知鬼不覺地各帶一撥人，站住了各個陣腳，呈梅花之勢將這十八個鐵面人圍在了中間。

周翡在一個不引人注意的小角落裡，吹了幾聲口哨，乍一聽跟蜀中山間的鳥叫一模一樣，示意李晟自己在旁邊——這還是他們小時候調皮搗蛋時用的暗號，後來周翡跟李晟關係越來越緊張，已經好多年沒吹過了，不知道他還聽不聽得出。

李晟耳根微微一動，隨即他背對著周翡，還劍入鞘，將一隻手背在身後，衝她輕輕擺了擺，叫她不要妄動。只見他微微一笑道：「柳前輩說得在理，後輩受教了——楊兄，你說呢？」

他話音未落，便見一群眉目深邃、略帶外族特點的人走了出來，為首一人正是楊瑾，楊瑾沒吭聲，一別手中斷雁刀，那斷雁刀「嘩啦」一聲響，夜色中傳出老遠。

李晟衝他一點頭，隨即又風度翩翩地與那眾多鐵面人一抱拳，說道：「清暉真人，你問天下英雄何在，我便同你介紹一番，四十八寨在這，擎雲溝在那，行腳幫諸位兄弟方才忙著抓你手下那些抬轎子的廢物，沒空與你見禮，其他的嗎——請武當諸位前輩守好正門，留神怪蟲。少林高僧們占住坤位，羅漢陣斬斷鐵面魔頭聯繫，多謝助拳……」

柳老爺厚道，只讓眾人自己抉擇，李晟這小子卻壞得「長江後浪推前浪」，自己露面不說，一張嘴便將各大門派全都拖下水，口頭上佈下個天羅地網，還給各方勢力全都分派了合情合理的任務，既讓他們知道該幹什麼，又讓他們不能混水摸魚。

佈置完，李晟目光一掃一眾鐵面人，笑道：「傀儡既然在，牽線人必定離得不遠，殷兄，舍妹與你頗有淵源，早想和你敘敘舊了，再不出來一見，她可就自行去找你了。」

大人嚇唬小孩的時候，總說：「再不聽話，大妖怪找你來了！」

輪到李晟嚇唬殷沛，則說：「再不出來，周翡找你去了。」

周翡難以置信李缺德竟然如此偷工減料，一時間也不知李晟是想激怒殷沛還是想激怒自己，她盯著她哥的後腦杓，心道：我要砸他一頭包，不，至少得三層。

周翡暢想了一下，用幻想中的三層包暫時壓下了怒火，集中精力做正事——李晟那句話不但是為了嚇唬殷沛，也是說給她聽的。

這十八張嘴實在太整齊劃一了，要不是提前對好了詞，那就肯定是殷沛用什麼方法能控制這十八個人，如果是那樣，控制十八個人同別人一問一答，還要控制他們與人動手且配合得當，難度就高了，即使殷沛真有這樣聳人聽聞的本領，他本人現在必定不遠，不在那十八人中間，也是在極近的地方。

可是怎麼判斷呢？

李晟還真是給她出了個難題。

不等周翡想出個章程，那邊已經動起手來。倘若一個鐵面人的本領有十分，這些名門正派的平均水準大概只有十之一二。而且這並不意味著十個圍攻者便能拿下一個鐵面人，因為他們未必能互相配合，被圍攻的人還會借力打力、叫他們互相掣肘……但這是在李晟露面之前。

李晟年輕資歷淺，李瑾容一直沒讓他正式進四十八寨的長老堂，但實際上，四十八寨如今的巡邏防衛，是李晟和林浩分擔的。他得齊門真傳，在永州佈陣圍攻丁魁，領四十八寨防務，整合暗樁，後來甚至配合周以棠幫他帶過幾次兵，指揮群架的水準爐火純青。

而各大門派因為一時遲疑，失了先機，被動地被李晟點了一通名，叫這毛頭小子支使得團團轉，很快扭轉方才頹勢，竟勢均力敵起來。

柳家莊的家僕不斷把「流火」往地上潑灑，乾了一層又灑一層，絕不讓鐵面人身上的怪蟲有可乘之機，這讓眾人突然覺得傳說中的鐵面魔也不是不能戰勝的，越來越多的人加入了戰圈，竟佈成了一張天羅地網。

霓裳夫人琴弦一張，正扣住了一個鐵面人的脖子，鐵面人眼疾手快的一掌，將那要命的琴弦牢牢地黏在了手上，而與此同時，三四個羽衣班的小姑娘同時襲向他下盤，一個手持長棍的少林和尚一聲佛號，一棒子當頭砸下，這五個人將他牢牢地卡在了中間，鐵面人大喝一聲，慘白的皮膚上血管與筋骨好似可怕的長蟲，突兀爆起，然後狠狠一拉霓裳夫人琴弦，抓了一手鮮血淋漓，硬是將她拽了下來，回手砸向三個羽衣班的少女，同時微一側頭，用肩膀前胸硬接少林僧人的一棒。

只聽「喀」一聲，那武僧的棒子竟然折了，就在他們兩個拼硬功的時候，一柄刀背與刀柄加起來，甚至都不如最纖細的女子手指粗的小刀倏地閃過，刀鋒幾乎伴隨著胭脂香味，果決無比地擦過了那鐵面人的脖頸——他竟也沒看出霓裳夫人是怎麼在尚未站穩的時候將這一刀送出來的。

這就是四大刺客羽衣班的成名之技「楊柳風」。

霓裳夫人一擊得手，被琴弦上未散的強大內力震得踉蹌兩步，後退三步方才站穩，她微微抿了一下嫣紅的嘴唇，望向脖頸間一片血紅的鐵面人，目光有一絲複雜的躲閃，她怕自己費了這麼大力氣，只是殺了一個無足輕重的傀儡，卻更怕面具掉下來，裡面露出殷沛的臉。

然而下一刻，那前來幫忙的武僧突然喝道：「小心！」

霓裳夫人只覺一股涼意順著她的後背一路爬到了頭頂，她來不及看清，已經本能地躲開了，一個羽衣班的女孩卻沒有這樣警醒的直覺，根本沒反應過來，便被一雙冰冷的手捏住了脖頸，她最後看見的是那噴了不少血跡的鐵面具後面蟲子一樣冰冷的眼睛，而後一陣劇痛，脖子竟被那隻手活活拗斷。鐵面人周身的血不斷地從被割開的脖子往外湧，整個人迅速地灰敗了下去，而他竟還能走，竟還能殺人，竟不知畏懼！

死人怎麼能動？死人怎麼還能殺人？

饒是霓裳夫人見多識廣，也吃了一驚：「這到底是什麼？」

周翡此時已經爬到了柳家莊院裡最大的一棵大樹上，她停在樹梢上，居高臨下地看著混亂的戰局，感覺要糟。

果然，下一刻，便有人叫道：「這些人殺不死！」

「怪物！」

「死人……死人竟然也能殺人！」

恐慌立刻席捲了人群，那脖子上掛著一條傷口的鐵面人身邊方圓一丈之內立刻沒了活物，他的脖頸臉頰已經呈現出死人的灰白，手指竟在微微抽搐，脖子好似直不起來似的，略有些彆扭地歪著，隨後腳下驟然加速，衝著人群撲了過去。

第一個大叫著跑開的人徹底破壞了李晟的陣型，整個柳家莊頓時一片混亂，那鄒大俠殺紅了眼，見此情景，直接越眾向前，揮一把金絲大環刀，一刀劈向那不知是死是活的鐵面人，拼著挨上一掌，一刀卸下了鐵面人的一條臂膀。

鐵面人好似失去了平衡似的踉蹌半步。鄒大俠被他一掌打斷一根肋骨，彎著腰吐出口血來，卻悍不畏死道：「不死能怎樣？砍了他的頭，砍了他四肢，看他拿什麼威風！」

這拼命三郎的架勢極具感染力，不少原本遲疑的人聽了這話全都紛紛跟著上前，眼看要將這鐵面人剁成肉醬，卻只聽「轟」一聲，那會動的屍體炸開了，連樹上的周翡都受到了牽連，她本能地橫刀擋了一下，定睛一看，頭皮直發麻——只見撞在她刀尖上的竟是殷沛身上的那種怪蟲！怪蟲用無數小爪子抱住了碎遮刀尖，當即便要順著刀身往上爬，周翡狠狠一甩手，內力透過碎遮直接將那怪蟲震了出去，摔在地上不動了。

可地面上的人卻沒有這樣幸運了，炸開的屍體裡面鑽出了足有百十來隻怪蟲，那些蟲子個個十分瘦小，一露面就循著「流火」的味道四處亂竄，並且饑渴非常，沾上的活物，不管是人是鳥，一概吸乾。

整個柳家莊簡直成了一片修羅場，變了調子的慘叫聲此起彼伏，李晟腦門上終於見了汗，喝道：「周翡！」

周翡半跪在樹梢上，在微風中隨著樹梢輕輕搖擺，精力集中到了極致，突然之間，那種非常玄的感覺又來了，周遭所有東西的動作都在變慢，每個人都沒有了五官裝束，在她眼裡化成了某種符號——她看見少林棍法性烈如火，有些揮著棍子的年輕武僧像是暴烈的野火，而老和尚則像燈罩罩住的火星，感覺得到兩個使刀人之間細微的差別，清晰地目睹了李晟雙劍中驅除不掉的「瀟湘」烙印……

周翡驀地轉向那十八個鐵面人，發現了一個可怖的事實——他們的氣息是完全一樣的！

也就是說，如果她相信自己這股直覺，這十八個人裡沒有一個是殷沛本人！

可那該是誰？還能有誰？

李晟的佈置將柳家莊內院擠了個水泄不通，殷沛還能混跡哪裡？

內院的一些人恐懼已經到達了頂點，再也不能忍受與怪物徒手肉搏，開始沒命地往門口衝去，武當被李晟安排去守門，作為防止外敵入侵與魔頭脫逃的第一道防線，驟然被恐慌的人群衝擊開，一時不知如何是好，全都堵成了一團，李晟那邊已經徹底失控。

周翡驀地抬起頭，目光射向內院的一角——最開始進來的那個鐵面人身邊帶了好多狗腿子，有給他開路的，有抬肩輿的，還有給他趴下當地毯的，這些人想必都是以前活人死人山的舊部，被新主人狠著勁地糟踐，還要日日提心吊膽，基本不堪一擊，最早隨霓裳夫人他們動手的那一小撮行腳幫便將他們制住了，一直以刀劍架著綁在旁邊。

她看見了一個面衝混亂戰場的「俘虜」，那人一襲黑衣，眉目在面具下，嘴唇卻微微上勾，裸露的脖頸上露出半個青龍刺青，他大喇喇地亮著，絲毫也不遮掩，好像一點也不怕觸怒新主子。

周翡看過去的時候，那人好像感覺到了什麼似的抬起了頭，隔著人海與滿樹尚未來得及黃盡的枝繁葉茂，他的目光與周翡撞上了。周翡想也不想便動了，方才還隨風自動的樹梢猛地拉緊，好似一張大弓似的，樹枝繃緊到了極致，倏地放鬆，周翡好似身化利箭，衝著那被綁在樹上的人而去。

與此同時，那人身上的麻繩驀地炸開，暴虐的內息好似關外無可抵擋的白毛颶風，頃刻便將看守他的兩個行腳幫眾人撞開。

周翡的衣襟與長髮全都往後飛去，而她竟連眼睛都不眨，碎遮炫目的刀光流星似的劃過，竟從風暴中間硬劈開了一條縫隙，直指殷沛眉心。殷沛驀地抬起雙手，他的動作在周翡眼裡也慢了不少，可殷沛內力深厚得近乎匪夷所思，她再要收回，已經力不從心，殷沛雙掌一合，穩穩當當地將碎遮夾在了掌中。

他低喝一聲，暴虐的內功順著刀身而上，將周翡震出了一丈之遠，而後也不追擊，提氣長嘯一聲，飄然而去。

周翡想也不想便追了上去。她一口氣追出了足有數里，殷沛雖然形影飄忽，幾次三番都沒能甩脫她，行至一處杳無人煙的山林間，殷沛好似被她追得不耐煩了，腳步一頓，半側過身來，冷冷的目光從鐵面具後面射出來，望向窮追不捨的周翡：「妳來找死？」

周翡懶得同他扯淡，腳尖微一點地，碎遮的刀光便凝成了一點，撞向殷沛胸口，直奔著那膀大腰圓的涅槃蠱母蠱而去。怪蠱察覺到她的殺意，憤怒地發出一聲嘶啞的咆哮，這巴掌大的怪蟲叫起來竟然頗為聲勢浩大，乍一聽，居然有點像傳說中的海濤拍岸聲。殷沛長袖輕輕一攏，那身黑衣為內力撐起，彷彿金石鑄就，與周翡手中絕代名刀的利刃錯鋒而過，竟擦出一串火花，而後他雙手往下一按，按住碎遮的刀背，單薄得只剩下半個巴掌厚的胸口微弱而急促地起伏著，配上伏在他胸口的怪蟲，顯得又病態、又危險。

「哦，我明白了，妳想殺母蠱救下那些人？」殷沛低低地一笑道，「周姑娘，妳還真是同當年在衡山一樣不計後果。」

提起衡山周翡就來氣，因為那件事謝允還跟她鬧了一路的彆扭，早知道殷沛能長成這副熊樣，她吃飽了撐著才會答應紀雲沉管那路閒事。她輕叱一聲，長刀震開殷沛雙掌，碎遮在她手中已經快到了極致，一陣刀光如幕，將殷沛整個人嚴絲合縫地籠在了其中。周翡的刀為無常道、走偏鋒、無跡可尋，饒是殷沛功力極深，一時間居然也難以掙脫，只能連連被動接招。他身上那怪蟲對這種僵持極為不滿，鳴叫的聲音越來越大，時而粗啞、時而尖銳，時而夾雜著古怪的「隆隆聲」，高低起伏之變化多端堪比村夫潑婦罵街，好似在訓斥殷沛不頂用。

「罵」了一陣，見不起作用，那蠱蟲聲音一頓，牠背後開裂，兩翼似的展開，露出下面的蟲身，那蟲身長得非常怪異，渾似一截白骨，夜色中，上了釉一般閃著微光。殷沛伸手捂住胸口的怪蟲，摸到蟲身上的變化，他臉色一變，懶洋洋的嘴角陡然繃緊，攻勢驟然凌厲起來，幾乎化成了一道殘影。

周翡同他每一次的短兵相接，都震得手腕生疼，殷沛發了狠似的，一招猛似一招，絲毫不給自己和別人留下喘息的餘地，密不透風的破雪刀竟被他以蠻力撕開了一條裂口，周翡好似微微有些脫力，碎遮倏地打了個滑，與殷沛錯身而過。

殷沛一掌拍向她肩頭：「自不量力！」

而此時，周翡手中打滑的碎遮卻驀地反手一別，那刀尖幽靈一般，自下而上穿過殷沛雙掌，從無窮處突出，走得竟是一條弧線——正是當年北刀的「斷水纏絲」。

這一招宛如神來之筆，一下捅穿了殷沛那副無堅不摧的袍袖，在他那瘦骨嶙峋的手背上刮了一條血口子。兩人在極小的空間內幾番角力，你來我往片刻，殷沛寬大的袍袖與碎遮纏在一起，一時僵持住了。

周翡垂下眼，看著他胸口憤怒的蠱蟲，突然同殷沛說了一句話。她問道：「到底是你聽牠的還是牠聽你的？」

殷沛臉色驟變，一瞬間神色近乎猙獰。

周翡才不怕他，見他色變，低笑了一聲，火上澆油道：「怎麼，不會真叫我說中了吧？」

怪蟲的尖叫聲裡帶了回音，顯得越發陰沉，殷沛額角的青筋幾乎要頂破他的鐵面具。他從牙縫裡擠出兩個字：「閉嘴。」

周翡偏不，她強提一口氣，將碎遮又往前送了兩分：「殷沛，以前你身不由己，受鄭羅生挾持也就算了，現在你自由了，不必聽命於人了，卻又聽命一條蟲子？是不是不給人當狗渾身不舒服？你可真是讓我長了見識，你家列祖列宗見了也一定很欣慰。」

殷沛怒吼一聲，驟然發力，一雙袍袖突然碎成了幾段，周翡踉蹌半步，被那可怕的內力震得胸口一陣翻湧，喉嚨裡隱隱泛起腥甜氣。

「我為那些敢怒不敢言的小人、懦夫殺了馮飛花、挑了丁魁，蕩平了他們一提起便要瑟瑟發抖的活人死人山，」殷沛壓抑著什麼似的，一字一頓地說道，「我除了他們心頭大患，於是我就成了下一個心頭大患，妳告訴我，有這個道理嗎？」

周翡聽說過惡人先告狀，沒料到惡成殷沛這步田地，竟還有告狀的需求，不由得一愣。殷沛脖頸間的青龍刺青泛著隱約的紫色，他削瘦的身體好像一片瑟瑟發抖的落葉，像是在忍受著什麼痛苦。

「非……非我族類、其心必異，是不是？」殷沛死死地按住自己的胸口，抖得聲音都在發顫。

周翡十分莫名其妙——方才除了一個不到半寸長的小口子，她沒傷到殷沛什麼，至於疼成這樣？她皺著眉打量著殷沛，問道：「喂，你哆嗦什麼？」

殷沛急促地喘了幾口氣，艱難地擠出一個冷笑，按住那隻盤踞在他胸口蠢蠢欲動的怪蟲，對周翡說道：「衡山那次，算是我欠妳一回，妳現在滾，我不殺妳，往後咱們兩清……滾！」

依照殷沛的惡毒，他這句話說得堪稱飽含情義了，可惜周翡不光毫不領情，還嘲諷道：「這麼說我還得謝謝你了是不……誰？」

她話沒說完，空中傳來「咻」的一聲，極輕，幾乎到了近前才能聽見，周翡警覺地拎著碎遮側身躲開半步，兩根兩寸長的細針筆直地越過她，射向殷沛胸口的怪蟲。那細針和寇丹的「煙雨濃」頗有異曲同工的意思，沒有煙雨濃那麼密集，力道卻比寇丹強出不知多少倍，實乃夜裡偷襲的神器。

殷沛隔空拍出一掌，擋開兩根細針，倏地抬起頭。只見一個黑衣人好似從影子裡冒出來的一般，突然出現在周翡身後的樹林裡，撥開矮樹緩緩走上前。

周翡看清來人，便是一愣：「沖霄子……道長？」

叫「道長」似乎並不合適，沖霄子沒有做道士打扮，他將頭髮利索地豎起，身著一身夜行衣，勾勒出寬厚的胸背，手中握著一根樣式古怪的長笛，平添了幾分詭祕的氣質。

沖霄子衝周翡一點頭，便不再看她，平靜無波的目光轉向殷沛，他對著殷沛伸出一隻手，緩緩說道：「殷沛，把不屬於你的東西還回來。」

殷沛冷笑。

沖霄子道：「當年我掌門師兄在衡山腳下撿到你，念在你是名門之後，不惜暴露我齊門禁地所在，將你帶回去休養，替你療傷、調理經脈，甚至打算教你武功，你是怎麼報答他的？」

殷沛懷中的蠱蟲再次發出高亢的鳴叫聲。殷沛陰惻惻地低笑道：「念在我是名門之後？名門之後多了，也沒見貴派掌門把每個人都請到禁地——分明是那牛鼻子想要謀奪我家傳的山川劍！」

沖霄子冷冷地說道：「忘恩負義之徒，自然覺得道理都是自己的，錯處都是別人的。殷沛，你今日說出這番話，就說明你壓根不知道令尊這把山川劍上的水波紋是什麼意思，你也壓根不配拿著它。我掌門師兄以誠待你，你竟然私闖禁庫，失手放出涅槃蠱，還被蠱蟲迷惑，幹出許多喪盡天良的事，你朝九泉之下問問，自己配不配得上姓殷！」

周翡不止一次聽李晟唸叨過那位萍水相逢的沖雲子道長，聽到這裡，心想：那齊門的沖雲子掌門當時不光撿了李晟三個月，還撿走了殷沛嗎？

這沿途撿破爛是什麼毛病？

周翡看著那涅槃蠱母蠱，突然想起了什麼，倒抽一口涼氣，忍不住問道：「那沖雲子道長……」

「我掌門師兄便是第一個死在涅槃蠱下的。那蠱蟲貪婪成性，嗜人血肉，越是高手，牠便越是激動，所謂的蠱主人，不過是跪在這邪物本能下供其驅使的傀儡罷了。」沖霄子緩緩說道，「師兄死到臨頭，還想規勸你勿要貪此邪功，竭盡全力地想著除去你身上的涅槃蠱的方法，沒想到全是自作多情。我看你倒是頗為心甘情願地受此蟲驅使。殷沛，但凡你還有一點做人的尊嚴，便該自己了斷在這裡。」

殷沛狂笑，雙目赤紅，方才同周翡說話時勉強調動的三分理智已經蕩然無存。他懷中的蠱蟲一下一下搧起醜陋的翅膀，隨後，窸窸窣窣的腳步聲傳來，數十個鐵面人從四面八方湧過來，好似被那蠱蟲從地下憑空召喚出的死屍一樣。

殷沛冷笑道：「哪個告訴你們……我身邊只帶著十八個藥人的？」

周翡別無他法，只好暫時和來意成謎的沖霄子結成短暫的同盟，她持碎遮站在一邊，剛好同沖霄子呈犄角之勢，問道：「道長，這些『藥人』又是怎麼回事？」

沖霄子解釋道：「在一人身上，沿經脈與血脈劃出一百零八道傷口，然後以那蠱蟲的毒液輔以其他引子，導入熱湯，將此遍體鱗傷的人泡在其中，一個時辰之內，蠱蟲的毒液便會黏附在傷口上，緩緩滲入，在這人身體表面覆上一層堅硬如蟲甲的薄膜，三日之後，蠱蟲之毒便能流到此人四肢百骸中，便是『藥人』，與那些子蠱類似。這些藥人依然是活的，平日裡言語行走與常人無異，甚至能分享一部分蠱蟲帶來的好處，功力一日千里。這些藥人會無條件遵從母蠱，一旦母蠱有令，他們便能捨去自己的性情，眨眼間就能做到眾口一詞、千人一面，便是母蠱叫他們去死，他們也能毫不猶豫地刎頸自盡。」

周翡驀地想起永州城外，殷沛不知怎麼的看上了朱晨，非要將他帶走的事，她當時還以為是朱晨的身世觸動了殷沛，叫他同病相憐出一點偏激情緒，現在看來，根本是打算將興南鏢局的少主人捉回去當藥人！

活人死人山那群牆頭草一樣的舊部給他卑躬屈膝，整個中原武林流傳著他的凶名，而他尤嫌不足，他自己是涅槃蠱的大傀儡，還要豢養一群唯他命是從的小傀儡。

周翡頭皮發麻，道：「道長，貴派禁地什麼志趣？為什麼要養一隻這玩意？現在怎麼辦？」

沖霄子到了這地步，依然不緊不慢，帶著些許山崩於前而神不動的篤定，對周翡道：「這些年周姑娘行走江湖，鮮少以真名示人，南刀之名卻依然獨步天下。碎遮乃是當年大國師呂潤所做，可巧涅槃蠱這種人間至毒之物也是呂潤所留，該有個了斷，不知周姑娘可敢與老道擔這風險？」

周翡：「……」

被沖霄子這麼大義凜然地一說，好像大魔頭殷沛手到擒來，只讓她受點累似的！可姑且不說那一堆身手不弱的藥人，就是殷沛本人她都打不過。

殷沛的藥人卻不給周翡糾正老道士眼高手低的機會，轉眼間已經圍攻上來。

沖霄子手中長笛一擺，一把兩寸長的細針倏地從笛子裡冒出來，他動作不停，細針接連飛出三批，又快又狠。一幫帶著鐵面具的藥人紛紛運功相抗，他們身上的怪蟲卻好似有些畏懼那些細針，紛紛鑽回到了袍袖中。

沖霄子朗聲道：「我的針頭上淬了特殊的驅蟲辟邪之物，尚能抵擋一陣，周姑娘，那涅槃蠱母蠱是罪魁禍首，交給妳了。」

周翡：「……」

當年沖霄子老道被木小喬困在山谷黑牢裡，怎麼沒見他這麼厲害？難道當時他是故意被木小喬抓住的？

沖霄子斷喝一聲打斷她的胡思亂想：「去！」

殷沛張狂地大笑道：「好，你們倆一個是低調行事的南刀，一個是隱姓埋名的『黑判官』，我便一起領教，正好夠吃一頓的！」

周翡瞳孔微縮——黑判官？

黑判官是誰？沖霄子嗎？

「黑判官」位列四大刺客，多年前與鳴風樓和羽衣班一同銷聲匿跡，竟然進了齊門？而齊門又恰好與「海天一色」關係匪淺，這裡頭又有什麼牽扯？

諸多念頭此起彼伏閃過，然而此時已經不容她細想，倘若叫殷沛帶著母蠱跑了，別管「判官」、「閻王」，這幾十個藥人都能將他們倆困死在這——柳家莊那些倒楣蛋就更不用說了！

周翡倏地躍起，破雪刀斬字訣如斷天河，睥睨無雙地逼退面前一個藥人，橫刀攔住殷沛。

第四十七章 知慕少艾

殷沛衝周翡冷笑道：「齊門一幫臭牛鼻子，不好好唸經，禁地裡居然藏著一隻涅槃蠱，這種人說的鬼話妳居然也信！」

周翡手下連出三刀，「風」裡帶著些許北刀的意思，刀刀黏連不斷，專門挑著殷沛的破綻，每每從他難以防護之處鑽入，刀風無形無跡，縱然殷沛內力能深厚到刀槍不入的地步，那蠱母卻依然是一隻脆弱的小蟲，無孔不入的刀風幾次險些碰到蠱母。

殷沛一身武功全是奪來，沒有正經八百地修煉過什麼，不可能與周翡較量刀術，他便乾脆將雙掌端平推出，以雷霆萬鈞之力撞向纖細的碎遮，想以蠻力折斷她的刀。無論碎遮的主人生前是多大一個奇才，畢竟已經死了幾百年了，三尺青鋒雖餘遺恨，卻究竟只是凡鐵一塊，而且因其刀極利、刃極薄，看起來比普通的苗刀還要脆弱一些，萬萬經不起這種純力量的摧殘。

周翡用壞的刀首尾相連擺一圈，大約能把四十八寨圍過來，對此情此景可謂經驗十足。她立刻撤力，橫刀避其鋒銳，可就在這時，殷沛胸口的蠱母好似終於忍無可忍，竟振翅飛了起來，閃電似的擦著殷沛的手掌飛起，絲毫也不受他蠻橫的力道影響。

牠像一片機敏的葉子，剛好自風暴中心穿過，精準而毫髮無傷。

那一瞬，周翡直面形容可怖的怪蟲，卻並沒有覺得恐懼或是噁心。

怪蟲避開殷沛掌風的軌跡在她眼裡無限拉長、無限清晰，一直以來盤旋在她心頭的某種若隱若現感覺好似突然被一支看不見的筆濃墨重彩地描了出來——

第一次她成功安撫下體內造反的枯榮真氣，讓兩股內息並行時流動在經脈中的氣息。

第一次面對強大的對手，她氣力已竭，枯榮真氣自動運轉時的人刀合一。

第一次摸到每一式破雪的門檻。

第一次領悟到無常之刀起落的奧妙……

她在山崖峭壁間、在密林深處、在萬丈冰雪上，無數次地擦過生死一線。她在夜半難眠時、枕碎遮於荒郊間，幕天席地，孤獨地仰望曠遠星河，無數次被想不通的瓶頸卡在後面，覺得自己的刀法不進反退，而反覆磨練的內力積累如指縫間沙礫，恍惚間生出難以忍受的痛苦，以為自己在武學一途上便會就此終結……諸多種種於無聲無息間的詰問與磋磨，炸裂似的在周翡腦子裡一一閃過，而後倏地縮成一點，落到已經近在咫尺的貪婪蠱母身上。

周翡突然動了，她腳下好似毫無規律地平移半步，看也不看那母蠱，碎遮斜斜劃過，神來一筆地找到了殷沛掌風間那條最虛弱的線，幾無阻力地滑了出去，寒光四溢的刀刃毫髮無傷地與殷沛擦肩而過，遺落的刀風割斷了他一縷垂在腮邊的亂髮。

她的刀尖劃了個優雅的半圓，腳下踩在了蜉蝣陣的步調上，周翡人影一閃便不知怎麼晃過了殷沛，從他另一邊繞過，隱在殷沛身後的刀尖放過正主，直指涅槃蠱母。

殷沛驟然變色，不管不顧地以身去護那涅槃蠱母蟲，只聽「噗」一聲，碎遮割破了他肩頭衣衫，瘦骨嶙峋的身體頓時皮開肉綻，未盡的刀風一下掀了他臉上的鐵面具，露出一張瘦脫了形的臉……以及面具遮擋的烏青的眼圈與皮肉開裂的顴骨。

殷沛一時呆住了，他本以為自己已經天下無雙，沒料到竟有人能用一把還不如巴掌粗的刀傷了他。

「我不管你的涅槃蠱從哪裡來的，也沒想為了誰找你報仇，更不知道你與齊門有什麼恩怨，我今日不追究前因後果，也不與你論善惡陰陽，」周翡將目光從殷沛那張近乎毀容的臉上掃過，視若無睹地說道，「只要你把柳家莊的藥人和蟲子都收回來，就算現在你要帶著你那蟲祖宗走，我也不攔你。」

殷沛一手抓在自己的肩頭，枯瘦的手指戳進了那傷口裡，發黑的血汩汩冒出，方才差點被一分為二的蟲母短暫地安靜下來，靜靜地伏在他新鮮血肉上吸食。

那殷沛雙目微突，眼白上的血絲好似一張密密麻麻的大網，將喜怒哀樂一併網在其中，然後他張開血盆大口，瘋瘋癲癲地大笑起來。

「我不，我偏不，實話告訴妳，就算我死了，我的藥人也會活蹦亂跳的，足夠將那些個大義凜然的名門正派殺個乾乾淨淨。妳能把我怎麼樣？周翡，你們那些為國為民的、道貌岸然的、名利雙收的，說誰該殺，誰就該死對吧？你們好威風、好厲害……我便要看看你們能厲害到什麼時候！」

周翡眉頭一皺：「損人不利己對你有什麼好處，你有毛病嗎？」

殷沛笑容好似安了個門，拉開就洪水滔天，合上便消匿無蹤，他剛才還露著滿口牙，下一刻，臉皮馬上繃成一面鼓。他恢復面無表情，盯著周翡，輕輕地說道：「中原武林，自古容不下出類拔萃之徒，是你們先視我為異類的。那好哇，我就是喪心病狂，就是要人人對我畏如蛇蠍，人人見我望風而逃——山川劍算什麼？他死了，你們倒都將他擺在祭壇上尊為聖人，倘若他活到現在，還說不定是什麼光景。我原先以為我爹死於鄭羅生之手，後來又覺得紀雲沉才是罪魁禍首，可是這些人都死了，我卻沒有痛快一分一毫。妳猜怎樣，我直到最近才想明白，殷氏原來是為『正道』與『大義』所陷，多可恥，多可笑？」

沖霄子喝道：「周姑娘，不要聽此人顛倒黑白！拿下蠱母！」

周翡餘光一掃，見沖霄子武功比她想像中還要高，那老道士雖然此時已經頗為狼狽，卻依然藉著鬼魅一般的輕功和手中層出不窮的暗器穿梭於眾多藥人之間。

周翡知道殷沛說話如放屁，但也不十分相信這個有點古怪的「沖霄子」，乾脆將他倆都當成了耳旁風，只專注眼前事，對殷沛道：「再不收回你的藥人，我可就只好殺你和你的蠱子了。」

殷沛定定地看了她一眼，忽然道：「妳是不是知道些什麼？」

周翡知道很多事，因為謝允的緣故，她沒事的時候除了琢磨武功，就是琢磨「海天一色」。

根據她的總結，和「海天一色」扯上關係的，好像都沒什麼好下場。

吳將軍殺身成仁就不說了，殷聞嵐明顯死於陰謀，而罪魁禍首卻有待商榷。當時周翡年紀小，沒感覺到不對，後來她仔細回想，覺得鄭羅生那卑鄙小人要真有策劃整件事的城府智計，他也不會那麼容易被他們聯手困死在衡山密道裡，何況鄭羅生等人無外乎為了傳說中「海天一色」裡的祕寶，但「海天一色」除了幾顆大藥谷的藥丸子勉強算數，究竟還有什麼祕寶呢？誰都說不清了。

而既然連霓裳夫人這種見證人都諱莫如深，那「海天一色」又是怎麼傳到活人死人山的青龍主耳朵裡的？

再說李徵，當年護送完幼主沒多久，李徵就遭到北斗暗算，段九娘那瘋婆子腦筋不清楚，老僕婦說的故事多半也是她轉述的，只能聽個大概意思，細節推敲起來全是疑點——譬如當年段九娘的行蹤是怎麼給北斗知道的？而李徵既然得到暗樁報訊，知道有北斗在四十八寨附近活動，為什麼還會孤身犯險？這種孤勇不過腦子的事，周翡覺得她自己大概辦得出來，但著實不像眾人口中那溫和縝密的老寨主。

還有霍老堡主，霍老堡主被霍連濤下毒毒傻的這件事是板上釘釘了，但霍連濤哪來的膽子、誰給他的毒，隨著這人一死，卻始終是個未解之謎。

諸多種種奇怪的地方，如果全是巧合，那所謂「海天一色」也就只剩一種解釋了——肯定是什麼道行頗深的鬼怪留下的詛咒。

周翡一瞬間眼神裡的遲疑叫殷沛瞧出了端倪，他倏地上前一步，然而就在這時，一股淡淡的暗香不知從什麼地方飄來，甜膩得有些腥氣。原本吸了殷沛的血之後便安靜下來的蠱母突然瘋了，高亢地鳴叫起來，周翡身後傳來一聲悶哼，那些藥人也跟著亢奮異常，比方才凶猛了一倍，沖霄子驟然難以抵擋，被兩個藥人一邊一掌打中左右兩肋，人頓時飛了出去，撞到了一棵大樹，癱倒在地，也不知是死是活。

藥人們解決了老道士，自然是一起奔向周翡，涅槃蠱母蠱好似忘了方才差點被周翡腰斬的事，居然再一次地飛起來撲向她。

只聽「嗡」一聲，藥人們身上的怪蟲全都跟著蠱母飛到半空，一窩蜂似的密密麻麻地衝她飛來，那一瞬間，周翡看見了殷沛臉上的錯愕，然而她已經顧不上其他了。

千鈞一髮間，碎遮倏地劈出，蠱母好似能預測她的刀法一樣，往旁邊一蕩躲開了，然而隨即，牠便一頭撞在早已經等在那裡的刀鞘上，「啪」一聲輕響，母蠱躲閃的所有空隙都被周翡那不顯眼的刀鞘封住了。

此時漫天的怪蟲已經落到了周翡的長髮上，好似已經將她捲在其中——

周翡面不改色，刀尖追至蠱母，毫不猶豫地將牠一刀兩斷。洶湧的怪蟲集體一個停頓，而後雨點似的從半空中轟然落下，砸得周翡頭上、肩上全是……

卻沒能傷她。

周翡一抖衣襟將怪蟲們都甩落在地，地面上鋪了一層的蟲子們鋥光瓦亮的身體以肉眼可見的速度灰敗下去，轉眼便都不動了。

直到這時，她才起了一身後知後覺的雞皮疙瘩。

可還不等她鬆一口氣去收拾殷沛，後腦突然傳來尖利的掌風，周翡掠出三四丈遠，倏地回頭，驚見那些藥人非但沒有跟他們身上的怪蟲一起趴下，反而個個好似怪蟲的怨魂上身，不要命一般地撲向她，轉眼便將她團團圍住。

趁這時，殷沛倏地閃入林間不見了，周翡卻顧不上琢磨他失去涅槃蠱以後會怎樣，她略有些手忙腳亂地應付片刻，迫不得已踩出了蜉蝣陣。蜉蝣陣法乃是以巧勝力之法，在對方人多勢眾或者武功比自己高的時候才能發揮出最大作用，周翡這一兩年專攻刀法，已經很少再用了，不料此時被這些瘋狂的藥人們追得滿場跑。

她一刀將一個藥人齊腕斬去右手，藥人卻渾不知疼，不依不饒地向她撞過來，與此同時，另一個藥人自同伴鮮血淋漓的腋下伸出手，手中扣著當年丁魁用過的長鞭，一下捲上周翡的小腿，第三個藥人從上方躍起，居高臨下地一掌拍向周翡頭頂，周翡無處可避，只好硬接。怪蟲一死，這些藥人就好似迴光返照，功力轉瞬增加了兩三倍，周翡當下便覺對方力道強橫竟還尤在方才殷沛之上，順著碎遮直接傳到了她身上。她眼前一黑，險些沒站穩，碎遮「嗡」一聲巨震，周翡一口血堵在喉間。

幸好，應對這種「馬上要玩完」的險境，周翡比一般人經驗豐厚，越是命懸一線，她便反而越是冷靜。她輕輕一咬舌尖，整個人倏地側身，碎遮好似銀河墜地，將那藥人居高臨下的一掌之力卸下來，而後將刀柄在半空中一換手，直接將刀尖送入那藥人咽喉，推出半尺來遠，橫著砸向他一幫同伴，同時，她以那條被綁住的腿為軸心，長刀咆哮著劃出一個圓，畢生的修為全在一把刀尖上發揮到了極致。

接、承、斷、破、借力打力……全在毫釐之間，碎遮滴水不漏地織成了一張嚴絲合縫的大網，一圈發瘋的藥人竟難近她身半步，有那麼一瞬間，周翡覺得自己意識裡只剩下了這一把刀，五感在滿口血腥氣裡通成了一線，藥人們的動作一目了然，她甚至能看出這些藥人之間細微的差別——那層縈繞不去的窗戶紙毫無預兆地破了，消失了二十餘年的南刀好似再次附在了三尺凡鐵上，死而復生。

可惜周翡很快便從悟得進境的忘我之境裡脫離出來——她同殷沛鬥了一路，本已接近精疲力竭，方才一下又被藥人重傷，此時已近強弩之末。而藥人們不怕疼、不怕死，一批一批往上衝，非得將她困死在此地不可。周翡從爆發似的刀術中回過神來，周身經脈都在隱隱作痛，受傷的肺腑蔓延到胳膊上，「嗆」一聲，她碎遮竟險些脫手。

周翡踉蹌了一下，被腿上的長鞭猛地拉倒在地——

她狼狽地在地上滾了幾圈，憑著風聲躲開幾個藥人的夾擊，手背在地上蹭破了皮，擦得生疼。她心裡覺得十分不值——上一次這麼拼命的時候，旁邊還有稀世珍奇的藥材，誰拼得過誰拿，但這回又算怎麼回事？賠本賺吆喝嗎？

周翡雖然在自嘲，也沒耽誤其他事，她伸手用碎遮刀鞘往小腿上一別，崩開綁住她的長鞭，而這一會工夫，已經有藥人圍上來了，周翡被腿上的鞭子牽制，一口氣沒上來躲閃不及，叫那藥人手裡的小板斧堂堂正正地砍中了肩頭。

幾根長髮應聲而斷，周翡本能地咬緊牙關，閉了一下眼。

結果被卸去一肩的劇痛卻沒到，周翡只覺肩頭被人重重地砸了一下，隨即那小板斧竟順著她的肩膀滑了出去。她的外衫撕開了一條裂口，露出裡面那用漁網下腳料編的小衫來。密實的漁網微微泛著月光，比傳說中的明珠與玳瑁還要皎潔明亮幾分，邊角處穿的貝殼在彼此碰撞中輕輕響著，好像蓬萊小島上溫柔的海水沖刷小石的泠泠聲。

周翡總算從長鞭中掙脫，她得了這一點喘息的餘地，自然要發起反擊，不顧拉扯得發疼的經脈，再次強提一口氣，將碎遮架起，刀刃在與掌風、各路兵器對撞時爆出一串暴躁的火花，藥人們在凌厲的刀法下不由自主地被她帶著跑。

周翡傷成這副德行，卻沒顧上心疼自己，反而有點心疼起刀來，她牙縫間已經滲出血，心裡卻想道：「碎遮要是也折了，我以後是不是得要飯去？」

這念頭一冒出來，碎遮便發出一聲有點淒慘的輕鳴，在疾風驟雨似的交鋒中搖搖欲墜起來。

就在這時，所有的藥人突然同時一頓。

周翡一時沒收住，碎遮直挺挺地捅進了一個藥人咽喉，她腳下一個趔趄，長刀差點卡在裡頭拔不出來。周翡膝蓋一軟，同那藥人屍體一起跪了下來。那些詭異的藥人們好似發呆似的圍著她站了一圈，帶著些許大夢方醒似的茫然，有人左顧右盼，有人愣愣地盯著周翡，場中一片靜謐。

周翡艱難地從火燒火燎的喉嚨裡咳出了一口血，撐著自己最後一絲清明，後脊發毛地提著碎遮戒備。隨後，有一個藥人僵硬地邁開長腿，衝她走了一步，隨後「撲通」一聲，直挺挺地栽倒，五體投到了周翡面前。

周翡吃了一驚，下意識地抽了口氣，一不留神被嗓子眼裡的血卡住，引出了一串昏天黑地的嗆咳。

藥人們在她要行將斷氣的咳嗽聲裡接二連三地倒下，手腳抽搐片刻，轉眼就都不動了。

周翡忍著胸口劇痛，以碎遮拄地，小心地探手去摸一個藥人的脖頸，那人體還是溫熱的，脖頸間卻是一片死寂，已經沒氣了——原來這些藥人方才真的只是「百足之蟲，死而不僵」的迴光返照。

周翡一口氣卸下，原地晃了晃，險些直接暈過去。

這時，不遠處傳來一陣窸窸窣窣的動靜，方才被摔到一邊的沖霄子醒了過來，狼狽地扶著樹爬起來，走向周翡：「姑娘……」

周翡單膝跪地的姿勢沒變，低聲道：「道長，你最好站在那，再往前走一步，我恐怕便要不客氣了。」

沖霄子沒料到她會突然翻臉，不由得微微一愣。

周翡垂著頭，藉著一個藥人落在地上的長劍反光留意著沖霄子的動作，一邊竭盡全力地調息著自己一片紊亂的氣海，一邊不動聲色地緩緩說道：「道長，你方才也說，這些藥人雖然被蠱母控制，卻並非沒有自己的神智，絕不像尋常傀儡木偶之流那麼好騙——那麼他們方才追殺我的時候那樣趕盡殺絕，為何到了你那裡，隨便往樹底下一暈就能躲過一劫？」

沖霄子從善如流地停下腳步，目光閃了閃，從碎遮的刀刃上掠過，好聲好氣地說道：「涅槃蠱乃是稀世罕見的毒物，這裡頭的道理咱們外行人也說不明白……但妳是不是對我有什麼誤會？」

周翡懷疑自己可能是傷了肋骨，方才打得你死我活不覺得，這會停下來，她連喘氣都疼。

她自己的情況自己知道，此時單是站立已經困難，萬萬沒力氣再同這來歷成謎的老道士打上一回，只好盡量不露出疲態與弱勢，強撐門面道：「那倒沒有，道長當年傳我一套蜉蝣陣法，陰差陽錯地救過我一命，一直還沒機會當面感謝。」

沖霄子笑道：「不足掛齒，我不過是……」

「只是晚輩資質愚鈍，蜉蝣陣法中一直有很多地方不明白，」周翡挑起眼皮，自下而上地盯著沖霄子，眼神有說不出的鋒利，「不知道道長可否解惑？」

沖霄子笑容微斂：「那個不必急於一時，蠱母雖然死了，但此物邪得很，我看此地不宜久留，咱們還是先離開再說吧。」

周翡想了想，扶著刀笑了一下，揹著一身冷汗，她咬牙站了起來：「算了，我這暴脾氣真是打不來謝允他們那種揣著明白當糊塗的啞謎，便同你說明白吧——當年在岳陽，木小喬縱容手下耍無賴打劫，在一處山谷地牢裡，綁了好多無辜的江湖人士，我誤打誤撞地闖進去將人放出來，在那裡跟沖霄子道長萍水相逢，恰逢被朱雀主門下與北斗黑衣人兩廂圍攻，左支右絀，沖霄子道長便口頭傳了我幾式『蜉蝣陣』，你知道什麼叫蜉蝣陣嗎？」

「沖霄子」面無表情地看著她。

「蜉蝣陣是投機取巧的旁門左道，專攻一人對多人的陣法，輕功、八卦、五行、打群架經驗等等包羅萬象，教你如何拆開對手的配合，在一群強過你的對手面前叫他們借力打力，取的是『蜉蝣撼樹』之意，要我說，差不多是給這幫藥人量身訂做的。」周翡看著「沖霄子」說道，「我見道長方才全是硬抗，沒使出半步蜉蝣陣步，不知閣下究竟是老糊塗忘乾淨了，還是自信這些神通廣大的藥人都是螻蟻？」

「沖霄子」先是一皺眉，繼而又搖搖頭，微笑著嘆道：「後生可畏，小姑娘看起來不言不語，原來心細得很哪。」

他說著，伸手在臉上輕輕蹭了幾下，將嘴角長鬚摘了下來。

此人面相與當年的沖霄子有七八分像，戴上鬍子一修臉型，便足足像了九分。周翡與沖霄子老道不過是多年前的一面之緣，能大概記住他老人家長什麼樣已經不容易，這一點細微的差別真的無從分辨。

周翡問道：「所以你是『黑判官』封無言，不是沖霄子前輩？」

「不錯。」封無言痛快地一口應下來，溫和地回道，「沖霄子乃是舍弟，從小在齊門長大，我也是成人以後才機緣巧合碰見他的。因為他的緣故，這些年我一直與齊門淵源頗深，如今江湖早不是我們當年的那個了，連鳴風樓都隱居深山，我自然也早早金盆洗手，『黑判官』的名號早年間惹的是非太多，我便乾脆在齊門隱居下來，偶爾需要出門，也都是借著沖霄子的名號。除了這段故事，我與沖霄子並沒有什麼不同，他也與我多次提起過妳，周姑娘實在不必對我這樣戒備。」

周翡又問道：「封前輩，你說得有理有據，我差點就信了——可是你有所不知，當年齊門突然解散，沖霄子道長落難，他迷藥尚未退乾淨，聽說沈天樞往岳陽霍家堡去了，便連夜離開我們，奔了岳陽而去，臨走，他聽說我是李家後人，傳給了我一本書，裡頭除了記載了這偷奸耍滑的『蜉蝣陣法』之外，還有一套萬法歸一的內功心法。前輩見多識廣，知道傳人內功心法是什麼意思吧？」

雖然有一些前輩高人好為人師，偶爾遇見可塑之才，也會隨口出言指點幾句，但指點歸指點，不會傳功，招式尚且好說，內功卻絕對是非門人不相語的。至今，除了四十八寨的長輩，只有兩個人傳過周翡內功心法，一個是自稱她「姥姥」的瘋婆子段九娘，一個便是沖霄子。

段九娘姑且不論，沖霄子將那本《道德經》交給周翡，分明是有自己行將赴死，將傳承託付以使其不斷絕的意思。

「沖霄子道長既然後來平安無事，又多次與你提起我來，怎麼封前輩一點也不關心我看沒看懂齊門的傳承，反而一見面就逼著我幫你對付殷沛和涅槃蠱呢？」

封無言一臉無奈，說道：「既然是齊門的傳承，便是齊門的家務事，諸多細枝末節，他怎會與我盡說？唉，小姑娘，說句托大的話，我退隱時，妳還尚未出生呢，我若是害妳，圖個什麼呢？」

周翡心說：那誰知道，可就要問你了。

她正琢磨著如何不動聲色地將此人嚇走，突然，身後傳來了奇怪的動靜。

周翡當即警覺，倏地側頭，頓時一陣毛骨悚然，只見一個戴著鐵面具的藥人詐屍了，踉踉蹌蹌地從橫七豎八的死人堆裡爬了起來！

另一邊，封無言用帶著些許詭祕笑意的聲音說道：「呀，小心啊！」

他話音沒落，手中那根笛子裡已經甩出了一把長針，將周翡從頭到腳罩在了其中！

一邊是莫名對她懷有殺意的黑判官，一邊是詐屍的藥人，簡直是前狼後虎——要命的是，周翡的腿這會卻還是軟的！

她活到這麼大，最大的本領便是學會了在絕境中保持一顆「氣不斷、掙扎不止」的心，可此時也只能瞪著眼無計可施。

那「詐屍」的藥人好似發狂的野獸，口中發出一聲不似人語的嚎叫，然後猛地向她撲了過來。周翡本能提掌去擋，無力的手掌卻不聽使喚，只能任憑那藥人撲到了她身上，他還有氣，氣息卻急而淺，噴在周翡脖頸上，帶著揮之不去的腐朽味道，藥人力氣極大，一雙瘦骨嶙峋的手臂好似兩根鐵條，死死地錮在周翡身上。

周翡的雙腳離了地，被那藥人從地上拔了起來，甩了半圈出去，隨即那藥人身體倏地一僵。

周翡睜大了眼睛。

他居然以後背為盾，用那高瘦的身體擋在周翡面前——封無言那一把要命的長針悉數釘在了他身上！

夜風竊竊私語，月色漸黯，而星光漸隱，只剩下一顆晨星，孤獨而無聊地掛在黑幕一角。

有那麼一瞬間，周翡好似感覺到了什麼，她緩緩地抬起手，便要去揭藥人的面具。

藥人卻怒吼一聲，一把推開她，周翡猝不及防地被他推倒在地，摔得眼前一黑。

封無言沒料到這藥人會突然衝出來，只看見他一面攬了自己的事，一面將周翡扔了出去，正在莫名其妙，便見扔下了周翡的藥人猝然轉身，揹著一後背的長針，以手做爪，朝那封無言發難。

封無言只好應戰，輕叱一聲，長笛如尖刺，戳向那藥人眼眶。

藥人力氣雖大，此時周身的關節卻好似鏽住似的，不怎麼靈活，橫衝直撞地上前來，封無言的笛子筆直地穿過他臉上鐵面具，直戳入他眼眶——從眼眶處入腦，便是什麼妖魔鬼怪也斷不能活了。

封無言手上陡然加力，卻不防那藥人不躲不閃，一張嘴咬住了他的手腕。

這藥人不知同黑判官有什麼深仇大恨，死到臨頭竟然還要咬下他一塊肉，封無言不由駭然，手上使勁，小半根長笛都沒入了藥人的眼眶。藥人方才急促如風箱的呼吸戛然而止，站著斷了氣息，牙卻依然嵌在封無言手腕上。

封無言大叫一聲，強行掰開那屍體的牙關。他的手腕這會已經沒了知覺，傷口處黑紫的血汩汩地往外流淌，那藥人浸染蠱毒已久，居然連牙關中都帶了毒。封無言滿頭冷汗，一邊運功相抗，一邊拼命擠傷口的毒血，可那麻痹的感覺卻順著傷口一路往他胸口爬。

這時，有刀光一閃，封無言手忙腳亂的動作一頓——

碎遮從他胸口處緩緩露出一個尖。

周翡捅完黑判官，就真的沒力氣拔刀了，只好任憑碎遮插在屍體上，旌旗似的豎在一地狼藉中間。

她脫力地往後退了幾步，背靠在一棵大樹上，又順著樹幹滑到了地上。

畢竟是年輕，手背上的傷口很快結了痂，血跡混在浮塵裡，幾乎看不出皮膚底色。

周翡低頭看了一眼自己的手，手心分明已經被經年日久的揮刀磨出了厚厚的繭子，方才持碎遮時太過用力，居然將厚繭也蹭破了。如果不是她實在沒有餘力，斷然不會這麼痛快地殺了封無言，她還想知道真正的沖霄子道長的下落，想知道齊門禁地裡為什麼會養著一隻涅槃蠱蟲，想問清楚這金盆洗手已久的刺客到底同海天一色有什麼關係，為什麼要殺殷沛、又為什麼要連自己也一併除去……不過畢竟真相可以事後探究，但一個不果斷，小命玩沒了，就什麼都不用問了。

周翡開始覺得有點冷，好像從她下山的那一刻開始，她年幼時嚮往的那種可以和路人坐下喝一壺酒的江湖便分崩離析了，她被迫變得多疑、多思，懷疑完這個又戒備那個，隨時預備著被一臉善意的陌生人暗算，或是被原本親近信賴的人背叛……可是她天生便不願意多想多慮，有時候覺得自己想得腦子都要炸了，卻還是做不到「世事洞明」。

對了……還有那個捨身救她的藥人。

封無言最後撬開了藥人的牙關，將戳在他眼中的鐵笛拔了出來，用力過猛，將他臉上的鐵面具和幾顆門牙一併掀飛了，露出下面血肉模糊的一張臉。再英俊的人，眼睛被捅出一個窟窿，形象也齊整不到哪去，何況這人多年身中蠱毒，已經脫了相。

他死不瞑目地倒在地上，張開的唇齒間還掛著些許血跡，醜得十分駭人。

周翡盯著那張臉看了許久，才從那尚算保存完好的半截眉目中看出了一點端倪，依稀認出個熟人的輪廓——好似是當年他們在永州城外偶遇的興南鏢局少爺朱晨。

殷沛搶過活人死人山，其惡績比以前的四大魔頭加起來都更上一層樓，死在他手裡的無辜不計其數，一個小小的鏢局，家道中落，過去便要靠依附在霍連濤手下才能勉強度日，夾縫求存，與無根之草沒什麼分別，想必在如今世道，便是一夜滅門，也沒人會惦記著給他們伸冤報仇。

永州一行，發生過太多的事，記憶裡濃墨重彩處足能畫出一大篇，相比之下，途中順手搭救的小小鏢局好似個添頭，實在沒什麼叫人記住的價值。如今回想起來，周翡只記得一行人裡有個頗為見多識廣的老伯，一個面容模糊的大姑娘，還有個沿途當裝飾、一跟她說話就結巴的小白臉。

周翡年紀漸長，閱歷漸深，很多事不必再像以前那樣非得條分縷析才明白，心裡隱約明白朱晨為什麼幫她。她微微仰頭靠在冰冷的樹幹上，感覺周遭夜風好似不堪重負，將散在其中的水氣沉甸甸地墜成露水，漉漉地壓在她髮梢眉間，她心裡浮起萬般滋味，不算驚濤駭浪，卻也百轉千回。

不過無論她坐在這裡發什麼感慨，思什麼故事……對於朱晨來說，也都是無關緊要了。

因為晚了。

周翡不知在滿地屍體的林中坐了多長時間，想起謝允那段風花雪月的《離恨樓》，前些年紅遍大江南北的戲文，已經銷聲匿跡良久，連最蹩腳的藝人都不再唱了——人們不愛聽了，這些年越發兵荒馬亂，人人疲於奔命，傳唱的都是國仇家恨。

風花雪月太遠，過時了。

曹仲昆已死的消息不知有沒有傳到周以棠那裡，想必大戰又要開始。

江湖中也暗藏風波，幾代人你方唱罷我登場的武林，每個人都有自己的私心，每個人都有一套千回百轉的故事，每一時都有人死，每一刻都在爭鬥。眾多不知何處而起的因果好似細線，被最廢物的手藝人禍害過，織成了一團亂麻，周翡連個線頭都找不著，只覺得人人都在自作聰明，人人都被網在其中，就好像這永遠也過不去的未央長夜一樣，一眼望穿了，依然看不見頭。

周翡試圖將種種事端理出個先後條理來，不料越想越糊塗，只好疲憊地閉了眼，任憑意識短暫地消散，靠在樹幹上半暈半睡著了。

直到漫長的一宿過去，她才被刺破天宇的晨光驚擾。

擾人的晨光中夾雜著幾聲琴弦輕挑的動靜，周翡睜開眼的一瞬間已經警醒起來，一眼便看見逆光處有個人坐在樹梢上，就在距她不到一丈遠的地方。

那人卻輕飄飄地坐在樹梢上，兩鬢已經斑白，身上穿了一件妖里妖氣的桃紅長袍，長髮披散在身後，手中還抱著個琵琶。

居然是好多年不見蹤影的木小喬！

第四十八章 問藥

周翡一驚，下意識地去摸腰間兵刃，摸了個空，才想起碎遮還卡在封無言的屍體上。

木小喬漠然地看了她一眼，伸出十指壓住琵琶弦，從樹上跳了下來，在眾多屍體中間走了一圈，然後自來熟地轉頭問周翡道：「殷沛還是跑了嗎？封無言是妳殺的？」

周翡張了張嘴，但受傷後嗓子有些腫，她一時沒發出聲來。

木小喬「嘖」了一聲，動手從封無言背後抽出了碎遮，摸出一塊細絹，將刀柄和刀身上的血跡擦乾。

「碎……遮。」木小喬唸出刀銘，歪頭思量片刻，說道，「有點耳熟，這是妳的？」

以周翡如今在破雪刀上的造詣，本是不必怕木小喬的，可這會她一身重傷，刀還在別人手裡……就不大好說了。

誰知下一刻，木小喬一抬手，把碎遮拋給了她。

周翡一抄手接住，不由得鬆了口氣，只有握住刀柄，她才有自己雙腳踩在地面的踏實感。她略帶疑慮地打量著這位前任大魔頭，不知道他葫蘆裡賣的什麼藥。

「妳不用那麼緊張，」木小喬一邊用腳尖將封無言的屍體翻過來仔細觀察，一邊頭也不抬地對周翡說道，「我不殺女人。」

周翡聽了這番不要臉的標榜，實在哭笑不得，便重重清了一下嗓子，啞聲道：「你怎麼不說自己還吃齋？」

木小喬竟未動怒，坦然道：「不騙妳，我確實不殺女人——只殺男人和醜人，其貌不揚的在我這裡不能算女人，殺便殺了。」

周翡無言以對，感覺能說出這話的人，腦子裡想必有個洞庭湖那麼大的坑。不過她轉念一想，又覺得這也沒什麼，因為木小喬一直是個舉世聞名的大魔頭，向來不講道理，整日恃強凌弱、濫殺無辜，想取誰性命就取誰性命，他今日說醜的不算女人，明日說年紀小的不算女人，後天沒準又變成年紀大的不算女人——反正都是自己說了算，取決於他想對誰下手而已。

人們評判山川劍之類的聖人，往往標準奇高，但凡他有什麼地方處理不當，便覺此人盛名之下其實難副，有偽君子之嫌。但對木小喬之流便寬容得多，只要他不暴起咬人……或是只要他咬的人不是自己，便還能從他身上強行分析出幾絲率性可愛來。

周翡也不能免俗，很快便「原諒」了木小喬的出言不遜，問道：「朱雀主許久不露面了，今日到此地有何貴幹？」

木小喬攏了一把鬢角的亂髮，說道：「我來瞧瞧那個鐵面魔，聽說那小子就是殷沛，山川劍鞘也在他手上？」

周翡道：「不錯。」

木小喬便說道：「按理這不關我的事，只不過上回在永州，羽衣班那老太婆算是幫過我一把，雖然她沒什麼用，不過我不欠人情，這回也來幫她一回。」

永州城裡，霓裳夫人出面爭奪過慎獨印，為什麼算是「幫過木小喬一把」？這回圍剿殷沛，她又是因為什麼？

木小喬這句話語焉不詳，內涵卻十分豐富。

周翡想了想，遲疑著試探道：「恕我愚鈍，沒聽明白……朱雀主幫霓裳夫人什麼呢？」

木小喬看了她一眼，笑道：「想問什麼直說，我才不管什麼誓約盟約限制，我想說什麼便說什麼。」

周翡本來就不擅長打機鋒，立刻就坡下驢，直言道：「所以朱雀主也是『海天一色』的見證人。」

「不錯。」木小喬道。

周翡又道：「霓裳夫人曾經說過，所謂『海天一色』，並沒有什麼異寶，只不過是一個盟約。」

「一群大傻子立的誓約。」木小喬道，「雙方互相不信任，便找了一幫兩頭拿好處的見證人——比如我，一邊給我的好處是答應幫我查一個仇人的身分，另一邊答應幫我脫離活人死人山。」

周翡恍然大悟——這麼看來，魚太師叔他們也一樣，當時鳴風樓主兄弟兩人中了透骨青，一邊給了他們「歸陽丹」，一邊給了他們退隱容身之地。

怪不得當年老寨主李徵力排眾議，將格格不入的鳴風樓引入四十八寨。

周翡問道：「那誓約到底是……」

「就是不洩露『海天一色』的祕密，」木小喬道，「妳別看我，看我沒用，那祕密至今沒洩露過，所以我也不知是什麼。保密人大多家大業大、跑得了和尚跑不了廟，我們見證人卻大多是刺客之流，藏在暗處，一方面盯著保密人不洩密，一邊見證他們不因此被殺人滅口……好比個買房置地的『中人』，妳明白嗎？」

周翡被這裡頭亂七八糟的關係繞暈了，低頭沉思。

「水波紋就是那些保密人最後的保命符，要是對方生了惡意，要害死他們，保密人便能通過約定方式將信物託付給見證人，據說幾件信物湊在一起，就算當年的保密人都死乾淨了，也能拼湊出『海天一色』的祕密來。」木小喬道，「不過這麼多年過去，保密人沒有洩露祕密，也都死於不相干的事，看來不能算是『殺人滅口』，此事便該一了百了了，至於那水波紋的信物被別人拿去也無所謂，反正他們不知道這東西是什麼。」

周翡道：「所以當年山川劍被鄭羅生拿去，霓裳夫人也並未出面去追？」

「追也沒用，羽衣班那婆娘鬥不過鄭羅生。」木小喬一擺手，「不過確實也這樣，殷聞嵐絕不會將『海天一色』四個字洩露給鄭羅生，她若是不依不饒去追討，反倒等於將這事捅出來了，這才一直沉默，只是……」

木小喬話音一頓，周翡飛快地接道：「只是沒想到好多年以後，『海天一色』居然不知怎麼被捅出來了，還因為一堆越傳越離譜的傳說，導致大家都趨之若鶩地爭奪，所以朱雀主當年去永州是為了收回慎獨印？」

「哈！」木小喬長眉一挑，「我才不像羽衣班的女人那麼愛管閒事，我就是取霍連濤的人頭去的。」

周翡沒理會他這番出言不遜，說道：「那霓裳夫人這回是為了從殷沛那收回山川劍？」

「大概吧。」木小喬道，「那姓柳的肉球出身泰山，我與泰山派素有齟齬，便沒露面，沒想到他們打得那麼熱鬧，居然叫殷沛無聲無息地跑了……咦？這是……」

周翡剛想問他黑判官是否也是見證人，以及此人是什麼來路，便見木小喬負手站在一邊，頗為感興趣地低頭望著一隻巴掌大的蟲屍，說道：「聽說齊門那老道士抽羊角風，不知從哪找到了涅槃蠱苗，我還當是謠傳，原來世上真有這東西……嘖，可惜被妳一刀劈了，聽說老道士養著這玩意是為了入藥呢。」

周翡聽見一個「藥」字，立刻把什麼都忘了：「入什麼藥？」

木小喬道：「我怎麼知道！」

周翡病急亂投醫地上前一步：「求前輩告訴我。」

木小喬挑眉看了她一眼，突然不知怎麼臨時起意，猛地伸出他那隻專門掏心的左手，抓向周翡咽喉。幸好周翡雖然心神微亂，卻沒有真的將他那句「不殺女人」的鬼話當真，她在極有限的地方，一把將碎遮往上拋出，刀背「嗆」一下撞在木小喬那凶器一樣的指甲上，隨後她單手一帶刀柄，橫刃往前一推，繼而毫無預兆地變擋為砍。

木小喬被迫側身避開，刀風的餘韻撥響了他手中的琵琶，「錚」的一聲。他長髮與長衣在晨風中亂七八糟地飛成了一團，緩緩將指甲收入掌心。

他的臉很白，眼珠卻格外的黑，這些特點若是生在少女身上，該是很好看的，可是落在一個上了年紀的男子身上，便活脫脫是個吊死鬼的模樣了，幸虧他今天大發慈悲，沒塗胭脂，倒是沒有前幾次「盛裝登場」時那麼駭人。

周翡無奈道：「我早知道朱雀主準得食言而肥，只是沒想到您吃得這麼快。」

木小喬「哈哈」一笑，將清亮的嗓音捏了起來，捏出了一把能以假亂真的女聲，俏生生地說道：「哪裡，我看那齊門呀，也散了攤子，霍家呢，也斷子絕孫了，殷聞嵐的兒子好大出息，在外頭給那蟲怪當孫子，倒是你們李家一支，還有些人留下來，想好好端詳一二呢，妳要是出息，我就把涅槃蠱的故事告訴妳。」

周翡冷笑，要是「端詳」完發現不怎麼樣，搞不好就「失手誤殺」了，這大魔頭到時候還有說辭——妳死妳的，我又不是故意的。

木小喬把玩著自己的指甲，目光從周翡身上緩緩掃過，每一次停頓，都彷彿暗示著周翡身上的一處空門，他好像個抓到了耗子的大貓，用爪子將獵物來回扒拉著玩，不恐嚇個夠，不肯輕易下嘴。

周翡卻突然動了，她看也不看木小喬，徑直邁開步子繞過他，撿起頭天晚上掉落在藥人之間的鞘，將碎遮還刀入鞘。

木小喬：「……」

他頭一次見識到這樣囂張的「傻大膽」，有點新鮮。

周翡不慌不忙地說道：「我聽一位長輩說，上一代人中，朱雀主的資質可謂其中翹楚……之一，但是年輕的時候戾氣太重，練的功夫學名叫做『百劫手』，走了傷人傷己的旁門，鼎盛時固然無堅不摧，可一旦走起下坡路，便也如江河日下，我原先不信，現在看來是真的。」

「百劫手」三個字一出，木小喬的神色便是一頓，只是他城府深沉，沒露出什麼，只淡淡道：「哦？」

「三年前我在永州見朱雀主，見你身形已略有凝滯，」周翡將長刀揹在身後，在原地踱了幾步，又轉頭一指木小喬胸口道，「方才見朱雀主出招，感覺更明顯一些，你檀中氣息不順，百劫手便欠了幾分果斷，不然就憑當年活人死人山的四聖之首一爪，我也沒有那麼容易避開。」

木小喬奇道：「你們不都說四聖之首不是鄭羅生嗎？」

周翡很文靜地低頭一笑，說道：「鄭羅生？算個屁。」

木小喬皮笑肉不笑道：「小姑娘，妳這是究竟在奉承我，還是在嚇唬我？」

周翡站定，不答反問道：「朱雀主素日是不是還有頭痛之症？」

木小喬的眉頭終於皺了起來。

周翡略一攤手，說道：「我可不是算命的，方才朱雀主的百劫手再高一寸，撞到的便是我的刀柄，我必來不及取刀變招，以閣下這身高，不該這樣『眼高手低』，大約是長期垂目所至吧？這才有這一猜。」

木小喬緩緩道：「哦？若我再高一寸，妳『必來不及取刀變招』？那妳又怎麼敢這麼使刀？」

「蒙的，」周翡十分敷衍地笑道，「可能運氣好。」

她說話間，不知是有意還是無意，伸手彈了彈自己的左臂，微微活動一下脖頸，手掌自頸側擦過，又好似沒睡醒一樣，按起了右邊的太陽穴。

木小喬下意識地將琵琶端在了身前——周翡點到之處全是他身上微恙處，方才她那招劈砍顯然留了餘地，否則一擊不中可以中途直接變作「破」，若取他左肩，木小喬必不甘心在一個小輩面前躲閃，肯定會反擊。

然而以那種姿勢，他左手必被碎遮壓制，提不起來，只能側身以右臂格擋，而「破」乃是破雪刀中變招最多的一式，因擊其一點，隨時能幻化為「斬」、「劈」等，甚至滑入「山海風」中的招數，倘若周翡的刀夠快——不必很快，能和當年她在永州時差不多便可以——她就能轉成「風」，招式將老未老時變過去，剛好能擦過他右脖頸！

木小喬見她煞有介事地按太陽穴，腦子裡那根三不五時要出來搗亂的筋好似又有蠢蠢欲動之意，「突突」地跳了起來。

「我的刀一直是瞎練，鮮少能遇上前輩高人指點。」周翡道，「難得朱雀主仗義，那我便卻之不恭了。」

話音剛落，周翡突然棲身上前，碎遮在半空中出鞘，這本朝第一國師的遺物果然非同尋常，流星一般的光順著刀刃疾馳而過，木小喬聽見風聲時，那刀已經到了近前。他悚然一驚，將琵琶往前一推，這一回，碎遮卻在空中劃出一道極複雜的弧線，分毫不差地避開了那琵琶琴身，直指木小喬端琵琶的手，逼得他不得不避其鋒芒。

木小喬料到這姑娘或許得到了南刀幾分真傳，卻沒料到她年紀輕輕，一把刀竟然已經走到了這種地步，神色一時陰晴不定，說不出話來。他再一回頭，卻見紛繁的刀光倏地煙消雲散，周翡好像突然發難一樣，又毫無預兆地驟然止歇，她隨手收起碎遮，似笑非笑地對木小喬道：「這回朱雀主可打量清楚了？」

木小喬盯著她瞧了許久，忽然說道：「妳的刀同李徵不太一樣。」

周翡從身上扯下一塊乾淨的布料，小心翼翼地將那怪蟲涅槃蠱的屍體包起來：「自然比不上我外公——朱雀主方才說告訴我這蠱蟲的故事，現在可以說了嗎？」

木小喬沒理會，將琵琶放下，目光放空了，望向灑在地上的晨曦，半晌，方才出神似的說道：「李徵刀法很好，取各家之所長，透著一股淵博中正之氣，我見他時，他沒有妳那麼深重、那麼包羅萬象的殺機。若論修為，妳還比不上他，但倘若他還在世，真要動刀，也未必能贏妳。」

周翡一愣，沒料到木小喬對她的評價忽然這麼高。

木小喬突然有點索然無味，他一生想怎樣便怎樣，恣意任性、罔顧聲名，輕生也不重諾，無義無情，睥睨群雄，到此，方才意識到被他睥睨謾罵的「群雄」都已經老死年華裡了，好似不過一夜之間，那些不值青眼一看的少年人們便都開始嶄露頭角。

霜華落盡，他再怎麼孤高自許，也是老了。

他便平淡無奇地講道：「相傳，涅槃蠱是從關外某個神神叨叨的巫毒墓裡挖出來的，在地下埋了不知多少年，出土時已經是個乾癟的殼，卻居然還是活的，牠一出世，便將當時挖墳掘墓的幾個賊變成了自己的藥人，藥人們橫行過一時，好像還成立了一個什麼『涅槃』神教，很是威風，因涅槃蠱嗜好高手血肉，便驅使牠的傀儡們惹了不少人命官司，涅槃神教自然犯了眾怒，當時武林盟主牽頭，帶了中原十六門派一同前去討伐，國師呂潤那時還是個意氣風發的藥谷弟子，代表大藥谷前去助拳，身上帶了七種克蠱的藥粉，至今都已經失傳，其中一種正是涅槃蠱的剋星，制住了母蠱，方才剿滅了這個『藥人』神教……只是個傳說，不知道真假，那時候我還沒投胎呢。」

「呂國師當年親口證實涅槃蠱已被他藥死，至於後來為什麼又活了……嘿嘿。」木小喬十分尖酸刻薄地笑了一下，說道，「那可得問問你們名門正派是怎麼想的了。不過有謠言，說這蠱蟲之所以名『涅槃』，是因為牠有起死回生之功。」

周翡：「……」

如果別人告訴她，這東西能祛痰止咳、解毒化瘀……哪怕說是能壯陽呢，她都信的，可是「起死回生」？這也太扯淡了，一聽就知道是胡說八道，她不由得有些失望。

隨即她轉念一想，覺得自己確實也是瞎激動，呂潤的《百毒經》還在她手上，這涅槃蠱母要真有什麼藥用價值，應該會有所記載才是。

「我還聽到過幾個江湖謠言，」木小喬想了想，又道，「呂潤留下涅槃蠱，據說是為了讓趙毅將軍還陽，齊門那牛鼻子就不知道為什麼了，他早年同大藥谷私交甚篤，涅槃蠱都能弄到手，想必手裡還有其他好東西。妳要真好奇得厲害，可以去試著找找齊門禁地，反正齊門現在已經沒人了，不算擅闖，據說就在湘水一帶，離妳家不太遠，只是他們慣常藏頭露尾，又喜歡裝神弄鬼地搞一些陣法，找不找得到就看妳自己了。」

周翡本來十分可有可無，此時聽到「其他好東西」，頓時眼前一亮：「多……」

「謝便不必了，看妳樣子好才同妳多說幾句，唉，這世道，上躥下跳的都是醜得可殺之人。」木小喬冷漠地感嘆了一聲，便不再理她，盯著封無言的屍體看了片刻，將他翻過來又調過去地踢著玩了一會，嗤笑道，「可憐的老東西，武功稀鬆，虧心事又幹太多，仇家比我還多，這些年美其名曰當『見證』，龜縮在齊門裡方才過了幾年安穩日子，齊門一暴露就開始惶惶不可終日，只敢拿著兄弟的名號行走江湖，不料人家還是沒拿他當自己人，到死也沒叫他找到齊門禁地的門往哪邊開，怪不得那麼恨殷沛。」

周翡：「……」

她這才知道，原來封無言剛開始只是利用自己對付殷沛，後來竟是因為殷沛多嘴多舌地當著她叫破了「黑判官」的名號，才逼他要殺自己滅口。

這冤情簡直沒地方訴！

木小喬說完，便不再搭理周翡，輕輕一撥琵琶弦，唱道：「音塵脈脈信箋黃，染胭脂雨，落寂兩行，故園有風霜——」

正是久未聞聽的《離恨樓》。

木小喬一句唱完，人已經在數丈開外，反覆吟詠的靡靡之音低回婉轉，卻極有穿透力地傳出了老遠，大概是在昭示霓裳夫人他已經來過了的意思，所謂「人情」還得也是敷衍。

周翡立刻便要掉頭回柳家莊找李晟，臨走又想起了什麼，神色複雜地看了朱晨一眼，走到他身邊靜默片刻，伸手將他那隻僅剩的眼睛合上，忽然看見他衣袖間掉出一塊小小的牌子，便拂去上面的塵土，撿起來看了看，只見那小木牌被人摸索得油光水滑，不少字跡都淺了，上面的「興南鏢局」幾個字倒還清晰可認——正是朱家的舊物。

周翡想了想，把木牌收起來，又在旁邊尋了一處土壤鬆軟的地方，刨了個淺坑，削下一塊木頭刻了個碑，將人入土為安了。

第四十九章 一代新人

晨光掃過光怪陸離的小樹林，也掃過了修羅場一般的柳家莊。

倖存下來的人全都是一臉呆滯、劫後餘生——頭天晚上太混亂了，先是蠱蟲大爆發，人們互相踩踏奔逃，幸虧李晟情急之下以煙花示警，率先將火把引燃，又勉強穩住各大門派，將剩下的「流火」四處潑灑，方才沒落到滿地血屍的下場。

誰知他們剛緩過一口氣來，那些耀武揚威的怪蟲突然同時落地死了，李晟先是一驚，隨後又是一喜，心裡知道肯定是周翡追上了殷沛，然而還不待他慶幸，那十八個藥人一個個就跟瘋了似的大肆屠殺。李晟滿身狼狽，簡直不知道自己這一宿是怎麼過來的，嗓子已經喊啞了，只覺跟著周以棠打一宿仗都沒這麼可怕。偏偏他還不能直接脫力暈過去，場中各大門派雖然都是被他一句話坑進來的，但苦戰一宿，儼然已經將李晟這年輕的後輩當成了主心骨，一大幫人圍著他七嘴八舌。

李晟總算體會了一回當年周翡初出茅廬就被傳為「南刀」是個什麼感受了，簡直煩不勝煩，還得裝出一副謙遜有禮的樣子，心裡頭一次期待著周翡趕緊滾回來，好把殺魔頭殺蠱蟲的名頭往她身上一推。

可周翡去哪了呢？

李晟先是找到了假山中藏著的吳楚楚，吳楚楚早早被周翡藏起來，她生性謹慎，又生怕自己武功低微給人家添麻煩，周翡叫她躲起來，她就躲起來，心裡再好奇，也能忍住絕不往外多看一眼，因此也說不清周翡去哪了。

李晟從半夜三更等到日出地面，周翡依然不見蹤影。

剛開始，李晟一邊焦頭爛額，一邊在心裡暗罵周翡那不靠譜的東西，可等到天亮還不見人，他又開始有點慌了。

周翡這些年一直在外面四處野，連北斗童開陽的宅子都敢燒，膽大包天，卻沒闖過什麼自己收拾不了的禍，如今照樣活蹦亂跳的，按理說，其他本領不知有多少，保命的本領應該是不缺的……可那殷沛並非是可以常理度量之人，他自己已經武功高強，身上還帶著那種見血封喉的怪蟲，周翡單獨追出去，會不會出什麼事？

李晟艱難地維持著自己處變不驚的假面具，心裡的不安好似一鍋架在火堆上的水，開始是冒泡，隨後天越來越亮，「水」也越燒越沸，「咕咕嘟嘟」地眼看要炸鍋。

柳家莊裡的這些蠱蟲和藥人都倒了，依照常理推斷，很可能是母蠱被殺了。

可那蠱母怎麼死的？是不是周翡殺的？

李晟方才連周翡什麼時候突然失蹤的都沒看見——如果真是她殺了母蠱，能從殷沛那全身而退嗎？萬一不能，他回去怎麼跟大姑姑交代？

他越想越擔驚受怕，偏偏所有人都不讓他全神貫注地坐在那擔心，時時刻刻不叫他消停。

「李少俠，這些藥人的屍體你看怎麼辦？」

「李少俠，傷者都安排下去了，你看那些中了蠱毒的怎麼處理？」

「李少俠，我聽說近日有北斗的人在附近出沒，咱們鬧出這麼大動靜來，會不會招來朝廷走狗？」

「李少俠……」

煩得李晟後悔得肝膽俱裂，恨不能回到頭一天晚上，抽自己兩巴掌，他狠叨叨地跟自己較勁，心裡道：怎麼哪都有你，當這是蜀中山頭嗎，跟著瞎攙和什麼？輪得到你出頭嗎？

李晟到柳家莊來，純粹只是「人情面子活」，李瑾容命他帶幾個人過來撐個場面而已，所以十八藥人剛一露面的時候，他一看形勢不對，立刻就跟其他門派一樣縮了。

四十八寨以前自成一國的時候，幾乎不與外人來往，但幾年前曹寧帶兵圍困蜀中那一回，卻叫李瑾容看出了寨中不少門派都有「一代不如一代」的趨勢——想當年跟著李徵老寨主打出「奉旨為匪」的那些都是何許人也，隨便丟一個名字出去都能落地有聲，砸出個當當響的坑來。可是如今的年輕人呢？

就連李晟小時候那眼高手低的熊樣都能算是「出類拔萃」，四十八寨後繼無人可見一斑。

這樣的亂世裡，世外桃源長不出什麼好苗來，只能長一山谷任人採摘的青菜和蘑菇，李瑾容意識到這一點，因此這兩年刻意恢復了同外界的來往，時常放年輕人出門辦事歷練。

這回柳老爺暗中召集各大門派圍剿鐵面魔殷沛，當然也給四十八寨去了信。李瑾容這老江湖一聽就知道怎麼回事，知道各大門派礙於面子，肯定會回應，但這些年來，碩果僅存的名門們早習慣偏安一隅了，去了也未必肯出什麼力，多半也就是過去給助個威，倘若真有人出手收拾大魔頭，便跟著收拾一下戰場，算是助拳，見勢不對，一準是比誰跑得都快。

正好李晟在附近，李瑾容便從附近暗樁中抽調了一批人手給他，叫他代表自己過去。李晟從小心眼多，在外人面前也素來穩重，沒有周翡那狗不理的臭脾氣，李瑾容不擔心他會闖禍，去了幾封信叫幾個故交幫忙照看一下，又囑咐李晟「便宜行事，千萬小心，跟著前輩，不要隨便出頭」——意思是讓他在各大門派面前跟著混個臉熟，有少林武當等泰斗在前，別人出手他就敲敲鑼邊，別人跑路他就跟著跑，反正那些老江湖一個個鬼精鬼精的，跟著他們吃不了虧。

誰知人算不如天算。

大當家也沒料到，李公子在她面前的「穩重」，至少八成都是裝出來的，並且關鍵時刻，比看似不靠譜的周翡還能熱血上頭。到頭來，李大當家一句囑託，他給掐頭去尾，只做到了「便宜行事，隨便出頭」八個字。

李晟強行將一聲「不要煩我」的怒吼壓了回去，硬是擠出一個扭曲的笑容，故作淡定地對眾人吩咐道：「屍體自然要和蟲蟲一起清掃，弄到一起燒了吧。蟲毒麻煩楊兄……」

楊瑾雖然自己只能當個打手，但手下一幫擊雲溝的南疆採藥人還是頗能派得上用場，一聽這吩咐，立刻將他們四肢發達只會砍人的門主丟在一邊，被李晟支使得團團轉起來。

柳老爺忙搭腔道：「請諸位神醫不吝醫藥，一干費用我柳家莊全包。」

「還有北斗，也確實在這附近，前一陣子我遇到過，因為一點別的事，與那童開陽交過手，這會按理他們應該南下了……不過也不好說，以防萬一，能否請諸位前輩各自派些人手，到山莊附近巡視一二？」李晟想了想，又補充道，「要是有什麼變故，可以用我四十八寨的聯絡煙花互通消息。」

柳老爺微嘆了口氣，點頭道：「長江後浪推前浪啊，都聽李少俠的吩咐。」

李晟衝他微微一笑，將四十八寨的自己人叫到身邊，低聲吩咐道：「你們一起去，兵分三路，找周翡，不要聲張。」

暗樁們立刻領命而去，表面上跟眾人一樣在柳家莊周邊巡邏，實際假公濟私，到處找人。

李晟打發了一干庶務，想起李瑾容的囑咐，悔得腸子發青——剛到柳家莊的時候，不少前輩主動跟他搭話敘舊，還和顏悅色地為他引薦了不少人，李晟人情練達，自然知道肯定是李瑾容提前給他打的招呼，託人家照顧。

結果人家照顧了他，他卻一時衝動，反而將大家都給拖下了水。

李晟方才威風得不行，這會卻一想起自己辦的破事，心裡就直冒苦水，只好硬著頭皮親自一家一家走，探望傷者，送完藥又低聲下氣地跟人反省自己思慮不周。

別人不知道他心裡是怎麼膽小怕事的，雖然剛開始許多人是被李晟逼出來的，但此一役畢竟打滅了鐵面魔囂張的氣焰，雖然不知那鐵面魔本人的屍體是否也在大火裡，殺他這一眾藥人、又剿滅了那麼多蠱蟲，也算揚眉吐氣了。都是以「俠義」立身之人，忍氣吞聲地偏安一隅也多半出於無奈，誰願意整日苟且？就是一開始對李晟頗有微詞的，見他事後不驕不躁誠誠懇懇，又有柳老爺舌燦生花地打圓場，也便揭了過去。

霓裳夫人調息良久，走過來同李晟告辭。羽衣班雖然金盆洗手很多年，到底是刺客一流，不大願意混跡在人群中。

霓裳夫人道：「要是沒有別的差遣，我們這便去了。」

此地到底是柳家莊，送客也該柳老爺出面，李晟便沒有越俎代庖。

霓裳夫人雖然已經一把年紀，但多年來卻極重保養，武功又高，因此看起來並不顯老，反而隨著歲月流逝，身上有種洗練過的倦怠嫵媚，身後還跟了一大群妙齡的女孩子。李晟知道非禮勿視，便避開視線不去直視她，只恭恭敬敬地對她執晚輩禮道：「是，多謝前輩仗義之舉，前輩慢走。」

霓裳夫人覷著他，突然輕輕笑了一聲，伸出手指去挑李晟的下巴。

李晟從小跟李妍周翡一起長大，長到青春年少的大好年華，對小姑娘的印象只有兩個，一個是「麻煩精」，一個是「討厭鬼」，雖然也看「《山海經》」，但不過圖個新鮮，對畫片外真真正正的女孩子總有點敬而遠之的意思，又兼言行頗受周以棠君子風度影響，沒有要緊事，斷然不會主動找外人家的女孩說話撩閒，從來沒經受過這個，當即被霓裳夫人嚇一大跳，木著臉往後退了半步。

霓裳夫人大笑道：「你這小哥，我這把年紀，做你奶奶也使得的，躲個什麼？」

李晟又退了一步：「前輩玩笑了。」

「你啊，同你祖父一樣無趣。」霓裳夫人虛虛地伸手一點他額頭，笑完，卻又正色下來，整了整散亂的衣袖，她略微壓低了聲音，對李晟說道，「日後多到江湖上走動走動吧，我瞧你姑姑應該也是這個意思，否則不會將你派來。」

李晟沒領教過這種變臉如翻書的路數，一時不由得有些迷惑。

霓裳夫人側過身，目光一掃仍停留在柳家莊中的眾人，輕聲道：「大伙對你好，不單是瞧在你們大當家的面子上，昨夜你帶著眾人打退殷……鐵面魔，想必叫大家看到了一點希望。」

李晟十分茫然。

「你是名門之後，」霓裳夫人對著他笑道，「小人當道的時候、人人自危的時候、每個人都被壓得喘不過氣來的時候，每個人都希望再出一個李徵殷聞嵐那樣的人物，明白嗎？」

李晟一聽，心說這不是瞎扯嗎？他至今連李家破雪刀都沒入門呢！

李瑾容看到周翡的刀，才知道自己對小輩人看法太局限，後來其實親自寫了一份破雪刀的刀譜給他，而周翡雖然性格很不是東西，但做人比較大方，而且十分自負，練武這事上，問她什麼她都會事無巨細地回答，斷然不會私藏。

但李晟雙劍使慣了，而且受四十八寨各門派雜學影響頗深，總是不得其門而入，久而久之，乾脆也就大概練練，知道這「家學」是怎麼回事就得了，沒再下過功夫。

「不必妄自菲薄。」霓裳夫人眼角微微一彎，露出幾道俏皮的紋路，「振臂一呼天下應的，有時不見得是武功最高的，你很好，想清楚自己往後要走什麼樣的路，不要辜負了長輩們拳拳之心——代我向阿翡問好。」

她說完，不待李晟反應，便轉身而去。

李晟莫名其妙，忍不住對旁邊吳楚楚道：「她什麼意思？是讓我學霍連濤，也去弄個武林盟主當當嗎？」

吳楚楚眨巴眨巴眼，還沒說什麼，李晟便反應過來自己拿她當了李妍，語氣過分親密了，頓時尷尬得不行，忙一低頭，含糊道：「我也出去找一趟周翡。」

說完，他腳下抹油，便要溜走。

之前還好，此時李晟見了眾人看他的眼神，又想起霓裳夫人那句「每個人都希望再出一個李徵殷聞嵐那樣的人物」，他就跟衣服裡爬滿了蟲子似的，渾身不自在，一路低著頭，貼著牆邊往柳家莊外溜。

好不容易避開眾人視線跑到柳家莊外，李晟還沒來得及鬆口氣，眼前一花，一個人冒冒失失地堵住了他。

李晟倏地吃了一驚，看清來人，頓時又喜又怒，張嘴便訓斥道：「周翡，妳死哪去了？」

「別廢話，」周翡道，「快點跟他們說一聲，跟我走一趟！」

李晟白白擔驚受怕了半宿，讓周翡氣得鼻子歪到了耳垂上，當即使了個千斤墜，站成一根坐地樁，問道：「跟妳走哪去？妳幹嘛去了？為什麼耽擱這麼久不回來？還有……」

他皺著眉，打量著周翡一身黑一塊白一塊的汙跡，沒好氣地拍開她那髒爪子，正想問她從哪個泥坑裡滾成這樣。便見周翡在身上摸了摸，摸出一個布包塞給他，大方道：「對了，還有這個，拿去。」

李晟狐疑地接過來：「什麼……」

「東西」二字尚且卡在喉間，李晟便跟那被利刃劈開的涅槃母蠱看了個對眼。

他這一驚非同小可，胸口一顆心陡然從「緩緩行路」變成了「奪路狂奔」，差點要順著嗓子眼從頭頂噴出去。李晟手一哆嗦，險些將此物扔出去，隨即又想起這蠱母雖邪，卻也十分珍貴，忙又慌慌張張地捧住，一時也不知是要扔還是要捧，兩隻手忙了個不可開交。

李晟好不容易將涅槃蠱母抓在手中，只覺得這玩意沉得壓手，翅膀和好似白骨的身體異常堅硬，透過布頭還在扎他的手，而那蟲腹卻又十分柔軟，像那種啃樹葉為生的肉蟲，輕輕一按，好像還能發出可怕的「咕唧」聲。

李晟渾身僵硬，哆哆嗦嗦地問道：「這是什麼？」

「殷沛身上那隻母蠱。」周翡道，「好像是個了不起的物件，我也不知道能幹什麼，你先收著吧，萬一有用場呢。」

她殺便殺了，不就地焚屍，居然還給拿回來了！

李晟感覺自己往後見到毛毛蟲恐怕都會多起一層雞皮疙瘩，恨不能雙手沒有知覺，強撐淡定，總算沒有尖叫著把蠱母摔到周翡臉上。

周翡三言兩語解釋了涅槃蠱的來歷，又說道：「哥，你跟我走一趟唄，咱們去探探齊門禁地，沖雲子不是教了你不少東西嗎？他們那些難死人的陣法我不知怎麼破。」

李晟哼了一聲：「求我啊。」

他一邊說著，一邊有些放心不下地回頭張望了一眼人聲鼎沸的柳家莊，總覺得自己跟周翡這麼跑了不太好。

周翡便不耐煩道：「你管他們做什麼，明天他們就能傳你一劍捅死了二百五十個殷沛，後天便哄你當武林盟主，大後天說不定是北斗還是哪個犄角旮旯的魔頭便要給你找麻煩，還有各種腦子有坑的少俠整天找你遞戰書，再過幾天，因為點雞毛蒜皮，稍不留神，沒準你又得變成『盛名之下，其實難副』，下一個霍連濤就是你。」

她這一番言語有點偏激，李晟一開始聽得啼笑皆非，本想端出大哥的架子，教育她不要這麼「憤世嫉俗」，然而他突然想起霓裳夫人跟他說的那幾句話，漸漸便笑不出了。

不等周翡一口氣說完，李晟便將自己外袍一脫，把那涅槃蠱蟲裡三層外三層地包了個嚴嚴實實，而後將兩頭一繫，改造成了一個小包袱，掛在腰間，對周翡說道：「我得先把李妍接來。」

因為怕李妍那張嘴沒個把門的，李晟便事先將她和幾個比較穩重的四十八寨弟子一起放在了柳家莊附近的一處客棧裡，美其名曰讓她「接應」，其實只是把她「寄存」在那。一來一往也用不了多長時間。

李妍很快到了，周翡也悄悄通過四十八寨的人將吳楚楚帶了出來。

李晟給柳老爺留了一張客客氣氣的告別信，和從各地借調的暗樁們知會一聲，神不知鬼不覺地從柳家莊裡遛了出來，順路南下。

第五十章　暗流

他們這一行，過淮水，入南朝地界，再一路向西，很快到了楚地。

濟南府已經木葉脫落，楚地卻依然是溽暑未消。山路崎嶇，沿道兩旁隔上幾里便有簡陋的茶棚子，供下地老農同過往的行人歇腳，收上幾個銅板聊以為繼。

小茶棚頂子漏了，一個少年正挽著褲腳拿茅草補，棚中有三條板凳一張桌，已經叫人占上了，其他過往行人只能買些飲水乾糧站在旁邊吃完或者帶走。

李晟放下一把銅錢，又將灌好粗茶的水壺回手丟給周翡，自己端著個破口的大碗慢慢啜飲熱茶，想發一身熱汗歇歇腳，方才站定，便聽茶棚中那幾個占了長凳的漢子議論道：「都這麼傳，我看那鐵面魔想必確實是死了。」

李晟一頓，越過熱氣騰騰的水氣望過去。

另一個漢子斷言道：「死了！那還能不死嗎？我聽說那鐵面魔有三頭六臂，被李家少俠引入圈套，百十來人截他不住，幸虧李少俠臨危不懼，指揮眾人截殺，還親手將那鐵面魔的三頭六臂挨個砍下來，怪蟲都死了一地，隔日燒來，聽見裡面有怪物咆哮，驚天動地的，那些蟲子分明已經碎了，大火裡卻能看見個一人多高的影子，頭生雙角，怒目圓睜……你們說怪不怪哉？」

李晟差點讓熱水嗆死，連漫再咳，好生死去活來，眼眶都憋紅了。

那三個聊天的漢子莫名其妙地回頭看了他一眼，見他是個小白臉，便不去理他，仍然自顧自地討論道：「李少俠究竟是哪個？」

「這你都不知道？南刀沒聽說過嗎？四十八寨蜀中的那位！李少俠便是南刀李徵的長孫。」

「這可真是一戰成名了，嘖嘖，要麼說長江後浪推前浪呢……」

李晟實在聽不下去了，落荒而逃，見了鬼似的催促周翡等人道：「快走快走！」

周翡耳力卓絕，早一字不落地聽見了：「原來李少俠砍的不是二百五十個殷沛，是鐵面魔的三頭六臂，失敬！」

李晟怒道：「再廢話妳就自己拿著地圖滾。」

周翡跟馬車裡的兩個女孩笑成了一團。

不過這一路，除了沿途聽了些八竿子打不著的謠言外，勉強還算是太平。

這日，一行人方才行至江陵一帶，不知是李晟帶錯了路還是怎樣，附近連個人煙也沒有，周翡等人趁著時日尚早，在路邊飲馬。忽聽身後有快馬追至，那騎士恨不能馬生雙翼，將鞭子甩得響作一團，尚未行至周翡身側，馬背上的騎士已經迫不及待地抽出了刀，他自馬背上站起，泰山壓頂一般衝著周翡後背舉起，雁翅環刀「淅瀝瀝」的動靜將年輕的神駿嚇了一激靈，長腿離地，往上高高抬起，馬背上的人將刀順勢下劈，斬向周翡。

李妍一聲驚叫。

周翡卻不慌，倏地轉身，碎遮未出鞘，便已經架住這當頭一刀，她神色不動，好似全然不在意這種程度的偷襲，橫刀一卡，隨即巧妙地將對方往上掀起。豈知馬背上那人是個倔脾氣，不肯認輸，偏要跟她硬抗，然而周翡碎遮上傳來的力量不大，但卻微妙得很，四兩撥千斤似的輕輕一擺，剛好破壞了騎士、馬和雁翅刀之間的平衡。

那騎士往後一仰，好不容易拉住轡繩穩住自己，雁翅刀卻已經脫力，滑了出去。

周翡不用看也知道是誰，頭也不抬道：「楊黑炭，你又吃飽了撐著嗎？」

馬上那人正是楊瑾，他千里偷襲，聽了人質問，居然毫無愧色，瞪向周翡道：「我與妳下帖約戰，妳幾次三番假意應戰，遛我去給妳辦事，等我辦完事，妳又出爾反爾，你們中原人……」

李晟忙打斷他滔滔不絕的控訴，問道：「楊兄怎麼甩開貴派門人，獨自在此？」

楊瑾甫一交手，便感覺到自己和周翡之間的差距，越發暴躁。他沒好氣地一擺手，說道：「擎雲溝這個掌門我是幹不下去了，一天到晚被他們糾纏雞毛蒜皮的瑣事，哪片藥田生了雜草這種屁事也要找我定奪，害我練刀的工夫都沒有。」

李妍從周翡身後露出個頭來，問道：「我聽說貴派本來就只重藥理不重武功，分明是你用武力脅迫，才做上了掌門，結果你做了幾天又嫌煩不愛做，你是小孩子嗎？」

「胡說八道，我是被他們騙去比武的！」楊瑾兩條濃眉倒豎，怒道，「雖說打贏一群整日種田的藥農也沒什麼趣味，但既然是比武，自然要贏，誰也沒告訴過我他們在選繼任掌門！這群……不說這個——喂，李兄，那些人都在找你，你們這是要上哪去？」

李晟客客氣氣地回道：「我們打算繞南路去蜀中，替家裡人跑趟腿，然後就回家了。」

李晟不想拖家帶口地再帶上一幫閒雜人等——尤其楊瑾還是個不亞於周翡的大麻煩，因此從時間地點到路線目標，沒半個唾沫星子是真的，光天化日之下公然騙傻小子，想讓他自行離去。

誰知楊瑾半分不會看人臉色，毫不迂回地說道：「那行，我送你們一程。」

李晟：「……」

周翡將碎遮在腿上磕了兩下，嗤笑了一聲。

楊瑾對她怒目而視，周翡便翻了他一眼，說道：「我們用得著你送？」

然而很快，周翡便為自己的多嘴付出了代價，只見這南疆第一炭鄭重其事地在懷裡摸了摸，摸出一張皺巴巴的紙，費了九牛二虎之力方才捋平，一巴掌摔在周翡面前。

周翡：「……」

紙上墨跡糊成了一團，間或能辨認出幾個支楞八叉的影子，得扒開眼仔細看，才能看到一點漢字的模樣，這玩意簡直可以直接貼在門上辟邪鎮宅。周翡磕磕絆絆地唸道：「『單』書……甲午年八月，『敬』雲……什麼……哦，溝，『敬』雲溝掌門楊瑾，『要』南刀……一『單』，決一勝負……」

「戰」字少寫了半邊，「擎」字中途腰斬，「邀」字寫錯了，只提「南刀」，未提周翡，不知是不是楊掌門「翡」字不會寫了。

楊瑾不待她唸完，便知道自己出了醜，面紅耳赤，一把將那破紙搶了過來。

李晟與吳楚楚涵養所限，倒都強行忍著，憋出一副若無其事的表情，李妍卻不管那許多，頭一個咧開嘴大笑起來。

周翡哭笑不得道：「楊掌門，你怎麼寫份戰書也能這樣偷工減料，寫了這麼多半字？」

楊瑾的黑臉燒成了一塊黑裡透紅的炭，衝周翡喝道：「拔刀！」

周翡忙著想找齊門禁地，哪有心情與他糾纏，撂下一聲「不應」，話音落下時，她人已經在數丈之外，翻身上馬跑了。

楊瑾立刻去追：「妳是怕了嗎？」

周翡不怎麼在意地應道：「可不是，嚇死我啦！」

李晟懶得管他們，慢條斯理地套上馬，慢吞吞地趕上前去，突然，一馬當先的周翡倏地拉住轡繩，馬往旁邊錯後半步，她微微探身，皺著眉看向路邊。

只見路邊草叢中橫陳著幾具衣衫襤褸的屍體，都是普通農戶打扮，旁邊有個裝滿了乾草的筐，筐裡好似有什麼活物，一直在動，被馬蹄聲驚到，狠狠地一哆嗦，僵住了。

周翡藝高人膽大，自然不怕死人，她當即翻身下馬，用碎遮將那倒扣的筐往上一掀。裡面的「東西」狠狠地瑟縮了一下，在地上縮成一團，畏懼地盯著她。

那居然是個小孩，約莫有幾歲大，非常瘦小，滾了一身的稻草。

周翡瞥了一眼旁邊的屍體，想起這一片異乎尋常的不見人煙，突然覺得有點不對勁，便半蹲下來，衝那小孩道：「你是誰家孩子，爹娘去哪了？」

小孩狠狠地咬住嘴，瞧見她手裡的長刀，嚇得瞳孔縮成一個小點，卻又不敢出聲，小小的胸膛風箱似的起伏，抖得厲害。

這時，楊瑾和李晟等人趕了上來。

吳楚楚拉過碎遮，往周翡身後一別：「藏著點妳的刀……你們都不要圍著他，我試試看。」

周翡不置可否地退到一邊，去翻看旁邊幾具屍體──屍體總共有四個人，三男一女，都是年輕力壯的，已經涼了，卻未見腐爛跡象，想必也是剛死不久。

「尋常莊稼人。」李晟翻過一具屍體的手腳看了看，隨即又奇怪地「咦」了一聲，「奇怪，死因是劍傷，還是一劍封喉……」

李妍問道：「這是誰啊？殺幾個莊稼人做甚，莫非是沿路打劫的？」

「應該不是，」周翡道，「這幾個人身上輕傷不少，不知走了多遠，而且他們事先將小孩塞進乾草筐裡藏好，恐怕是被人追殺。」

說著，她皺了皺眉──江湖仇殺並不少見，只是這幾具屍體都是粗手大腳，面有菜色，周身肌肉鬆散，掌心的繭子看著也不像是練過武功的模樣，分明只是尋常百姓。

李妍道：「江陵現如今是咱們南朝地界，官府該有人管吧？」

李晟搖搖頭，說道：「這邊靠近前線，爭得厲害，今天姓南，明天姓北，朝廷不會那麼快派正式官員過來，都是由軍中之人暫代太守，一旦吃緊，就得跟著大軍跑，聽憑調配，未必有心思管民生之事……」

他話沒說完，旁邊周翡驟然拔刀，只見一串流星似的箭矢破空而來！

「嗆」一聲寒鐵相撞——

此時，蓬萊祕島上，劉有良正清掃香灰，鐵護腕不小心同香案撞了一下，碰歪了小爐，他忙伸手扶正，擦了擦額頭上被熱出來的汗，小心翼翼地回頭看了一眼一直昏迷不醒的人。

卻不料正好對上了一雙清亮的眼睛。

劉有良吃了一驚，隨即反應過來，忙上前一步跪下：「殿下！」

謝允無力回話，便只是衝他眨眨眼睛，眼睛裡卻是帶著笑意的。

劉有良回過神來，忙衝謝允一拜，起身就跑，口中叫道：「大師，同明大師！」

小島上人煙稀少，卻硬是一陣兵荒馬亂，林夫子「啊喲」一聲跳了起來，陳俊夫緊張地丟下漁網，反倒是同明老和尚好似早有預料，端著一碗黑乎乎的藥湯，不緊不慢地走進來道：「我猜你也該醒了。」

謝允躺了許久，一時提不起力氣，就著老和尚的手將一碗藥湯喝下，劉有良恭恭敬敬地在旁護法，三個老東西默契地分別按住謝允頭頂、手臂等處，以內力打入其少陽三焦。不過片刻，謝允頭頂便有白氣蒸起，原本慘白的臉上竟冒出一點血色，約莫一時三刻，他人雖虛弱，卻有力氣言語了。

謝允低聲道：「多謝師父、兩位師叔。」

說著，他目光往洞府中掃去，見一邊明珠下掛著一張軟皮，皮上是一堆墨跡，亂七八糟地畫著個鬼臉。

林夫子笑道：「哈哈，那是從你臉上拓下來的，你那小娘子，可真不是東西！太頑劣，別的就算了，額頭上給你畫了個『王』，下面一左一右兩撇小鬍子，那不就是『王八』了嗎？」

謝允心有餘悸地抬手摸了一把臉，微笑著對林夫子道：「師叔教訓得是，下回我一定給她寫在信裡代為轉達。」

同明卻面無笑意，將藥碗放在一邊，沉聲道：「『三味湯』，你已服下第二味，再有一次，老衲也別無他法了。」

此言一出口，林夫子和陳俊夫都不言語了。

好一會，陳俊夫才道：「同明兄，你……你這是什麼意思？」

「意思說我是迴光返照。」謝允扶著旁邊石牆，試著站起來。

說來也怪，他方才還連話都說不出來，這會一碗藥下去，雖然十分吃力，卻居然搖晃晃地住了，接著，謝允又試著在原地走了幾步，大概是感覺不錯，他語氣十分輕快，說道：「上次我經諸位師叔多次調理，才勉強能在石洞裡轉一轉，這回感覺好多了。」

同明大師嘆了口氣，說道：「蛟香提神，『三味』吊命，兩味相疊，能逼出你身上最後那點活氣，叫你不至於無聲無息地衰落而亡，只是治標不治本，吊一次命，就少一簇

『真火』，三味過後，如果還是找不到解藥……」

陳俊夫臉色一沉，問道：「那你為何要給他用這樣的虎狼藥？」

同明大師道：「透骨青全靠他身上那點內力相抗，一旦人衰弱下去，那就徹底沒救了，我實在才疏學淺，翻遍《百毒經》，也只能想出這樣的權宜之計。」

謝允不怎麼在意地說道：「陳師叔，『生死有命，富貴在天』，中了透骨青，還能像我一樣活蹦亂跳的有幾個，連『迴光返照』都能照上三回，想必是古往今來頭一份了，還有什麼可不知足的？」

陳俊夫聽了這番勸解，眉頭卻並未舒展，他深深地看了謝允一眼，謝允便坦然抬頭衝他一笑。陳俊夫重重地嘆了口氣，眼不見心不煩地離開了燥熱的洞府。

林夫子耷拉著眼角眉梢，滑稽地哭喪著臉，說道：「那怎麼能知足呢？你還沒娶媳婦呢！」

謝允便道：「那有什麼，林師叔，你不也沒有嗎？」

林夫子滿腔悲傷立刻被謝允目無尊長的嘲諷刺痛了，氣得他原地蹦了三蹦，薅掉了兩根白鬍子，也憤怒地跑了。

謝允不依不饒地抬高了聲音道：「師叔，好歹我定情信物送出去了，您啊，實在不行就養隻母貓聊解寂寞吧。」

林夫子在洞口咆哮道：「孽徒！混帳！」

謝允得意洋洋地伸手去摸他那「定情信物」——裝滿貝殼的小盒子，打開一看，見裡面原來整理好的貝殼好像被貓爪撓過，給人翻得亂七八糟的，而周翡領了他的「好意」，卻沒有全領，她只挑了好看的帶走，稍有點歪瓜裂棗的，一概給他剩下了。

謝允：「……」

這丫頭還怪不好伺候的。

同明大師對旁邊緊張侍立的劉有良說道：「劉統領先去歇息吧，今日多有勞煩，安之既然已經醒了，剩下的叫他自己打掃便是。」

劉有良遲疑了一下，不知叫端王殿下自己掃山洞是否合情合理，但隨即看出老和尚同他有話說，也只好識趣地躬身一禮，倒著退了出去。

見他走了，謝允才問道：「哪個劉統領？」

「曹仲昆身邊的禁軍統領，據說是最後一個『海天一色』，」同明大師道，「前一陣子他從舊都逃出來，一路被童開陽帶人追殺，途中正好碰上阿翡，將他救下，便順手託付給了你林師叔。」

謝允有些意外地挑了挑眉，不知是訝異於「周翡居然能從童開陽手下搶人」，還是不明白最後一個海天一色為什麼會暴露。

同明大師將燃盡的蛟香換下來，重新點了一根，插在香案中，又道：「曹仲昆死了。」

謝允驟然聽得這消息，吃了一驚：「什麼？這麼說我居然熬死了曹仲昆！」

同明大師：「……」

謝允有些興奮地扶著牆站起來，繞著石床開始走動，蛟香的味道濃重得有些嗆人，他伸出手指，那嫋嫋的白煙便好似有生命似的，纏纏綿綿地往他手上捲，繼而鑽進他七竅百骸之中。

他每走一圈，臉色就比方才好看一些，身形便也更輕盈一些。

走到第十圈，謝允便不用再扶著牆了，拖遝的腳步聲一步比一步輕，接著，他驀地將長袖抖開，運力於掌，輕輕一揮，數尺之外的石桌上的畫卷被他精準的掌風彈開，「刷」一下鋪了滿桌。

畫上滿身紅衣的女孩子好似要破紙而出，筆墨間的風華照亮了一室黯淡的石洞。

謝允收回手掌，負手而立，感慨道：「師父，我覺得自己都快好了，你這三味湯真的是毒不是解藥嗎？」

同明大師道：「阿彌陀佛，自古傷病，都是來如山倒、去如抽絲，服下後病去也好似一夜顯靈之物，便是呂國師也不曾見過，凡人豈敢奢望？」

謝允隨口一句玩笑話，便勾出了老和尚一堆長篇大論，忙道：「同你說著玩的，不必這麼認真。」

他一邊說，一邊將那塊墨跡斑斑的軟皮摘了下來，仔細欣賞周翡的傑作，問道：「師父，我能出去轉轉嗎？」

同明大師沒吭聲，寂靜的石洞中，只能聽見他轉動念珠的聲音，好一會，他才低聲道：「隨你，帶好蛟香。」

謝允就明白了，既然同明肯答應，就說明他能一直活蹦亂跳到下一次喝三味湯的時候。他想了想，又改口道：「算了，不去了，一月半月，走也走不了多遠，沒意思，我還是在島上陪您老人家說話吧。」

同明大師無聲地唸了一聲佛號，伸出枯樹枝似的手，撫上謝允的肩頭，說道：「虧你不嫌棄我們三個快入土的老東西。」

謝允笑道：「師父天潢貴胄，當年連我這姓趙的亂臣賊子之後都肯收留，徒兒怎麼敢反過來嫌棄您？」

同明大師聽了，溝壑叢生的臉上露出了一點溫暖的笑意，說道：「你知道自己是誰就行了，是誰的兒子、誰的後人，很重要嗎？何況老衲身在紅塵檻外，往來如萍，四大皆空，若是還計較幾百年前的俗家事，我這一世修行豈不都是耽擱工夫？」

謝允豎起一根手指搖了搖，反問道：「生老病死既是凡人之苦，也是修行之道，大師，你既然不計較俗家事，怎麼見徒兒修行，反要愁眉苦臉呢？」

同明一時居然有點無言以對。

謝允又道：「師父，你不知道，我方才做了一個特別長的夢。」

同明：「夢見什麼？」

「夢見小時候的事……那時我不聽你的規勸，一意孤行要回金陵，覺得自己經天緯地、學藝已成，一定要回舊都報仇。」謝允翹著二郎腿坐在石床邊上，在一片蚊香中輕聲說道，「其實舊都和我爹娘，我都只是有一點印象而已，記不太清了，本不該有這樣大的執念，想來是小時候一路護送我、照顧我王公公反覆在我耳邊唸叨的緣故。」

當年謝允為什麼會身中透骨青的前因後果，同明大師雖然心裡有數，卻還是頭一次親耳聽謝允自己說起，便不打斷他，只是靜靜地聽。

「我到了金陵，皇上與我抱頭痛哭，我以前還當滿朝上下都懷著國仇家恨，恨不能隔日便北伐殺回去報仇，後來才發現根本不是那麼回事，大家都不想打仗，就想安安穩穩地占著南半江山，繼續當混日子的達官貴人，沒有人願意毀家紓難地『復國』，皇上拿他們一點辦法都沒有，那一段時間，皇上時常召我一同飲酒，他沾酒必醉，每醉必能吐出滿肚子苦水。我本就一腔激憤，見此更是忍無可忍，接連數日在朝堂上與主和派鬥嘴，鬧得烏煙瘴氣。後來又自作聰明，請命巡邊，用計誘來北人，謊報軍情，在邊關騙來三千守軍，趁機奪回三城，以此大捷為由頭，攛動我父親舊部與一干沒依沒靠的寒門子弟攻訐兵部……」

同明感慨道：「小小年紀。」

「小小年紀不知深淺。」謝允笑道，「其實那時北朝正是兵強馬壯時，南方卻連兩年水患，本就民不聊生，而且朝廷上下不是一心，根本不是開戰的好時機，連皇上都不過是借由主戰與主和兩派爭端，在金陵『新黨』和『世家』之間相互制衡而已。大家都明白這個道理，偏我不懂。」

趙淵用「懿德太子遺孤」，給主戰一派立下了一個巨大的靶子，嘴上一而再、再而三地聲稱自己準備禪位，叫盤根錯節的南方舊黨整天惶惶不可終日，唯恐金陵朝廷落在那整天想著報仇復國的半大小子手裡。

同明大師問道：「後來呢？」

「後來皇上下詔予我親王之位，」謝允說道，「隨後又請大學士代筆擬旨，要在我班師回朝之日便正式冊封我為太子，待我大婚之時，便要禪位還政。既然尚未宣發，便本該是祕旨，但不知從哪裡走漏了風聲，一夜之間烈火烹油，傳遍了暗流洶湧的金陵。」

他語氣平平淡淡，可這三言兩語中卻好似裹挾著驚濤駭浪，聽得人一陣後脊發涼。洩密的詔書好似一把野火，將南都貴族們連日來的憂心畏懼一股腦地點著了，他們沒料到趙淵竟然會「軟弱」到這種地步，只好孤注一擲地打算除去未來的「暴君」。

「我當時遠在前線，每天忙著佈防對抗，還得想方設法將被戰火牽累的百姓安頓得當……都不知道這件事。」謝允一低頭，看著自己慘白的手指尖，將「畢竟我年幼無知」這句頗有些尖酸的話咽了回去，只是用局外人的口氣說道，「後來的事師父大概也聽說了，我軍糧草被刻意拖遝，我遞回金陵的摺子被扣留，無奈之下只能兵行險招，偏巧軍中有叛徒洩密，被曹寧圍困孤城，援軍又久久不至。」

「這麼多年，我雖然寫過《寒鴉聲》，賣『血』當盤纏，其實沒有真正同別人提起過此事，」謝允說道，「方才夢到，樁樁件件猶似昨日，突然便忍不住想找人聊一聊。」

那一回東窗事發，建元皇帝震怒，滿朝譁然。

端親王畢竟是「華夏正統」，卻險些在兩軍陣前死於自己人手，據說金陵城中的太學生們寫血書鬧事，要求朝廷嚴懲「國賊」，事情越鬧越大，江南舊黨不得不推出數十隻替罪羊來平息事端，御林軍當街打馬而過，抄家抓人……南渡十餘年，趙淵第一次以此為契，狠狠地在鐵板一塊的江南勢力中楔下了自己的釘子，這個「軟弱」的幼帝憑著他不可思議的隱忍，一步一步走到如今這地步。

同明大師沉默好一會，方才問道：「當時有親兵自願做你的替身，率兵引開廉貞曹寧等人，掩護你突圍脫逃，你為何不肯呢？」

如果當時「留得青山在，不怕沒柴燒」，以他在軍中與民間的威信，再加上將來吃一塹長一智，還說不準最後鹿死誰手。

謝允便笑了笑，說道：「不知道，命吧。」

他說完，伸了個懶腰，將這話題與昨日一同揭了過去，問道：「師父，我好幾年前沒事打的那把刀去哪了？」

「融了，沒來得及開刃，」同明也默契地不再提，只道，「你陳師叔說你手藝不行，拿出去丟人。」

「哦，那算了，」謝允道，「我再去同他請教請教，重新打一把。」

同明道：「阿翡那裡……」

謝允道：「不必知會她，可遇而不可求的東西，你催她也沒用，等我哪天實在撐不下去，再告訴她來送終不遲。」

他說著，起身將畫卷捲好，又把旁邊周翡留給他的信收起來，準備留著慢慢看，繼而深吸一口氣，緩緩走出這一方小小的山洞，衝海邊的陳俊夫叫道：「陳師叔，有好鐵嗎？」

傳世神兵所用的鐵好像都有點來歷，唯有「碎遮」名不見經傳，沒有什麼「天外落鐵」的神祕背景，只是普通凡間之物煉製，卻因呂國師與南刀這前後兩任主人而不凡於世。

楊瑾羨慕地望著削鐵如泥的碎遮，感覺漫天的鐵劍在它面前好似都是泥捏的，忍不住問道：「妳這是把什麼刀？能叫我看一下嗎？」

周翡還沒來得及答話，李晟先暴躁道：「楊兄，都什麼時候了！林間下箭，窄道埋伏，放箭時一波一波節奏分明、訓練有素，肯定不是普通山匪……阿翡妳做什麼去？」

他話音沒落，周翡已經逆著箭雨而上，悍然從密密麻麻的箭陣中劈出一條路，轉眼沒入林間，好幾聲慘叫四下響起，漫天的冷箭瞬間便稀疏了，李晟等人連忙跟上前去，不過片刻，周翡已經秋風掃落葉一般，將林間的刺客放倒了半數。

放箭得需要距離，一旦人到了近前，便很難施展威力，尤其雙方武力差距極大。放冷箭的人見勢不妙，當即潰不成軍，便要奔逃而去。李晟飛快地衝楊瑾使了個眼色，兩人一邊一個堵住了逃兵去路，三面合圍，轉眼將倉皇逃命的刺客包了餃子。

「阿翡，妳……」李晟正要說話，忽然看見周翡肋下插了一根箭，嚇了一跳，「這怎麼回事？等等，妳別亂動！」

周翡聞言，不怎麼在意地低頭瞥了一眼，伸手便將那根鐵箭摘了下來，箭頭上一滴血跡都沒有，反而被撞平了。

李晟：「……」

旁邊楊瑾倒抽了一口氣，沒料到周翡的武功居然已經到了「銅皮鐵骨、刀槍不入」的地步，他頓時升起滿腔望塵莫及的悲憤，幾年前明明還相差無幾，憑什麼她就能走出這麼遠？

一定是擎雲溝那幫藥農耽誤他練功！

「我穿了甲，看什麼看。」周翡伸手將破了個小口的外袍掩住，白了一眼那兩個沒見過世面的鄉巴佬，俯身打量被他們放倒在地的人，這林間埋伏的，一水的都是精壯漢子，身上以樹葉樹皮等物做遮掩，藏在樹叢之中，個個蒙著面。

周翡問道：「這些會是什麼人？」

李晟將一具屍體的手心翻過來，低頭仔細觀察了片刻，又探手撥開那人衣襟：「護心甲，令旗……旗上畫的這是個什麼？我還真沒見過這一路。」

那令旗上畫的是一隻鳥，不像鷹隼之流，身形十分優美，目光卻莫名透著幾分詭祕的凶狠。

李晟又道：「這些人慣用弓箭，似乎也訓練過長槍、砍刀等物，會隱蔽，埋伏得住，令行禁止……我怎麼覺得有點像當兵的。妳看他們用的那些鐵箭也是，製作精良，型號統一，一般造反的匪人沒有這種財力，等會挨個搜搜，找找有沒有什麼能證明身分的東西。」

周翡抬頭與他對視了一眼，兩人的神色都有些凝重——雖然因為戰亂緣故，此地暫時沒什麼秩序，但好歹也是南朝的地界，往來軍中兵將……好像都是周以棠的人。

「別烏鴉嘴，」周翡先是這麼說了一句，隨即想了想，又氣弱地小聲道，「那什麼，咱們不會真打了我爹的人吧？」

她話沒說完，角落裡一個黑影突然暴起，那竟有一條漏網之魚，他趁沒人注意，一躍而起，撒丫子便要往密林深處跑去。

周翡正被自己的猜測鬧得疑神疑鬼，一時沒決定好是追還是放，遲疑著動了一下腳步，還沒來得及趕過去，便見那黑衣人一步一步倒著從密林中退了出來，脖子上架著一把窄背長刀。

原來吳楚楚照顧那撿來的孩子，與李妍落後一步才趕到。

李妍難得派上一次用場，她一手拿刀，一手還衝周翡他們揮了揮，得意洋洋地叫道：「阿翡，這裡還有一個呢！」

那差點跑了的弓箭手約莫有三十五六，面孔黝黑，臉上還有一道傷疤，未曾言語，眼珠先轉，一看就十分油滑，方才顯然是在一邊裝死，聽李晟說「挨個搜搜」，才被逼無奈地自己跳出來。

李晟制住那人穴道，問道：「你們是什麼人？」

那弓箭手眨眨眼，小心翼翼地賠了個笑，說道：「英雄，英雄饒命！小的有眼不識泰山，看幾位香車寶馬、穿戴不俗，便想討幾個零花錢用用，斷然不是……嗷！」

楊瑾簡單粗暴地抽出一根鐵箭，揚手便抽了那弓箭手的臉，他下手非常巧妙，正好抽到弓箭手眼瞼的嫩肉上，卻又一絲一毫沒有傷及對方的眼珠。

劇痛卻給人造成一種要瞎的恐懼，那弓箭手不能動，只好殺豬一樣地嚎了出來。

楊瑾挑釁似的看了周翡一眼，周翡不明白這有什麼好較勁的，便「虛懷若谷」地後退一步，衝他比劃了一個「你請」的手勢。楊瑾便用箭尖戳了戳那弓箭手，耍威風道：「不說實話，下次打爆的就是你的眼珠，要試試嗎？」

楊掌門皮膚黝黑，五官又比普通人深刻一些，倘若別人不知道他是個愛寫半邊字的傻麅子，單看這險惡的一笑，還真有些中原傳說中那些叫人「求生不能、求死不得」的巫醫模樣。

那弓箭手捂著自己腫得老高的眼睛，哀哀叫道：「我我我是……是『斑鳩』軍下一個小兵，聽命行事的！英雄……不，少俠！大俠！幾位大人不記小人過，饒、饒我一命。」

周翡聽著有點耳熟，便用眼神示意李晟——好像是曹寧的人啊？

「嗯，曹寧手下有一支著名的斥候軍，取名叫做『斑鳩』，」李晟緩緩地說道，「行軍極快，據說能在最艱難的山路中一日千里，無孔不入。」

那弓箭手——斥候忙點頭道：「是是是，小的奉命深入前線來打探軍情，沒想到……」

他話沒說完，李晟便輕笑了一聲打斷他，對楊瑾道：「這人還不老實，楊兄，抽爆他的眼睛，給我們聽聽響。」

旁邊李妍配合地抬手捂住自己的耳朵。

「別！別！別！少俠您想問什麼！」

李晟半蹲在他面前，盯著他的眼睛問道：「斑鳩的大名我還是在我姑父那聽過，術業有專攻，等閒情況，誰會將你們這樣的頂級斥候當弓箭手衝鋒陷陣用？要麼是你們老大傻，要麼是你在胡說八道……你喜歡哪個說法？」

那斑鳩的斥候立刻大叫道：「傻！是傻！我們老大傻！少俠，你去看看那面傳令旗就知道，那上面畫的就是一隻斑鳩嘛！端王殿下將斑鳩並其他幾支隊伍撥給了『巨門』和『破軍』兩位大人使用，那兩位大人不上心，指派任務都是隨意安排人手，我也說嘛，哪有叫斥候做刺客的道理？」

「巨門」谷天璇和「破軍」陸瑤光可是四十八寨的老冤家了，周翡雙臂抱在胸前，站在兩步之外，問道：「跟著他們倆來幹什麼？」

斥候有些畏懼地看了看她手裡那把碎遮，小心翼翼地說道：「來……來探個路，端王爺想……」

周翡面無表情地打斷他：「再說一句『端王爺』，我就打碎你的牙。」

那斥候十分乖覺，立刻從善如流地改口：「那曹、曹胖子近來被朝廷……偽朝頻頻掣肘，因此迫切想拿下江陵六城，來堵住太子——他那大哥的嘴，定下聲東擊西之計，命那兩位大……大大北狗，帶精兵繞至敵陣……不不，是我朝、我大昭的後方……」

「哦，」周翡淡淡地說道，「楊兄，你動手吧。」

楊瑾對她怒目而視——這兩兄妹真把他當打手了！

「我說的都是真的！姑娘！女俠！」那斥候嘶聲慘叫起來，「拿我親娘老子、拿我祖宗十八代發誓！」

「說繞過敵陣就繞過敵陣，」周翡挑眉道，「閣下是會飛天還是遁地？要那麼容易，我早把曹仲昆的腦袋摘下來當球踢了。」

「不不不，聽我解釋，」斥候嚇瘋了，嘴皮子卻居然更利索了，幾乎不歇氣地飛快說道，「為防大批流民往南跑，端……那個曹胖子之前命人散佈南朝種種謠言，說他們暴政啊，抓住沒有通牒的流民一概按奸細殺頭云云，反正怎麼慘怎麼編，再者兩邊一直打仗，這邊也沒比北邊好哪去，便還真止住了流民南下的勢頭……」

楊瑾不耐煩道：「你不能長話短說嗎？」

斥候自覺已經把十句塞成一句說了，還是被人嫌棄，也是委屈。他拿出了民間說書藝人的功夫，將兩片嘴皮子說得上下翻飛：「前一陣子不知因為什麼，前線斥候又發現不時有小股小股的流民南下，源源不斷，我們覺得奇怪，便逮住了一幫人，這才知道，原來湘水間有一條祕密的通路，可以通到一處人跡罕至的山谷，群山掩映，十分隱蔽，尋常人找不著，漸漸的便有人在那地方聚居，以種地捕獵為生，有那親戚朋友在山谷裡的聽說了，便也拖家帶口地前去投奔，非得山谷裡的人來接才找得著路。曹胖子聽了，立刻心生一計，便命巨門與破軍兩個人帶著我們，假冒流民跟著混了進去，最早一批人探路，確定此路可通，還能避過南人眼線，我們這才分批行進，打算在此聚集四萬精兵，給那賊……南邊的大將軍來個前後夾擊。諸位大俠，我說的都是實話，真是實話！」

李晟一臉不相信。

那斥候又道：「我們為了保密，便將原來在谷中生活的人都抓起來扣下了，不料前幾日竟跑出了幾個人，巨門大人知道以後震怒，連續派了三撥人馬追殺，我們便是奉命來掃尾的，誰知遇見了你們幾位，一時……」

李晟問道：「你們來了多少人？」

那斥候支吾了一下。李晟也不廢話，一掌下去來了個分筋錯骨手，那斥候登時疼得涕淚齊下：「兩、兩萬多，快三萬人馬，其他人正在趕來的路上。」

周翡忽然覺得那山谷怎麼聽怎麼像木小喬口中所說的「齊門禁地」，位置難找、佈滿密道……好像都對得上，便問道：「你說的那山谷在什麼地方？」

斥候帶著哭腔道：「那地方古怪得很，尋常人一進去便容易暈頭轉向，只有我們斑鳩的『諦聽』受的影響少一些……哦，『諦聽』就是瞎子，耳音都訓練過，平日裡探聽是一把好手，我們每一隊人馬都要配一個諦聽引路方才能順利進出那邪門的山谷。」

他一邊說，一邊哆哆嗦嗦地用目光示意了一下，眾人順著他眼神看去，只見角落裡躺著一具屍體，翻過來一看，確實沒有眼珠，果然是瞎。

楊瑾撇了撇嘴道：「這麼說你沒用了？」

說著，他便輕輕的摸索了一下手中的鐵箭，緩緩向前。

「有用有用！」那斥候忙喊道，「我們斑鳩對走過的路向來過目不忘，雖說那地方邪門，但……但但我只要仔細分辨應、應該也找得著，我我我我……」

李晟一抬手，將半顆藥丸彈進了那斥候嘴裡。

斑鳩斥候猝不及防地咽了下去，噎得直翻白眼。李晟將他隨身包裹裡那涅槃母蟲的屍體露出半個身給那斥候看，笑道：「餵你吃一隻涅槃蠱，好好帶路。」

斑鳩斥候弄不清他們這些江湖人用的都是什麼魔頭套路，嚇得肝膽俱裂，只好磕磕絆絆地領路，李晟只解開他腿上環跳穴，遛狗似的拿了根長繩拴著，叫他僵著上半身在前面走，低聲對周翡道：「我知道妳想找齊門禁地，但如果他說的是實話，咱們幾個人恐怕不好擅闖。且先去看一看究竟，回頭得知會妳爹才行。」

周翡點點頭。

李晟又看了一眼吳楚楚抱著的孩子，那孩子乍一看不過兩三歲，但仔細一看，實際年齡恐怕要再大幾歲，只是戰亂年代生活困苦，吃不飽穿不暖，方才長得格外瘦小。他想必也知道誰要殺他誰要救他，老老實實地窩在吳楚楚懷裡，安靜極了，一聲也不吭。

斑鳩斥候帶著他們在一片山水中走了足有兩個時辰，從正午一直走到金烏西沉，饒是習武之人，看著周遭來來回回的山重水複也疲憊不堪了，周翡雖然早就將當年出門就找不著北的毛病改了，但好像對方向的感覺天生就比別人差一點，時隔三年，又體會了一回當年在岳陽附近不辨東西的茫然。

她伸腳在斑鳩斥候身上踹了一腳，冷冷地說道：「你不會帶著我們兜圈子吧？」

那斥候本就腿軟，被她一腳踹了個大馬趴，倒在地上半天爬不起來，他被李晟封住了啞穴，連叫都叫不出聲，只好滿臉畏懼地拼命搖頭。

李妍跑到一棵大樹下，指著一個人腳踩出來的新坑道：「咱們來過這，看，我還做了記號！」

楊瑾冷冷道：「我們不做記號也認得出來過的地方。」

李妍瞪他。

「你們這些磨磨蹭蹭的中原人。」楊瑾嘀咕了一句，一把抓起那斑鳩斥候的頭髮，「走錯一次，我剁你一刀。」

說著，楊瑾便從腳腕拔下一把匕首，手起刀落便剁下了那斥候一根手指，李妍飛快地退開，卻還是躲閃不及，鞋上被濺了幾點血跡，她尖叫道：「你這個南蠻野人！」

吳楚楚再要捂住那孩子眼睛已經來不及了，倉促間只好抱著他轉過身去。

那孩子卻不知是被嚇著了還是怎樣，突然在她懷裡掙動起來，吳楚楚大小姐出身，哪裡會抱孩子，手忙腳亂中一鬆手，便叫他脫了手。那孩子摔了個屁股蹲，他也不在意，拍拍土便自己跳了起來，徑直跑到了一塊山岩附近，踮起腳來，伸手去摳那塊石頭。

國家圖書館出版品預行編目資料

有匪3：多情累 / Priest 著.--初版.--台北市：奇幻基地出版，城邦文化發行；家庭傳媒城邦分公司發行；2018.4（民107.4）
面： 公分.－（境外之城：79）

ISBN 978-986-95902-5-9（平裝）

857.7 107002818

ISBN 978-986-95902-5-9
Printed in Taiwan.

城邦讀書花園
www.cite.com.tw

境外之城 079

有匪3：多情累

作　　者／Priest
企畫選書人／張世國
責任編輯／張世國

發 行 人／何飛鵬
副總編輯／王雪莉
業務經理／李振東
業務主任／范光杰
資深行銷企劃／周丹蘋
資深版權專員／許儀盈
版權行政暨數位業務專員／陳玉鈴
法律顧問／元禾法律事務所　王子文律師
出版／奇幻基地出版
　城邦文化事業股份有限公司
　台北市 104 民生東路二段 141 號 8 樓
　電話：(02)25007008　傳眞：(02)25027676
　網址：www.ffoundation.com.tw
　e-mail：ffoundation@cite.com.tw
發行／英屬蓋曼群島商家庭傳媒股份有限公司城邦分公司
　台北市 104 民生東路二段 141 號11 樓
　書虫客服服務專線：(02)25007718．(02)25007719
　24 小時傳眞服務：(02)25170999．(02)25001991
　服務時間：週一至週五09:30-12:00．13:30-17:00
　郵撥帳號：19863813　戶名：書虫股份有限公司
　讀者服務信箱 E-mail：service@readingclub.com.tw
　歡迎光臨城邦讀書花園 網址：www.cite.com.tw
香港發行所／城邦（香港）出版集團有限公司
　香港灣仔駱克道 193 號東超商業中心 1 樓
　電話：(852) 2508-6231 傳眞：(852) 2578-9337
馬新發行所／城邦（馬新）出版集團
　【Cite(M)Sdn. Bhd.(458372U)】
　11, Jalan 30D/146, Desa Tasik,
　Sungai Besi, 57000 Kuala Lumpur, Malaysia.
　電話：(603) 90578822　傳眞：(603) 90576622

封面設計／黃聖文
書盒插畫／Hiroshi
書盒設計／黃聖文
排　　版／極翔企業有限公司
印　　刷／高典印刷有限公司
■2018 年（民 107）3月29日初版一刷
■2018 年（民 107）8月28日初版2.6刷

售價／350元

廣　告　回　函
北區郵政管理登記證
台北廣字第000791號
郵資已付，免貼郵票

104台北市民生東路二段141號11樓

英屬蓋曼群島商家庭傳媒股份有限公司城邦分公司 收

請沿虛線對摺，謝謝

奇幻基地

每個人都有一本奇幻文學的啓蒙書

奇幻基地官網：http://www.ffoundation.com.tw
奇幻基地粉絲團：http://www.facebook.com/ffoundation

書號：**1HO079**　　書名：有匪3：多情累

請於此處用膠水黏貼

奇幻基地

讀者回函卡

謝謝您購買我們出版的書籍！請費心填寫此回函卡，我們將不定期寄上城邦集團最新的出版訊息。

姓名：＿＿＿＿＿＿＿＿　性別：□男　□女

生日：西元＿＿＿＿年＿＿＿＿月＿＿＿＿日

地址：＿＿＿＿＿＿＿＿

聯絡電話：＿＿＿＿＿＿＿＿傳真：＿＿＿＿＿＿＿＿

E-mail ：＿＿＿＿＿＿＿＿

學歷：□1.小學　□2.國中　□3.高中　□4.大專　□5.研究所以上

職業：□1.學生　□2.軍公教　□3.服務　□4.金融　□5.製造　□6.資訊

□7.傳播　□8.自由業　□9.農漁牧　□10.家管　□11.退休

□12.其他＿＿＿＿＿＿＿＿

您從何種方式得知本書消息？

□1.書店　□2.網路　□3.報紙　□4.雜誌　□5.廣播　□6.電視

□7.親友推薦　□8.其他＿＿＿＿＿＿＿＿

您通常以何種方式購書？

□1.書店　□2.網路　□3.傳真訂購　□4.郵局劃撥　□5.其他

您購買本書的原因是（單選）

□1.封面吸引人　□2.內容豐富　□3.價格合理

您喜歡以下哪一種類型的書籍？（可複選）

□1.科幻　□2.魔法奇幻　□3.恐怖　□4.偵探推理

□5.實用類型工具書籍

您是否為奇幻基地網站會員？

□1.是□2.否（若您非奇幻基地會員，歡迎您上網免費加入，可享有奇幻基地網站線上購書75折，以及不定時優惠活動：http://www.ffoundation.com.tw/）

對我們的建議：＿＿＿＿＿＿＿＿

＿＿＿＿＿＿＿＿

＿＿＿＿＿＿＿＿

請於此處用膠水黏貼